모두의 노래

Canto General

Pablo Neruda

모두의 노래

파블로 네루다

고혜선 옮김

Canto General

Pablo Neruda

문학과지성사

모두의 노래

제1판 제1쇄   2016년 8월 5일
제1판 제4쇄   2022년 9월 16일

지은이   파블로 네루다
옮긴이   고혜선
펴낸이   이광호
펴낸곳   ㈜문학과지성사
등록번호   제1993-000098호
주소   04034 서울 마포구 잔다리로7길 18(서교동 377-20)
전화   02) 338-7224
팩스   02) 323-4180(편집)   02) 338-7221(영업)
전자우편   moonji@moonji.com
홈페이지   www.moonji.com

ISBN 978-89-320-2886-6 03870

차례

일러두기

1. 이 책은 Pablo Neruda의 *Canto general*(Madrid: Cátedra, 2011)을 우리말로 옮긴 것이다.
2. 본문의 주는 모두 옮긴이의 것이다.

I.
지상의
등불*

---
* 아메리카의 동·식물, 강, 광물, 그리고 아메리카에 둥지를 튼 모든 부족들을 그려낸 연작시이다.

I

아메리카 사랑 가발과 재킷이 존재하기 전부터
(1400) 강, 핏줄처럼 연결된 강,
산맥이 있었다. 산맥의 들쑥날쑥한 물결 위에는
미동조차 없는 콘도르와 백설이 있었다.
그리고 습기, 울창한 녹음, 아직 이름도
붙여지지 않은 천둥, 지상의 평원이 있었다.

인간은 흙, 질그릇, 말랑말랑한 진흙으로 빚은
눈꺼풀, 점토로 형태가 빚어진 존재.
카리브의 항아리, 칩차*의 돌.
잉카제국**의 잔, 아라우카 족***의 규토로 만든 존재.
용맹스러우나 여린 존재, 그러나 그들의
촉촉한 수정 무기 손잡이에는 이 땅의 표식이

---

* chibcha: 콜롬비아의 원주민.
** 원문은 imperio(제국)이나 잉카제국을 지칭한다.
*** arauca: 칠레의 원주민. '마푸체'로 불리기도 한다.

새겨 있었다.

                     그 누구도
후에 그 표식을 기억할 수 없었다. 바람은
그 이름을 잊었고, 물의 언어는
묻혀버렸고, 기호 체계도 잃어버렸다.
아니, 침묵과 피로 뒤덮여버렸다.

양치기 형제들이여, 생명은 사라지지 않았다.
그러나 야생의 장미 같은 빨간 방울
우거진 녹음에 떨어지자
지상의 등불이 꺼져버렸다.

그 역사를 말하려고 나 여기 있다.
버펄로의 평화부터
지구 끝, 영겁의 남극 빛 거품 속에서
온갖 풍상을 겪어낸 모래까지,
그리고 그늘진 평화가 깃든 베네수엘라의
깎아지른 곳에 난 굴에서까지
그대를 찾았다. 조상이시여,
검은 구릿빛의 젊은 무사여,
그대, 결혼한 나무시여, 길들여지지 않는 머리칼이시여,
카이만*의 어머니, 쇠로 만든 비둘기.

잉카 흙의 후예인 나,

———
* caimán: 남미의 악어.

돌을 만지며 이렇게 말했다.

누가
나를 기다리는가? 내가 잡은 것은
한줌의 텅 빈 수정 위에 놓인 손.
그리하여 나는 사포테카* 꽃 사이로 돌아다녔다.
빛은 사슴처럼 다정했고,
그늘은 녹색 눈꺼풀처럼 부드러웠다.

이름 없던 내 땅, '아메리카'가 없었던 내 땅,
적도가 나누는 땅,** 자줏빛 창(槍),
뿌리에서부터 시작된 그대의 향기는
내가 마시던 잔, 내 입에서 아직 노래하지 않은
아주 작은 단어로까지 올라왔다.

식물   이름도 번지도 없는 땅에
외부 세계에서 바람이 불어왔다.
비는 천상의*** 파란 줄을 늘어뜨렸고.
제물이 그득한 제사상을 받은 신은
꽃과 삶을 돌려주었다.

세월은 풍요 속에서 흘러갔다.

―――
* zapoteca: 콩류에 속하는 식물로 멕시코 원주민의 이름이기도 하다.
** 원문은 estambre equinoccial(적도 실). 아메리카는 남과 북, 빛과
어두움 등이 정확히 나뉜 곳임을 상징.
*** '천상의'의 원문은 celeste azul.

하카란다*나무는 반짝이는 바다가

만들어낸 거품을 피워냈고,

날카로운 창을 가진 아라우카리아**나무는

눈 속에서 우뚝 솟아올랐다.

태고의 마호가니나무는

나무 끝에서 피를 뿜어냈고,

남쪽의 알레르세,***

천둥나무, 붉은 나무,

가시나무, 켈루트렐****나무,

붉은 세이보,***** 고무나무,

거대한 규모로 거대한 소리를 내는

지상의 존재들.

새로운 냄새는

숨을 연기와 향기로

바꾸어

땅의 틈새로 퍼져나갔다.

야생 담배는 자신의 장미를

상상 속의 대기로 끌어 올렸다.

불꽃이 달린 창처럼

옥수수가 등장했고, 그 몸에서

---

* jacarandá: 중남미에 자생하는 나무로 능소화과에 속한다.
** araucariá: 중남미에 자생하는 일종의 소나무로 남양산나뭇과에
속한다.
*** alerce: 측백나뭇과에 속하는 나무.
**** kelutrel: 스페인어로 아르볼 마드레árbol madre라고 불리는 나무.
***** ceibo: '닭벼슬나무'로 붉은색 꽃이 핀다.

알갱이가 나왔으며, 다시 태어났고,

가루가 퍼졌으며, 뿌리 아래에

죽은 알갱이를 묻었고,

자신의 요람에서

식물의 신들이 자라는 걸 보았다.

바람의 씨는

산맥의 깃털 위로

주름을 만들고, 멀리 퍼져나갔다.

배태의 강렬한 빛과 젖꼭지.

억수 같은 비가 내리는 곳,

샘물의 닫힌 밤,

아침나절 우물의

지상의 향유를 먹고 자란

눈먼 여명.

별처럼 빛나는 동네,

지구의 얇은 막을 닮은

평원에서는

초원의 왕인 옴부*나무가

제멋대로인 공기, 시끄러운 바람의 길을 막고,

무성한 뿌리와 줄기로

평원에 그 바람을 묶어두었다.

나무가 무성한 아메리카,

바다와 바다 사이에 자란 야생 가시나무,

울울창창한 녹색의 보물,

———
* ombú: 남미의 남부 지역에 자생하는 거대한 나무.

그대는 양 극지(極地) 사이에서 균형을 잡는다.*

성스러운 껍질을 쓴 도시와
낭랑한 소리를 내는 나무 안에서는
밤이 배태되고 있었고,
거대한 이파리들은
배태의 돌, 탄생을 덮고 있었다.
녹색의 자궁, 씨앗을 잉태한
아메리카 평원, 울창한 보고(寶庫),
가지 하나가 섬처럼 태어났고
이파리 하나는 칼의 형태로,
꽃 한 송이는 번개와 메두사가 되었고,
열매 하나는 완성의 길을 재촉했고,
뿌리 하나는 어둠에 내려앉았다.

II

동물   이구아나**의 황혼이었다.

무지개 모양 흉벽(胸壁)에서
투창 같은 그 혀는
녹음을 파고들었다.

———
* 북극, 남극 및 태평양, 대서양 사이에 놓인 아메리카의 지역적 특
징을 말한다.
** iguana: 남미 도마뱀.

개미핥기는 뒤뚱대는 다리로

정글을 밟았다.

넓은 황갈색 고원의 산소 같은 존재인

과나코*는

황금 장화를 신고 다녔다.

야마**는

이슬로 가득 찬 오묘한 세상에서

천진한 눈을 떴다.

원숭이는 새벽 강가에서,

자줏빛 비상을 하던

무소 나비***를 놀라게 하고,

꽃가루 장벽을 부수면서

너무도 에로틱한 줄로

새끼를 꼬았다.

잠이 쏟아지는 늪의 밤,

주둥이가 진흙에서 나오는

순수한 밤, 번식의 밤,

둔탁한 갑옷 소리는****

지상의 고향을 향했다.

눈에 불을 켜지 않은

재규어는 나뭇잎을 만졌고,

퓨마는 정글에 취해버린

---

* guanaco: 낙타과에 속하는 동물로 안데스 지역에 서식한다.
** llama: 낙타과에 속하는 동물로 안데스 지역에 서식한다.
*** Muzo: 콜롬비아의 소도시로 파란색 나비로 유명하다.
**** '둔탁한 갑옷 소리'의 주인공은 카이만 악어이다.

눈에서 불을 뿜으며
모두 다 삼킬 듯이
나뭇가지 위를 넘나들었다.
오소리는 강바닥을 긁어대고
남의 보금자리를 쿵쿵대며
붉은 이빨로 맛난 음식을
사냥해댔다.

거대한 물밑에는
지상의 원 같은
거대한 아나콘다가
의식용 진흙에 뒤덮여 살고 있다.
먹이를 성스럽게 삼켜버리는 아나콘다.

III

새들이 오다   이 땅은 날아다니는 생명들의 천지였다.
홍관조는 아나왁*의 아침을
핏방울과 깃털로
붉게 물들였다.
투칸**은 반짝이는
멋진 과일 상자.
번개의 원초적 불꽃을 간직한

---

* Anáhuac: 멕시코시티의 옛 지명.
** tucán: 왕부리샛과에 속하는 새.

벌새는
미동도 하지 않는 대기 속에서
작은 모닥불을 태웠다.

늪 바닥의
진흙에서 막 나온
녹색 금괴처럼
무성한 녹음을 채운
이름 높은 앵무새들은
광물처럼 오래된
노란 고리가 달린
동그란 눈으로 바라보았다.

하늘의 모든 독수리는
아무도 살지 않는 파란 공간에서
자신의 혈통을 이어나갔다.
세상에서 가장 높은 곳으로는
육식성 깃털을 지닌 사냥의 왕,
하늘의 고독한 승려,
하얀 눈〔雪〕의 검은 부적,
광풍 같은 사냥꾼
콘도르가 날았다.

오르네로* 딱새의 기술은

———
* hornero: 딱샛과에 속하며, '등붉은아궁이새'로 불린다. 주요 서
식지는 아르헨티나, 브라질, 파라과이, 우루과이 등이다.

향기로운 진흙으로

조그만 소리 극장을 짓는 것,

거기서 딱새는 노래 불렀다.

쏙독새는

세노테* 주변에서

구슬프게 노래했다.

아라우코 비둘기는

잡초지에 조악한 보금자리를 짓고,

자신의 진정한 선물인

반 투명색 알을 숨겼다.

남녘의 로이카** 종다리는

가을의 향기롭고 사랑스러운 새,

별처럼 빛나는

빨간색 가슴을 드러냈다.

남녘의 칭골로*** 참새는

영겁의 물속에서

건져낸 피리 소리를 드높였다.

그러나 수련처럼 물에 젖은

플라밍고 홍학은

---

* cenote: 멕시코 동남쪽의 유카탄 반도에서 흔히 볼 수 있는 지하
우물.
** loica: 종다릿과에 속하는 새로 아르헨티나와 칠레에 서식한다.
*** chingolo: 참샛과에 속하며, '갈색덜미참새'로 불린다. 주요 서식
지는 남미.

붉은 대성당의 문을 열고

오로라처럼 날아갔다.

저 멀리 푹푹 찌는 숲 속에

보석 같은 케찰* 새 매달려 있고,

잠에서 깨어난 새는

몸을 움직이고, 미끄러지며, 빛을 발한다.

흠집 없는 붉은 숯불 하나 나른다.

바다 산**이 섬들을 향해

비상한다.

페루의 새 천지 섬***들 위에서

남쪽으로 날아가는

새들의 달.****

살아 있는 어둠의 강,

하늘의 태양을 어둡게 만드는

수없이 많은 작은 마음이 모인 유성,

섬들을 향해

가슴을 파닥대는

거대한 꼬리의 유성.

성난 바다의 끝,

---

* quetzal: 비단날개새의 일종으로 아름다운 깃털 색을 자랑한다.
** 원문은 montaña marina(바다 섬)로 새들이 거대한 무리를 지어
바다위로 나르는 것을 상징.
*** 원문은 islas fermentadas(발효된 섬)로 페루 북부의 새 도래지 섬
들을 가리킨다. 멀리서 보면 새의 분비물로 인해 섬 전체가 하얗다.
**** '새들의 달'은 새들이 달과 같은 모양의 대형을 이룬 것을 상징.

대양의 빗속에서
두 개의 소금 체계,
앨버트로스의 두 날개가 솟아오른다.
그리고 거대한 위엄*으로
격랑의 돌풍 사이에
고독의 질서를
조용히 세운다.

IV

강물이 흐르다   강물이 사랑한 그대,
영롱한 방울과 시퍼런 물의 공격을 감내하는 그대,
사과를 깨무는 그대의 그늘진 여신의 영혼은
핏줄이 흐르는 나무와 같다.
이윽고, 나신으로 깨어나는 순간,
강물이 그대의 몸에 문신을 새겼고,
저 높은 곳의 그대의 젖은 머리는
새로운 이슬로 세상을 채웠다.
강물은 그대의 허리까지 차올랐다.
그대는 샘물로 만들어진 존재,
그대의 이마에는 호수가 반짝인다.
그대의 처녀림은
강물을 생명의 눈물로 받아들였고,
널따란 거친 바위를 건너,

———
* 원문은 espaciosa jerarquía(넓은 계급).

길에 있는
땅속의 모든 소금을 부수고,
단단한 담 같은 숲을 자르고,
수정과 같은 근육을 한옆으로 치우면서,
영겁의 밤 내내
모래 위로 강줄기를 이끌었다.

오리노코 강* 오리노코여, 시간이 존재하지 않는 그 시절의
그대의 연안에 나를 있게 하라.
그때처럼 내가 나신으로 다가가
그대의 어두운 세례 의식 속으로 들어가게 하라.
선홍빛 오리노코 강이여,
그대의 자궁, 흐르는 그대 물속으로 돌아가려는
나의 손을 네 안에 담그게 하라.
모든 인종을 품은 강, 모든 뿌리의 모국,
그대의 격랑 소리, 야성의 수면(水面)은
내 고향에서 발원한다. 황폐하고
드높은 고독한 지대, 피와 같은
하나의 비밀, 흙으로 만든
침묵의 어머니가 사시는 곳.

아마존 강 아마존 강,
으뜸가는 물줄기 중에서도 가장 으뜸인 그대,

———
* Orinoco: 콜롬비아, 베네수엘라를 흐르는 강.

가부장적 아버지,

수태의

영원한 비밀,

지류들은 그대에게 새처럼 몸을 던지고,

암술은 불꽃 색깔로 그대를 덮어버리네.

거대한 죽은 나무줄기는 그대를 향기로 채워주고,

달님은 그대를 감시할 수도, 그대의 길이를 가늠할 수
도 없다.

그대는 혼례를 치르는 나무처럼

녹색의 정자로 가득 차 있다.

그리고 야생의 봄에 은빛으로 물들고,

목재로 인해 붉어지고,

월석(月石) 사이에서 파랗게 빛나고,

철분의 증기로 옷을 입고,

유성이 흘러가듯 천천히 흐른다.

테켄다마 강* 테켄다마, 가늠할 수조차 없는

높은 산정에서 네가 지나온

외로운 여정을 기억하는가?

고독한 실, 가는 의지,

하늘색 선, 은빛 화살.

황금의 벽을

조금씩 조금씩 연 다음,

빈 돌로 된 무서운 공연장을 향해

———

* Tequendama: 콜롬비아의 강으로 강폭이 넓지 않다.

하늘에서 떨어지는 걸 기억하는가?

비오비오 강*　　비오비오 강아 내게 말하려무나.
　　　　　　　　내 입에서 미끄러져 나오는 것은
　　　　　　　　바로 너의 말들이다. 너는 내게
　　　　　　　　말을 주었고, 비와 나뭇잎이
　　　　　　　　엉켜진 밤의 노래를 주었다.
　　　　　　　　아직 어린 것이 태어나기도 전에,
　　　　　　　　내게 지상의
　　　　　　　　아침을 말해주었고, 네 왕국의
　　　　　　　　거대한 평화를 말해주었고, 죽어버린 화살
　　　　　　　　한 줌과 함께 묻힌 도끼 이야기를 해주었고,
　　　　　　　　붉은 계수나무 잎이 천 년 동안 네게
　　　　　　　　들려준 것을 말해주었다.
　　　　　　　　나는 보았다, 네가 입과 젖가슴으로 나뉘어
　　　　　　　　핏빛 역사를 읊조리면서
　　　　　　　　드넓고 찬란한 바다에
　　　　　　　　스스로를 던지는 걸

V

광물　　금속의 어머니,
　　　　신들이 당신을 보호하지 못하게 되자,

———
* Bío-Bío: 칠레 남부의 강.

그들은 당신을 태웠고,
물어뜯었고, 순교시켰고,
부식시켰고, 그런 후에 썩게 했다.
정글의 밤의 머리를 향해
타고 오르는 칡넝쿨,
화살대의 중심축인 마호가니나무,
찬란한 광산에 모인 철,
내 조국을 감시하는 독수리의
콧대 높은 발톱,
미지의 물, 무시무시한 태양,
잔인한 거품을 만드는 파도,
남쪽 산맥은
매복한 상어 이빨,
깃털을 입은 파란 독의
희귀한 뱀 신,
수많은 날개와 개미의 이동,
지진, 날카로운 침을
가진 나비들로 인해
그 옛날부터 지녀온 신열,
광물을 향하는 나무.
적대감을 가진 이네들의 합창은
왜 보물을 보호하지 못했단 말인가?

그대의 눈썹을 핏빛으로
물들일
유색 돌의 어머니!
초록색으로 반짝이는

무르익은 터키석은

태양신을 섬기는 제사장의

보석을 위해 태어났고,

동은 황산층에서 잠을 자고 있었고,

안티몬*은 우리 지구의

저 깊은 곳으로 한 층 한 층 더 내려갔다.

석탄은 눈[雪]과는 정반대로

검게 반짝이고 있었다.

지상의 움직이지 않는 비밀

폭풍에 낀 검은 얼음,

그때 얼어붙은 산맥의 발치에

있던 유황 광맥을

노란 새의 섬광이 덮어버렸다.

바나듐**은 황금의 방으로

들어가기 위해 비가 되었고,

텅스텐은 칼을 갈았고,

비스무트***는 약이 되는 머리칼을

땋아 내렸다.

길 잃은 반딧불이는

아직도 허공을 맴돌면서

———

* Antimon: 백색의 광택이 나는 금속 원소로. 주로 활자 합금, 도금, 반도체의 재료로 쓰인다.
** vanadium: 철광 속에 천연으로 존재하는 회백색 금속 원소로 특수강을 만드는 데 쓰인다.
*** bismuth(Wismut): 붉은빛을 띠는 은백색의 금속 원소로 납이나 주석, 카드뮴과 합금을 만들거나 약용으로 쓰인다.

철로 덮인 정상과
아득한 심연의 이랑에
유황 방울을 떨어뜨렸다.
사파이어가 묻힌 지하는
별똥별 포도원.
평원의 무사는
주석 옷을 입고 잔다.
동(銅)은 녹색 물질로 가득 찬
묻히지 않은 어둠 속에서
범죄를 준비하고,
파괴의 미라들은
첩첩이 쌓인 침묵 속에서 잠을 잔다.
아름다운 칩차의 세계에서
황금은 무사들을 향해
어두운 제단에서 서서히 나오고
붉은 실로 변하고
얇은 심장으로 변하고,
지상의 인광으로 변하고,
멋진 치아로 변한다.
그때 씨앗 하나, 벌레 하나,
케레타로* 계단
꿈을 꾸고
나는 그대와 함께 그 계단을 내려간다.
나를 기다리는 건
아직 윤곽이 정해지지 않은 월석,

———
* Querétaro: 멕시코 중부 케레타로 주의 주도(州都).

물에서 건진 보석 오팔,
자수정 때문에 꽁꽁 언 교회에서
죽어버린 나무.

구전으로 살아오던 콜롬비아여,
그대의 헐벗은 돌들이
성난 황금의 폭풍을 숨기고 있는 것을
그대가 어찌 알았겠는가?
에메랄드의 고향인 그대가
죽음과 바다의 보석이
오한이 날 정도의 반짝임을 가진 보석이
침략자 왕조의
목을 타고 넘을 줄
알았겠는가?

그대는 순수한 돌이었을 뿐,
소금이 단련시킨 장미,
땅속에 묻힌 못된 눈물,
잠든 동맥을 가진 인어,
검은 뱀, 벨라돈나.*
(야자수가 가지를 벌려
커다란 머리빗을 만드는 동안,
소금은 산악의 광휘를
망가뜨렸다.
이파리에 떨어진 빗방울을

———
* belladona: 가짓과에 속하는 독초.

수정 옷으로 바꾸고,
전나무를 석탄 길로
바꾸면서.)

선풍(颶風)에 몸을 싣고 위험을 향해 나는 내달았다.
에메랄드빛을 따라 내려갔고,
루비 덩굴을 쫓아 올라갔다.
그러나 사막에 펼쳐진
질산염 조각상 안에서 영원히 입을 다물었다.
거기서 나는 뼈만 남은 고원 지대의 재가
어떻게 주석을 일으키고
독이 든 주석 산호 가지들을 일으키는지 목도했다.
적도의 안개를 정글처럼 펼쳐서
우리 곡물 왕국의 인장을
덮어버릴 때까지.

VI

인간들   흙으로 빚은 컵이
광물질이듯이
돌과 대기로 만들어진 인간은
물 단지처럼 깨끗하고, 낭랑하다.
달은 카리브 족을 반죽했고,
신성한 산소를 불어 넣었고,
꽃과 뿌리를 가루로 만들었다.*
섬의 인간은

유황색 달팽이로

화환, 꽃다발을 만들고,

바다 거품이 이는 해안에서

소라를 불어가며 살았다.

돌화살을 쓰던 타라우마라 족**이

북서쪽에서

부싯돌로 피땀 흘려 불을 만드는 동안

세상은 타라스코***의 흙에서

다시 한 번 태어나고 있었다.

사랑의 땅에 대한 신화,

육감적 진흙과 녹아버린 과일이

신들의 모습을 취하거나

그릇들이 진열된 창백한 벽이 되는

습기 찬 삼림의 땅.

눈부신 꿩처럼

사제들이 아스테카의 계단으로

내려왔다.

삼각형 층계는

수많은 현란한 의상을

떠받치고 있었다.

장엄한 피라미드,

---

* 먹거리를 만들었음을 의미한다.

** Trarahumara: 멕시코 북서부 치와와Chihuahua 주에 살던 부족.

*** Tarasco: 멕시코 중부 미초아칸Michoacán 주에 살던 부족.

돌 그리고 돌, 고통 그리고 바람,
위용스러운 자태 속에
아몬드처럼 생긴
희생된 심장을 모셨다.
짐승의 외마디소리 같은 천둥치는 소리와 함께
피는 성스러운 계단으로
떨어졌다.
수많은 민족은
피륙을 짰고, 수확이라는
미래를 설계했고,
깃털의 광휘를 땋았고,
터키석을 주물렀고,
덩굴처럼 얽힌 피륙에
세상의 빛을 표현했다.

마야, 그대들은
지식의 나무를 쓰러뜨렸다.
곡창 민족의 향기로
연구와 죽음의
구조를 확립했고
금 치장을 한 여인들을
세노테에 던지면서
종족의 보존을
면밀히 계산했다.

치첸,* 그대의 외침은
밀림의 아침에 더욱 요란하다.

노란색 도시에
벌집의 균형을 맞추는
작업을 했고,
사상은 받침대의 피를
위협했고,
하늘을 어둠 속에서 해체했고,
의약품을 만들었고,
돌 위에 글을 썼다.

남쪽은 황금빛 경이의 세계였다.
천상의 문에 있는 마추픽추의
고고한 고독은
기름과 노래로 가득 찼다.
인간은 높은 곳에 있던
큰 새들의 주거지를 부쉈고
새롭게 지배하게 된 곳의 산꼭대기 사이에서
농부는 얼음에 베인 손가락으로
씨앗을 만졌다.

망루와 곡창의 왕좌
쿠스코**가 잠에서 깬다.
세상의 생각하는 꽃 쿠스코.
창백한 어둠 같은 민족,

---

* Chichén: 유카탄 반도의 마야 도시.
** Cuzco: 페루 동남쪽 안데스 산맥에 있는 고산 도시로 잉카 제국
의 수도였다.

그들의 벌린 손에 제국의 자수정으로
만든 머리띠가 떨고 있다.
층계 밭에서는
고산지대의 옥수수가 움을 틔웠고
화산지대 오솔길로는
수로가 지나갔고 신들이 지나갔다.
농산물은 음식 왕국의
향기를 뿜어냈으며,
지붕 위로는
황금빛 알갱이를 담은 천이 널렸다.

(산의 후예, 순한 민족이여,
탑과 터키석의 종족이여,
고통이 밀려오는
바다로 가버리기 전에
내 눈을 지금 감겨다오.)

녹색 정글은 하나의 굴,
나무의 신비와 어둠 속에서
과라니 족*이 노래한다.
오후에 하늘로 오르는 연기처럼,
무성한 삼림 위의 물처럼,
사랑을 나누던 날에 내리던 비처럼,
강가의 슬픔처럼.

———
* guaraní: 파라과이 원주민.

이름 없는 아메리카의 저 깊숙한 곳,
지상의 모든 추위와 격리되어
격류와 격류 사이에 사는
아라우코 족.
외로운 저 거대한 남쪽을 보라.
높은 곳에서는 연기가 보이지 않는다.
보이는 것은 단지 눈보라,
곤두선 아라우카리아나무가 밀어내는
모진 바람뿐.
짙은 녹색 아래에서
도공의 노래를 찾지는 마라.

모든 것은 강과 바람의 침묵.

그러나 전사(戰士)는 나뭇잎에서 본다.
낙엽송 사이의 외침 소리,
눈 덮인 정상 한가운데의
호랑이 눈을.

쉬고 있는 창을 보라.
화살이 뚫고 나간
대기의 속삭임을 들어라.
가슴과 다리,
달빛에 빛나는
검은 머리를 보라.

무사의 허무를 보라.

아무도 없다. 여명을 알리는 새는
순수한 밤의 물처럼 지저귄다.

콘도르가 날아간다. 검은 비상.

아무도 없다. 그대 들었는가? 대기와
나뭇잎에 묻어난 퓨마의 발걸음 소리를.

아무도 없다. 들어라. 나무 소리를 들어라.
아라우코 땅의 나무 소리를 들어라.

아무도 없다. 돌을 보아라.

아라우코 땅의 돌을 보아라.

아무도 없다. 단지 나무만이 있을 뿐.

단지 돌일 뿐이다. 아라우코.

II.
마추픽추
산정에서*

———

* 1943년 멕시코 총영사직을 마친 뒤 귀국하던 중 페루 마추픽추를 방문했을 때의 감흥을 2년 후에 연작시로 발표했다. 네루다는 마추픽추의 철자를 Machu Picchu가 아닌 Macchu Picchu로 알았고, 열두 개의 철자에 맞춰 총 열두 편의 시를 썼는데, 이 연작시 「마추픽추 산정에서」는 시적 이미지, 은유, 음악성 면에서 『모두의 노래』 중 최고 걸작으로 평가받는다. 시인은 시간과 공간을 넘나들면서 마추픽추를 건설한 사람들과 교감을 나누고 그들과의 일체감을 확인한다.

I[*]

빈 그물처럼 허공에서 허공으로
나는 거리와 대기 사이를 거닐었다. 닿으며 떠나며,
가을의 문턱에 펼쳐진 동전 이파리,
봄과 이삭 사이,
고개 숙인 장갑 안에 담긴 크나큰 사랑이
우리에게 길쭉한 달로 전해주는 것.^{**}

(육신이 겪어낸 풍파 속에서도 환히 빛났던
나날들, 산(酸)의 침묵으로 변해버린
강철들.

―――
* 네루다는 10월 22일에 마추픽추를 방문했다. 그가 방금 떠나온
멕시코는 가을이었으나 남반구의 페루는 봄이었다. 시인은 마추픽
추를 오르면서 자신이 처한 상황, 동료들의 상황을 반추하고, 땅속
에 묻힌 탑 같은 이 산정을 보면서 유적지 건설자들의 사연을 노래
할 것을 결심한다.
** 수확이 가까워진 이삭의 머리 숙인 모습은 '고개 숙인 장갑', 그
안의 알곡은 '크나큰 사랑' '길쭉한 달'로 형상화했다.

마지막 가루까지 소진된 밤들,
혼인한 조국에서 포위된 수술들.)

바이올린 선율 사이에서 나를 기다렸던 이가
파묻힌 탑 같은 하나의 세계를 찾아냈다.
거친 유황빛 나뭇잎 아래에
나선을 묻은 탑.
저 아래 황금 층에
유성에 에워싸인 칼 같은 탑.
나는 지상의 가장 원초적인 곳에
격정의 달콤한 손을 담갔다.

깊은 파도* 사이에 내 이마를 박고,
물방울처럼 아래로 내려갔다, 유황의 평화 사이로.
그리고 닳아버린 속세의 봄날
눈먼 사람처럼 재스민 향기 찾아 돌아왔다.

II**

꽃에서 꽃으로 고귀한 씨앗이 전해지고,
바위는 풍우에 시달린 자신의 다이아몬드와 모래 옷에
파종된 꽃을 보존한다.

———
* 산맥의 주름을 상징.
** 시인은 이 위대한 곳을 건설한 인간들, 즉 원주민들의 고통을 유
추하며, 동시에 그 고통을 통해 자신이 처한 상황, 자신의 궤적에
대해 반추한다.

인간은 바다 같은 샘물 안에서 붙잡은
빛의 꽃잎을 낚아채고
그의 손에서 떨고 있는 광물을 뚫는다.
옷과 안개 사이, 파인 식탁 위에는
그의 영혼이 남아 있다, 뒤죽박죽된 덩어리처럼.
단단한 수정과 괴로운 불면,* 드넓은 물 저장고**
차가운 그곳에 쏟은 눈물.***
그러나 종이와 증오로 영혼을 더 괴롭히고 죽여라.
매일매일 양탄자에 영혼을 가지고 와
철사로 만든 적의에 찬 옷 사이에서 찢어라.

아니다. 회랑, 허공, 바다, 길에서
누가 단도(短刀) 하나 없이
(붉은 양귀비 같은) 자신의 피를 지킨단 말인가?
분노는 인간을 파는 슬픈 교역을 약화시켰다.
이슬은 천 년 전부터 자신을 기다려온
자두나무 꼭대기 가지 위에 투명한 편지를
올려놓았다. 오, 심장이여,
가을의 허공 사이에서 으스러진 이마여.

도시의 겨울 거리에서, 버스에서, 황혼 녘 배 안에서,
축제날 밤의 가장 짙은 고독 속에서, 그림자 소리와

---

* 원문은 '수정과 불면'. 단단함과 연약함 사이를 오가는 뒤죽박죽된 상태의 인간의 영혼.
** 원문은 '바다'. 높은 산에서부터 수로를 만들어 농사를 짓기 위해 만든 저수지를 바다에 비유했다.
*** 수로와 저수지를 건설하느라고 고생한 민초의 눈물.

종소리 아래에서, 인간 쾌락의 동굴 바로 그 안에서,
나는 얼마나 많이 멈추었던가,
가늠할 수 없는 영원한 광맥, 한때, 바위 안에서
키스의 전율 속에서 감지했던 그 광맥을 찾기 위해.
(곡물은 부푼 작은 가슴들이 만들어내는
황금빛 역사, 곡물이 끊임없이 반복하는 숫자,
그것은 배아의 층에서 자라나는 부드러운 것.
그러나 늘 그랬듯 단단한 상아로 변하고 말았다.
물 안에는 투명한 조국, 멀리 있는 눈〔雪〕부터
핏빛 파도까지 품고 있는 종(鐘)이 비친다.)*

내가 잡은 것은 얼굴. 아니, 금이 없는 금가락지 같은
깎아지른 가면 한 움큼,
겁에 질린 종족의 불행한 나무를 떨게 만드는
성난 가을의 딸들이 팽개쳐둔 옷 같은 존재들.

손을 쉴 곳이 없었다.
물은 잇달아 이어지는 샘처럼 흘렀고,
무연탄이나 수정 같은 덩어리는 단단했다.**
벌린 내 손에 온기를 주거나 시원하게 해줄 것이 없었다.
그들은 어떤 존재였는가? 창고와 휘파람 사이사이
오가던 대화의 어디에, 그들의 광물 작업 그 어느 곳에
파괴할 수 없는, 영원한 삶이 존재했단 말인가?***

———
* 하찮은 존재들의 염원과 좌절된 염원에 따른 실망감, 물처럼 투
명한 조국의 만년설부터 피로 물든 바다의 이야기까지 담고 있다.
** 유적지에는 단단한 돌과 차가운 강만 있다.
*** 영원불멸의 경이로운 유적지 앞에서 그것들을 만든 이들을 기림.

III*

인간은 옥수수처럼 타작되었다.

패배의 역사,** 불행한 사건의 끝이 보이지 않는

곡물 창고에서, 하나에서 일곱, 그리고 여덟까지.

인간을 찾는 것은 하나의 죽음이 아닌 무수한 죽음.

매일 겪어내는 작은 죽음,

먼지, 구더기, 빈민가의 수렁에서 꺼지는 등불, 두툼한
날개의 작은 죽음이

짧은 창이 되어 우리 모두를 찌른다.

그리고 인간은 빵이나 칼에 쫓긴다.

목동, 항구의 아이, 쟁기를 모는 구릿빛 대장,

법석대는 거리의 쥐새끼까지도.

모두들 죽음을, 나날의 짧은 죽음을 기다리며 시들어
갔다.

매일 겪는 불행한 고통은

떨면서 마셨던 검은 잔이었다.

IV***

이 거대한 죽음은 몇 번이나 나를 초대했다.

---

* 마추픽추를 건설한 이들의 죽을 듯한 고통과 죽음이 현재 시인이
가진 죽음의 이미지와 중첩된다.
** 원문의 'hechos perdidos'(잃어버린 사실)는 역사상에서의 패배
를 의미.
*** 마추픽추를 오르면서 시인 자신이 겪은 고통을 상기한다.

파도 속 보이지 않는 소금처럼.
보이지 않는 죽음의 맛이 파종한 것은
가라앉은 것과 솟아오른 것이 반반,
아니면 바람과 눈보라가 만든 거대한 구조물.*

나는 철길, 좁은 대기의 길,
수의(壽衣)를 입은 밭과 돌을 지나,
별빛 허공을 향한 마지막 발걸음을 디디며
빙빙 도는 나선형 길을 지나왔다.**
그러나 넓은 바다, 오, 죽음이여, 너는 파도처럼 넘실
대며 오는 대신
달 밝은 밤에 달려오는 말처럼,
밤의 수많은 숫자처럼 달려온다.

너는 결코 주머니를 뒤지러 온 게 아니었다.
너는 핏빛 옷, 침묵에 갇힌 새벽 양탄자.
눈물의 고귀한 유산,
땅속에 묻힌 유산을 가지고 등장한다.

나는 각 존재 안에 있는
(수천 이파리가 죽어버린) 작은 가을을 등에 진 나무,
대지도 심연도 없는
모든 거짓 죽음들, 부활들을 사랑할 수 없었다.
나는 넓게 펼쳐진 하구에서 유영하는

———
* 이 연은 네루다가 정치적 박해로 겪은 살해 위기를 암시한다.
** 쿠스코에서 마추픽추까지 오르는 여정.

드넓은 삶을 원했다.

그자*는 서서히 나를 부정하고

샘물 같은 내 손이 그자의 상처 난 부존(不存)을

만지지 못하게 나의 길과 문을 가로막았다.

나는 거리에서 거리로, 강에서 강으로,

도시에서 도시로, 침대에서 침대로 떠돌아다녔다.

내 소금기 묻은 가면은 사막을 건넜고

등불도, 불도, 빵도, 돌도, 침묵도 없는

가장 가난한 이의 집에서

나 자신의 죽음을 피해 죽어라고 혼자 굴렀다.**

V***

육중한 죽음, 너는 쇠 깃털을 가진 새가 아니었다.

너는 이 방들의 상속자, 가엾은 앙상한 가죽이

허겁지겁 먹던 양식 사이의 죽음이 아니었다.

단절된 선율의 불쌍한 꽃잎,

싸우러 오지 않은 가슴의 미립자,

이마에 떨어지지 않은 거친 이슬 같은 존재.

뼈 하나, 그의 마음속에서 죽어버린 종(鐘),

---

* 칠레 독재자 곤살로 비델라Gonzalo Videla를 가리킨다. 공산당을
위시한 좌익 세력의 도움으로 1946년 대통령직에 오르나 곧 공산당
을 불법화했다.

** 시인의 망명길을 암시한다.

*** 마추픽추 건설자인 원주민에게 아무렇지도 않게 불시에 찾아드
는 죽음과 나뒹구는 유해 조각.

안식할 수도, 묻힐 곳도 없는 작은 죽음 조각,
그것은 다시 태어날 수조차 없었다.
나는 요오드 묻은 붕대를 걷어내고, 내 손을
주검을 죽이는 가엾은 고통 속으로 밀어 넣었다.
그리고 그 상처에서 영혼의 휑한 틈새로 밀려오는
차가운 돌풍을 감지했다.

VI*

마추픽추, 드디어 나는
잃어버린 밀림의 무성한 잡초 사이에 난
지상의 계단으로 올라갔다, 너를 향해.

돌단으로 만든 공중 도시,
잠든 옷 속에
이 땅이 숨겨놓지 않은 최후의 거처.
네 안에서 번개의 요람, 인간의 요람이
두 평행선처럼
가시 같은 바람 속에서 흔들렸다.

바위의 어머니, 콘도르의 거품.

인류 새벽을 여는 드높은 돌 단애(斷崖).

———
* 마추픽추에 오른 시인은 이 도시를 건설한 원주민들의 흔적을 도
처에서 만난다.

태고의 모래 속에 잃어버린 삽.

이것이 그들의 거처, 이것이 그곳.
여기서 비옥한* 옥수수 씨앗들은 자라났고
다시 빨간** 우박처럼 떨어졌다.

여기서 비쿠냐*** 털에서 빼낸 황금빛 실들이
연인들, 무덤들, 어머니들,
그리고 왕, 기도자들, 전사들 옷을 입혔다.

여기서 밤에는 인간의 두 다리가 쉬었다.
독수리 발치에서, 높은 곳에 있는
그의 은신처 안에서. 새벽에는
천둥 발****로 옅은 안개를 밟고,
흙과 바위들을 만졌다,
밤에도 죽은 후에도 알아볼 수 있을 만큼.

옷가지와 손들,
울리는 굴속에 남은 물의 흔적,
한 얼굴이 만지고 만져서 부드러워진 벽을 본다.
그 얼굴은 내 눈을 통해 지상의 등불들을 보았고.
내 손을 통해 사라진 목재에 기름칠을 했다.

———

* 원문은 anchos(넓은)로, 잘 큰 옥수수 열매를 지칭한다.
** 남미 옥수수 알갱이에는 자줏빛이 많다.
*** vicuña: 낙타과에 속하는 동물. 페루, 볼리비아 등지에 서식한다.
**** 발을 힘 있게 쿵쾅대며 걷는 것을 상징한다.

모든 것, 옷, 피부, 그릇,
말[馬], 포도주, 빵이 사라져버렸다.
땅에 떨어져버렸다.

잠든 모든 존재 위로
대기는 오렌지꽃 손가락을 싣고 밀려왔다.
천 년의 대기, 무수한 세월*의 대기,
강인한 산맥의 세월, 파란 바람,
바위의 외로운 거처를 반짝이게 하면서
지나가는 부드러운 태풍.

VII**

외로운 심연의 주검들, 움푹 팬 곳의 그림자들,
그대들의 위대함에 비견될 정도로
깊은 그곳.
그리고 정말 큰 죽음, 뜨겁디뜨거운 죽음이
들이닥쳤다, 잘린 바위,
선홍색 기둥,
계단식 수로로부터.
어느 가을날 단 하나의 죽음이 그대들을

-----

* 원문은 meses, semanas(월, 주).
** 그처럼 찬란했던 문명의 주역들은 사라진 반면, 돌로 된 유적만
이 남았다. 시인은 원주민들의 죽음이라는 말로 이 문화권에 대한
후세대의 무관심과 망각을 상징하면서, 인류의 새벽을 밝혀줄 공중
도시를 기린다.

단숨에 무너뜨렸다.

오늘 텅 빈 대기는 더 이상 흐느끼지 않는다.

흙으로 빚어진 그대들의 발도 모른다.

번개 칼날이 하늘을 쏠을 때,

하늘을 걸러주던 그대들의 물동이도 잊어버렸다.

그리고 거대한 나무는

안개에 먹혔고, 돌풍으로 동강났다.

나무가 지탱하던 손 하나가 저 높은 곳에서

마지막 순간을 향해 갑자기 떨어져버렸다.

그대들은 이제 더 이상 거미 손,

약한 섬유, 제멋대로 짠 피륙이 아니다.

그대들의 모든 것이 함께 사라졌다.

관습, 단절된 음절, 눈부시게 빛나는 가면마저.

그러나 돌과 말[言]이 남았다.

이 도시는 산 자, 죽은 자 모두의 손에서 잔처럼 들렸다.

말없는 이들, 한 무리의 돌 꽃잎으로 생명을 얻은

담 때문에 수많은 죽음을 넘어온 사람들.

이곳은 영원한 장미,

차가운 안데스의 깎아지른 바위촌.

흙빛 손이

흙으로 돌아가고, 거친 담과 성채로 차 있던

작은 눈동자들이 닫히고,

모든 사람이 그 구멍에서 뒤얽히자,

정교함이 드높이 떠올랐다.

인류의 여명을 맞는 높은 곳,
가장 높은 곳에서 침묵을 담고 있는 그릇,
수많은 생명을 디디고 일어선 돌의 생명.

VIII*

아메리카 사랑이여, 함께 오르자.

비밀을 간직한 바위들에 함께 입을 맞추자.
우루밤바** 강의 은빛 격류는
꽃가루를 노란 씨방으로 날려 보낸다.

텅 빈 넝쿨나무, 석화 식물,
뻣뻣한 화환이
산맥 골짜기 침묵 위로 날아간다.
오라, 작은 생명이여, 대지의 날개 사이로,
—네가 몽둥이질한 맑고 차가운 대기—
에메랄드빛 돌마저도 한 옆으로 비켜났다.
오, 눈(雪)에서 내려오는 야생의 물.

사랑, 사랑이여, 빨간 무릎의 여명을 향해
순식간에 밀려온 밤.

———
* 시인은 아메리카를 위대했던 마추픽추로 초대한다. 그리고 변함
없이 흐르는 성스러운 강에 무슨 일이 벌어진 것인지 물으면서 그
위대한 제국이 죽지 않았음을 확인한다.
** Urubamba: 쿠스코 인근의 지역 이름.

노래하는 안데스 돌 세계에서
눈〔雪〕의 눈먼 자식을 바라보라.

오, 큰소리를 내는 실타래, 빌카마유.*
그대의 천둥 줄기들이
상처 난 눈〔雪〕처럼 하얀 거품으로 부서지고,
그대 심연의 열풍(烈風)이
노래 불러 하늘을 깨워 벌줄 때,
안데스 거품에서 이제 막 떨어져 나온 귀에게
그대는 무슨 언어로 말을 거는 거냐?

누가 얼음 번개를 붙잡아 줄지어
높은 산정에 두었는가?
그리고 얼어붙은 눈물로 나누어,
날렵한 칼 안에서 흔들리게 하고,
호전적인 수술**을 때려가면서
전사의 침대로 인도하고,
그 끝을 돌로 만들어 솟아오르게 했는가?***

쫓기는 그대의 섬광은 무엇을 말하는가?
그대의 천방지축 반항아 번개는
예전에는 무슨 말을 하며 돌아다녔는가?
가는 줄기들이 만들어낸 그대의 강에서

---

* Wilkamayu(Vilcamayu) : '신성한 강'이라는 의미로 리오 사그라
도Río Sagrado로도 불린다.
** 식물의 '수술'을 가리킨다.
*** 안데스 산맥의 만년설이 험준하게 솟아오른 바위를 덮은 모습.

누가 부수고 있단 말인가?
얼어붙은 음절들, 검은 언어들,
황금 깃발들, 깊숙한 입들, 굴종의 외침들을.*

쳐다보려고 땅에서 올라오는 꽃의 눈꺼풀을.
누가 자르고 있단 말인가?
그대의 폭포 같은 손에 떠내려오는 죽음의 송이들,
지축의 석탄층에서
알알이 탈곡되는 밤을 탈곡하는 그들을
누가 재촉하는가?

누가 나뭇가지를 몸통에서 떼어 떨어뜨리는가?
누가 다시 작별을 땅속에 묻는가?**

사랑아, 사랑아, 이 경계선을 만지지 마라,
물에 잠긴 머리도 사랑하지 마라.
시간이 자신의 부서진 샘물 방에서
스스로의 위상을 지키게 내버려두어라.
격하게 흘러가는 강과 담들 사이에서
이 산길의 공기를 마시고,
바람의 평행 판,
산맥의 눈먼 소로에서
이슬의 거친 인사를 받아라.
그리고 뱀처럼 휘어진 길을 밟으며

———
* 반짝이며 흐르는 빌카마유 강의 모습.
** 빌카마유 강에 떨어진 꽃, 가지.

꽃들이 수놓인 울창한 숲으로 올라가라.

가파른 지대, 돌과 숲,
초록별 미립자, 맑은 밀림,
만투르*가
살아 있는 호수, 새로운 침묵의 층으로 등장한다.**

오라, 그대여, 나에게로, 나만의 새벽으로,
왕관을 쓴 고독에게로.
죽은 왕국이 아직 살아 있다.

콘도르의 피비린내 나는 그림자
검은 배처럼 해시계***를 건넌다.

IX****

하늘의 독수리, 안개 속 마을.
잃어버린 요새, 눈먼 언월도.*****
별로 수놓은 허리띠, 거룩한 빵.
격류 같은 계단, 거대한 눈꺼풀.

———
* Mantur: 케추아어. 붉은색 나무 열매로 에덴 동산 이미지를 준다.
** 마추픽추 정상에서 바라본 아마존 밀림의 세계.
*** 마추픽추 유적지에 있는 해시계.
**** 마추픽추의 모습을 하늘을 지배하는 독수리 등과 같은 이미지
로 형상화한 시로 시적인 은유가 가장 풍성하다.
***** 칼처럼 생긴 마추픽추를 가리킨다.

세모꼴 가운, 돌 꽃가루.

화강암 램프, 돌 빵.

광석의 뱀, 돌 장미.

땅속에 묻힌 배, 돌 샘.

달을 태운 말[馬], 돌 빛.

정확히 나뉜 세상의 중심, 돌 증기.

결정적 기하학, 돌 책.*

광풍 사이에서 세공된 얼음 조각.

묻혀버린 시간의 녹석(綠石).

손가락에 마모된 담.

깃털에 쪼인 지붕.

거울 같은 가지들, 폭풍우로 솟아오른 기단들.**

덩굴이 훼손한 왕좌들.

피 묻은 발톱의 제도.***

산맥 줄기를 휘도는 광풍.

움직이지 않는 터키석 폭포.

잠든 이들의 근엄한 종소리.

정복된 눈[雪]이 만든 원.

석상 위에 누워버린 쇠.

접근 불가능하게 문 닫은 폭풍우.****

———

* 돌로 된 꽃가루, 빵, 장미, 샘, 빛, 증기, 책 모두는 마추픽추를
가리킨다.
** 대지의 변형으로 암석이 솟아올라 유적이 형성됐다고 판단한다.
*** 원주민이 잉카의 엄명으로 노역에 종사했음을 상기한다.
**** 움직이지 않는 터키석 폭포: 마추픽추를 흐르지 않는 폭포에 비
유한 것이다.
근엄한 종소리: '근엄한'의 원문은 patriarcal로, 가부장적인 종소리
로 조상들이 후세를 깨우는 소리이다.

퓨마의 앞발, 피의 바위.

머리에 쓴 탑, 눈〔雪〕의 격론.*

손가락들과 뿌리 위에서 건립된 밤.

안개의 창문, 견고한 비둘기.

밤에 크는 식물, 천둥이 만든 석상.**

중추적 산맥, 대양의 지붕.

잃어버린 독수리가 만든 건축.

하늘에 닿는 끈, 높이 나는 꿀벌.

피 묻은 수평자,*** 건축된 별.

광석의 거품, 석영의 달.

안데스의 뱀, 선홍색 이마.****

침묵의 돔, 순수한 조국.

바다의 신부(新婦), 대성당의 나무.

소금의 가지, 검은 날개를 단 버찌나무.

눈 내린 이빨, 차가운 천둥.

상처 난 달, 무서운 돌.

추위의 머리카락, 바람의 작용.

손들의 화산, 어두운 폭포.

은빛 파도, 역사가 흐르는 곳.

정복된 눈〔雪〕이 만든 원: 만년설 산으로 에워싸인 마추픽추 모습.
석상 위에 누워버린 쇠: 단단히 건설됐음을 상징한다.
접근 불가능하게 문 닫은 폭풍우: 마추픽추의 결코 녹록하지 않은
대기 환경.
* 너무 높아서 투쟁할 대상은 눈밖에 없음.
** 밤에 보는 마추픽추는 더 거대해 보인다.
*** 죽음을 불사하며 일하던 원주민의 모습을 상징한다.
**** '선홍색'의 원문은 amaranto(색비름)로 선홍색을 띤다.

X

돌 그리고 돌, 인간은 어디에 있단 말인가?

공기 그리고 공기, 인간은 어디에 있단 말인가?

시간 그리고 시간, 인간은 어디에 있단 말인가?

너는 미완의 인간이 만든 부서진 조각,

빈 독수리의 부서진 조각.

오늘은 이 거리 저 거리로, 흔적을 좇아,

죽은 가을의 이파리를 찾아

영혼을 짓이기며 무덤까지 가는 것인가?

가여운 손, 발, 그리고 가여운 삶이여……

축제날 깃발 위 빗줄기처럼

네 안에서 갈가리 찢긴

영광의 날들이* 텅 빈 입에

형편없는** 음식이라도 한 술 두 술 넣어는 주었는가?

굶주림, 인간의 산호,

굶주림, 비밀스레 자라는 나무, 나무꾼들의 뿌리,

그 주린 배로 인해 너의 무수한 돌***을

이 높은 탑에 정교하게 쌓은 것인가?

길의 소금, 나 너에게 묻는다.

숟가락을 보여다오. 마추픽추여,****

---

* 마추픽추는 영광, 고통의 장소.

** 원문은 oscuro(어두운).

*** '무수한 돌'의 원문은 raya de arrecife(돌의 줄). 끊임없이 돌을
지고 오르는 작업.

**** '마추픽추'의 원문은 arquitectura(건축물).

막대기로 바위의 수술을 갉게 해다오.
공중에 난 층계를 모두 올라가 허공에 가게 해다오.
저 속을 파고 들어가 사람을 만질 수 있게 해다오.

마추픽추, 너는
돌 그리고 돌을 쌓으며 바닥에는 헌 옷을 두었는가?
석탄 그리고 석탄, 그 바닥에는 눈물을?
황금 속의 불, 그리고 그 안에는,
바들대는 붉은 핏방울을?
네가 묻어버린 노예를 돌려다오.
이 땅을 움직여서
불행했던 그들의 굳은 빵을 털어다오.
종(從)의 옷, 창문을 보여다오.
생전엔 어떻게 잠들었는지 말해다오.
짜증이 나서 담 위에 난 검은 구멍처럼
입을 벌리고
코를 골며 잤는지 말해다오.
벽, 바로 벽! 벽의 모든 석조 무게가 그의
잠을 억눌러서, 잠든 채 그 돌 아래로
떨어졌는지 말해다오, 달 아래로 떨어지듯.
그 시절의 아메리카여, 물속으로 가라앉은 신부여,
너를 만든 손가락들,
빛과 장식이 어우러진 신부의 면사포 속에서,*

---

* '신부의 면사포'의 원문은 estandartes nupciales(혼인의 징표). 마
추픽추가 구름에 가리기도, 햇빛을 받기도 하는 모습을 신부의 면
사포에 비교했다.

북과 창의 드높은 소리와 함께

신들이 사는 높은 허공을 향해 밀림에서

너를 등장시킨 손가락들.

추상적 장미와 추위의 능선들,

새로운 곡식을 거둔 피멍든 가슴이

화려한 재료로 만든 천까지, 딱딱한 구덩이까지 가져

간 것들.

땅에 묻힌 아메리카여, 너는 한 마리 독수리처럼,*

저 깊은 곳, 쓰디쓴 내장 속에 굶주림도 숨겼는가?

XI

신비스러운 광휘

미지의 밤**에 내 손을 집어넣게 해다오,

그리고 수천 년 갇혀 있던 새를 닮은 심장,

망각의 늙은 심장이 내 안에서 다시 뛰게 해다오.

오늘 이 환희, 사람이 바다, 섬보다 더 넓으니,

바다보다 더 큰 이 환희를 잊게 해다오.

바다에 떨어지자. 그리고 우물 바닥에서 나올 때처럼,

비밀의 물 한 움큼,*** 가라앉은 진실의 가지를 들고 나

오자.

거대한 돌이여! 위대한 조화, 탁월한 측량,

---

* 굶주림을 이겨내는 존재로서의 독수리.

** '미지의 밤'의 원문은 noche de piedra(돌의 밤)로, 이해할 수 없
는 유적의 비밀을 상징한다.

*** '움큼'의 원문은 ramo(가지).

벌통 모양 돌들, 수학적 돌*들을 잊게 해다오.

오늘은 거친 피와 고문이 이룬 각진 돌을

내 손이 어루만지게 내버려다오.

성난 콘도르, 붉은 날개들 말발굽처럼

날아오르며 내 관자놀이를 쳐댄다.

피비린내 나는 깃털이 쳐대는 폭풍이 경사진 계단의

검은 먼지를 쓸어버린다. 나는 쏜살같은 그 새를 보지

않는다.

그의 발톱이 그려내는 눈먼 선회의 궤적을 보지 않는다.

대신 옛 사람, 종, 들판에서 잠든 이를 본다.

몸 하나, 수천, 인간, 수천의 여자를 본다.

검은 광풍, 검은 비와 검은 밤 아래에서

석상의 무거운 돌과 함께.

위라코차** 신(神)의 아들 '돌쟁이 후안',

초록색 별의 아들 '이슬 먹는 후안',

터키석 손자 '맨발의 후안',***

나와 함께 다시 태어나자, 형제여.

XII

형제여, 나와 함께 다시 태어나자 형제여!

---

* 마추픽추 석조물.

** Wiracocha, 혹은 Viracocha로 적으며, 잉카의 조물주를 가리킨다.

*** '돌쟁이' '이슬 먹는' '맨발의'는 원문에는 성(姓)으로 표기되었
다. '돌쟁이 후안'은 Juan Cortapiedras, '이슬 먹는 후안'은 Juan Co-
mefrio, '맨발의 후안'은 Juan Piedrescalzos.

고통으로 가득 찬 저 깊은 곳에서 내게 손을 내어다오.

바위 저 깊은 곳에서 너는 돌아오지 않으리.

땅속 세월에서 너는 돌아오지 않으리.

굳어진 너의 목소리, 돌아오지 않으리.

뚫어진 너의 눈, 돌아오지 않으리.

대지의 저 깊은 곳에서 나를 보아라,

농사꾼이여, 실 잣는 이여, 말없는 목동이여!

수호자 과나코를 돌보는 이여!

위험한 발판을 딛는 석공이여!

안데스의 눈물을 긷는 자여!

손가락이 짓이겨진 보석공이여!

씨앗에 떠는 농사꾼이여!

눈물짓는 도공이여!

그 옛날에 묻어버린 그대들의 고통에

새로운 생명의 잔을 주려무나.

그대들의 피, 그대들의 이랑을 보여다오.

"여기서 나는 벌을 받았다네,

보석이 빛나지 않아서,

땅이 제때에 돌을, 씨앗을 주지 않아서"라고 말해다오.

그리고 그대들이 부딪혀 넘어진 돌을 보여다오.

그대들을 못 박은 십자가를 보여다오.

그 옛적의 부싯돌에 불을 피워다오,

그 옛날의 등불을,

핏빛으로 빛나는 도끼,

수세기 동안의 상처를 만든 채찍을 보여다오.

나는 그대들의 죽은 입을 대신해서 말하리니.

대지를 통해 눈물 흘린

침묵의 입술들을 모두 모아,

저 깊은 곳에서 긴 밤 새워가며 나에게 말해다오.

닻 내린 그대들과 함께 나도 있는 양,

사슬 그리고 사슬, 고리 그리고 고리, 한 발짝 그리고
또 한 발짝*

모든 것을 말해다오.

숨긴 비수들에 날을 세워

내 가슴과 손에 건네다오

황금색 찬란한 강처럼

땅속에 묻힌 호랑이 강처럼.

그리고 나를 울게 해다오

시간을, 날을, 해를, 눈먼 시대를, 별 같은 세기를.

내게 침묵을, 물을, 희망을 다오.

투쟁, 쇠, 화산을 다오.

그대들의 몸을 자석처럼 내게 붙여다오.

내 핏줄과 내 입에 와다오.

내 말과 내 피를 대신해 말해다오.

———
* 이야기가 꼬리에 꼬리를 무는 상황을 뜻한다.

III.

정복자들*

위대하신 신(神)**이시여,
적들이 나를 피 흘리게 하는 걸
굽어보소서.
—투팍 아마루***

---

* 15세기 말부터 황금을 찾아 떠났던 스페인 사람들 중 아메리카를 발견하고 정복한 사람들과 원주민을 옹호했던 이들의 악행 및 선행을 반추한 연작시.

** 원문은 Pachacutec, 잉카의 위대한 왕이다. 그러나 이것은 'Pacha-camac'을 네루다가 오기한 것으로 보인다. Pachacamac은 '창조주' '조물주'를 뜻한다.

*** Túpac Amaru I(1545~1572): 잉카 제국의 마지막 군주인 아타우알파Atahualpa가 1533년에 스페인 군대에 처형당한 후, 1537년에 쿠스코의 잉카 족을 중심으로 '빌카밤바 신 잉카 제국'이 개국되었다. 이 왕국의 마지막 왕이 투팍 아마루 1세였다. 이 문장은 스페인 정복자들에게 사로잡혀 사형당하며 그가 한 말이다.

I

바다로 오다   백정들은 섬을 초토화했다.

(1493)   과나니* 섬은

순교 역사의 1호를 기록했다.

흙**의 자식들은 자신들의 미소가 부서지고,

사슴같이 여린 몸이

구타당하는 걸 알았지만

죽는 순간까지도 그 이유를 알지 못했다.

그들은 묶였고, 상처를 입었고,

불에 달구어졌고, 화형에 처해졌고,

개에 물렸고,*** 땅에 묻혔다.

세월이 야자나무 밑에서 춤을 추며

왈츠의 리듬을 바꿨을 때,

---

* Guanahani: 오늘날 바하마 제도의 산 살바도르San Salvador 섬으로 콜럼버스가 최초로 발견했다.

** '흙'의 원문은 arcilla(점토).

*** 원문에는 '개'가 없다.

초록색 방*은 텅 비어 있었다.

하느님과 인간들의
위대한 영광을 위해,
뼈만이 단단히 놓였다,
십자가 모양으로.

나르바에스의 칼은
족장들부터
소타벤토**의 나뭇가지,
산호초 군락지까지 난도질했다.
여기에는 십자가, 여기에는 로사리오,
여기에는 막대기를 치켜든 성모.***
콜럼버스의 보석, 반짝이는 쿠바,
젖은 모래사장에
무릎들이 꿇렸고, 군기가 꽂혔다.****

---

* 울창한 밀림의 공간을 가리킨다.
** Pánfilo Narváez(1470~1528): 스페인의 쿠바 정복자. 1510년 자메이카 원정대에 파견되고, 이어서 쿠바 정복, 육지 정복에 참여했다. 식민지에서 선교 활동을 한 라스 카사스Bartolomé de las Casas에 따르면, 원주민을 잔인하게 학살한 인물이다.
'족장들'의 원문은 gredas mayorales(흙으로 된 대장들).
Sotavento: 카리브 해의 도서 군락.
*** 사탄을 물리치기 위해 성모가 한 팔로는 어린 예수를 안고 다른 팔에는 막대기를 치켜든 모습.
**** 스페인인들은 뭍에 상륙하면 스페인 왕실 깃발, 십자가를 꽂고 무릎 꿇고 감사 기도를 드렸다.

II

이제는 쿠바   그 뒤를 이은 것은 피와 재.

그 후 야자나무만이 외롭게 남았다.

쿠바, 나의 사랑, 그들은 너를 나무 막대기에 묶었다.
네 얼굴을 잘랐고,
창백한 금빛 다리를 찢었고,
석류 색 성기를 잘랐고,
칼로 너를 난도질했고,
너를 조각냈고, 태웠다.
풍요한 계곡*으로
백정들이 내려왔고,
네 자식들 모자의 술 장식이
언덕배기 안개 속으로 사라졌다.
그러나 그들은 죽는 순간까지
하나씩 하나씩 잡혔고,
고문을 받으며 찢겨 나갔고,
발 딛고 서 있던
꽃 피던 따스한 땅조차 찾을 길 없었다.

쿠바, 내 사랑, 어떻게 이런 끔찍한 일이
네 바다의 모든 거품을 요동치게 해서

———
* '풍요한'의 원문은 de la dulzura(달콤한)로 풍성한 수확이 이루
어지는 곳을 상징한다.

순수, 고독, 침묵, 무성한 밀림의 세계로
너를 바꿔놓을 수 있었단 말인가?
네 자식들의 뼈를 놓고
게들이 싸웠다.

III

멕시코 바다에   살기(殺氣)를 품은 바람이 베라크루스*로 향한다.
도착하다   거기서 말들이 내린다.
(1519)   카스티야**의 붉은 수염과
맹수의 손이 배를 꽉 붙들고 있다.
아리아스, 레예스, 로하스, 말도나도스,***
스페인에서 버린 자식들,
겨울의 추위가 뭔지 알고,
여인숙의 이〔蝨〕가 뭔지 아는 자들.

뱃전에 팔꿈치를 대고 이들은 무엇을 보는가?
불행했던 조국에서 백 개의 영지를 떠돌면서,
세월을 잃었던 사람은
얼마나 많을까?

---

* Veracruz: 멕시코 만에 있는 도시.
** Castilla: 오늘날 스페인의 마드리드가 속한 지역으로 당시에는
이사벨라 여왕이 다스리던 카스티야 왕국을 의미한다.
*** Arias, Reyes, Rojas, Maldonados: 스페인의 흔한 성(姓).

이들이 남쪽 항구*를 떠난 것은
평민 출신의 손을
약탈과 살육에 담그려던 것이 아니라
초록색 땅, 자유,
망가진 쇠사슬, 건축물을 꿈꾼 것이었다.
짙은 신비를 간직한 해안 위로
파도가 부서지는 걸 배에서 보았다.

작열하는 대지가 이상한 오븐처럼
이들을 향해 연기를 한껏 뱉어
뜨거운 공기 속에 실어 보내는 이곳,
여기 야자나무 뒤에서 이들은 죽을 수도 다시 살 수도
있다.
몬티엘의 곤두선 머리, 우카냐, 피에드라이타**의
거칠고 상처 난 손, 대장장이의 팔.
평민 출신 사내들은
작열하는 태양과 야자수를 애들처럼 바라보았다.

유럽의 유서 깊은 기아, 사위어가는 행성의
꼬리 같은 기아가 배〔船舶〕를 채운 것이다.
그곳에는 기아가 있었다.
처절한 기아,
차가운 방랑의 도끼, 백성들의 계모.
기아가 항해에 주사위를 던지자

---

* 스페인 안달루시아 지방 항구로 세비야 혹은 카디스를 가리킨다.
** Montiel, Ucaña, Piedrahita: 스페인의 흔한 성(姓).

돛은 바람을 탄다.
"저쪽에서는 네가 잡아먹힌다. 저리로 돌아가면
어머니, 형제, 판사, 신부,
종교재판관, 지옥, 페스트를 만난다.
더 멀리, 더 멀리,
기생충, 영주의 채찍, 감옥,
똥냄새 진동하는 감방에서 멀리 떨어진 저쪽으로."

누녜스 데 발보아와 베르날레스*는
한없이 평화로운 빛에
눈을 박았다.
하나의 삶, 다른 삶,
무수히 많은 이 세상
가난한 유형(流刑)의 가족.

IV

코르테스   코르테스**에게는 고향이 없다. 차가운 번개,
갑옷 속에 죽은 심장을 가진 사내.
"폐하, 옥토와
금 박힌 신전이
인디오의 손에 있나이다."

---

* 중남미 정복에 참여한 바스코 누녜스 데 발보아Vasco Núñez de
Balboa, 베르날 디아스 데 카스티요Bernal Díaz de Castillo를 가리
킨다.
** Hernán Cortés(1485~1547): 스페인의 멕시코 정복자.

검으로 찌르고,
평야, 향기를 발산하는
산맥을 뭉개고,
난초와 소나무 숲 사이에
군대를 주둔시키고,
재스민을 짓밟으며
틀락스칼라* 길목까지 진군한다.

(두려움에 떠는 형제,
붉은 독수리를 친구로 보지 말거라.
우리 왕국의 뿌리, 우리 왕국의
이끼에서 나는 그대에게 말하노라.
내일 피로 물든
비가 내리리니,
눈물이 안개, 증기, 강이 되어
두 눈을 녹일 것이다.)

코르테스는 비둘기를 받는다.
꿩, 제국 악사들의
악기도 받는다.
그러나 그자는 황금의 방을 원하고,
또 다른 걸 원한다. 결국 원하는
모든 것이 굶주린 아귀의 상자에 담긴다.

---

* Tlaxcala: 멕시코시티 인근에 있는 주(州)로 아스테카 제국에 반
기를 들고 스페인군과 동맹을 체결했다.

왕*이 발코니에 등장해서
"이자는 내 형제니라"라고 말하자
대답 대신 날백성들의 돌이 날아온다.**
코르테스는 배신의 입맞춤에
칼을 간다.

코르테스는 틀락스칼라로 돌아온다.
바람결에 소리 없는 신음이 실린다.

V

촐룰라***　　촐룰라에서 젊은이들은
가장 좋은 옷, 황금, 깃털로 장식하고
신을 신고 침략자에게 묻는다,
축제를 해도 되는지.

그들이 들은 답은 죽음이었다.

거기서 수천 명이 죽는다.
살해된 심장은
누워서 헐떡이고,
그자들이 파놓은 축축한 웅덩이에

---

* 아스테카의 목테수마 왕.
** 아스테카 제국 백성들은 왕에게 돌을 던지면서 분노를 표출했다.
*** Cholula: 멕시코 푸에블라 주에 있는 도시.

82

그날의 이야기 끈을 파묻는다.

(그 인간들은 말을 타고 살육했고,

황금과 꽃으로 환대한

손을 잘랐고,

광장을 닫았고, 팔이

뻣뻣해지도록 휘둘렀고,

왕국의 꽃을 죽였고,

경악한 내 형제들의 핏줄 속에 칼을 박고

팔꿈치까지 들어가도록 찔러댔다.)*

VI

알바라도**   맹수의 발톱과 칼을 가진 알바라도는

초가집을 짓밟고,

금은 공예소를 휩쓸었다.

민족의 혼인 장미를 꺾었으며

민족을, 재산을, 종교를 공격했다.

그는 도적 떼의 가장 으뜸가는 괴수,

살육의 비밀스러운 매.

피 묻은 깃발을 들고

위대한 초록색 강 파팔로아판,***

---

* 정복자들은 칼을 쥔 손이 팔꿈치까지 들어갈 정도로 깊이 찔렀다.

** Pedro de Alvarado(1485~1541): 스페인의 쿠바 정복군으로 멕시코와 과테말라, 온두라스, 엘살바도르 정복에도 참여했다. 아스테카인들을 학살했으며, 멕시코시티 포위에서도 잔인함을 과시했다.

*** Papaloapan: 멕시코 베라크루스에 있는 강 이름.

'나비의 강'으로 향했다.

장엄한 강은 그들의 자식들이
죽어가거나 노예로 살아남는 것을 보았고,
강 옆의 모닥불에서
사람들과 이성이, 젊은이의 머리가 타는 것을 보았다.
그러나 고통이 아직 다 끝난 것이 아니었다,
새로운 총독부를 향해*
더욱 단단해진 그의 발자국처럼.

VII

과테말라   평화로운 과테말라,
그대 저택 반석 모두에
호랑이 주둥이가 삼켜버린
그 옛날의 피가 남아 있다.
알바라도는 그대의 종족을 가루로 만들었고
천체를 지탱하는 기둥을 파괴했으며,
그대들의 순교에 흠뻑 취했다.

유카탄으로는 주교**가

———
* 멕시코 정복 후, 중미 지역으로 이어진 알바라도의 정복 야욕을
의미한다. 그는 과테말라는 물론 코스타리카까지 속한 과테말라 총
독부의 총독이 되었다.
** 디에고 데 란다(Diego de Landa, 1524～1579)로 마야공동체 서
적을 불살랐다.

하얀 호랑이들 뒤를 따라 들어왔다.

주교는 마야인이
강물의 진동,
꽃가루 과학,
상자 꾸러미에 담긴 신들의 분노,
초기의 민족 이동,
벌꿀의 법칙,
초록색 새의 비밀,
별들의 언어,
세상의 발전이
이뤄지는 연안에서 얻은
낮과 밤의 비밀 같은
모든 것을 글로 적자,
세상이 개벽하던 날부터
허공에서 전해진
이 심오한 지혜를 모두 모았다.*

VIII

어느 주교　주교는 팔을 들었다. 그리고
　　　　　속 좁은 자신의 신의 이름으로

———

* '마야인의 성서 포폴 부'를 말한다. 주교가 미처 태우지 못한 자료 중에서 마야-키체quiche어로 쓰인 책을 18세기 초 히메네스Xi-ménez 신부가 스페인어로 옮겼다.

광장에서 모든 책을 태웠다.
아득한 시절부터 전해오던
그 옛날의 종이를 연기로 만들었다.

연기는 하늘에서 돌아오지 않았다.

IX

막대기에 꽂힌　누녜스 데 발보아,* 아름다운 중앙아메리카
머리　곳곳에 살육과 사나운 발톱을
가지고 간 그대, 사냥개들 중에서도
그대의 사냥개는 바로 그대의 영혼.
피비린내 나는 입술을 가진 레온시코**는
도망가는 노예를 잡았고,
헐떡이는 목에
스페인의 이빨을 깊숙이 박았다.
개들의 발톱에서
죽은 이의 살점이 묻어 나왔다.
보석은 가방에 담겼다.

───
* Vasco Núñez de Balboa(1475~1519): 스페인의 파나마 정복자로
중미의 남동부와 남미 북부 총독부의 총독이었다. 태평양을 탐험하
다 잉카 제국에 대한 소문을 듣고 정복에 나선 인물이다.
** Leoncico: 발보아의 개 이름. 이 개를 둘러싼 수많은 전설과 이야
기가 전해진다. 군인보다도 원주민 사냥을 더 잘했으며, 사람을 물
어뜯느라고 이빨이 늘 붉은색이었다고 전해진다.

천하에 몹쓸 사냥개와 인간,
원시적 밀림에서 나오는
악명 높은 개의 으르렁 소리,
도적 떼와 칼의 종횡무진.
침략당한 보금자리를 지키려고
길길이 뛰는 고슴도치만도 못한
거친 가시나무로 만든 왕관 역시
저주받은 존재.

그러나 피에 굶주린 대장들 중에서
시기심의 몹쓸 가지인
칼의 정의가
어둠 속에서 고개를 들었다.

그대가 돌아오는 길 한가운데에
페드라리아스*라는 성(姓)이
올가미처럼 매달려 있었다.

그들은 인디오를 사냥한 개들이
짖어대는 소리 사이에서 그대를 심판했다.
지금 죽었으니, 순수한 침묵 소리를 듣고 있는가?
그대가 선동했던 사냥개**가
깨뜨렸던 침묵.

———

* 페드로 아리아스 데 아빌라(Pedro Arias de Ávila, 1440~1531)의
별명으로 총독의 권한을 발보아와 양분했다. 발보아에게 원정대에
서 잠시 돌아오게 하고는 길목에서 그를 체포해 누명을 씌워 교수
형에 처했다.

이제 끔찍한 정복자***들의 손에서
죽음을 맞이하게 되니,
파괴된 아름다운 왕국의
황금 냄새를 맡는가?

발보아의 목을 자른 후,
그 목을 몽둥이에
걸어놓았다. 그의 죽은 눈에서
번개가 사라졌고,
창(槍)으로는 더러운 핏방울이
흘러내려
땅으로 사라졌다.

X

발보아를
기리다

광대한 바다, 바다 제국의 발견자여,
수세기가 흐른 후, 달처럼 큰 바다 거품이
내 입을 통해 당신에게 말한다.
당신은 죽기 전에 절정기를 맛보았다.
극도의 피곤 속에서,
밀림의 고통스러운 밤에 흘린 땀은,
거대한 대양,

** 원문은 lebrel(그레이하운드).
*** 원문은 아델란타도adelantado로 정복지에 대해 스페인 국왕의
통치권을 위임받은 자를 가리킨다.

지상 최고의 해안으로 당신을 이끌었다.*

드넓은 빛과

인간의 작은 심장이

당신의 눈에서 결합했고,

아직 들어보지 못했던 잔을 채웠다.

번개의 씨가 당신과 함께 왔고,

격랑의 천둥이 세상을 채웠다.

발보아, 대장, 모자챙에 올라간

당신의 손은 얼마나 작은가?

소금을 발견한 미지의 꼭두각시,

아름다운 대양의 신랑,

세상의 새로운 자궁이 낳은 아들.

강탈한 바다 제국의 어두운 냄새가

오렌지꽃처럼

그대 눈으로 달음박질친다.

고고한 여명이 그대의 피에 떨어져,

영혼을 지배한다. 이제 그대는 신들린 자.

시무룩한 육지로 돌아왔으나,

바다를 헤매는 그대, 녹색의 대장,

그대는 그대의 뼈를 받아들일

준비를 끝낸 뭍에서 죽게 된 존재.

죽기로 된 신랑, 배신이 결행되었다.

범죄가 그냥 발을 밟으며 역사로

———

* 1513년 9월 발보아는 파나마 밀림을 지나 태평양을 발견했다.

들어오는 것이 아니다. 매는 보금자리를 먹어치웠고,
싯누런 혀를 서로 날름대는
뱀들이 모였다.

당신은 광란의 황혼으로 발을 디밀었다.
아직도 저 바다 심연에 적셔진 채,
거대한 거품과 결혼한 그대는
빛나는 옷을 입었으며,
정처 없는 그대의 발걸음은 반대편 바닷가로
그대를 이끌었다. 그리고 그것은 바로 죽음이었다.

XI

병사 하나가
잠들다

첩첩 경계선에서 길을 잃은
병사가 왔다. 피곤에 지친 병사는
깃털 달린 위대한 신(神) 발치에 있는
칡덩굴과 나뭇잎 사이에 쓰러졌다.
위대한 신은 이제 막 태동한 밀림의 세계에서
혼자 살았다.
                    그는 바다에서
태어난 이상한 병사를 바라보았다.
눈, 피 묻은 수염,
칼, 검게 빛나는 갑옷,
그리고 이 어린 살해자
머리 위에 안개처럼 내려앉은
피곤을 보았다.

태어난 다음, 숲을 뒤덮으려,

자신의 몸을 분홍색 돌 위에

똬리 틀기 위해,

깃털의 신*은 얼마나 많은 어두운 지대를 지나왔을까?

수많은 야생의 밤, 미친 바다의 무질서,

태어나지 않은 빛의 넘치는 줄기,

생명들의 극성스런 발효,

파괴, 비옥한 가루,

그리고 질서,

식물과 미물의 질서,

잘려나간 돌 세우기,

제의 등불의 연기,

인간을 위한 단단한 대지,

종족의 탄생,

땅에 사는 신들의 재판소.**

돌의 편린마다 숨을 몰아쉬고,

곤충이 침입하는 듯한

공포를 느끼자,

신은 자신의 모든 힘을 모아

비가 뿌리에 닿도록 했으며,

미동도 하지 않는 우주 돌로 만든

검은 옷을 입고,

이 땅의 강물과 이야기를 나눴다.

신은 발톱, 이빨,

---

* 중미인의 공통적인 신(神) 케찰코아틀Quetzalcoatl.
** 케찰코아틀의 위업.

강, 지진,
자신이 지배하는 하늘에서
휘파람을 부는 유성조차
움직일 수 없었다.*

신은 움직이지 않는 돌이 되어 잠자코 있었다.

그동안 벨트란 데 코르도바**는 자고 있었다.

XII

**히메네스 데
케사다***
(1536)**

이제 간다, 간다, 벌써 온다.
사랑하는 이여, 배들을 보세요.
막달레나**** 강의 배들,
곤살로 히메네스의 배들이
온답니다, 배들이 온답니다.
강물이시여, 저 배를 멈춰주세요.
당신의 연안을 닫아주세요.
당신의 심장 속에 그들을 가라앉게 해주세요.

---

* 잠든 병사를 지켜주는 신의 자비로움.
** 누에바 에스파냐 부왕령(오늘날의 멕시코 및 중미)의 2대 총독
이었던 누뇨 벨트란 데 구스만Nuño Beltrán de Guzmán(1490~
1544)을 가리킨다.
*** Gonzalo Jiménez de Quesada(1509~1579): 스페인의 콜롬비아
정복자.
**** Magdalena: 콜롬비아의 강.

그들의 욕심을 없애주세요.

불 니팔, 당신의 사나운 등뼈동물,

눈을 먹어치우는 당신의 뱀장어들을

저자들에게 던지세요.

커다란 악어가 아주 단단한

갑옷을 입고 진흙 색

이를 드러내며 강을 건넙니다.

악어를 모래가 많은 당신의 강물 위에

다리처럼 놓으세요.

당신의 나무에서부터

재규어가 불을 내뿜게 하세요.

강 어머니, 그 나무들은 당신의 씨에서 나왔습니다.

그들에게 흡혈 곤충을 날아가게 하세요.

그들을 검은 똥으로 눈멀게 하세요.

그들을 당신 속으로 가라앉히세요.

당신의 어두운 침상 뿌리 사이에 묶으세요.

그들의 피를 썩게 해서,

당신의 게들이

허파를 입술을 뜯어먹게 하세요.

그들이 숲으로 들어왔네요.

훔치고, 물고, 죽여요.

아, 콜롬비아, 당신의 붉은 밀림의

장막을 지켜주세요.

이라카*의 신전 위에서

칼을 드네요.

이제는 부족장을 잡네요.
그를 묶어요. "신을 장식한
보석을 내어놓아라."
콜롬비아 땅의 아침 이슬 속에서
반짝이고 빛나던
보석을 달랍니다.

이제 그들이 왕자를 괴롭힙니다.
왕자를 교수형에 처하네요. 왕자의 머리가
눈을 뜨고 나를 봅니다. 그 눈은 아무도
감길 수 없어요. 나의 녹색 조국,
순수한 조국의 사랑하는 눈.
이제 거룩한 신전을 불태우네요.
이제는 말이 등장하네요.
고문이 이어지고, 칼이 난무하네요.
이제 빨갛게 익은 숯불이 등장하네요.
잿더미 속에서 아직 감기지 않은
왕자의 눈이 보이네요.

XIII

까마귀의 약속 악마들이 파나마에서 단합모임을 가졌다.
거기서 족제비들은 협정을 맺었다.

---

* Iraka, 혹은 Iraca: 콜롬비아 무이스카muisca 족의 부족연맹체로
오늘날의 보고타 인근에 있다.

세 사람이 하나, 둘, 모일 때,

촛불 하나만이 겨우 빛을 발했다.

먼저 온 자는 늙은 애꾸눈 알마그로,*

두번째는 돼지 같은 대장 피사로,**

그리고 암흑세계에 정통한 교회법학자 루케 신부.***

이들은 상대의 등에

꽂을 단검을 서로 숨기고 있었고,

어두운 벽에 더러운 시선을 고정한 채

피를 예견했으며,

멀리 떨어진 제국의 황금에 이끌렸다.

달에게 저주받은 돌들에 이끌리듯이.

이들이 협정을 맺자,

루케 신부는 봉헌 성찬을 높이 들었고,

세 명의 도둑은 잔혹한 미소로

성체를 받아먹었다.

"형제들이여, 하느님을 우리 셋이

함께 모시게 되었습니다." 교회법학자가 말했다.

시퍼런 이빨을 드러낸 백정들이

"아멘"이라고 답했다.

이들은 침을 뱉으며 책상을 두드렸다.

글자를 모르는 문맹들이라

책상, 종이, 의자, 벽에

---

* Diego de Almagro(1475~1538): 스페인의 정복자로 페루 정복에
참여했고 칠레, 볼리비아 정복에도 참여했으나 피사로의 배신으로
처형당했다.

** Francisco Pizarro(1478~1541): 스페인의 페루 정복자.

*** Hernando de Luque(?~1533): 스페인의 페루 정복대 종군신부.

십자가를 빼곡히 그렸다.

어둠에 휩싸인 미지의 페루가
대상으로 정해졌고, 작은 십자가
새카만 검은 십자가가
남쪽을 향해 항해했다.
고통의 십자가,
날 선 털북숭이 십자가,
뱀 갈고리 십자가,
고름이 튄 십자가,
거미 다리 같은 십자가,
암흑 사냥꾼 십자가.

XIV

고통   카하마르카*에서 고통이 시작되었다.

천상의 가문, 훌륭한 재목의 젊은
아타우알파**는 쇳소리가
바람에 실려 오는 걸 들었다.
그것은 해안에서 오는
알 수 없는 번득임, 진동,

———

* Cajamarca: 페루 북부 지방 도시로 아타우알파가 이곳 노천온천
에서 휴식을 취할 때 스페인의 침공을 받았다.
** Atahualpa(1497~1533): 와이나 카팍 잉카의 서자로 잉카 제국
북부를 통치했다.

풀 속에서 들려오는 무수한 쇠의
힘차게 내딛는
믿을 수 없는 질주.
정복자들이 왔다.
음악과 함께 잉카가 나왔다,
신하들을 대동하고.

다른 별에서 온
땀에 절고, 수염 기른 방문객들은
경의를 표하려 했다.

배신 기질을 가진 썩은 칼잡이
군종신부
발베르데*는 광주리 조각 같은
이상한 물건을 먼저 내밀었다.
그건 어쩌면 말들의 고향 행성의
과일일지도 몰랐다.
아타우알파는 그 물건을 집었다, 무엇인지도
모른 채. 그것이 반짝이지도 않았고, 소리도 나지 않자
웃음을 머금고 그것을 땅에 떨어뜨렸다.

"내가 그대들을 용서하나니, 죽음을, 복수를 행하라,
죽여라."
살인 십자가 칼잡이가 소리쳤다.
도적 떼에게서 우레 같은 소리가 터졌다.

———
* Vicente de Valverde(1498~1541): 피사로의 친척으로 신부였다.

요람에 있던 우리 민족의 피가 흘렀다.
고통의 시간, 신하들은
잉카를 에워쌌다.

만여 명의 페루인들이
십자가와 칼 아래 스러졌다. 피는
아타우알파의 옷을 적셨다.
엑스트레마두라* 출신 잔인한 돼지
피사로는 잉카의 부드러운 팔을 묶게 했다.
페루 땅 위에 밤이 내려앉았다,
검은 숯처럼.

XV

붉은 선 얼마 후, 왕은 지친 손을 들어
도적들의 이마
훨씬 위쪽의
담을 만졌다.
　　　　　그 자리에
붉은 선이 그려졌다.
　　　　　　　　방 세 개에
그려진 피의 선이 닿는 곳까지
금과 은을 채워야 했다.
금 바퀴가 밤마다 굴렀다.

———
* Extremadura: 포르투갈에 인접한 스페인 남서부 지방.

순교의 바퀴가 밤낮으로 굴렀다.

도적들은 땅을 유린하고, 사랑과 애정으로
만든 보석을 떼어냈고,
혼인하는 신부의 발찌를 벗겼고
그들의 신들을 파괴했다.
농부는 자신의 메달을 바쳤고,
어부는 황금 방울을 바쳤고,
집의 창살은 두려움에 떨며 답했다.
높은 곳에서 오는 전갈과 목소리로 인해
황금 바퀴는 구르고 굴렀다.
이윽고 호랑이와 호랑이가 모였고,
피와 눈물을 서로 찢어 나눴다.

급히 무너지는 안데스의 나날 속에서
아타우알파는 실낱같은 희망을 품었다.
그러나 문은 열리지 않았다. 매들은
마지막 보석까지 나눠 가졌다.
의식용 터키석,
은을 얇게 펴 만든 옷에
살육의 피가 튀었다.
도적들의 손톱은 이리저리 측량을 했고
망나니들 사이에 있던 신부의
파안대소는 왕을 슬프게 했다.

그의 마음은 키니네*의 쓴 정수처럼
쓰디쓴 고통으로 가득 찬

하나의 잔이었다.

왕은 자신의 제국을, 고지대의 쿠스코를,

공주들을, 자신의 나이를

제국의 공포를 생각했다.

속으로 생각을 거듭했으나, 그의 절망적

평온은 비극적이었다. 그는 와스카르**를 생각했다.

형이 저 외국인들을 보냈을까?

모든 것은 수수께끼, 모든 것은 칼,

고독이었다. 단지 붉은 선만이

살아서 숨을 쉬었다,

죽어가는 소리 없는 왕국의

싯누런 내장***을 집어삼키면서.

이윽고 발베르데가 죽음의 신을 데리고 등장했다.

"네 세례명은 후안이니라." 모닥불을 준비하며

그렇게 말했다.

죽음조차 이해하지 못한 아타우알파는

심각하게 답했다. "후안,

죽음을 맞이할 이름이 후안이다"라고.

그의 목을 묶었다.

---

* quinine 혹은 kinine: 기나나무 껍질에서 얻는 알칼로이드로 해열제나 강장제로 쓰인다.

** Huáscar(1491~1533): 와이나 카팍 잉카의 적장자로 이복동생 아타우알파와 함께 제국을 이어받아 남부 지방을 다스렸다. 야욕이 강했던 아타우알파에게 사로잡혀 감옥에서 독살당했다.

*** 잉카 제국의 황금.

페루의 영혼을 갈고리가 꿰었다.

XVI

비가(悲歌)   고독 속에서
강처럼 울고 싶다, 혼자서.
당신의 그 옛날 광물의 밤처럼
저물고 싶고, 자고 싶다.

어찌하여 빛나는 열쇠가
도적의 손에 쥐어졌습니까?
어머니,* 일어나세요,
이 기나긴 지친 밤에 당신의 업을 묻어두고,
당신의 충고를 내 핏줄에 부어주세요.
나는 당신에게 유팡키**의 태양을 요구하지 않습니다.
여기저기서 당신을 찾다가 꿈속에서도
불러봅니다. 페루의 어머니,
산맥의 중심이시여.
당신의 모래사장에
어찌하여 저리도 많은 칼들이 들어왔습니까?

---

* 원문에는 Mama Oello로 적혀 있으나 Mama Ocllo의 오기이다. 잉카 신화에 따르면 1대 잉카인 Manco Cápac과 그의 부인 Mama Ocllo는 남매로, 태양신이 지상 세계 사람들을 도우라고 이들을 티티카카 호수에서 세상에 보냈다.
** Túpac Yupanqui(1441?~1493): 제10대 잉카. 제국의 영토를 최대로 확장한 왕으로 제반 제도도 확립했다.

당신의 손에서 미동도 하지 않고 있지만,
저는 광물들이 지하 갱도로
퍼져나가는 것을 느낍니다.

당신의 뿌리에서 만들어진 존재이지만.
이해할 수 없습니다. 이 땅은 제게
당신의 지혜를 전해주지 않고,
저는 별이 빛나는 곳 아래에서
오로지 밤, 그리고 밤을 봅니다.
이 무슨 의미 없는 뱀 꿈이
붉은 선까지 끌려온 겁니까?
비탄의 눈들, 두려움에 떠는 초목.
이 시어터진 바람까지 어떻게 오신 겁니까?
카팍*은 왜 자신의 눈부신 흙 왕관을
화가 난 바위 사이에서
들어 올리지 않은 겁니까?

이 지붕 아래에서 제가 그냥 고통 받고
쓰러지게 내버려두십시오,
결코 영광의 순간을 갖지 못할 죽은 뿌리처럼.
끔찍한 고통의 밤 아래에서
황금의 입구에 도달할 때까지
땅 밑으로 내려가렵니다.

밤의 돌 위에 눕고 싶다.

———
* Manco Cápac: 잉카 제국을 개국한 제1대 잉카.

불행을 안고 그곳에 가고 싶다.

XVII

전쟁 얼마 후, 하나의 불꽃이 돌 시계에서
빛을 발했다.
알마그로, 피사로, 발베르데,
카스티요, 우리아, 벨트란* 들은
배신의 전리품을 나누느라고
서로 칼을 휘둘렀다.
여인과 황금을 훔쳤고
제국을 차지하기 위해 싸웠다.
가축우리 안에서 목을 졸라 살해했고,
카빌도**에서 교수형을 집행했다.
약탈의 나무는
부패와 칼질로 쓰러졌다.
피사로가 아마 밭을
말을 타고 달린 다음,
납 같은 침묵이 시작되었다.

모든 것은 죽음으로 가득 찼고

---

* Almagro, Pizarro, Valverde, Castillo, Uría, Beltrane은 스페인 성
(姓)으로, 원정대장들을 가리킨다. 원문에는 이들의 성을 복수로
적어서 동일한 종류의 사람들이 여러 명 있음을 암시했다.
** cabildo: 식민 통치 조직의 하나로 시장과 시의원들로 구성되었다.

(쥐들이 뼈까지 갉아먹은)
이 땅의 불행한
자식들이 겪는
처절한 고통 위에,
죽고 죽이기 전에
이들의 내장이 서로 엉켜버렸다.

분노의 백정들, 올가미 백정들,
욕심의 진흙탕에
떨어진 짐승 같은 존재들,
황금빛에 망가진 우상들,
그대들은 피 묻은 손톱을 가진
자신들의 동족을 죽였다.
저 높은 영예로운 쿠스코의
돌담에서,
가장 높은 이삭의 태양 앞에서.
잉카의 황금빛 먼지 안에서
지옥 왕국에 대한 연극을
공연했다.
초록색 주둥이*를 가진 강탈자,
피로 칠해진 색욕,
황금 손톱에 대한 욕심,
사악한 이빨인 배신,
탐욕의 뱀인 십자가,
눈〔雪〕을 배경으로 하는 교수대,

———
* 뱀을 상징한다.

갑옷 안에서 움직이지 않는 공기 같은

교묘한 죽음.

XVIII

칠레 발견자들 알마그로*는 꺼져가는 불꽃을 들고 북쪽에서 내려왔다.
그리고 분노와 패배감에 시달리며
카드놀이하듯 밤낮으로 땅을 휘저었다.
가시나무, 엉겅퀴, 세라 야자수의 그늘이 드리운
마른 몸매의 스페인 사람은
이 땅을 음침한 계략으로 바라보았다.
내 조국의 가느다란 형태를 만드는 것은
밤, 눈, 그리고 모래.
기나긴 선 안에는 침묵이,
해안의 수염에서는 거품만이 나오고,
석탄은 이 땅을 신비스러운 입맞춤으로 채운다.
황금의 숯불이 이 땅의 손에서 타고 있었고,
은(銀)은 녹색 달처럼
우수에 잠긴 지구의 굳은 형태를 비췄다.
어느 날, 구세계** 하늘 아래. 장미, 기름,

---

* 알마그로Almagro는 피사로 일행과 함께 페루를 정복했으나, 이
들 그룹에서 소외당하고 남쪽을 향해 새로운 정복에 나섰다.
** 유럽을 가리킨다.

포도주를 즐기던 스페인 사람은
깔고 앉은 돌이 흰꼬리수리새 똥 밑에서
분노에 차서 고개 든다는 것을 상상조차 하지 못했다.

XIX

전쟁터   대지가 먼저 저항했다.

아라우카 눈[雪]은
침략자들의 길을
하얀 모닥불처럼 태웠다.
알마그로의 손가락, 손,
발이 얼어붙었다.
왕국들을 삼키고
묻어버린 발톱들은
눈 속에서는 단지
하나의 얼어붙은 고기였고 침묵만을 지켰다.
그것은 산맥의 바다에서 일어났다.
칠레의 공기는
별 모양을 내며 매섭게 때렸고,
탐욕을 무너뜨리고, 기병을 무너뜨렸다.
그다음에 알마그로의 뒤를 따라다닌 것은
굶주림이었다. 그것은
그들을 때리는 보이지 않는 턱이었다.
말은 그 얼음 축제에서
먹혀버렸다.

남쪽의 죽음은 알마그로의 진군을
무너뜨렸고,
결국 그의 말은 다시 페루를 향했다.
그러나 이탈한 발견자를 기다린 것은
길에서 도끼를 들고 앉아 있던
북쪽의 죽음*이었다.

XX

인간과 땅이
결합하다

아라우카 땅이여, 울울창창한 떡갈나무 가지여,
오, 매정한 조국이여, 암흑의 임이시여,
비 내리는 그대의 왕국에서 외로운 존재여,
그대는 단지 광석의 목젖,
추위의 손,
큰 바위를 자르는 데 익숙한 주먹이었다.
조국이여, 그대는 강인함의 평화였고
그대의 백성들은 사나운 바람, 거친 형상,
떠도는 소리였다.

나의 아라우카 조상들에게는
화려한 깃으로 장식된 투구가 없었다.
신혼의 꽃 속에서 쉬지도 못했다.
사제를 위해 황금 실을 짜지도 않았다.

———
* 알마그로는 페루를 사실상 지배하던 피사로에 의해 처형당했다.

그곳은 돌, 나무,
요동치는 거친 땅의 뿌리,
창 형태의 이파리,
호전적 광물의 우두머리.
조상들이여, 그대들이
말발굽 소리를 듣는 순간, 산정으로
아라우카의 번개가
지나갔다.
돌의 조상들은 어두워졌다.
자연의 어두움, 삼림에
모여, 얼음의 빛,
거친 땅, 가시가 되었다.
그리고 다스릴 수 없는 고독의
심연 속에서 그렇게 기다렸다.
하나는 바라보고 있는 붉은 나무,
하나는 듣고 있는 한 조각의 광물,
하나는 광풍과 나무 자르는 소리
하나는 오솔길의 색깔을 가졌다.
조국이여, 눈[雪]의 선박이여,
굳어진 나뭇잎이여,
그곳이 그대가 태어난 곳. 그대의 백성이
그들의 깃발을 대지에 요구했을 때,
땅, 공기, 돌, 비,
나뭇잎, 뿌리, 향기, 짖는 소리가
당신의 자식을 천으로 덮었을 때,
그를 사랑했고, 그를 보호했다.
그처럼, 모두가 하나 되는 조국,

전투에 앞서 하나가 된 조국이 태어났다.

XXI

발디비아
(1544)

그러나 그들은 돌아왔다.
(그의 이름이 페드로라고 했다.)
침략자 대장 발디비아*는
도적들과 함께 내 조국을
칼로 유린했다. "이것은 그대의 것,
이것은 발데스 네 것, 몬테로의 것,
이것은 이네스 네 것, 이 자리는
카빌도가 있을 자리."
죽은 당나귀 취급하듯이
내 조국을 그들은 그렇게 나눠 가졌다.
거대한 구릿빛 산맥이
흰 자태를 드러내자,
"달이 비치는 이쪽, 나무숲의 이쪽을
가져라, 그리고 황혼이 지는 이 강을
먹어라."

발디비아는 아라우코에 도착했다. 흙담, 탑,
거리가 있었고, 아무 말 없이 집 주인이
미소를 띠며 일어났다.

———
* Pedro de Valdivia(1497~1553): 스페인의 칠레 정복자로 칠레 총
독을 지냈으며 원주민과의 전투에서 사망했다.

주인은 물과 진흙에 젖은 손으로

일을 했고, 점토를 가져왔고,

안데스 물을 부었다.

그러나 노예가 될 수는 없었다.

그러자 백정 발디비아는

총으로 공격하며 죽자 사자 덤볐다.

그렇게 해서 피가 흐르기 시작했다.

삼 세기에 이어진 피, 대양의 피,

내 땅을 뒤덮은 대기의 피,

그 어떠한 전쟁과 비교될 수 없는 거대한 시간.

성난 독수리가

어두운 갑옷에서 뛰쳐나왔다.

그리고 프로마우카* 족을 물어뜯었고,

안데스 자락, 우엘렌** 산에서

침묵 속에 맺어진 협정을 찢었다.

아라우코 땅은 그의 피의 잔,

돌의 잔을 끓이기 시작했다.

　　　　　　　　　　　　족장 일곱 명이

대화하기 위해 왔다.

　　　　　　　　　그러나 갇히는 신세가 되었다.

아라우카 족의 눈앞에서

그들은 족장들의 목을 베었다.

사형집행인들은 신이 났다. 죽은 이들의

----

* promauca: 칠레 남부의 마이포Maipo 강과 마울레Maule 강 사이의 지역에 살던 원주민으로 이들의 이름은 케추아어로 '야만인'을 뜻했다.

** Huelén: 칠레 수도에 있는 산타루시아Santa Lucía 산의 옛 이름.

내장을 뒤집어쓴 여전사 이네스 데 수아레스*는

지옥 마녀 같은 자신의 무릎 위에

제국 수장들의 목을 걸었다.

그리고 그 목들을 울타리 위로 던져

고귀한 피로 땅을 물들이고,

붉은 점토로 뒤덮이게 만들었다.

그들은 아라우코 땅을 손에 넣었다고 믿었다.

그러나 나무, 돌, 창, 얼굴의

어두운 결집체는

이 끔찍한 죄악을 바람에 실었다.

변방의 나무가 이것을 알았고,

어부, 왕, 현인,

남극의 농부,

비오비오의

조상 강물이 이것을 알았다.

　　　　　　　　　　결국 조국 지키기 전쟁이 일어났다.

발디비아는 아라우코 민족의

돌 같은 내장 속에

피 흘리는 창을 찔러 넣었고,

아라우카 심장에

손을 집어넣어

손가락으로 심장을 쥐어짰고,

---

* Inés de Suárez(1507~1580) : 스페인 여성으로 연인 발디비아와
함께 칠레 정복에 참여했다. 남편을 찾으러 남미로 향했으나 남편
의 죽음을 뒤늦게 알고, 쿠스코 인근에서 농장주로 살다가 발디비
아를 알게 되어 그의 정복 사업에 참여했으며, 후에 또 다른 정복자
인 키로가Rodrigo de Quiroga와 결혼했다.

농부의 때 묻지 않은

동맥을 터뜨렸다.

　　　　　그리고 목부(牧夫)의 아침을

사라지게 했다.

　　　　　숲의 왕국에

참수를 명했고,

삼림 주인의 집에 불을 냈고,

족장의 손을 잘랐고,

죄수들의 코와 귀를

잘랐고,

총사령관을 찔러 죽였고,*

용감한 여전사를 살해했고,

그의 피 묻은 장갑으로

조국의 돌에 표시를 했고,

조국을 시체,

고독, 상처로 뒤덮었다.**

XXII

에르시야*　　　아라우코의 돌, 흐드러지게 피어난

------

* '총사령관'의 원문은 toqui로 아라우카 족이 전쟁 시에 무사를 이
끌 대장에게 주던 칭호이다. 여기서는 라우타우로Lautauro 총사령
관을 가리킨다.

** 이 전쟁을 역사에서는 '아라우코 전쟁'이라고 부른다.

*** Alonso de Ercilla y Zúñiga(1533~1594): 스페인 군인이며 시인.
그는 서사시 『라 아라우카나La Araucana』에서 칠레 정복을 그리면

장미, 뿌리로 뒤덮인 땅이
스페인에서 온 남자와 만났다.
이들은 사내의 갑옷을 거대한 이끼로 공략했다.
고사리 그림자는 사내의 칼을 넘어뜨렸다.
원시의 넝쿨나무는 외지에서 온
말없는 사내에게 하늘색 손을 얹었다.
노래하는 에르시야, 그대가 맞은
첫 새벽 강물의 맥박 소리를 듣는다. 새들의 광란,
이파리가 천둥치는 소리를 듣는다.
그대의 금빛 매의
흔적을 남겨라. 야생 옥수수가
그대의 뺨을 상하게 하라.
그 모든 흔적이 이 땅에서 없어질 것이니라.
시인이여, 그대만이 피의 잔을
마시지 않을 것이다. 노래하는 이여, 세월의
비밀스러운 입이 그대에게서
나온 스치는 한 줄기 빛에 다가가리라, 그러나
헛되이, 단지 '헛되이'라는 말을 하기 위해서.
이슬 먹은 나뭇가지에 튄 피,
퓨마의 밤,
용감한 병사의 발걸음,
명령,
상처 입은 자의
흔적
이 모든 것은 부질없다, 헛된 짓이다.

———
서 아라우카 족의 용맹성을 찬양했다.

모든 것은 깃털로 장식된 펜의 침묵으로 변할 것이고

　아득히 떨어진 침묵의 장소에서 왕은 아무 이야기나 먹

어치운다.*

XXIII

창들이 묻히다　　그렇게 우리의 재산이 찢겼다.

피는 조국 전체를 갈랐다.

(다른 기회에

내 민족의 투쟁을 말하리라.)

조국은 침략자의 칼로

유린되었다.

후에 로욜라**의 손자들인

약탈자 에우스카디*** 일행이

이들의 유산을 갖기 위해 왔다.

산맥부터 대양까지

대지의 그늘을 이루는

모든 나무, 신체를 나누어 가졌다.

———

* 스페인 정복자 및 원정대가 제멋대로 올리는 보고서를 그대로 인
정하는 왕.

** Martín García Óñez de Loyola(1549~1598): 바스크 출신 칠레
총독(재임 1592~1598).

*** Euskadi: 바스크 지방 출신 사람을 가리킨다. 칠레 정복 초기부
터 바스크 출신 사람들이 이주했으며, 16세기에는 칠레로 이주한
스페인 사람의 4분의 1을 차지했다. 그 후, 18세기에 대규모 이주가
이루어져 오늘날 칠레 인구 가운데 바스크 성을 가진 사람이 약
10~20퍼센트나 되는 것으로 추정된다.

격랑을 겪고, 상처 나고, 태워진

땅에 대해 전권을 위임하는 제도,

주머니에는 밀림과 강을

채워주는 재산 분배. 에라수리스* 일행이

들고 온 무기 방패는

채찍과 샌들이었다.

XXIV**

마젤란 해협   때로 몽롱한 상태에서 끙끙대며 자문한다, 내가

중심에서   어디서 왔는지, 대체 어떤 구석에서 등장한 건지,

(1519)   오늘이 무슨 요일인지, 나무에는, 밤에는 무슨

일이 생기는지. 어느 날, 파도 하나 눈꺼풀처럼

일어나고 호랑이 주둥이 모양의 번개 하나 태어난다.

남극을 생각하며   날이 샌다. 그리고 내게 묻는다.

밤에 갑자기 깨다   "파타고니아 위로 흐르는 물,

천천히 흐르는 물 소리를

들었니?"

나는 답한다. "네, 들었습니다."

———

* Francisco Javier Errázuriz y Larraín을 가리킨다. 1735년에 칠레로 이주했다.

** 마젤란 해협은 칠레 남단의 480킬로미터에 달하는 미로 같은 곳이다. 마젤란은 파타고니아를 거쳐 이곳에 도달해서 수많은 역경을 겪고, 수개월 후에 태평양을 향해서 폴리네시아의 섬에 도착했다.

날이 샌다. 그리고 내게 묻는다. "저 먼 동네에서

산양 한 마리가 얼음 색

돌 하나를 핥는다. 울음소리 안 들리니?

파란 강풍이 안 보이니? 그 손에서

달은 하나의 컵이란다. 군대는 안 보이니?

원한에 차 있는 바람의 손가락이

파도를 만지고 텅 빈 반지로 삶을 만지는 거 안 보이니?

해협의 고독을 기나긴 밤, 소나무, 내가 가는 곳으로 오고 있다.

추억하다 내 삶의 모든 것이 무감각한 산성, 지겨움,

술통 마개로 변한다.

맑은 옷을 입은 눈송이 하나가

내 문 앞에서 울며 흐느낀다.

눈송이는 나를 찾는 작은 혜성에서 떨어져 나온 것.

그 누구도 광풍을 보지 않는다. 광풍의 규모,

초원 공기의 울부짖음도.

나는 바람에 다가가 말한다. 같이 가자.

남쪽에 이른다. 모래밭에 내린다. 빼빼 마른

검은 식물을 본다. 그것은 뿌리만 남은 바위

물과 하늘이 할퀴어버린 섬들. 허기진 강, 재의 심장,

암울한 바다의 뜰, 외로운 뱀이 휘파람을 부는 곳,

그곳에 상처 입은 마지막 이리가 굴을 파고

자신의 피 묻은 보물을 숨기고,

하늘을 나는 폭풍우를, 폭풍이 부서지는 소리를 본다.

옛날 책이 들려주는 소리, 백 개의 입술을 가진 입,

무언가를 말한다, 매일매일 대기가 들이켜는 무엇을.

발견자*들이　배에서 일어난 일을 바다는 안다.

왔으나　딱딱한 땅, 이상한 땅은 그들의 해골을 보존하고 있다.

흔적이 없다　해골은 으스스한 극지방에서 나팔 같은 소리를 낸다.

낮이 되면 해골과 황소의 눈은 자신의 구멍,

동그란 고리를 뜨고, 불굴의 항적 소리를 낸다.

그 시절 하늘은 배를 찾는다.

　　　　　　　　　그러나 살아남은

사람은 아무도 없다. 부서진 배는

분노에 찬 선원의 재와 함께 살고 있다.

황금 창고, 썩은 밀 포대

창고, 그리고

배의 꺼져버린 불꽃의 재.

(밤이면 〔바위와 부서진 선체〕로 바닥이 얼마나 많은

충격을 받았으랴)

시신조차 없는 불타버린 영역,

타버린 불의

검은 편린이

망가뜨린 악천후만 줄기차게 남았다.

단지 황폐함만　밤, 물, 얼음을 서서히 파괴한 지역,

존재한다　보랏빛 표식, 야생 무지개의

맨 끝 파란색이 있는 곳,

시간과 죽음으로 투쟁을 빚는 지역,

내 조국은 당신의 그늘에 발을 담그고

———

* '발견자'는 마젤란을 뜻한다.

울부짖고 찢겨나간 장미는 고통스러워한다.

발견자에 대한   다시 운하로 새로이 항해한다,
추억   얼어붙은 곡식, 무성한* 수염,

극지방의 가을, 상처 입은 여행자가.

그 사람, 노인, 죽은 사람,

격랑으로 난파당한 사람,

고통 받는 이, 그의 목표**와 함께.

앨버트로스는 아직도 그를 쫓는다.

먹어치워진 가죽 끈,

눈을 감고 삼켜버린 쥐,

부서진 노 사이에 분노의 광휘가 보인다.***

반지와 뼈가 허공으로 떨어져

바다 소 위로 미끄러진다.****

---

* 원문은 de combate(전투의).

** 원문은 frente(정면).

*** 선원들이 가장 고통 받은 것은 굶주림과 괴저병이었다. 이들은
벌레가 난 과자, 악취가 나는 물로 연명했으며, 돛대를 덮고 있는
가죽을 뜯어 먹었고, 쥐도 잡아먹었다.

**** '바다 소'의 원문은 vaca marina이며, 여기서는 칠레 남단의 칠로
에Chiloé 군도에 서식하는 '스텔러 바다 소'를 가리킨다. 신화에 따
르면 이 '바다 소'는 물개와 유사한 젊은 암소로 지상에 사는 모든
소를 없애고 싶어 황소를 유혹해 바다로 사라지는데, 바다 소에게
반해버린 황소는 그 자리를 떠나지 못할 뿐 아니라 지상의 암소와
도 사랑할 수 없게 되며 결국 죽음에 이르고 만다.

마젤란 지나가는 신이 누구지? 벌레가 득시글대는 그의 수염,

무거운 대기가 달라붙어

난파선 개처럼 물어뜯은 그의 바지를 보라.

그의 키는 저주스러운 닻의 무게를 가졌다.

바다가 휘파람을 분다. 북풍이

그의 젖은 발까지 휘몰아친다.

　　　　　　　　　　　　　세월의 어두운

그림자를 지니고 산 달팽이,

　　　　　　　　녹슨 박차,

검은 해안에 선 노인, 볼품없는 매 사냥꾼,

더러운 샘물, 해협의 새 똥이

그대에게 명령을 내린다.

그대의 가슴에는 십자가 대신

바다의 외침, 하얀 외침, 바다 빛의 외침,

넘실대며 솟구치는 파도, 망가진 칼의 외침이 있다.

태평양에 바다의 사악한 날이 종말을 맞던 날,

도달하다 밤의 손이 하나씩 하나씩 그의 손가락을 잘라서

손이 더 이상 손이 아니게 되자, 대장은 자신에게서

강철을 보고, 다시 태어난다. 아메리카가 거품을

높이고, 해안이 어둑한 여명에 창백한 암초,

더러운 암초를 들어 보이자,

배에서 외마디소리가 나왔다 사라진다.

또 다른 외마디소리.

바다 거품에서 태어나는 새벽.

모두가 죽었다 젖은 몸, 이가 득실대는 형제들, 육식 세계 형제들,
그대들은, 결국, 폭풍으로 인해 머리 숙인 돛대를
보았는가? 광풍의 거친 미치광이 눈보라 아래로
부서진 바위를 보았는가?
결국, 그대들은 실낙원을 가졌다.
결국, 그대 병사들은 저주를 퍼붓게 되었다.
결국, 대기를 뚫고 온 그대들의 유령은
모래 위 물개 흔적에 입을 맞췄다.
결국, 반지조차 없는 그대들의 손가락에
햇빛이 아른댄다. 파도와 돌로 된
병원 안에서 부들부들 떠는 죽어버린 날.

XXV

분노에도 녹슨 투구, 죽은 편자.
불구하고 어두운 피로 빛나는
샘물에서 나오듯,
고뇌 속에 묻힌 광물과 함께
불과 편자 위로
지상에 빛 한 줄기 쏟아졌다.
숫자, 이름, 선, 구조.

물의 페이지들, 시끄러운 언어로 된
명료한 권력, 송이처럼 만들어진
달콤한 물방울,
진주로 장식한 순수한 가슴의

부드러움 속에 있는 백금의 음절,
그리고 다이아몬드로 된 최고의 입이
지상에 하얀 광채를 쏟아부었다.

저 멀리서 조각상은
죽어버린 대리석을 증언했고,
　　　　　　　　　　　　세상의 봄 속에서
기계가 잠을 깼다.

기술은 지배력을 좀더 높였고
세월은 상품의 깃발 속에서
광풍처럼 쏜살같이 달렸다.

풀을 발견한 이 땅의 달,
발전을 거듭하는 지구는
기하학적인 아름다움을
펼쳤다.

아시아는 순결한 처녀의 향기를 주었다.
얼어붙은 실을 가진 지식은
하루를 짜면서 피의 뒤를 쫓았다.
종이는 어둠 속에
간직해온 벌거벗은 꿈을 이리저리 나눴다.

저녁놀, 대양의 푸른 바다가
그려진 그림에서 나온
비둘기의 선회.

인간의 언어들은, 노래에 앞서서,
첫번째 분노에서 엉켜버렸다.

이처럼, 피비린내 나는
돌 같은 거인,*
피에 굶주린 매와 함께
피뿐만 아니라 밀도 왔다.**

칼부림에도 불구하고 빛은 계속되었다.

---

* 냉혈한인 스페인 정복자를 가리킨다.
** 피는 스페인의 혈통을, 밀은 음식을 상징한다.

IV.
해방자들*

* 16세기부터 시작된 식민통치는 19세기 초까지 이어진다. 원주민을 위시한 수많은 이들이 스페인의 압제에 저항했으며 이것은 독립으로 결실을 맺는다. 독립 후의 지배 세력 역시 식민지 지배 세력과 유사하다. 네루다는 이들 지배 세력의 부당함에 맞선 영웅들의 활약상을 노래하며 추억한다.

해방자들　여기 나무가 온다, 폭풍의
나무, 민중의 나무.
수액을 먹고 자라는 잎처럼,
땅에서 영웅들이 올라오고,
웅성대는 무수한 이파리를
바람이 흔들어대자,
다시 한 번 빵의 씨앗이
땅에 떨어진다.

여기 나무가 온다, 벌거벗은
시신들이 살찌운 나무가.
매 맞고, 상처로 얼룩진 시신들,
얼굴을 알아볼 수 없는 시신들,
창에 찔려서
모닥불에 토막 나서
도끼로 참수되어서
말에 찢겨서
교회에서 십자가에 못 박혀서.

여기 나무가 온다, 뿌리가
살아 있는 나무가
순교의 초산을 꺼냈다.
그 뿌리는 피를 먹었다.
나무는 땅의 눈물을 분출했고,
눈물을 가지로 올렸고,
가지는 온몸으로 퍼졌다.
보이지 않는 꽃들,
땅속에 묻힌 꽃들,
때로는 꽃잎이
유성처럼 반짝거렸다.

인간은 가지에 매달린
단단한 꽃부리를 따서
목련처럼, 석류처럼
손에서 손으로 전했고,
어느 순간 땅이 열리고
꽃들은 별에 닿기까지 자랐다.

이것이 자유로운 이들의 나무.
땅 나무, 구름 나무,
빵 나무, 화살 나무,
주먹 나무, 불 나무.
어두운 우리들의 시절,
격랑의 물은 나무를 덮쳤다.
그러나 돛은 권력의 수레바퀴를
균형 잡게 했다.

어떤 때에는 다시
분노로 찢어진 줄기가 떨어지고,
무서운 재가
옛날의 위엄을 덮어버렸다.
옛날부터 그래왔듯이,
고통에서 빠져나왔듯이,
그러다가 하나의 비밀스러운 손,
수없는 팔이 나타났다.
백성은 팔 조각을 간직하고
변하지 않은 그 줄기를 숨겼다.
그의 입술은
각지로 흩어진
거대한 나무의 이파리,
이파리는 뿌리와 함께 걷는다.
이것이 그 나무, 백성의
나무, 자유로운 모든
민족의 나무, 투쟁의 나무.

그의 머리칼에 다가가라.
그의 새로워진 빛을 만져라,
손을 생산지에 담가라.
거기서는 숨 쉬는 과실이
매일매일 빛을 쏟아낸다.
이 땅을 네 손으로 들어 올려라,
이 광휘의 한 부분이 되어라,
너의 빵, 너의 사과,

너의 심장, 너의 말〔馬〕을 받아라.

그리고 이파리의 끝,

경계를 지켜라.

그 꽃들을 끝까지 지켜라,

모진 밤을 함께하라,

여명이 오는지 잘 봐라,

별이 빛나는 고지대의 공기를 마셔라,

나무, 지상의 중앙에서 자라는

나무를 지키면서.

I

콰우테목*

(1520)

아득히 먼 옛날부터 결코 잠들지 않고,

위로받지 못한 젊은 형제,

멕시코의 냉혹한 어둠 속에서

전율한 젊은이, 그대 손에 있는

그대의 벌거벗은 조국의 선물을 내가 받는다.

그 조국 안에서 그대의 미소는

빛과 황금 사이의 선에서 태어나고 자란다.

죽음을 맞아 맞닿은 그대의 입술,

---

* Cuauhtémoc(1496~1525): 아스테카 제국의 마지막 왕으로 스페인 정복자들이 몰려오기 1년 전에 즉위했다. 불로 살을 지지는 모진 고문에도 불구하고 황금이 있는 곳을 말하지 않았으며, 결국 정복자들에 의해 사형당했다.

가장 순수하게 땅에 묻힌 침묵.

지상의 모든 입 아래로
가라앉은 샘물.

그대는 혹시
부서진 봄바람, 물줄기가
저 먼 아나왁을 향하는
소리를 들었는가?
어쩌면 삼나무의 말소리겠지,
어쩌면 아카풀코의 하얀 물결이겠지.

그러나 밤이 되면
그대 마음은 사슴이 되어
국경을 향해 정신없이 달음박질한다.
속삭이는 달 아래에서
피가 낭자한 건물 사이로.

모든 어둠은 어둠을 준비한다.
땅은 어두운 부엌,
돌, 냄비, 검은 증기,
이름 없는 담, 제국의
어두운 광석에서
그대를 부르는 악몽.

그러나 그대의 깃발에는 어둠이 없다.

운명의 시간이 왔다.
백성들에게
그대는 빵, 뿌리, 창, 별이었다.
침략자는 걸음을 중단했다.
그대는 죽은 잔처럼 사라진
목테수마*가 아니다.
그대는 번개, 갑옷,
케찰 새의 깃털, 백성의 꽃,
선박 사이에서 불타는 투구 장식이었다.

수세기 묵은 돌 같은 단단한 손 하나가
그의 목을 조였다. 그들은
그대의 미소를 닫을 수 없었다.
그들은 비밀스러운 옥수수 알이
떨어지지 못하게 했다. 그들은
죄수가 된 용사인 그대를
왕국 전역으로 끌고 다녔다.
폭포와 산맥으로
모래밭과 가시밭 위로
끝이 없는 기둥처럼

고통 받는 증인처럼,
결국 밧줄 하나가
순수한 기둥에 매어졌고
불행한 땅 위에

———
* Moctezuma(1466~1520): 아스테카 제국의 왕. 1502~20년 재위.

그대의 몸을 매달아놓았다.

II

5월의 추운 안개 낀 밤, (나날의 소소한 투쟁,
처마에서 방울방울 비가 떨어지는 계절,
끊임없는 고통의 둔탁한 고동 소리를
들으며) 노동조합의 문을 나서서
지친 몸으로 집에 도착할 때,
쇠사슬로 묶는 자의
가면을 쓴 부활,
비열한, 영악한 부활을 생각합니다.
그리고 당신과 더불어
고통이 빗장까지 치밀어올 때,
그 옛날 불빛, 부드러우면서
광석처럼 강한 불빛이
땅속에 묻힌 유성처럼 올라옵니다.
바르톨로메 신부님, 차가운 한밤중의
이 선물, 고맙습니다.

당신의 실(絲)은 결코 무너지지 않으니, 감사드립니다.

———
* Bartolomé de las Casas(1484~1566) : 도미니크 교단 신부로 스페인인들의 잔혹상을 고발했고, 원주민의 권익 보호에 앞장섰다. 『인디아의 역사 *Historia de Indias*』를 비롯한 여러 책을 저술했다.

당신은 광폭한 개의 커다란 입에 먹혔을 수도,
그 개에게 눌려 죽을 수도 있었습니다.
불난 집의 잿더미 속에
계실 수도 있었습니다.
무수한 살인자의 차가운 칼날에
아니면 미소를 띤 절제된 증오에 의해,
(차기 십자군 전쟁의 배신으로 인해),
창문에 던져진 거짓말로 인해
난자당할 수도 있었습니다.
당신의 맑은 실(絲)이 죽을 수도 있었습니다.
축소할 수 없는 맑음이
행동으로 변하고, 폭포에서 떨어진
투쟁적 강철로 변했습니다.
당신과 같은 삶을 가진 사람은 거의 없습니다.
당신만큼 그늘을 주는 나무도 거의 없습니다.
그 그늘로 전 대륙의 살아 있는
불덩이가 모여듭니다.
모든 것이 완벽히 파괴된 상태, 불구자의
상처, 멸족한 마을, 이 모든 것이
당신의 그늘 아래에서 다시 태어납니다.
당신은 고통이 시작되는 곳에
희망을 심어줍니다.
신부님, 당신께서 대농장에 오신 것,
죄악의 검은 곡식을 드신 것,
매일 분노의 잔을 드신 것은
우리에게는 행운이었습니다.
헐벗은 분이시여, 누가 분노의 이빨 사이에

당신을 데려다놓은 겁니까?
당신이 태어나셨을 때, 다른 광물로 만든
또 다른 눈들이 생기게 된 겁니까?*
인간의 비밀스러운 밀가루 안에서는
어떤 발효가 일어나서
당신의 상하지 않는 곡식이
지상의 빵으로 반죽되는 겁니까?

당신은 잔인한 환영 가운데에서
현존이셨습니다. 당신은
징벌의 광풍 위에서
영원히 부드러운 존재였습니다.
전투를 치르면서, 당신이 원했던 것은
명확한 목표로 바뀌었습니다.
외로운 투쟁은 가지를 쳤고
헛된 흐느낌은 무리를 형성했습니다.

측은지심은 소용없었습니다. 당신의 사지,
품성 넉넉한 당신의 몸, 축복을 내리려는
당신의 손, 당신의 망토를 보여주었을 때,
적(敵)은 눈물을 짓밟고
수선화의 색깔을 더럽혔습니다.
방치된 대성당 같은
높은 돌, 비어 있는 돌은 소용없었습니다.

———
* 신부가 정복자들이 흔히 찾던 황금과는 다른 것을 추구했음을 상징한다.

불굴의 결심이 바로
당신의 저항, 무장된 마음이었습니다.

거대한 물질 자체가 이성이었습니다.

몸 자체가 조직된 꽃이었습니다.

정복자들은 (앉아 계신 높은 자리인) 위에서부터
당신을 보기를 원했습니다.
돌 그림자처럼 자신들의
큰 칼에 기대서서, 당신이 활동하는
지역에 냉소적인 침을 뱉고
화를 참아가며
이렇게 말했습니다. "저기 소요 사태 주동자가 간다."
그리고 이렇게 거짓말했습니다. "외국인들
돈을 받았대."
"조국이 없다는군." "배신자."
그러나 당신의 설교는 일시적인 것,
순례자가 쉬는 동안 행하는 것,
길 가는 이의 시계 같은 존재가 아니었습니다.
당신의 나무는 투쟁의 숲이었고,
꽃으로 덮인 표면으로 인해
모든 빛에서 차단된 천연층에 묻힌 철,
게다가 아주 깊은 곳에 있는 철입니다.
시간의 단위에서, 삶의 흐름 속에서
당신의 손은 백성의 기호인
별자리보다 앞에 있었습니다.

신부님, 오늘 이 집에 저와 함께 들어가십시다.
제가 우리 국민의 고통, 박해받는 자의
고통을, 편지를 보여드리죠.
해묵은 그 고통을 보여드리죠.

무너지지 않고, 이 땅 위에서
단단히 서서 계속 투쟁하도록
떠돌이 포도주, 당신의 부드러움이
빚어낸 집념의 빵을 제 마음에 담아주세요.

III

칠레 땅을　　스페인은 세상의 남쪽 끝까지 내려갔다. 키가 크신
훑으면서*　　스페인 분들은 기진맥진하면서도 눈 속까지 헤쳤다.
　　　　　　신중한 비오비오 강이
　　　　　　스페인에게 경고했다. "그만 멈춰라",
　　　　　　떨리는 빗줄기처럼 초록색 실을 늘어뜨린
　　　　　　마이텐** 상록수 숲이
　　　　　　스페인에게 말했다. "더 이상 안 된다." 말없는
　　　　　　국경선의 거목인 알레르세 나무가
　　　　　　말 대신 천둥소리를 냈다.
　　　　　　그러나 침략자의 주먹과 칼은

---

* 모든 자연환경을 거스르면서 스페인 정복자들이 칠레 땅 구석구
석을 유린한 것을 탄식하며 노래함.
** maitén: 남미에 자생하는 상록수.

내 조국의 저 구석까지 난도질했다.

내 심장이 두근대며 새 날을 맞은

임페리알* 강 쪽으로

아침에 허리케인이 불어 닥쳤다.

어둠 속 맑은 강 연안 사이에서

넓은 하구는 영원히 비워지지 않을 잔처럼

백로로 꽉 차 있었고,

강은 섬들을 지나 포효하는 바다로 향했다.

강가에는 탁한 실로 짠 양탄자처럼

꽃가루가 날렸고,

봄의 모든 정기를 감동시키는

바람이 바다에서 불었다.

아라우카 땅의 아베야노**나무는

모닥불처럼 송이처럼 피어올랐고,

그 나무 위로 비는

순수의 결집체처럼 흘러내렸다.

모든 것은 향기와 얽혔고,

녹색으로 취해 있었고 비를 머금었다.

쓴 향기가 나는 나무덤불은

겨울의 깊은 가지,

이슬 맺힌 대양을 덮은

길 잃은 함대 같았다.

깊은 계곡에서는 새와

---

* Imperial: 칠레 중부 아라우카나 테무코Temuco에 있는 강.
** avellano: 헤이즐넛 나무.

깃털의 탑, 그리고 외로운 바람이
소리치며 솟아올랐다.
습기 찬 곳에서는
거대한 고사리의
곱슬곱슬한 머리칼 사이로
토파토파*가 활짝 피었다. 노란색으로 입을 맞추는
로사리오 같은 토파토파.

IV

인간들이　거기서 원주민 대장들이 꿈틀대기 시작했다.
등장하다　칠흑 같은 눅눅한 삼림 속에서부터,
　　　　　화산 꼭대기에서
　　　　　끓어오른 비에서부터,
　　　　　근엄한 가슴들,
　　　　　환한 식물성 화살,
　　　　　야생 돌 같은 이빨,
　　　　　거침없는 몽둥이 발,
　　　　　얼어붙은 물이 등장했다.

　　　　　아라우코는 차가운 자궁.
　　　　　상처로 만들어지고,
　　　　　난폭하게 분쇄되고,
　　　　　거친 가시 사이에서 배태되고,

———
* topa-topa: 난초과 개불알꽃속에 속하는 꽃.

눈보라 속에서 할퀴어지고,
뱀들의 보호를 받는 곳.

땅이 만들어낸 인간도 그러했다.

대장들은 요새처럼 강성해졌다.
이들은 침략당한 피로 태동되었다.
조그만 붉은 퓨마처럼
머리칼을 기르고,
딱딱한 돌처럼 생긴 눈은
사냥할 때 나오는
집념의 빛처럼
서기(瑞氣)를 발했다.

V

카우폴리칸 대장   라울리*의 비밀 그루터기에서
건장한, 격정적인 카우폴리칸**은 자라났다.
자신의 민족이
침략자의 무기를 향해 돌진했을 때,
나무가 움직였다,

---

* rauli: 칠레에 자생하는 활엽수.
** Caupolicán: 라우카로Laucaro의 뒤를 이어 아라우카 족의 대장
이 된 인물로 스페인 군대에 맞서 싸워 용맹을 떨쳤으며, 그의 활약
상은 에르시야의 서사시 『라 아라우카나 *La Araucana*』와 루벤 다리
오Rubén Darío의 시 「카우폴리칸Caupolicán」에서도 그려진다.

이 땅의 단단한 나무가 움직였다.
침략자들은 초록색 안개 가운데에서
움직이는 이파리를 보았고,
두터운 줄기,
수많은 위협적인 잎으로 만든 옷,
땅에 박힌 몸통이 백성이 되어
뿌리가 땅에서 나오는 것을 보았다.
사람들은 삶과 죽음의 시계를 향한
때가 다가온다는 것을 알았다.

다른 나무들이 그를 동행했다.

붉은 가지의 후예,
원초적 고통의 땋은 머리,
나무에 박힌 모든 증오의 마디.
카우폴리칸의 덩굴 풀 가면이
길 잃은 침략자 앞에 드러났다.
그는 황제를 나타내는 색칠한 깃털도,
제사장의 번쩍이는 목걸이도,
장갑도 없고, 황금 장식을 한 왕자도 아니었다.
숲이 그의 얼굴이었고
그의 가면은 망가진 아카시아로 만든 것이었다.
비로 인해 흐트러진 모습,
넝쿨나무로 머리를 두른 존재.

카우폴리칸 대장, 산 세계 사람들이 그러하듯
움푹 팬 눈자위,

세상 무엇에도 굴복하지 않는 눈을 가진 존재,
건장한 뺨은 번개와 뿌리를
타고 올라간 담.

VI

애국전쟁　　아라우카니아*는 꽃 단지에 꽂힌
장미 노래의 목을 졸랐고,
은빛 각시의 직조기에 있는
실을 잘랐다.
위대한 마치**께서 여기저기 흩어진 강,
뭍으로 내려오셨다.
용감한 아라우카리아나무의
곤두선 컵 아래 땅 밑에
묻힌 종들이 외쳐대기 시작했다.
전쟁의 여신은
시냇물의 작은 돌들을 건너뛰어,
어부 가족을 거두었다.
농사짓는 신랑은 돌들이
상처를 향해 날기 전에 입을 맞췄다.

대장의 나무 얼굴*** 뒤에서

———

* Araucanía: 칠레 중부 지방의 주(州)로 주도(州都)는 테무코.
** machi: 아라우카 족의 주술사이며 민족의 지도자.
*** '나무 얼굴'은 숲을 상징한다.

아라우코 족은 방어를 위해 결집했다.
눈, 창, 납덩이같은
침묵, 위협,
드러낸 허리,
높이 올린 검은 손, 쥐어진 주먹.

키 큰 대장의 뒤에는 산,
산에는 무수한 아라우코 사람들.

아라우코, 흘러가는 강물 소리.

아라우코, 어두운 침묵.

전령은 잘린 손에
아라우코의 방울을 모았다.

아라우코, 전쟁의 파도.
아라우코, 밤에 불타는 곳.

위엄 있는 대장 뒤에서 모든 것이 끓었다.
그가 앞으로 나아가자, 어둠,
모래, 삼림, 대지,
모든 모닥불, 허리케인
퓨마의 섬광이 등장했다.

VII

찔러 죽인 자   그러나 카우폴리칸의 고문 시간이 왔다.

고통스러운 창에 몸이 꿰어진 채
나무들의 느린 죽음에 들어갔다.

아라우코 죽은 그들의 녹색 공격을 후퇴시켰다.
그들은 어둠 속에서 전율을 느꼈고,
땅에 머리를 박고
고통 속에서 몸을 웅크렸다.
대장은 죽음 속에서 잠들었다.
첫소리 하나가 병영에서
들렸고, 외국인들의 파안대소는
극에 달했고,
상복을 입은 숲을 향해
밤만이 숨을 쉴 뿐이었다.

그것은 고통이 아니었다. 내장까지
열린 화산이 물어뜯긴 것은
숲의 꿈에 불과했고,
나무는 피를 흘리고 있었다.

살인의 칼끝은 내 조국의
내장 속까지 들어오면서
신성한 땅마저 흠집을 냈다.
타는 피는 침묵과

침묵 속에서 떨어졌고,

그 아래에는 봄을 기다리는 씨가

묻혀 있었다.

피는 더욱더 깊이 떨어졌다.

뿌리를 향해 떨어졌다.

시신을 향해 떨어졌다.

태어날 이들을 향해 떨어졌다.

VIII

라우타로* 피가 수정의 맥에 이른다.

(1550) 돌은 핏방울이 떨어진 곳에서 자란다.

그렇게 해서 대지의 라우타로가 탄생한다.

IX

족장의 교육 라우타로는 가느다란 화살이었다.

이 유연한 우리 조상은 하늘이 낸 존재.**

———
* Lautaro: 마푸체의 군사 지도자.
** '하늘이 낸 존재'의 원문은 azul(하늘색).

말이 없던 유년기.

대장 노릇 소년기

방향이 확실한 바람을 닮은 청년기.

우리의 조상은 긴 창처럼 스스로를 준비했다.

발을 폭포에 숙달되게 했고,

가시에 머리를 단련시켰고,

과나코의 시험을 통과했고,

설원의 동굴 속에서 살았고,

매의 먹이를 노렸고,

돌의 비밀을 캐냈고,

불 꽃잎을 가지고 놀았고,

차가운 봄을 마셨고,

지옥 같은 협곡에서 몸을 태웠고,

잔인한 맹금류 사이에서 사냥했고,

자신의 손을 승리로 물들였고,

밤의 공략을 읽어냈고,

무너지는 유황을 참아냈다.

번득이는 불빛처럼 재빨랐다.

가을의 느림을 취했고,

보이지 않는 은신처에서 일했고,

바람을 이불 삼아 잠을 잤고,

화살의 행동반경과 같이 행동했고,

길가의 거친 피를 마셨고,

파도의 보물을 부쉈고,

어두운 신처럼 위협적인 존재가 되었고,

마을의 이 부엌, 저 부엌에서 먹었고,

번개 글씨를 배웠고,

흩어진 재의 냄새를 맡았고,

마음을 검은 가죽으로 감쌌다.

나선형 선으로 뻗어나가는 연기를 해독했고,

과묵한 실로 스스로를 만들었고,

올리브 영혼처럼 스스로에게 기름칠을 했고,

단단하고 맑은 수정이 되었고,

허리케인 같은 바람을 연구했고,

피가 차가워질* 때까지 싸웠다.

이제 그는 비로소 마을의 존경을 받게 되었다.

X

침략자들 사이에
살았던 라우타로

발디비아의 집에 들어갔다.

발디비아를 빛처럼 동반했다.

라우타로는 단도를 지니고 잤다.

그리고 동족이 피 흘리는 것을,

그들의 일그러진 눈을 보았다.

그는 말구유에서 자면서

힘을 키웠다.

---

* 원문은 apagar(꺼지다)이나, 화가 나면 피가 끓고, 냉정해지면
차가워진다는 것을 뜻한다.

그의 머리칼은
고문을 보면서도 움직이지 않았다.
그는 저 멀리서
산산이 흩어지는 자신의 동족을 바라보았다.

밤에는 발디비아 발치에서 날을 새웠다.

어두운 밤, 사람을 죽이는 꿈이
무너뜨릴 수 없는 군대처럼
커오는 걸 들었다.
그 꿈을 해몽해보았다.
잠든 대장의
금빛 수염을 들어 올릴 수 있었다.
그의 꿈을 목에서 끊어버릴 수도 있었다.
그러나 어둠을 지켜보면서
시간의 밤 규칙을 배웠다.

낮에는 자신의 조국 땅에 발을 박아가며
땀에 절어 걸어가던 말들을
쓰다듬으며 행군했다.
그 말들을 연구했다.
꽉 막힌 신들과 함께 행군했다.
그들의 갑옷을 연구했다.
아라우카의 불을 향해
한 걸음씩 들어가면서
그는 모든 전투의 증인이 되었다.

XI

라우타로가
괴물에게 대들다
(1554)

이윽고 라우타로는 간헐적 공격을 시도했다.

아라우카 전사들을 조련했다.

전에는 스페인 사람의 칼이

붉은 몸의 가슴속 깊이 파고들었다.

그러나 이제는 모든 수풀 차양 아래

바위에서 바위로, 여울에서 여울로

게릴라 씨앗이 심어졌고,

코피우에* 덩굴 사이로 감시하고

바위 밑에서 매복했다.

발디비아는 돌아가려고 했다.

그러나 이미 늦었다.

라우타로는 번개 옷을 입고 나타났다.

그리고 곤경에 처한 정복자의 뒤를 쫓았다.

남극의 황혼, 축축한 잡초지에

길이 열렸다.

검은 말들을

몰면서 라우타로가 왔다.

피곤과 죽음이 발디비아 군대를

무성한 숲으로 인도했다.

라우타로의 창이 다가오고 있었다.

———
* copihue: 다년생 덩굴나무.

페드로 데 발디비아는
시신들과 무성한 잎 사이의 터널로 진군했다.

라우타로가 어둠 속에서 다가왔다.

발디비아는 저 대양 너머 두고 온
돌이 많은 엑스트레마두라,
부엌을, 금빛 기름을, 재스민을 떠올렸다.

외마디의 주인이 라우타로라는 걸 알아챘다.

양들, 견고한 농장의 집,
하얀 담, 엑스트레마두라의 오후,

라우타로의 밤이 밀려왔다.

귀로의 발디비아 휘하 대장들은
피, 밤, 비에 취해 비틀댔다.

라우타로의 화살이 숨을 헐떡였다.

비틀대던 총독은
피를 흘리며 후퇴하고 있었다.

라우타로의 가슴이 만져졌다.

발디비아는 빛, 여명,

아니 어쩌면 생명이, 바다가 오는 것을 보았다.

라우타로였다.

XII

페드로 데
발디비아의 심장

우리는 발디비아를 나무 아래로 데리고 갔다.
파란 비, 풀어진 실 같은 햇살의
차가운 빛으로 시작되는 아침.
모든 영광, 천둥, 폭풍우가
상처 난 강철 더미 위에
누웠다.
도요새가 목청을 드높였다.
휘황찬란한 왕국에
젖은 반딧불이가 빛을 발했다.

우리는 천과 단지, 땋은 머리처럼
단단히 묶인 거친 직조물,
달의 아몬드 같은 보석,
아라우카 땅을 가죽 빛으로
채워주는 북을 지니고 왔다.
사랑으로 빚은 그릇을 가득 채우고
우리의 유색 종족이 일궈낸
땅에서 쿵쾅대며 춤췄다.

그리고 적의 얼굴을 때렸다.

용맹스러운 목을 쳤다.

백정의 피는 얼마나 아름다웠는지!
아직 살아서 끓는 피를
석류처럼 나눠 가졌다.
그리고 창을 그의 가슴에 찔러 넣어
새처럼 날개 달린 심장을 꺼내
아라우카나무에 바쳤다.
피 소리가 나무 꼭대기까지 올랐다.

그러자 우리 몸이 가꾼 대지에서
전쟁의 노래,
태양의 노래, 수확의 노래가
위용을 자랑하는 화산을 향해 태어났다.
그때 우리는 피 흐르는 심장을 나눠 가졌다.
나는 이 땅의 의식을 치르기 위해
그 화관을 이로 물었다.

"몹쓸 외국인, 너의 냉혹함을 다오.
너의 거대한 호랑이의 용기를 다오.
네 피에 실린 분노를 다오.
네 죽음이 나를 따라와 네 동족에게
두려움을 줄 수 있게 해다오.
네가 가지고 온 전쟁을 다오.
네 말과 눈을 다오.
휘어진 네 어둠을 다오.
옥수수 어머니를 다오.

말의 언어를 다오.

가시 없는 조국을 다오.

승리의 평화를 다오.

계수나무가 숨 쉬는 공기를 다오,

이 화려한 양반아."

XIII

지속된 전쟁 대지여, 대양이여, 도시여,

선박이여, 책이여, 그대들은 역사를 안다.

격동을 겪은 돌처럼

얌전히 있던 대지를

세월의 저 깊숙한 곳까지

파란 꽃잎으로 메운 그 역사를.

떡갈나무 같은 용맹스러운 민족이

삼 세기나 투쟁했고,

삼백 년간이나

아라우코의 불꽃은

제국의 공간을 재로 채웠다.

대장의 옷은

삼 세기 동안 상처를 입었으며

삼백 년간이나

사람들은 농지와 마을을 떠나 살았다.

침략자 각자의 이름은

삼백 년간이나 매를 맞았고,

삼 세기 동안

침략자 매의 피부가 찢겼으며,

삼백 년간이나

지붕, 뼈, 갑옷,

탑, 빛나는 관직을

대양의 입처럼 삼켜버렸다.

말들이 질주해오면서

장식을 한 기타의

성난 박차에

재를 실은 폭풍이 밀려왔다.

선박들이 이 모진

땅으로 돌아왔고,

비의 왕국에서

잡초가 태어났고,

스페인 사람들의 눈이 늘어났다.

그러나 아라우코 사람들은 지붕을 낮추고,

돌을 갈고, 벽과

포도덩굴, 의지와 옷을 쓰러뜨렸다.

증오스러운 저 망나니 아들들이

얼마나 많이 땅에 떨어지는가 보라.

비야그라, 멘도사, 레이노소,

레예스, 모랄레스, 알데레테* 들이

빙하의 아메리카

저 하얀 낭떠러지로 굴렀다.

엄숙한 시절의 밤에

———

* 시인은 스페인 사람들의 성(姓)을 복수로 사용함으로써 이들을
개인이 아니라 집단으로 가리키고자 한다.

임페리알이 무너졌고, 산티아고가 무너졌고,

비야리카가 눈 속으로 떨어졌고,

발디비아*가 강물로 굴러 떨어졌다.

비오비오 강 제국이

수세기의 피에서

걸음을 멈추고

피 흘린 모래 위에

자유를 세울 때까지.

XIV

(간주곡) 칼이 휴식을 취하자, 유령처럼

식민지가 우리 땅을 냉혹한 스페인의 자손들은

뒤덮다(1) 각지의 왕국과 정글에서

왕실을 향해, 생각에 골똘히 빠진 왕에게**

울부짖는 소리를 담은 수많은 종이를 보냈다.

톨레도***의 거리에서

과달키비르 강**** 모퉁이에서

---

* Imperial, Santiago, Villarrica, Valdivia 모두 원정대장들 이름.

** 스페인이 세계에서 가장 영토가 넓은 제국이던 시절의 펠리페 2세
(Felipe II, 재위 1556~1598) 왕. 선왕 카를로스 1세(Carlos I)와 달
리 스페인 자체의 통치에만 신경을 썼으며, 일명 '신중한' 왕이라는
칭호를 받았다.

*** Toledo: 스페인 마드리드에서 약 70킬로미터 남부에 있으며,
1561년 펠리페 2세가 마드리드로 궁정을 옮길 때까지 스페인의 수
도였다.

**** Guadalquivir: 스페인 안달루시아에 있으며, 스페인에서 두번째

모든 역사가 이 손에서 저 손으로 옮겨갔으며,
항구의 입출구로는
유령 같은 정복자들의
닳아빠진 밧줄이 돌아다녔고,
마지막 시신들은
관에 안치되어 행렬을 지어
피로 지은 교회로 향했고,
이윽고 강으로 된 세계를 향한 법이 내렸고,*
장사치가 주머니를 들고 나타났다.

광활한 아침이 어두워졌다.
옷과 거미줄이 어둠 속에 퍼졌고,
각 방에는 지옥의 불,
유혹이 내려앉았다.
촛불 하나가 설원과 꿀통으로 가득 찬
거대한 아메리카를 비췄고,
수세기 동안, 사람들은
거리에서 기침을 하면서 작은 소리로 말했고
돈 몇 푼을 좇아 성호를 그으며 살았다.
이 세계 길목에 아메리카 태생 백인**이 등장했다.
여윈 얼굴로 배수로를 닦으면서
십자가 사이에서 사랑을 갈구하고
성기실 탁자 아래에서

———
로 큰 강. 이 강 연안에 아메리카 대륙을 향하던 선박이 드나들던
세비야Sevilla가 있다.
* '강으로 된 세계'는 아메리카 대륙을 가리킨다.
** '아메리카 태생 백인'은 크리오요criollo를 말한다.

삶의 후미진
뒤안길을 찾았다.
공포의 정액에 갇힌 도시는
검은 천 아래에서 부글부글 끓어올랐다.
그리고 양초를 긁어내어
지옥의 사과를 만들었다.

아메리카, 마호가니나무의 거봉,
상처로 얼룩진 황혼,
어두운 존재들의 고통스러운 나환자촌,
신선했던 그 옛날의 아메리카에는
구더기들의 경배만 늘어났다.
황금은 곪은 상처 위에
강인한 꽃, 말없는 등나무,
어둠이 내린 건물을 세웠다.

한 여인이 고름을 모았고
매일매일 그 고름 잔을
하늘의 이름으로 마셨다.
그러는 동안, 멕시코 금광에서는
굶주림이 춤을 췄고,
페루의 안데스 심장은
누더기 아래에서
추위에 떨며 가냘픈 울음을 토했다.

암울한 날의 어둠 속에서
장사치는 자신의 왕국을 만들었고

모닥불로 환한 그 왕국에서

불똥이 되어 비비꼬인

파렴치범은

한 숟갈의 그리스도를 모셨다.

이튿날 귀부인들은

빳빳한 피륙을 매만지다가

매를 맞고 불이 삼킨

미친 육체를 떠올렸다.

그동안 감옥 간수는

화형에 처해진 자의 상처 하나하나를

조사했고, 개들은

그 시신의 기름, 재, 피를 핥았다.

XV

농장(2)　　대지는 금화에서 금화로

상속되었고, 발현(發顯)*과 수도원으로 인해

빼앗긴 땅은 알 수도 없을 정도였다.

결국 새파란 모든 지도는

농장과 엔코미엔다**로 나뉘게 되었다.

----

* aparicione: 원뜻은 신이 자신의 뜻을 인간에게 전하기 위해 스스로 선택한 예언자에게 초자연적인 것을 드러내 보여주는 일이지만, 이 시에서는 '신이 나타났다'라는 핑계로 교회를 세운 것을 상징한다.

** encomienda: 스페인이 식민지 통치를 위해 도입한 제도로, 농장주들은 농장 안의 원주민들에게 부역과 같은 노동을 시키고, 이들

죽은 공간으로 메스티소의 상처와
스페인 놈과 노예업자의
채찍만이 움직였다.
크리오요는 빵 부스러기나 찾아 헤매는
피도 없는 유령,
모은 빵 부스러기로
황금빛 글자로 그려진
하찮은 직위라도 얻어냈다.

음습한 카니발에서
이네들은 백작의 옷을 입고,
은 지팡이를 들고 나와
다른 거지들 앞에서 뽐냈다.

XVI

새 주인들(3)　　세월은 우물 안에서 멈춰 있었다.

인간은 텅 빈 교차로, 지주네 집의 돌,
재판정의 잉크로 지배당했으며,
닫힌 아메리카의 도시에서
입만 가지고 살았다.
모든 것이 화합, 평화, 자선, 부왕으로 굳어지자,
카스티야의 마지막 군인이었던 아베야노,

———
의 교화를 책임지는 제도.

로하스, 타피아, 카스티요, 누녜스, 페레스,
로살레스, 로페스, 호르케라, 베르무데스는
재판소 뒤에서 늙어갔고
서류 다발 밑에서 죽어갔다.
이들은 이〔吸蟲〕와 함께 무덤에 갔고
거기서 제국 창고의
꿈을 엮었다.
찢겨나간 땅의 유일한 위험으로
쥐만 남게 되자,
비스카야* 사람이 부대를 들고 등장했다.
샌들을 신은 에라수리스,
양초 장수 페르난데스 라라인,
모직 장수 알두나테,
양말의 왕 에이사기레.

이들 모두는 굶주린 사람들처럼
몽둥이와 경찰을 피해 온 것이다.
곧 정복자들이
하나둘씩 추방되었고,
해외 물건 가게의
정복이 완수되었다.
그러고 난 뒤, 암시장에서 산
자존심을 등장시켰다.
농장, 채찍, 노예,

———
* Vizcaya: 스페인 북부 지방으로 대서양 연안에 있으며, 바스크 문
화권에 속한다.

고리학교, 경찰,

족쇄, 가난한 동네,

창녀촌을 샀고

이 모든 것을

성스러운 서양 문화라고 명명했다.

XVII

소코로*의 농민들　　(압제자 무리에 대항해서 '폭군은 죽어라'라고
(1781)　　　　　　　외친 인물은) 마누엘라 벨트란**이었다.

그녀가 바로 우리 땅에

새로운 곡식을 파종한 인물이다.

사건은 누에바 그라나다***의 소코로 마을에서

발생했다. 마을 농민들은 먼저

기울기 시작한

부왕령을 뒤흔들었다.

전매청에 대항했고,

오점투성이 특혜에 대항했고,

법정 청원 요청서를

높이 들었다.

———

* Socorro: 콜롬비아 동북부 산탄데르Santander 주의 주도.

** Manuela Beltrán(1724~?): 1781년 스페인 왕실이 세금을 과하게 부과한 것에 저항한 콜롬비아의 여성 지도자.

*** Nueva Granada: 18세기 초 스페인이 오늘날의 콜롬비아, 에콰도르, 베네수엘라 지역에 설치한 부왕령.

이들은 무기와 돌들로 무장했으며,
군인, 아녀자, 백성 전체가
분노에 불타 대형을 이루어
보고타와 그 인근 지역을 향해
전진하기 시작했다.
그러자 대주교가 내려왔다.
"그대들은 모든 권리를 가지리라,
내가 하느님의 이름으로 약속한다."

백성들은 광장에 모였다.

대주교는 미사를 드리고
맹세했다.
그가 바로 정의로운 평화였다.

"무기를 내려놓고, 모두들
집으로 돌아가라"라고 명했다.

농민들은 무기를 반납했다.
보고타에서는 대주교를
치하했고,
부정한 미사에서 보여준
그의 반역, 거짓 선서에 박수를 보내고
그들에게는 빵도 권리도 주지 않았다.

반란 대장들을 총살하고
그들의 갓 잘린 머리를

사람들에게 나눠 주었다.
대주교의 축복
부왕령의 춤과 함께.

이 지역에 최초로 뿌려진
무거운 씨앗들은
눈먼 조각상처럼 잠자코 있었다.
그러나 차가운 밤에
반골의 잡초로 태어났다.

XVIII

투팍 아마루*
(1781)

콘도르캉키 투팍 아마루,
지혜로운 남자, 정의로운 아버지,
당신은 안데스 층계밭의
황폐한 봄이
퉁가수카**로 오르는 것을 보았다.
봄과 함께 소금과 불행,
부정(不正)과 고통도 함께 올랐다.

잉카 군주시여, 족장 아버지시여,
당신은 모든 것을 당신의 눈에 담았다,

---

* Condorcanqui Túpac Amaru(1738~1781): 잉카 군주의 후예로
1780년 스페인의 식민 정책에 대항한 반란을 이끌었으며 노예제 폐
지를 주장했다. 그러나 부관의 배신으로 사로잡혀 처형당했다.
** Tungasuca: 쿠스코 인근 지역으로 투팍 아마루의 본거지다.

사랑과 슬픔으로.

석회로 만든 상자에 담듯이.

인디오는 당신께 등을 보여주었다.

전에 받은 형벌로 생긴 아문 상처 위에

새롭게 생긴 물어뜯은 자국이

빛나고 있었고,

이 등, 저 등, 모두의 등에는

흐느낌의 폭포가 요동친

고귀한 민족이 있었다.

이 흐느낌, 저 흐느낌.

당신은 황토 빛 백성들의

진군을 준비시켰고,

당신의 잔에 그들의 눈물을 담았고

오솔길들을 단단히 다졌다.

산의 아버지가 오자,

포연이 길을 열었고,

숨죽인 백성들을 향해

전투의 아버지가 오셨다.

사람들은 겉옷을 먼지 속에 던졌고

낡은 칼들을 모았고,

소라는

흩어져 있던 자들을 불러 모았다.*

피 묻은 돌에 대항해서,

불행한 무력감과

———
* 잉카 제국의 메신저는 소라를 불었다.

쇠사슬의 광물에 대항해서.
그러나 그자들은 당신의 백성을 이간했고
형제를 형제에 맞서게 했다,
당신의 요새에
돌이 날아들도록.
당신의 지친 사지를
성난 네 마리 말에 묶고,
불굴의 동녘 빛을
네 방향으로 찢어버렸다.

투팍 아마루, 패배한 태양,
당신의 찢긴 영광으로부터
빛이 사라진 바다에서
태양처럼 오르시오.
흙으로 빚어진 저 낮은 곳의 백성들,
희생당한 베틀,
모래 위에 지은 눅눅한 집들이
말없이 부른다. '투팍',
투팍은 씨앗,
말없이 부른다, '투팍'.
투팍이 이랑에 있다.
말없이 부른다, '투팍'.
투팍이 대지에 싹을 틔운다.

XIX

아메리카의 봉기
(1800)

우리의 땅, 드넓은 땅, 고독의 땅이
소리로, 팔로, 입으로 채워졌다.
비밀의 장미가 모이면서
소리 없는 음절이 들끓기 시작했고,
광물과 말발굽으로 뒤덮인
평원이 진동하기 시작했다.

쟁기만큼 고통스러운 진실.

땅을 부수고, 희망을 일으키고
배태된 정치선전 씨앗을 심었고,
비밀의 봄에 진실이 태어났다.
진실이 피운 꽃은 침묵을 강요당했고,
빛과의 만남이 거부되었다.
집단의 발효,
비밀 깃발의 입맞춤이 진압되었다,
그러나 진실은 지상의 감옥을 물리치고
벽을 부수며 봉기했다.

구릿빛 민족이 그들의 잔에
거부당한 자양분을 수용했고,
그것을 바다 너머로 퍼뜨렸고,
거친 맷돌로 갈아버렸다.
그리고 고통 받는 역사의 장(章)을 들고
봄이 오는 길목으로 나섰다.

어제의 그 시간, 정오,

다시 한 번, 오늘 그 시간, 거짓이 고개를

쳐들고 있던 시절, 죽은 분(分)과

태어나는 분 사이에서 고대했던 시간.

조국이여, 그대는 나무꾼 사이에서 태어났다.

아직 세례 받지 못한 아들들, 목수들,

이상한 새처럼, 날아다니는 피 한 방울을

준 사람들에게서 태어났다.

오늘 그대는 다시 강인하게 태어날 것이다.

배신자와 감옥의 간수가

그대가 영원히 잠겨 있다고 믿는 바로 그 물 속에서.

오늘 그대는 그 시절처럼 백성에게서 태어날 것이다.

오늘 그대는 석탄과 이슬에서 나올 것이다.

오늘 그대는 거칠어진 손으로

문을 흔들 것이다,

살아남은 영혼 조각과

죽음도 없애지 못한 시선들과,

누더기 옷 안에 감춰진

소박한 무기를 들고.

XX

베르나르도   오이긴스, 그대를 예찬하기 위해

오이긴스 리켈메* 침침한 거실을 밝혀야 한다.

포플러가 무수히 요동치는

가을의 남녘 희미한 빛.

당신은 족장과 백성 사이에 있던 칠레이다.

시골 마을의 폰초**였으며, 아직도

자신의 이름을 모르는 어린아이였다.***

학교에서는 강인하나 수줍었던 아이,

마을의 슬픈 청년.

산티아고에서 당신은 마음이 불편했다. 사람들은

당신에게는 좀 길었던 검은 옷을 쳐다보았다.

어깨띠를 두르자, 그것은 당신이 우리에게 만들어준

조국의 깃발이 되었고,

시골 사람 티가 나는 당신 가슴의 어깨띠에서는

아침나절의 미역 냄새가 났다.

청년 시절, 당신의 겨울 스승은

당신이 비(雨)에 익숙하도록 했으며,

런던 거리의 대학에서 겪은

안개와 가난은 당신에게 학위를 수여했다.

조국의 자유를 향한 떠도는 불꽃,

가난했으나 고귀했던 당신.

---

* Bernardo O'Higgins Riquelme(1778~1842): 칠레의 독립 영웅으로 자유주의자.

** poncho: 중남미 원주민들이 입던 사각형으로 된 겉옷.

*** 오이긴스는 총독이었던 부친의 사생아로 지방 소도시에서 태어났고, 모친의 뜻에 의해 모친의 성이 그의 출생 신고에서 누락되었다.

겨울 스승은 신중한 수리 새의 충고를 주었고
당신을 역사라는 배에 태웠다.

"존함이 뭐지요?" 산티아고의
'신사'분들께서는 이렇게 비웃었다.
사랑의 아들, 어느 겨울밤의 아들,
버려진 당신의 조건으로 인해
시골의 회반죽이 당신을 만들었고,
결정적으로는 남녘의 나무,
진지한 가풍이 당신을 완성했다.
세월은 모든 것을 바꾼다, 당신의 얼굴만 빼고.

오이긴스, 순수한 당신의 세계에서
시계는 단지 하나의 시간만을 가리킨다.
그것은 칠레의 시간,
전사의 존엄의 붉은 시침에 머문
단 하나의 분(分).

고급 목재로 만든 가구와 산티아고의 딸들* 사이에 있든
죽음과 화약이 에워싼 랑카구아**에 있든
당신은 늘 변함없는 존재.

---

* '고급 목재'의 원문은 palisandro로 고급 가구 제작에 사용된다.
'산티아고의 딸'은 지체 높은 집 딸의 통칭.
** Rancagua: 칠레 중남부에 있으며, 독립전쟁의 대미를 장식한 곳.
독립 반대파를 쫓아 광장에 간 오이긴스는 이틀간의 전투를 승리로
이끈다. 당시 그가 한 말은 "영예롭게 살거나 영광스럽게 죽자"였다.

당신은 바로 그 강인한 초상,
아버지 대신 조국을,
연인 대신
대포를 정복한
저 밀감 꽃 대지를 가진 존재.

당신이 페루에서 편지 쓰는 모습이 눈에 선하다.
그런 유배, 그보다 더한 유형은 없을 것이다.
당신은 모든 지역에서 추방당한 분.

칠레는 당신이 없을 때
살롱처럼 불을 밝혔다. 흥청대던
부자들의 리고돈* 춤은
당신의 금욕적 군인의 규율을 대신했고,
당신의 피로 얻은 조국은
당신 대신,
배고픈 백성을 구경만 하는 춤꾼이 다스렸다.

랑카구아의 화약, 땀, 피에 젖은 당신은
그 축제에 들어갈 수 없었다.
수도에 사시는 신사 양반들이
그걸 좋게 보지 않았을 것이다.
당신과 함께 봄의 조국 냄새,
말, 땀으로 가득 찬 냄새가 밴
길이 들어갔을 테니.

———
* rigodón: 16, 17세기에 프랑스에서 유행한 2박자의 춤.

당신은 그 무도회에 있을 수 없었다.

당신의 축제는 폭탄의 요새.

박자 맞지 않는 춤은 전투.

당신의 축제가 끝나는 것은

패전의 진동. 조국을 품에 안고

멘도사*를 향하는 불행한 미래를 뜻하는 것.

지금 지도의 저 아래쪽,

칠레의 가는 허리를 보시오.

그리고 눈밭에 모래를 꿈꾸는

젊은 군인들을 배치하고,

빛을 발하고 사라지는 공병을 배치하시오.

눈을 감고 잠드시오, 조금이라도 꿈을 꾸시오.

당신의 유일한 꿈, 당신의 마음에 드는

유일한 꿈. 그것은 당신의 대지에 비가 내리든,

시골의 태양이 내려 쪼이든,

남쪽 나라의 삼색 깃발이 나부끼고,

반란을 일으킨 당신 백성의 탄환이 발사되고

정말 필요하다고 여길 때,

당신은 두세 마디만 말하는 것.

꿈을 꾸면, 오늘 당신의 꿈이 이뤄질 것이오.

---

* Mendoza: 칠레 독립전쟁의 기폭제 역할을 한 아르헨티나의 도시
로, 이곳에서 산마르틴의 군대는 세 방향으로 안데스를 넘어 칠레,
페루로 향했다. 오이긴스는 세 명의 대장 중 한 명이었다.

그 꿈을 꾸시오, 적어도 무덤에서라도.

그 이상은 알려고 하지 마시오. 왜냐하면,

이전처럼, 전투에서 승리한 뒤에는

대통령궁에서는 신사 양반들이 춤을 출 것이고,

똑같은 굶주린 얼굴은

거리의 어둠 속에서 망연한 시선을 보낼 것이니.

그러나 우리는 당신의 단호함을 이어받았다.

당신의 한결같은 말없는 마음,

당신의 깨뜨려지지 않는 부성,

과거를 지키려는 경비병이 무모하게 밀려드는 가운데,

하늘색, 금색으로 된 제복을 입고

민첩히 움직이는 군인 사이에서,

오늘 당신은 우리와 함께 있다. 당신이 바로 우리이며,

민족의 아버지, 변하지 않는 군인이다.

XXI

산마르틴*

(1810)

산마르틴, 그리도 많이 여기저기를 돌아다니느라고

당신의 옷, 당신의 박차를 잊어버렸다.

산맥의 끝, 돌아가도록 만들어진 길을

당신을 닮은 노천의 순수함 속에서

걷는 동안,

---

* San Martín(1778~1850): 아르헨티나 출신 독립 영웅으로 아르
헨티나, 칠레, 페루를 해방시킨 인물이다.

나는 언젠가 한 번쯤은
당신과 만나리라고 생각했다.

세이보나무 마디 사이에서, 뿌리 사이에서
당신을 구별해내는 것은 어렵다.
오솔길 사이에서 당신의 얼굴을 가려내는 것,
새들 사이에서 당신의 시선을 구별해내는 것,
허공에서 당신의 존재를 만나는 것은 어렵다.

당신이 우리에게 준 것은 바로 땅, 그것이 당신이다.
당신은 향기를 내뿜는 세드론* 가지,
그 향기가 어디서 나오는지, 들판에 퍼지는
조국 사랑 냄새가 어디서 오는지 우리는 모른다.
산마르틴, 우리는 당신을 향해 말을 달린다.
당신의 몸을 보기 위해 새벽에 길을 나선다.
당신의 거대한 그림자를 한없이 호흡하고,
당신의 거대한 키에 불을 켠다.

당신은 모든 영웅 사이에서 가장 큰 분이다.

다른 이들은 소용돌이 속의 교차로에서
책상에서 책상으로 옮겨 다녔지만,
당신은 모든 영역을 포괄하는 인물이었다.
우리는 당신의 궤적,
당신의 마지막 평원, 당신의 영역을 보기 시작했다.

———
* cedrón: 허브나무.

세월이 영원한 물처럼
원한의 흙덩이를,
타오르는 불의 날카로운 끝을
퍼뜨리면 퍼뜨릴수록,
당신은 더욱더 많은 땅을 이해하게 되고,
당신의 침착함의 씨앗은 산을 무성하게 하고,
더욱더 넓은 곳으로 봄을 퍼뜨린다.

무엇을 만들어내는 인간은 곧 자신이 만든 것의
연기가 되고, 그 누구도
자신의 식은 화로에서 다시 태어날 수 없다.
작아짐으로써 존재하게 되고,
먼지밖에 남지 않을 때 쓰러져버린다.

당신은 죽음에서 더욱더 큰 영역을 확보했다.

당신의 죽음은 곡물 창고의 침묵.
당신의 삶, 다른 이의 삶이 흘러갔고,
문이 열렸고, 담이 올라갔고,
이삭은 흩뿌려지기 위해 나왔다.

산마르틴, 다른 대장들은
당신보다 더 빛나고, 반짝이는
소금으로 포도덩굴에 수를 놓고,
폭포처럼 말을 하지만,
땅과 고독의 옷, 눈과 토끼풀의 옷을

입은 당신 같은 분은 없다.

강에서 돌아오는 길에 당신을 만난다.
꽃이 만개한 투쿠만* 방식으로
당신께 인사한다.
길에서 말을 타고
먼지 조상 같은
옷을 날리며 달려오는 당신을 만난다.

오늘 태양과 달, 거대한 바람이
당신의 후예, 당신의 소박한
모습을 만들어낸다. 당신의 진실은
땅의 진실, 반죽이 된 진실.
빵처럼 안정된 진실, 순수한 평원의 땅과 곡식이
만들어낸 신선한 얇은 판인 빵의 진실.

당신은 오늘날까지도 그런 존재다.
달, 말 달리기, 야전군인 시절 당신이 있었던
그곳으로 우리는 다시 전투를 치르며 간다.
마을과 평원 사이를 걸으면서,
당신 땅의 진실을 확립하면서,
당신의 수많은 씨앗을 뿌리면서
밀의 이야기를 바람에 보내면서.

———
* Tucumán: 아르헨티나 북서부 지방으로 온화한 기후로 인해 삼
림이 많다. 아르헨티나 문호 사르미엔토Sarmiento는 이곳에 '공화
국의 정원'이라는 별명을 붙였다.

그렇게 되기를, 전투 후에 우리가 당신의 몸에
들어갈 때까지는
평안이 우리와 함께하지 않기를,
당신이 뿌린 평화 씨앗의 공간 모두를
잠들게 하는 일이 없기를.

XXII

미나*
(1817)

미나, 그대는 강인한 물줄기처럼
산 계곡에서 왔다.**
맑은 스페인, 투명한 스페인은
역경 속에서 불굴의 그대를 잉태했다.
그대는 산의 격류에서
빛나는 강인함을 가진 존재.

무수한 세월, 수많은 땅에서
어둠과 빛이 네 요람에서 오랫동안 싸워왔다.
성난 손톱들은
깨끗한 마을을 파괴했고,
교회라는 성(城) 안에 있던
옛날의 매 사냥꾼들은

———

* Francisco Xavier Mina(1789~1817): 프랑스의 침공에 대항해서
스페인 독립전쟁에 참전하고, 후에 멕시코 독립전쟁에도 참전했으
며, 그곳에서 사형당했다.
** 미나의 고향은 스페인 북부 산악 지역인 나바라Navarra.

빵이나 노렸고, 가난한 이들이
강에 들어가는 것을 금지했다.

그러나 무자비한 탑에서, 스페인 너는
반항하는 다이아몬드에
그리고 고통스럽게 새로 태어나는
그 빛의 혈통에 구멍을 냈다.

카스티야의 깃발이 농촌 마을 바람 색깔과
쓸모없이 같은 것이 아니다.
네 화강암의 분지로 가르실라소*의
파란 빛이 흐른다는 것은 헛된 일이 아니다.
코르도바**에서
공고라***가 성당의 램프 사이에
진주 같은 보석을 실에 꿰어놓은
쟁반을 놓은 것은 헛된 일이 아니다.

스페인 왕국,**** 그 옛날부터 잔인하기로 유명한
너의 발톱 사이에서, 너의 순수한 백성은

---

* Garcilaso de la Vega(1539~1616): 스페인에 르네상스 문학을 도
입하고 황금 세기 문학 시대를 연 인물.
** Córdoba: 스페인 안달루시아 지방의 도시로 서칼리프 제국 수도
였다.
*** Luis de Góngora(1561~1627): 스페인의 이른바 '황금 세기 문학
시대'의 거장으로 '찌그러진 진주'라는 의미의 바로크 문학을 이끌
었다.
**** '스페인 왕국'의 원문은 단지 España, 즉 스페인이나 여기서는 스
페인 지배층을 가리킨다.

뿌리까지 고통을 느껴야 했고,
돌이킬 수 없을 정도로 피를 흘리며
봉건제의 세금을 감당해야 했다.
네 안에서 빛은 어둠처럼 낡았고,
허겁지겁 먹어 생긴 상처로 사위어갔다.
떡갈나무 숨소리가 밴
석공의 평화와 함께,
띠와 음절이 빛나는
반짝이는 샘물과 함께,
커다란 매는 층계에서 음흉하게 전율하며
네 나이를 넘어 산다.

먼 조상 시절부터 지녀온 모래의 규토는
배고픔과 고통이었다.
네 주변 뿌리에 엉켜 벌이는
둔탁한 소동은
자유세계에
영원한 번갯불,
노래, 게릴라를 선물했다.

나바라 계곡은
신선한 빛을 간직했다.
미나는 낭떠러지에서
게릴라들의 쇠사슬을 꺼냈다.
침략당한 마을,
밤의 백성들에게서는
불을 꺼냈고, 타오르는

저항에 영양분을 공급했고,

얼어붙은 호수를 건넜고,

각진 모퉁이에서 공격했고,

좁은 산길에서 솟아올랐고,

빵 공장에서 분출했다.*

감옥에 그를 가두었으나

산악의 높은 바람,

분노한 바람, 시원한 바람은

그에게 불굴의 샘물을 돌려주었다.**

스페인 자유의 바람은

그를 아메리카로 실어갔다.

지칠 줄 모르는 그의 마음은

다시 수풀을 넘고 넘어

평원을 비옥하게 만들었다.

가를 수 없는 자유,

사라진 자유를 위해 투쟁하면서,

우리 땅에서 벌인 우리의 투쟁에서

그의 강물이 피를 흘렸다.

스페인 산줄기에서 흘러내린 물은

멕시코에서 묶였다.

그리고 맑은 격류는

———
* 일반 민중을 이용한 게릴라 전법.
** 프랑스 군에 사로잡혀 감옥에 있었으나, 감옥에서 다른 장군들과
교분을 나누며 병법, 수학 등을 익혔고, 나폴레옹이 실각하면서 풀
려났다.

미동도 하지 않고 잠자코 있었다.

XXIII[*]

미란다[**]는
안개 속에서 죽다
(1816)

제국에 누덕누덕한 금빛 나뭇잎이 떨어질 때
오후의 유럽에서 실크해트를 쓰고
대리석 분수로 장식된
하나의 가을보다 더 많은 가을로 장식된
정원에 들어간다면
상트페테르부르크의 밤에
문이 한 사람의 모습을 그려낸다면
눈썰매의 방울이 울리고
하얀 외로움 속의 그 누군가가
똑같은 걸음으로 똑같은 질문을 한다면
그대가 유럽의 아름다운 문으로 나간다면
제복 입은 신사 그림자
영민함의 표식 황금 띠와 함께
자유 평등이 그의 이마를

———

[*] 네루다는 다른 시와 달리 이 시에서는 단 한 번도 구두점을 사용
하지 않았으며, 번역 역시 이를 따랐다.
[**] Francisco de Miranda(1750~1816): 베네수엘라의 정치가, 군사
전략가, 외교관, 작가, 사상가로 '아메리카 해방의 선구자'로 불린
다. 미국 독립, 프랑스 혁명, 아메리카 독립 투쟁에 참여했으나 반
란죄로 기소되어 스페인으로 압송된 뒤 사망했다. 스페인 장교로
미국 독립전쟁에서 영국에 대항해 전과를 올렸으나 미국과 유럽 각
지를 여행하며 당대 유명인들과 교분을 나누고, 중남미 독립운동을
시작할 때 이들의 기금으로 선박을 사기도 했다.

천둥 치는 대포 사이에서 찾아낼 것이고*

섬의 양탄자 대양을 받아들이는 양탄자가

어서 오세요 당신을 믿습니다라며 그를 알아본다면**

얼마나 많은 함대가 그리고 안개가

그의 여정을 한 걸음 한 걸음 좇아갈지

서점의 비밀 결사 밀회소에

누군가가 지도 장갑 칼

허공의 선박 명단으로 꽉 찬

두툼한 서류가방을 들고 있다면

트리니다드*** 섬에서 해안을 향해

전투의 연기가 피어오르고

다시 바다에서 전투가 이어지고

베이 스트리트Bay Street의 층계의 대기가

단단한 사과 속처럼 굽히지 않는 그를 맞이하고

다시 한 번 이 귀족 손이

접견실에서 투사의 푸르스름한 장갑을 낀다면

기나긴 길 전쟁 정원

그의 입에서 패배는 또 다른 소금

또 다른 소금 활활 타는 식초

카디스****에서 두터운 쇠사슬로 벽에 묶이고

그의 생각 차가운 칼의 공포

---

* 미란다의 프랑스 혁명 참여를 상징한다.
** 미란다가 중남미 독립을 위해 다시 카리브 해로 돌아온 것을 가리킨다.
*** Trinidad: 대서양 연안의 섬으로 현재는 독립 국가 트리니다드토바고에 속한다.
**** Cádiz: 스페인 남서부 항구도시.

포로로 잡혔던 시간

그대들이 쥐들과 나병 환자 석축 사이로

지하를 향해 내려간다면

교수형당한 사람의 상자에 채워진 자물쇠 늙은 얼굴

그 안에는 하나의 말이 교수형을 당한 것

그 하나의 말은 우리의 이름

그의 걸음이 향하려던 땅의 이름

떠돌이 불을 위한 자유

그를 묶어서 물에 젖은 적의 땅으로

내려보내고 그 누구도 유럽의 그 추운

그 추운 무덤에 인사하지 않는다

XXIV

에피소드

호세 미겔 카레라*   당신은 그 누구보다 먼저 자유라는 말을 했다,

(1810)   정원에 숨어서, 머리를 숙이고

이 돌에서 저 돌로 속삭임이 전해지던 시절에.

당신은 그 누구보다 먼저 자유라는 말을 했다.

당신은 노예 아들을 해방시켰다.

———

* José Miguel Carrera(1785~1821): 칠레의 군인, 정치가로 칠레
해방 선구자. 나폴레옹에 대항한 스페인 독립 전쟁에 참여했으며,
귀국해서 칠레 독립에 매진하나 정치적으로 오이긴스와 경쟁 관계
를 이루며 추락함. 총사령관, 정부 수반을 지낸 1811~14년의 그의
정치에 대해 '독재자' '낭만적 혁명가'라는 상반된 시각이 존재한다.

미지의 바다에서 온 피를 지닌 물품들이
그림자처럼 지나갔다.
당신은 노예 아들을 해방시켰다.

당신은 인쇄소를 최초로 설립했다.
구릿빛 민족에게 문자가 전해졌고,
비밀 소식은 입들을 열게 만들었다.
당신은 인쇄소를 최초로 설립했다.
수도원에 학교를 설립했다.
무성한 거미줄을 걷어내고
숨 막히는 십일조 구석을 걷어냈다.
수도원에 학교를 설립했다.*

합창

자랑스러운 당신의 업적이 널리 알려지기를,
빛나는 분, 투쟁적인 분.
시대보다 빨랐던 당신 덕분에
조국 위로 빛을 발하며 내려온 것이 널리 알려지기를.
강렬한 선회, 보랏빛 마음.

밤의 자물쇠를 열면서
당신의 열쇠가 사라진 것이 널리 알려지기를.
젊은 기병, 폭풍 같은 번개.
현란한 빛을 발하는 당신의 등불
두 손에 가득 찬 당신의 사랑이 널리 알려지기를.

———
* 정부 수반이었던 시절 카레라가 이룩한 업적들.

한 그루에 가득 매달린 송이.

당신의 번득이는 광휘,

떠돌이 마음, 낮을 밝히는 불이 널리 알려지기를.

분노하는 쇠, 귀족스러운 꽃잎.

겁쟁이 원형 지붕을 부술 때,*

무시무시했던 당신의 번갯불이 널리 알려지기를.

폭풍의 탑, 아카시아 송이.

당신의 힘과 유성의 원천,

감시하는 칼이 널리 알려지기를.

당신의 민첩한 위대함이 널리 알려지기를.

당신의 불굴의 자세가 널리 알려지기를.

에피소드

바다를 누빈다, 옷 입은 언어들 사이에서,

외국 새들 사이에서.

자유의 배를 가져온다.

불을 적고, 구름을 조종한다.

태양을 해독하고 군인을 소집하고

각 집의 문을 두드리며

발티모어의 안개를 횡단하고,

그에게는 사람들, 빌린 돈이 넘치고,

모든 파도가 그를 동반한다.**

---

* '원형 지붕'은 권력 계층을 상징한다.
** 1814년 카레라는 칠레 정부에 맞서 반란을 일으켰지만 실패한 뒤
아르헨티나로 도피했다. 그곳에서도 탄압을 받자, 미국으로 도주해
그곳 지인들에게 지원을 요청하며 네 척의 배와 무기, 자원병을 구

몬테비데오의 바다,

유배된 방 안에서

인쇄소를 열고 탄환을 인쇄한다.

칠레를 향해

반란의 방향의 화살이 살아 움직이고

그를 이끄는

명백한 분노가 들끓자,

치밀어 오르는 고통으로

갈기를 휘날리는 말에 올라

구조의 기수를 이끈다.

완전히 패해버린 그의 형제들이

복수의 총살대에서 그에게

외친다. 그들의 피는

텅 빈 그의 비극적 왕좌

멘도사의 토담을

불꽃처럼 물들인다.*

평원 땅의 평화를

지옥의 반딧불이가 그리는

원형처럼 요동치게 만든다.

부족 전쟁의 포효하는 소리로

성벽을 쳐댄다.

죄수의 머리를

폭풍처럼 휩쓰는 창에 꽂는다.

———

해서 아르헨티나로 돌아오나 당시 아르헨티나 실력자 푸에이레돈
에게 체포당한다. 다시 한 번 도주해서 우루과이 몬테비데오로 가
그곳에서 보호를 받았다.

* 몬테비데오에서 형제들이 총살당한 사실을 알게 된다.

그의 넓은 폰초는

죽은 말, 자욱한 연기 속에서

번개처럼 움직인다.

젊은 푸에이레돈,*

그가 겪은 마지막 순간의

외로운 오한을 이야기하지 말라.

멘도사로 데려가

그의 상아 가면, 고통의 고독을 보여주면서,

그가 겪은 유기된 밤을 말하며

나를 괴롭히지 말라.

합창**

조국***이여, 당신의 옷 안에 그를 보존하시오.

이 순례의 사랑을 거두시오.

당신의 무서운 불행의

저 심연으로 굴러가게 하지 말아주시오.

이 빛을, 잊을 수 없는 이 등불을

———

* Juan Martín de Pueyrredón(1777~1850): 아르헨티나의 군인, 정치가. 부에노스아이레스 일원의 주지사를 지냈고, 산마르틴과 함께 입헌군주국을 설립하려 했으나, 카레라는 이에 반대하는 운동을 벌였다.

** 카레라는 푸에이레돈에 맞서 반대 운동을 전개해 추방되었다. 그 뒤 아르헨티나 남쪽에서 군대를 조직해 안데스를 넘어 칠레로 진격하려 했으나 여의치 않자 원주민들의 신임을 얻어 이들이 반란을 일으키도록 유도했다. 결국 칠레 대통령 오이긴스가 보낸 군대에 잡혀 멘도사로 이송되어 사형당했다.

*** 독립전쟁의 영웅들이 '하나의 아메리카'를 조국으로 판단한 반면, 카레라는 칠레만을 조국으로 간주했다.

당신의 이마로 올려가시오.
이 광풍의 말고삐를 접어주시오.
빛나는 이 눈꺼풀을 부르시오.
당신의 자랑스러운 천을 짜기 위해
이 피의 실타래를 간직하시오.
조국이여, 이 경주를 거두어주시오.
빛, 깊은 상처가 흘리는 핏방울,
이 괴로운 수정,
이 화산 같은 반지를 거두시오.
조국이여, 말 타고 달려가 그를 보호해주시오.
말을 몰고 달리시오, 달리시오, 달리시오.

이송

그를 멘도사의 담으로,
잔인한 나무로, 아직 열지 않은
피의 줄기로, 고독한 고통으로,
별의 차가운 종말로 데려간다.
아직 다져지지도 않은 길로 간다.
찔레나무, 이빨 빠진 토담,
죽은 황금빛을 던지는 미루나무.
죽음의 먼지가 내려앉아
다 해진 튜닉* 외투 같은
쓸모없는 자존심을 지키는 그.
그는 피를 흘린 자신의 왕조를 생각한다.
유년 시절의 떡갈나무 위로 가슴 에이며

———
* 소매가 없는 헐렁한 윗옷.

떠오르던 초승달을 생각한다.

카스티야 학교, 스페인 군대의

사내다웠던 붉은 방패,

살해당한 가족, 결혼의

달콤함, 밀감꽃 사이의

유배, 세상을 위한 투쟁,

깃발 든 수수께끼 인물 오이긴스,

머나먼 산티아고의 정원에서

아무것도 모르고 있을 하비에라*를 생각한다.

멘도사는 그의 천박한 핏줄을 모욕하고,

다 끝난 공직을 공격하고,

그는 던져지는 돌 사이에서

죽음을 향해 올라간다.

그 어떤 인간도 그렇게 명확한

죽음을 가진 적은 없다.

바람과 맹수 사이에서

좁은 골목까지 이어지는 거친 공격,

거기서 그의 모든 피가 쏟아졌다.

교수대의 각 계단은

그의 운명을 붙들어 맨다.

그 누구도 분노를 지속할 수 없다.

복수와 사랑은 문을 닫았다.

길은 방랑자를 묶었다.

그에게 권총을 발사하자,

---

* Javiera Carrera(1781~1862) : 카레라의 누나로 칠레의 초기 국기를 제작했다.

백성의 황태자 천을 통해
피가 나온다. 수치스러운 땅을
아는 피, 가야만 하는 땅에
도달한 피, 그의 죽음이라는
패배한 포도를 기다리는
목마른 포도주 통이 있는 땅.

조국의 눈(雪)에게 물었다.
드높은 산정에는 안개만 있었다.

총을 바라보았다. 탄환은 그의 사라진
사랑을 다시 태어나게 했다.
자신이 고독한 전투에서 연기처럼 지나가는 존재,
뿌리 없는 존재를 느꼈다.
그리고 양팔에 안은 깃발처럼
먼지와 피로 뒤범벅되어 쓰러졌다.

합창

불행한 경기병, 피 끓는 보석,
눈 덮인 조국에서 피어난 찔레꽃.

여인들이여, 그를 위해 울어라.
그대들의 눈물이 그가 사랑했고 숭앙했던 땅을
적실 때까지 울어라.
산과 파도에 숙달된
칠레의 거친 무사들이여 울어라.
이 허무함은 눈보라와 같은 것,

이 죽음은 우리를 때리는 바다.

왜냐고 묻지 말라. 그 누구도

포연에 찢긴 진실을 말해주지 않으리니.

누가 그랬는지도 묻지 말라. 그 누구도

봄이 절정으로 치닫는 것을 망치지 않았고,

그 누구도 형제의 장미를 죽이지 않았다.

분노, 고통, 눈물을 삭이자.

위로받지 못할 허무함을 우리가 채우자.

밤의 모닥불이

떨어진 별빛을 기억하게 하자.

누님, 당신의 성스러운 원한을 묻어두시오.

민중의 승리는

당신의 짓이겨진 부드러운 목소리를 필요로 합니다.

차갑게 묻힌 그가 침묵으로 조국을

지킬 수 있도록,

그대들은 그가 없어진 곳에 망토를 펴라.

그의 삶은 하나 이상의 삶이었다.

하나의 불꽃처럼 흠이 없으려 했다.

그가 영원히 완벽하고 완전히 소진될 때까지

죽음은 그와 함께했다.

화답의 노래

가슴 아픈 월계수는 맹렬한 겨울의 정수를 보존하기를.

그의 가시관에 빛나는 모래를 가져가자.

아라우카 족의 실타래가 죽어가는 달을 보호하기를,

향긋한 볼도나무*의 나뭇잎이 그의 무덤,

칠레의 거대한, 검은 대양 안에서 영양분을 섭취한 눈,

그가 사랑했던 식물들, 들판 흙으로 빚은 잔에 담긴 토롱힐.**

누런 기수(騎手)인 그가 그렇게도 사랑했던 잎이 거친 식물들.

이 지상에서 전율하는 가을에 검게 익은 포도송이,

그의 입맞춤으로 들끓어 오르는 검은 눈들에게 평화를 주기를.

조국이 부당한 날개, 붉은 눈꺼풀을 가진 새들을 깨우기를,

물속 켈테우에 새의 목소리가 상처받은 경기병을 향해 날아가기를,

로이카 새가 주홍색 향기의 피를 흘려

조국의 첫날밤을 향해 날개를 펴는 자에게 경의를 표하기를,

드높은 곳의 콘도르가 잠든 가슴, 산맥의 계단에 있는

모닥불에게 피 흘리는 깃털로 왕관을 씌어주기를,

짓누르는 담 밑에 깔린 분노의 장미를 군인이 부수기를

거품을 내뿜는 말의 검은 안장에 고향 사람이 오르기를,

들판의 노예에게 상(喪)당한 방패, 심연의 평화가 돌아오기를,

밤에 정비공이 주석으로, 창백한 탑을 세워 일으키기를.

영웅적 손이 버들가지로 짠 비뚤어진 요람에서 태어나

---

* boldo: 월계수와 유사한 상록수로 향기가 난다.

** toronjil: 허브.

는 민족,

　　광산의 검은 담, 신맛을 가진 입구에서 올라오는 민족,

　　그 민족이 순교자를 일으키고, 그의 납골함을 올리고,

　　철 같은 위대함, 영원한 돌과 상처의 체중계로

　　벌거벗은 기억을 감쌀 수 있게 하기를,

　　그리하여 향기로운 땅이 무적의 아이, 소문난 광풍, 두
려운 아이와 가혹한 군인에게

　　젖은 코피우에 꽃과 열린 책을 주도록 선언하기를.

　　배 안에서 바다의 싸움에 저항하는 이름처럼

　　그의 이름을 투쟁하는 민족이 확실히 가질 수 있기를,

　　뱃머리에 있는 조국이 그의 이름을 적고 번개가 그에게
입 맞추기를,

　　왜냐하면 그의 자유롭고, 미약했고, 타오르던 물질이
그러했기에.

XXV

쿠에카*

마누엘　　사모님, 저희 어머니가 그러시는데

로드리게스**　　사람들도 그러는데

---

* cueca: 칠레 민속춤의 하나로 유럽적인 요소와 원주민적 요소가
결합되어 있다.

** Manuel Rodríguez(1785~1818): 칠레의 변호사, 정치가, 게릴라
출신 칠레 독립 영웅으로 카레라의 친구였다. 오이긴스 정권에 대
항해서 민중봉기를 일으켰지만 실패한 후, 감옥으로 이송되던 중
살해당했다.

물하고 바람도 그러는데
게릴라를 보았대요.

일생 주교일 수도,
그럴 수도 아닐 수도.
그냥 눈 위를 지나는 바람일 수도,
눈 위, 그렇습니다.
어머니, 보지 마세요.
마누엘 로드리게스가
말을 타고 달려옵니다.
게릴라가 벌써 하구에
왔습니다.

쿠에카

격정 멜리피야에서 나와서
탈라간테를 달리고
산페르난도를 지나
포마이레*에서 새벽을 맞았답니다.

랑카구아,
산로센도,
카우케네스, 체나,
나시미엔토를 지나,

---

* Melipilla, Talagante, San Fernando, Pomaire, 마누엘 로드리게스
가 지나온 지역의 이름.

나시미엔토, 네,
치니구에*에서 시작해서
모든 곳에서
마누엘 로드리게스가 옵니다.
그에게 이 카네이션을 드리세요.
그와 함께 갑시다.

쿠에카

그리고 죽음 조국이 애도에 빠졌습니다.
그러니, 기타는 멈추기를.
우리 영토가 어두워집니다.
게릴라를 죽였답니다.

살인자들이
틸틸**에서 그를 죽였답니다.
그의 어깨에서 흐른 피가
길에
길 위에 있습니다. 네.

누군가 그랬지요,
우리의 피였던 그는
우리의 기쁨이었다고.
땅이 울고 있습니다.

---

* Rancagua, San Rosendo, Cauquenes, Chena, Nacimiento, Chiñi-güe. 칠레 중부 지역으로 마누엘 로드리게스가 스페인 왕당파를 대상으로 게릴라전을 벌였던 곳.
** Til-til: 칠레 수도 산티아고의 북서쪽 지명.

말하지 맙시다.

XXVI

1

아르티가스* 그는 잡초 덤불에서 자라났다. 그의 발자취는 폭풍우

같았다. 평원에서 돌과 종을 단 말발굽 소리 요란하게

반짝이는 번갯불처럼 무자비한 황무지를 흔들어댔고,

군모가 소리를 드높이며 하늘색이 모아지기 시작하자

우루과이 이슬을 머금은 깃발이 태어났다.

2

우루과이, 우루과이, 우루과이 강의 노래가 우루과이

를 노래한다.

투르피알 새, 목소리가 좋지 않은 토르톨라** 새, 우루

과이 천둥 탑 모두가

바람에 대고 우루과이라는 하늘색 함성을 지른다.

폭포가 울려 퍼지고 국경을 향해 영광스러운 패배의 마

지막 낟알을 거두려고

애쓰는 신사들의 말 달리기가 반복된다면,

순수한 새가 한 목소리로 내는 이름이 널리 퍼지리라,

격정의 조국에 세례를 줄 바이올린의 빛.

———

* José Gervasio Artigas(1764~1850): 우루과이 건국자로 남미 독
립투쟁에 참여했다. 입헌군주제 대신 연방제를 지지했으나 동지들
의 배신으로 파라과이로 망명해서 그곳에서 사망했다.
** turpial, tórtola: 새 이름.

3

오, 아르티가스, 늘어나는 전쟁터의 군인.

모든 군인은 당신의 별자리 표식을 단 폰초 하나로 충분했고,

부하들은 피가 지치고 여명을 다시 되찾을 때까지

한낮의 먼지투성이 샛길로 힘들게 행군하면서 잠에서 깨어났다,

먼지의 괴물, 여정의 대장, 일정에 차질 없는 아버지.

4

한 세기의 날들이 지나갔고, 당신의 유배 후에도 시간이 이어졌다.

쇠로 만든 수천의 거미줄로 뒤엉킨 정글 뒤편,

침묵 뒤에는 단지 썩은 과일만이 늪에 보인다.

잎사귀, 쏟아붓는 폭우, 부엉이 우루타우의 음악,

화창한 날 그늘을 찾아 들고 나는 맨발의 파라과이 사람들 걸음,

땋아진 채찍, 올가미, 무당벌레가 먹어치운 몸들,

정글의 색깔을 헤치면서 육중한 빗장이 등장했다.

그리고 불행 가운데에서 우루과이의 빛을 찾는

아르티가스의 눈을 보랏빛 황혼이 허리띠로 감쌌다.

5

"유배는 쓰디쓴 작업"이라고 내 영혼의 형제는 적었다.

공포의 기병이었던 아르티가스의 시선 위에

아메리카가 검은 눈꺼풀처럼 떨어지는 동안,

아르티가스는 텅 빈 왕국에서 한 독재자*의 유리알같

이 감시하는 시선으로 압박을 받았다.

6

당신의 아메리카는 회개의 고통으로 떨고 있었다.
오리베, 알베아르, 카레라 들은** 희생을 향해
맨몸으로 달렸고, 죽고, 태어나고, 추락했다.
보지 못하는 눈이 죽었고, 말없는 목소리가 말을 했다.
죽은 자들은 드디어 동지들을 만났다. 죽어서야
자신의 동료를 알게 된 것이다. 그네들은 피 흘리는
모든 사람들은 똑같은 줄에 속한다는 것을 알았다.
땅에는 적이 없다는 것을 깨달은 것이다.

7

우루과이는 새의 말, 물의 언어,
폭포의 한 음절, 유리의 고통이다.
우루과이는 향긋한 봄의 과일 목소리
수풀의 비오는 입맞춤, 대서양의 파란 가면.
우루과이는 황금 같은 바람 부는 날 내건 빨래,
아메리카 식탁의 빵, 식탁에 있는 순수한 빵.

8

나, 파블로 네루다, 모든 일의 기록관인 내가 우루과이

---

* 파라과이의 독재자 프란시아Gaspar Rodríguez de Francia를 가리
킨다. 그는 아르티가스를 철저히 고립시켰다.
** Oribe, Alvear, Carrera는 독립 후 내전 상태에서 사병을 이끌고
자신들의 주장을 관철하기 위해 죽음을 불사하며 싸운 모든 대장들
을 통칭한다. 시인은 이들의 성을 복수로 처리했다.

네게 빚진 게 있다면 그것은 바로 이 노래다.

이 노래, 이 이야기, 이 이삭의 한 조각, 이 아르티가스.

내 의무를 소홀히 하지도 않았고, 고집 센 사람의 걱정 거리를 받아들이지도 않았다.

조용한 시간을 기다렸고, 불안한 시간을 정탐했으며, 강가의 식물을 땄다.

내 머리를 당신의 모래, 페헤레이* 물고기의 은빛에 박았다.

나는 당신의 냄새와 당신 사랑에 빚을 졌음을 느낄 때까지

당신 자손들과의 우애 속에서, 당신의 왁자지껄한 시장을 돌아다녔다.

어쩌면 당신의 사랑과 당신의 냄새가 내게 들려준 이야기를

어둡게 적었을 수도 있다. 그 말들을 당신의 빛나는 대장을 기념하는 데 놓는다.

XXVII

과야킬**
(1822)

산마르틴, 가늠하기 힘든 밤길 같은 존재,

그림자, 가죽만 남은 자.

그가 접견실로 들어왔다.

———

* pejerrey: '색줄멸과'에 속하는 은빛 어류. 칠레, 페루 연안에 많다.
** Guayaquil: 에콰도르의 남서부 항구도시로 독립투쟁 당시 북부에서 내려간 볼리바르와 남부에서 올라온 산마르틴이 회담을 개최한 곳.

볼리바르가 기다리고 있었다.

볼리바르는 들어온 인물의 냄새를 맡았다.

그는 영민했고, 빨랐고, 계산에 밝았고,

무엇이나 미리 준비했고, 나는 법을 알았다.

역사의 어둠에

묻힌 방에서.

침착한 존재는 전율했다.

상대는 말로 표현할 수 없는 높은 곳,

별이 가득 찬 대기권에서 왔다.

그의 군대는 밤과 거리를 개의치 않고

진군해오고 있었다.

그를 따라오는 눈,

실체가 보이지 않는 대장.

등불이 흔들렸다. 산마르틴 뒤쪽에 있는

문에 밤이 내렸다.

드나들 때 낮은 소리로

삐걱대는 문.

단어들은 오솔길을 열고

그들 사이에서 오갔다.

두 육신은 대화를 나눴고,

서로 거부했고, 서로 숨었고,

서로 입을 다물었고, 서로 피했다.

산마르틴은 남쪽에서 잿빛 숫자가

가득 찬 포대를 가져왔다.*

———
* '잿빛 숫자'는 가늠할 수 없는 군인의 숫자.

지칠 줄 모르는 안장의 고독,
대지를 때리는 말들이
모래 요새에
합류했다.
산마르틴과 함께 칠레의
거친 마부들,
느리지만 무쇠 같은 군대,*
준비 중인 무리,**
평원에서 늙어간 성(姓)이 적힌
깃발들이 왔다.***

대화 후, 깊은 간극에서
두 육신은 침묵에 빠졌다.
말 대신, 상반되는 영역이
깊이 새겨졌다.
다가갈 수 없는 다른 금속을 건드린
인간의 돌에서 나오는 간극.
언어는 각자의 자리로 돌아갔다.

두 사람은 자신들의 눈앞에 놓인
각자의 깃발을 보고 있었다.
한 사람은 눈부신 꽃이 만개한 깃발을,
다른 이는 상처 입은 군대,

---

* '무쇠 같은 군대'는 광부들을 가리킨다.
** 산마르틴의 군대는 군사 교육을 못 받은 인물들로 구성되었다.
*** 아르헨티나 팜파 평원의 대장들.

부식된 과거의 깃발을.*

볼리바르와 함께 그를 기다렸던

하얀 손**이 그에게 작별을 고했다.

그리고 타오르는 열정을 모아

부부용 침대에 천을 폈다.

산마르틴은 자신의 평원에 충실했다.

그는 말 타고 달리고,

가죽 끈과 위험의 그물을 헤치는 꿈을 꾸었다.

그의 자유는 하나가 된 평원이었다.

곡물의 질서가 그의 승리였다.

볼리바르는 꿈을 건설하는 사람이었다.

알 수 없는 거대한 꿈, 빠른 속도를

유지하는 불, 다른 이와 소통하지 않는 불,

이런 본질에 충실했기에,

그 꿈의 죄수가 되었다.

언어 그리고 침묵이 지배했다.

다시 한 번 문이, 아메리카의

모든 밤이 문을 열었다. 수많은 입술이 만들어낸

넓은 강이 일순간 두근댔다.

산마르틴은 그날 밤

---

* 떠오르는 볼리바르와 사라지는 산마르틴을 암시한다.

** 볼리바르의 연인인 마누엘라 사인즈Manuela Sainz를 가리킨다.

고독을 향해, 밀밭을 향해 귀로에 올랐다.
볼리바르는 혼자 그대로 있었다.

XXVIII

수크레*   수크레는 고산지대에서
누런 산들의 경계를 넘나들고 있었다.
이달고는 무너졌고, 모렐로스가
대지와 피에 퍼진
종소리의 진동을, 그 소리를 이어받았다.**
파에스***는 정복된 공기를 나누어주면서
길을 달렸고,
쿤디나마르카****에서는 형제의 상처 위로
이슬이 떨어졌다.

---

* Antonio José de Sucre(1795~1830): 베네수엘라 출신 정치가, 외
교관, 군인. 볼리바르의 부관으로 남미 독립투쟁에 매진했으며, 특
히 에콰도르의 피친차Pichincha 전투, 페루의 아야쿠초Ayacucho 전
투 승리의 주역이었다. 반대파에게 암살당했다.
** Miguel Hidalgo y Costilla(1753~1811), José María More-
los(1765~1815): 멕시코 독립전쟁(1810~1821)은 돌로레스 본당
주임신부였던 이달고의 '돌로레스 선언문'에서 시작되며, 그가 처
형된 뒤에는 또 다른 사제 모렐로스가 이어받았다.
*** José Antonio Páez(1790~1873): 베네수엘라 출신 정치가, 군인.
볼리바르가 베네수엘라 군대 총사령관으로 임명했지만 동료의 시
기심으로 해임되었다. 당시 콜롬비아에 있던 파에스 추종자들이 반
발하며 내전 직전 상황으로 치달았으나 볼리바르가 현장에 급히 도
착해서 파에스의 해임을 무효화하면서 진정되었다.
**** Cundinamarca: 오늘날의 콜롬비아 보고타 일원.

그의 주변부터 비밀의 핵 조직까지
불안한 민중은 봉기했고
이별의 세상
말발굽의 세상이 등장했고,
매분 미리 준비된 꽃처럼
깃발이 하나씩 태어났다.
피 묻은 수건, 자유의 책으로
만들어진 깃발,
길의 먼지 속에서
질질 끌리던 깃발,
기병들에 의해 산산조각 난 깃발,
총과 섬광에 의해 찢긴 깃발.*

깃발   향기롭던 그 시절 겨우겨우
수를 놓은 우리들의 깃발,
태어나는 순간, 내밀한
사랑처럼 비밀스러웠던 깃발,
사랑하는 먼지의 파란 바람으로
갑자기 피투성이가 된 깃발.

아메리카, 거대한 요람, 별의
공간, 농익은 석류.
너의 지형은 갑자기 벌 떼**로

---

* 수크레가 권력자로 등장하면서 각 지역은 국가로 독립하게 되었다.
** '많은 문제'를 의미한다.

채워졌고, 벽돌과 돌로
손에서 손으로 이끌린 속삭임으로
가득 찼다. 거리는
멍해진 벌통처럼
옷들로 채워졌다.

종이 발사되는 밤,
눈에서는 무도회가 빛을 뿜었고
향기는 오렌지처럼
셔츠로 올라가고,
이별의 입맞춤, 밀가루의 입맞춤*
사랑은 입맞춤으로 끝난다.
전쟁은 길에서
기타 치며 노래했다.**

XXIX

브라질의　　카스트로 알베스, 그대는 누구를 위해
카스트로 알베스***　노래했는가? 꽃을 위해서?
　　돌에게 말을 건네던 아름다운 물을 위해서?

---

* '밀가루'는 빵, 케이크 같은 음식을, '밀가루의 입맞춤'은 아직
음식 냄새 가시지 않은 입술과의 입맞춤을 상징한다.
** 전쟁터에서 죽어가는 군인과 파티장에서 즐기는 지배층의 모습
을 상징한다.
*** Castro Alves(1847~1871): 브라질의 시인, 극작가로 공화제를
예찬한 시, 노예제 폐지 시로 유명하다.

그 시절 사랑했던 여인의 찢긴 모습을 위해?
그녀의 눈을 위해? 봄을 위해?

그래, 그러나 그 꽃잎에는 이슬이 없었고,
그 검은 강은 말이 없었고,
그 눈들은 죽음을 본 눈이었고,
사랑의 뒤로는 순교가 불탔고,
봄에는 피가 튀었다.

"노예를 위해 노래했다. 그네들은
분노 나무의 검은 열매처럼 배 위에서
항해했고, 항구에 닿은 배는 피를 토해서
우리에게 훔친 피의 무게를 건네주었다."

"그 시절 지옥에 항거하는 노래를 불렀다.
욕심으로 뭉친 날카로운 혀에 항거하는,
고통 속에 젖어버린 금에 항거하는,
채찍을 날쌔게 휘두르는 손에 항거하는,
암흑의 관료들에게 항거하는 노래."

"장미는 뿌리마다 주검을 하나씩 가졌다.
빛, 밤, 하늘은 흐느끼는 소리로 덮였고,
눈들은 상처 난 손에서 시선을 거뒀고,
침묵을 채우는 유일한 것은 내 목소리였다."

"나는 인간으로부터 우리가 구원받기를 고대했다.
나는 길을 인간이 지나다니는 곳으로 믿었다.

그리고 거기서 운명이 나온다고 믿었다.

나는 목소리가 없는 이들을 위해 노래 불렀다.

자유의 신이 투쟁하면서라도 들어오도록

내 목소리는 그때까지 닫혀 있던 문들을 두드렸다."

카스트로 알베스, 오늘 당신의 순수한 책이

자유를 찾은 조국을 위해 다시 태어나니,

우리의 가난한 아메리카 시인인 내가

민중의 월계수를 당신의 머리에 씌울 수 있게 해다오.

당신 목소리는 인간의 영원한 드높은 소리와 뭉쳤다.

당신은 노래를 잘 불렀다. 불러야 하는 걸 불렀다.

XXX

투생 루베르튀르*　아이티, 너의 울창한 아름다움에서

가슴 저린 꽃잎,

곧바른 정원, 위대한

건물이 나온다. 바다는

검은 피부 할아버지처럼

피부의 유구한 존엄성과 공간을 진정시킨다.

투생 루베르튀르는

식물 상태의 주권,

———

* Toussaint l'Ouverture(1743~1803): 아이티의 흑인 해방 혁명가
로 아이티 혁명을 이끌었으며, 신대륙의 노예제 폐지의 기폭제 역
할을 했다.

쇠사슬에 묶인 위엄,

북들의 소리 없는 목소리를 이었다.

태생이 군주인 양,

공격하고, 출구를 막고, 올라가고,

명령하고, 추방하고, 도전했다.

결국 무시무시한 그물에 떨어지자

그들은 바다로 그를

끌고 갔고 짓밟았다.

자신의 종족이 돌아왔던 것처럼

배 밑창과 지하의 비밀스러운 죽음에

방치되어서.

그러나 섬에서는 바위들이 들끓었다.

숨은 가지들이 말을 했고

희망을 서로서로 전했으며

요새의 담이 등장했다.

검은 형제, 자유는

당신의 수풀, 고통으로 얼룩진

당신의 기억을 보존하라,

그리고 과거의 영웅들이

당신의 마술 거품을 지키도록 하라.

XXXI

모라산*(1842)　　　이슥한 밤, 모라산은 망을 본다.

———

＊ Francisco Morazán(1792~1842): 온두라스 출신 군인, 정치가.

오늘? 어제? 내일? 당신은 안다.

중앙의 끈, 두 개 바다가
아메리카의 좁은 곳을
파란 물로 가격하면서 에메랄드빛 깃털과
산맥을 허공에 뜨게 한다.
거품의 투쟁에서 태어난
땅, 단일한 지역, 날씬한 여신.

나쁜 놈들, 구더기들이, 중앙아메리카, 당신을 파괴하고,
당신 몸 위로 못된 짐승들이 퍼져 나가며,
집게 발 하나가 당신의 꿈을 앗아간다.
당신의 피가 묻은 칼이 당신에게 피를 튀기고
당신의 깃발은 갈기갈기 찢어진다.

이슥한 밤, 모라산은 망을 본다.

도끼를 높이 든 호랑이가 오고 있다.
저들은 당신의 내장을 먹어치우러 온다.
별을 나누기 위해 온다.
                                    향기로운
작은 아메리카,
저들은 십자가에 당신을 못 박고, 가죽을 벗기고,
단단한 당신 깃발을 치기 위해 온다.

———
1827~38년에 '중미공화국'의 대통령으로 재직했다. 중미공화국은
과테말라, 엘살바도르, 온두라스, 니카라과, 코스타리카로 구성된다.

이슥한 밤, 모라산은 망을 본다.

침략자들이 당신의 집에 꽉 찼다.
그리고 죽은 과일인 양 당신을 찢어 나눴고,
어떤 이들은 당신의 등에
피비린내 나는 족속의 이빨로 도장을 찍었다.
또 다른 이들은 당신의 고통 위에 피를 얹으면서
항구에서 당신을 유린했다.*

오늘? 어제? 내일? 당신은 안다.

형제들, 이제 동이 튼다. (그리고 모라산은 망을 본다.)

XXXII

후아레스**의 후아레스, 지하 가장 저 깊은 층, 심연의
야간 여행 물질에 도달하고, 파내려가면서
　　　　　　공화국의 가장 깊은 곳에 있는

광물을 만진다면,

그것이 바로 당신 자체,

당신의 무감각한 선량함, 당신의 고집스러운 손.

당신의 프록코트,

당신의 검소한 의식, 당신의 침묵,

아메리카라는 땅으로 만든 당신의 얼굴을 본 사람이

여기 사람이 아니라면, 이 평원의

땅에서, 고독한 흙으로 된 산에서 태어나지 않았다면,

이해하지 못할 것이다.

그네들은 멀리 있는 채석장을 보면서 당신에게 말할 것

이다.

강을 지나치듯이 그렇게 당신을 지나칠 것이다.

차라리 나무에 손을 내밀고, 덩굴에 손을 내밀고,

대지의 어두운 길에 손을 내밀 것이다.

우리에게 당신은 빵이며, 돌,

오븐, 구릿빛 종족의 산물.

당신의 얼굴은 우리 진흙의 산물.

당신의 위엄은 눈 덮인 내 고장의 위엄이고

당신의 눈은 땅속에 묻혀버린 도공의 작품.

다른 이들은 번갯불과 흔들리는 불꽃의

원소와 방울을 가졌으나,

당신은 우리의 피로 만든 담,

뚫고 들어갈 수 없는 당신의 올곧음은

우리의 단단한 지형의 산물.

저 멀리서 오는 황색 바람,

그 대기를 향해 아무 말도 할 필요가 없다.

생각에 잠긴 땅, 석회석, 광물,

누룩이나 말 걸게 두자.

나는 케레타로*의 담에 가서

언덕에 있는 바위 하나하나,

아득한 상처, 분화구,

가시를 지닌 선인장을 만졌다.

그 누구도 거기서 견딜 수 없었다. 유령이 가버렸고

그 누구도 그렇게 험한 데서 잘 수 없었다.

단지 빛과 잡초지의

가시, 하나의 순수한 현신만이 존재했다.

후아레스, 당신의 밤의 평화는 정당했고,

결정적이었고, 단단했고, 별처럼 빛났다.

XXXIII**

링컨을 향해   때때로 남쪽의 바람은

  부는 바람   링컨의 무덤 위로 미끄러지면서

          도시의 목소리와 나무줄기를 전해주고

---

* Querétaro: 멕시코 중부 도시로 멕시코시티 북부에 있다. 이곳에서 후아레스는 프랑스 태생 막시밀리아노 황제를 사로잡아 총살형에 처했다.

** 네루다는 다른 시와 달리 이 시에서는 단 한 번도 구두점을 사용하지 않았으며, 번역 역시 이를 따랐다.

그의 무덤에는 아무 일도 일어나지 않는다 글자들은 움
직이지 않고

수세기를 지나며 천천히 부드러워진 대리석

노신사는 이제 세상에 없고

그의 낡은 셔츠에 난 구멍도 존재하지 않는다

세월의 섬유와 인간의 먼지가 합쳐진 것이다

어떻게 그렇게 할 일을 다 한 삶을 살았을까라고

버지니아의 한 여인은 떨면서 말했다 한 학교

아니 그 이상의 학교가 다른 것을 생각하며 노래한다*

그러나 남쪽의 땅과 길을 담은 바람은 때때로

그의 무덤에 머문다

그의 투명성은 현대 신문과 같다

그 시절처럼 숨죽인 원망과 비탄이 들린다

불굴의 승리자의 꿈이 진흙 묻은 발밑에 누워 있다

그처럼 많은 피를 흘리고 지친 상태에서도

노래를 부르면서 끌고 나아갔을 발

오늘 아침 증오가 대리석으로 돌아온다

남쪽의 하얀 증오가 잠이 든 노인을 향하고

교회에서는 흑인만이 신과 함께 있을 뿐이다

광장에서 믿는 것 같은 신과 함께

세상의 기차에는 몇 가지 글자가 있고

그 글자는 하늘 물 공기를 가른다

섬세한 사모님은 얼마나 완벽한 삶이냐고 말씀하신다

조지아에서는 매주 젊은 흑인 하나를

---

* 미국의 많은 학교는 링컨을 기리기 위해 '링컨'을 학교 이름으로
사용한다.

몽둥이로 때려죽인다

폴 로브슨*은 대지처럼

바다의 시작과 삶의 시작처럼 노래한다

잔인함에 대해 노래하고 코카콜라

선전에 대해 노래하고

벌을 받는 이 세상 저 세상 형제를 위해 노래하고

새로운 세대를 위해 노래하고

인간이 듣고 채찍을 멈추도록 노래하고

링컨이 쓰러뜨린 손, 잔인한 손

하얀 독사처럼 다시 살아나는 손을 노래한다

바람이 지나간다 무덤 위 바람은

선서의 남은 부분에 대한 이야기를 가져온다

땅에 묻히지 못한 잃어버린 그 옛날의 고통으로 만들

어진

대리석 위에서 누군가가 이슬비처럼 울고 있다

케이케이케이**는 한 이방인을 추적해 죽인다

구슬피 우는 가엾은 흑인을 목매달아 죽이고

산 채로 태워 죽이고 두건을 씌우고 총으로 몸에

벌집을 내어 죽인다 고명하신 로터리 클럽 회원들은

그걸 모르고 사형집행인이 돈에 눈이 먼

비겁한 육식동물이라고 믿고 계신다

그리고 이네들이 카인의 십자가를 들고 돌아와서는

손을 닦고 일요일이면 기도하고

———

* Paul Robeson(1898~1976): 미국의 흑인 가수, 영화배우, 변호사, 민권운동가.

** Ku Klux Klan: 미국 남북전쟁 후 남부 지역에서 조직된 극우 성향의 백인 비밀결사로 흔히 K. K. K.로 알려져 있다.

상원에 전화해서 자신들의 이런저런

공적을 늘어놓는 동안 일리노이 주에서는

죽은 자에 대해 아무것도 모른다

오늘의 바람은 분노의 사슬이 만든

노예에 대해서 말하기 때문에 그리고 무덤 밖으로는

그분이 더 이상 존재하지 않기 때문에

그것은 산산조각 난 승리의 먼지

그 승리는 죽은 승리 후에 괴멸된 승리

인간의 셔츠만 해진 것이 아니라

죽음의 벌집만이 우리를 죽이는 것이 아니라

반복되는 봄 비겁한 노래로

승리자를 좀먹는 세월도

어제의 가치를 죽이는 법. 다시 한 번

악인의 분노의 깃발이 휘날리고

누군가가 기념비 옆에서 노래를 부른다. 그것은

여학생들의 합창 밖의 먼지를 만지지 않고도

올라가는 시큼한 목소리

잠든 나무꾼에게는 닿지도 않는 목소리

숭배라는 이름 아래 죽어버린 승리에는 들리지 않는

목소리 남쪽 여행객 바람은 조롱하며 미소 짓는다

XXXIV

마르티*(1890) 쿠바, 거품의 꽃, 선홍색으로

---

* José Martí(1853~1895): 쿠바 출신 시인, 수필가, 혁명가, 교수

피어난 수선화, 재스민,

꽃 홍수 속에서 너의 어두운 석탄,

순교의 석탄을 만나기가 어렵다.

죽음이 두고 간 옛날의 주름,

거품이 뒤덮은 상처.

그러나 네 안에서, 갓 생성된 눈의

정확한 기하학처럼,

마지막 껍질이 열리고

거기 마르티가 순수한 아몬드처럼 누워 있다.

그는 대기가 순환하는 바닥에 있다.

이 땅의 푸른 중심 지대에 있다.

그리고 그의 잠든 순수의 씨앗은

물방울처럼 빛나고 있다.

영롱한 물방울로 만들어진 밤이 그를 덮고 있다.

흐느낌과 고통. 갑자기 잔인한 물방울이

땅을 지나 잠이 든 무한히 영롱한

곳까지 이른다.

민중은 때때로 밤에 그들의 뿌리를 내려서

외투 안에 숨어 있는

로 쿠바 독립에 몸을 바친 인물이다. 그의 가장 유명한 시집은 『베
르소스 센실로스*Versos sencillos*』로 수록된 작품 중 한 편이 쿠바 민
요로 유명한 「관타나메라Guantanamera」이다.

잔잔한 물에 닿게 한다.
때때로 분노의 원한이
씨 뿌린 땅을 짓밟으며 지나간다.
그러면 죽음이 민중의 잔 안으로 떨어진다.

때때로 땅에 묻힌 채찍이 돌아와
원형 지붕 공간에서 휘파람을 분다.
피 한 방울 꽃잎처럼 땅에
떨어지고 침묵을 향해 내려온다.
모든 것은 무결점의 빛으로 향한다.
작은 진동이 숨어 있는 사람의
유리문을 두드린다.

모든 눈물은 흐르기 마련이다.

모든 불은 흔들리기 마련이다.
그처럼 누워 있는 요새에서
숨겨진 격류의 배아에서
섬의 투사들이 쏟아져 나온다.

확신에 찬 샘물에서 나온다.

맑은 비탈에서 나온다.

XXXV

칠레의 발마세다*

(1891)

미스터 노스**가 런던에서 돌아왔다.

초석 왕.
평원에서 일당 노동자로
한동안 일했으나
상황을 알아채고 떠났던 인물.

그런데 그가 지금 영국 돈을 싸들고 왔다.
아랍 말 두 필,
금으로 만든 작은 모형 기차를 들고,
대통령에게 줄
선물이란다. 그 사람 이름이
호세 마누엘 발마세다란다.

"아주 영리하시군, 미스터 노스."

루벤 다리오***가 들어왔다.

---

* José Manuel Balmaceda(1840~1891): 칠레의 변호사, 정치인.
1886~91년에 대통령을 역임했다. 대통령중심주의자와 내각중심주
의자의 투쟁으로 1891년 칠레 내란이 발발해 내각중심주의자가 승
리하자 자살로 생을 마감했다. 그의 정부는 경제 발전, 정교의 조
화, 질산염의 독점 금지 같은 정책을 추구했다.
** John Thomas North(1842~1896): 영국의 사업가로 '초석 왕'으
로 불렸다. 칠레 북부 초석 광산을 독점했으나 발마세다 대통령이
이를 금지하면서 내란의 단초를 제공했다.
*** Rubén Darío(1867~1916): 니카라과 시인으로 라틴아메리카 모

대통령 궁이 자기 집인 양.

코냑 한 병이 그를 기다렸다.

육화된 아름다운 소리, 안개 낀 강에

에워싸인 젊은 미노타우루스께서

거대한 충계를 오른다. 그러나

미스터 노스에게는 오르기가 그리도 힘들다.

대통령은 최근 초석 광산이 많은

황량한 북부를 다녀오셨다.

그리고 이렇게 말했다. "이 땅은

이 땅의 부는 칠레의 것이다. 이 하얀 물질은

우리 국민의 학교로, 거리로,

빵으로 변할 것이다"라고.

지금 대통령궁에서 그의 멋진 모습,

그의 강렬한 눈빛이 서류 사이에서

초석의 사막을 향하고 있다.

품위 있는 그의 얼굴은 미소조차 잃었다.

창백한 체형, 그의 머리는

조국의 옛 조상이 지녔던 자질,

한 주검의 옛 자질을 지녔다.

그의 존재 자체가 엄숙한 검증이다.

———

데르니스모Modernismo 운동의 선구자다. 발마세다의 아들과 친분
이 깊어서 대통령 궁에 자주 놀러갔다. 그의 첫 책 『아줄Azul』이
1888년 칠레에서 출판되었다. 그의 별명이 미노타우루스다.

차가운 돌풍 같은 그 무엇이 평화를,
그의 사색을 뒤흔든다.

미스터 노스가 가지고 온 말도,
금으로 만든 모형물도 거부했다. 선물들을
보지도 않고 백인 재력가 주인에게 돌려주었다.
그리고 손을 경멸조로 흔들 뿐이었다.
"자, 미스터 노스,
당신에게 그 이권을 넘길 수 없소.
난 내 조국을
시티의 비밀에 묶어둘 수 없소."*

미스터 노스는 클럽에 진을 친다.
그의 식탁으로 변호사, 국회의원 대접용
위스키 100병이, 식사 100인분이
준비된다. 전통을 좋아하는 이들에게는
샴페인이 준비된다.
북쪽을 향해 중개인들이 달린다.
전신이 가고 오고 돌아온다.
부드러운 영국의 스털링 파운드가
황금 거미줄처럼
명실상부한 영국 천을 직조한다.
내 민족에게는
피, 먼지, 불행으로 짠 피륙.

———
* '시티'는 런던을 가리킨다.

"미스터 노스, 당신은 아주 영리하군."

어둠이 발마세다를 에워싼다.

그날이 오자, 그를 모욕한다,
귀족들은 그를 비웃고,
의회에서는 그를 향해 짖어대고,
그를 질책하고, 그를 중상모략한다.
그에게 싸움을 걸고는 결국 이긴다.
그러나 이걸로는 충분하지 않다. 역사를
왜곡해야만 한다. 훌륭한 포도주 산지가
'희생'을 하시고, 알코올은
불행한 밤을 가득 채운다.

우아한 젊은이들은
집에 표시를 하고, 한 무리가
집들을 공격하고, 피아노를
발코니에서 던져버린다.
클럽에서는 프랑스 샴페인을,
하수구에는 시체를 버리는
귀족들의 소풍.

"미스터 노스, 당신은 아주 영리하군."

아르헨티나 대사관이 대통령에게
문을 열었다.
그날 오후, 섬세한 손으로

늘 그랬듯, 자신 있게 글을 쓴다.
지친 저 심연에서 온
어두운 나비처럼,
어둠이 그의 커다란 눈으로 들어온다.

그의 넓은 이마는
외로운 세계,
조그만 방에서 나오고,
어두운 밤을 비춘다.
그의 이름을 명확히 쓰고,
배신당한 자신의 주장을
길게 써 나간다.
그의 손에 들린 권총.

창문 너머 있는
조국의 마지막 조각을 보면서
기나긴 칠레,
밤의 한 장(章)처럼
어두워진 조국을 생각한다.
여행을 한다. 그의 눈들은 보지 않지만
지나간다, 기차 유리창처럼.
재빨리 지나가는 들판, 가옥,
탑, 범람한 강 연안,
가난, 고통, 누더기 옷.
그는 올바른 꿈을 꾸었다.
찢겨나간 풍경을 바꾸려
했다. 민중의 기력이 다한

몸을 보호하려 했던 것이다.
이미 늦었다. 멀리서 들려오는
총소리, 이긴 자들의 함성,
야만적 기습, '귀족'들의
외침, 마지막 말소리.
거대한 침묵, 침묵과 함께
비스듬히 누운 상태에서 죽음으로 들어간다.

XXXVI

에밀리아노　땅에서 고통을 겪게 되고,
사파타*에게　황량한 가시덤불이
─타타 나초**의　농부들의 유산이 되고,
음악과 함께　예전의 날강도처럼 휘날리는 수염과
　　　　　채찍이 다시 등장하자,
　　　　　꽃과 불은 말발굽에 짓밟혔다.

수도를 향해
술 취해 가네

스쳐가는 새벽,
칼이 뒤흔든 땅이 불끈 솟아오르자,

———

* Emiliano Zapata(1879~1919): 멕시코 혁명 3대 주역의 하나로 농민 권익 보호에 앞장섰다.
** Ignacio Fernández Esperón(1894~1968): 멕시코의 유명한 대중음악 작곡가로 별명이 타타 나초였다.

쓸쓸한 토굴 안 노동자는
알갱이 빠진 옥수수자루처럼
아득한 고독 위로 쓰러졌다.

나를 불러들인
주인 나리에게 부탁드리려고

사파타는 당시 땅이요, 여명이었다.
모든 지평선에
그의 무장한 알갱이 군중*이 등장했다.
강과 국경선 공격에서
코아우일라**의 유황 샘물,
소노라***의 별똥별,
이 모든 것이 그를 만나러, 농민들의
고통을 걱정하는 말발굽을 만나러 달려왔네.

농장을 떠난다면
이내 돌아올 것이니

사파타, 당신은 땅과 빵을 나눠 주시게.
                                        내 당신과 함께하리라.
나, 사파타는 하늘색 꿈****을 포기하겠다.
나는 새벽 기병대의

---

* 사파타의 군대는 주로 농민으로 구성되었다.
** Coahuila: 멕시코 동북부 지방으로 미국 텍사스 주 접경 지대.
*** Sonora: 멕시코 서북부 지방으로 미국 애리조나 주 접경 지대.
**** 원문은 párpados(눈꺼풀).

이슬과 함께 가리라.

노팔 선인장 있는 데서

분홍색 담을 친 집까지 총알같이 가리라.

……네 머리를 묶을 끈

네 판초*를 위해 울지 마라.

달은 안장 위에서 잠자고,

여기저기 흩어져 산을 이룬 주검은

사파타 군대와 함께 누워 있다.

고통스런 밤의 요새 아래에서

꿈은, 그의 운명을,

어둡게 부화하는 침대보를 숨긴다.

모닥불은 잠 못 이루는 공기를 모은다.

기름, 땀, 밤의 포연으로 뒤엉킨 공기.

……술 취해 가겠다.

당신을 잊기 위해.

가엾은 하층민을 위해 우리는 조국을 요구한다.

사파타 당신의 칼은 재산을 나누고,

총과 준마는 형벌을 내리고,

사형집행인의 수염을 두렵게 만든다.

땅은 총으로 분배된다.

———

* Pancho: Francisco의 애칭. '판초 비야'라고 불렸던 멕시코 혁명
가 프란시스코 비야(Francisco Villa, 1878~1923)를 말한다.

먼지 뒤집어쓴 농부여, 땀을 쏟은 후
완벽한 빛을 기대하지 말라, 네 무릎 안에
하늘 조각마저 기대하지 말라.*
일어나 사파타와 함께 말을 달려라.

……그녀를 데려오려 했지.
그런데 싫다고 했어.

멕시코, 보잘것없는 농지,
구릿빛 사람들이 나눠 가진 사랑하는 땅,
땀에 젖은 네 대장들은
옥수수 칼에서 태어났다.
나는 남쪽의 설원에서 그대를 노래하러 왔다.
그대의 운명을 향해 말달리게 해다오,
화약과 쟁기로 나를 가득 채워다오.

……울려면
무엇 때문에 돌아가나……

XXXVII

산디노**(1926)   십자가가 우리 아메리카

———
* 교회를 포함한 권력층이 항상 약속하는 것.
** Augusto César Sandino(1895~1934): 니카라과 혁명가로 1927~
33년까지 미국의 니카라과 점령에 대항해서 게릴라전을 펼쳤다.

땅에 묻히자,
십자가의 전문성은
해져버렸다.*
맹수의 이빨을 드러낸 지폐, 달러가
아메리카의 전원적 목구멍에 있는
땅을 물어뜯으려고 왔다.
파나마를 단단한 입으로 꽉 물었고,
신선한 땅에 송곳니를 깊숙이 박고,
진흙, 위스키, 피 속에서 철벅댔다.
그리고 프록코트 입은 한 대통령은 이렇게 맹세했다.
"뇌물이 날마다 우리와 함께하기를."
                              이윽고 강철이 등장했고,
운하는 주민들을 나눴다.
이쪽은 주인들, 저쪽은 하인들.**

그리고 이들은 니카라과로 달려갔다.

흰 옷을 입고 달러와 권총을
쏘아가며 이들은 아래쪽으로 내려온 것이다.
그때 대장 하나 등장해서 이렇게
말했다. "아니, 여기서는 너의 개발권,
너의 술병을 놓을 수 없다."

-----

* '십자가'는 기존의 가치질서체계를 지칭하며, 십자가가 땅속에 묻힌 후, 교회의 가치관, 교회의 가르침은 가치 없는 것이 되었다.
** 1903년 미국 시어도어 루스벨트 정부는 파나마 운하 건설을 위해 당시 콜롬비아에 속했던 파나마의 독립을 지원하고, 프랑스가 시작한 운하 건설을 마친 뒤, 운하 운영권을 1999년까지 소유했다.

그들은 대장에게 장갑을 끼고,
어깨에 띠를 걸치고, 최근에 구입한
에나멜 구두를 신은
대통령 초상화를 제안했다.*
산디노는 장화를 벗고
너울대는 늪지대로 숨어버렸다.
그리고 정글의 자유에 젖은
어깨띠를 걸친 후,
'문명 전파자'들에게
권총 한 발 한 발로 답했다.

미국의 분노는
형언할 수 없었다. 서류 뭉치를 든
대사들은 세계를 향해
자신들은 니카라과를
사랑하며, 언젠가는
이 나라의 잠에 취한 내장에도
질서가 와야 한다고 설득했다.

산디노는 침략자들을 교수형에 처했다.

월가의 영웅들은
늪지대에서 먹혔고,
섬광 하나가 그들을 죽였다.

———
* 대통령직을 제안했다는 의미. 미국인들이 마음대로 정치를 움직
이는 상황을 보여준다.

그들을 쫓는 마체테*는 하나가 아니었다.
한밤중에 밧줄이 뱀처럼
그들을 깨웠고,
나무 위에 매달려 있으면
식충식물,
파란 딱정벌레가
서서히 그들을 괴롭혔다.

산디노는 마을 광장에서
잠자코 있었다. 그러나
모든 곳에 산디노가 있었고,
미국인을 죽였고
침략자를 응징했다.
미국 공군이 왔을 때,
무장한 군대의 공격,
거대하게 짓누르는 이들의 자상(刺傷)이 시작되었다.
산디노는 그의 부하들과 함께
정글의 유령처럼
칭칭 감긴 나무,
잠자는 거북,
미끄러지는 강이 되었다.
그러나 나무, 거북, 강은
복수의 죽음,
정글의 법칙,

———
* machete: 농사에 사용하는 길고 큰 칼. 산디노의 병사들 중 상당
수는 농부였다.

226

독거미의 치명적 증상.

(1948년
스파르타 부대에 속한
그리스의 게릴라 하나는
달러 용병들에게 공격당한
빛나는 보석함이었다.

그는 산에서 시카고 출신 낙지 위로
불을 퍼부었다.
니카라과의 용사
산디노처럼
그는 '산악의 산적'으로 불렸다.)*

그러나 불, 피,
달러는 산디노의
고매한 탑을 부술 수 없었다.
월가의 호전가들은
평화를 체결하고, 그 평화를
축하하기 위해 게릴라를 불렀다.

그리고 이제 막 고용된 배신자가

———
* 그리스 내전(1941~1950) 중 1947~50년에 일어난 사건을 가리킨
다. 그리스 내전 당시 왕실은 영국에, 영국은 미국에 지원을 요청했
으며, 게릴라들은 소련, 유고슬라비아의 지원을 받았다. 내전은 막
강한 자금력을 바탕으로 한 미국의 지원에 의해 서방의 승리로 끝났
다. '시카고의 낙지'는 막대한 자본을 가진 대기업을 의미한다.

그를 향해 카빈총을 발사했다.

그의 이름이 소모사*이다.
오늘날까지도 니카라과를 다스리고 있다.
30달러 재산이
그의 배 속에서 늘어났고 불어났다.**

이것이 산디노의 역사,
니카라과 대장의 역사,
우리들의 배신의 모래판,
갈라지고, 덮치고,
순교시키고, 강탈하는
가슴 아픈 모래판의 반복.

XXXVIII

1

레카바렌***에게   대지, 대지의 광물, 단단한 아름다움,
가면서   창(槍), 등(燈), 아니면 반지로 변할

———
* 소모사Somoza 가족의 통치는 아버지 아우구스토(Augusto, 1937
~1947, 1950~1956), 장남 루이스(Luis, 1956~1963), 차남 아나스
타시오(Anastasio, 1967~1972, 1974~1979)로 이어졌다.
** 예수를 판 유다가 받은 돈이 30디나르임을 상징한다.
*** Luis Emilio Recabarren(1876~1924): 칠레의 정치가이자 좌익계
노동운동 지도자였다.

철분의 평화,
순수한 물질, 시간의
활동, 벌거벗은
대지의 건강함.

광물은 땅속에 묻혀
숨겨진 별 같은 존재.
지구의 요동*으로
조금씩 숨어버린 빛나는 존재.
거친 겉모습, 점토와 모래가
그대의 영역을 덮고 있다.

그러나 나는 그대의 소금, 그대의 표면을 사랑했다.
그대의 방울, 그대의 눈꺼풀, 그대의 상(像)도.

단단한 결정체 캐럿 안에서
내 손이 노래를 했다. 에메랄드의
결혼식 노래에 초대받았다.
어느 날 철의 구멍에 내 얼굴을 묻었다,
심연, 지구력, 위대함을 느낄 때까지.

그러나 나는 아무것도 몰랐다.

철, 동, 소금은 그걸 알았다.

———
* '지구의 요동'의 원문은 a golpes de planeta(지구의 충격), 즉 지구의 자전과 공전을 의미한다.

황금 꽃잎은 하나씩 하나씩 피로 뽑힌다는 걸.
광물 하나하나의 주인이 군인 하나하나라는 걸.

2

구리 추키카마타* 구리 광산에 갔다.
산맥은 오후.
대기는 물기 없는 영롱한
차가운 컵.
전에 나는 배에서 산 적이 많았다.
그러나 사막의 밤,
거대한 광산은
저 고산의 밤에
빛을 발하는 이슬로 인해
눈부신 배처럼 빛나고 있었다.

눈을 감았다. 꿈과 어둠이
거대한 새처럼
두터운 깃털로 나를 덮었다.
구멍을 피하느라
자동차가 춤을 추는 동안,
비스듬한 별, 날카로운
행성은 위협적인 차가운 불의
얼어붙은 빛을

---

* Chuquicamata: 칠레 북부 안토파가스타 지방에 있는 세계에서
제일 큰 노천 구리 광산.

창(槍) 던지듯 내게 던졌다.

3

추키카마타의 밤 이미 이슥해진 밤. 종(鐘) 속의 빈
공간처럼 깊어진 밤.
그리고 눈앞에 보이는 요지부동의 담,
피라미드 형태로 무너져 내린 동.
이 땅의 피는 녹색.

초록색 밤의 규모는
흠뻑 젖은 행성까지 갈 만큼 높았다.
인간이 한 방울 한 방울 만든
터키석 우유,
돌의 여명은
모래가 자욱한 밤 내내
별처럼 열린 땅속,
그 거대함 안에서 반짝이고 있었다.

그때, 어둠이 나에게 손을 내밀어
　　　　　　　　　　노동조합으로
한 걸음 한 걸음 이끌었다.
　　　　　　　　　7월이었다,
칠레의 7월은 추운 계절.

내 발걸음과 함께 수많은 날을
(아니면 세기) (아니면 단지
구리, 돌, 돌, 돌의 세월,

다시 말하면, 시간의 지옥,
유황의 손이 지탱하는
무한의 시간)
다른 발걸음, 다른 발들이 발을 옮겼다.
단지 동(銅)만이 그걸 안다.
굴을 파는 사람은 기름때 묻고,
배고프고, 헐벗고,
외로움에 시달리는 군중.
그날 밤 나는 광산의
잔인한 갓길 위로
수없는 상처가 줄지어 가는 걸 봤다.

그러나 나는 이 고통을 뒤로했다.

안데스 공기의 영원한 빛 속에서
땀에 절어 두드려대는 이들 앞에
노출된 동의 광맥은 젖어 있었다.
수세기 동안 땅속에 묻힌 상(像)의
광물로 된 뼈를 파기 위해
인간은 텅 빈 극장에
계단을 설치했다.
그러나 단단한 광물의 본질,
자신만의 위상을 지키는 돌,
단정한 화산의 분화구*만 남겨놓고 가버린 것으로

———
* 철광석을 캐내기 위해 만든 거대한 웅덩이를 화산의 분화구로 표현했다.

구리는 승리했다.
마치 그 상, 녹색의 별이
광물의 신의 가슴에서 뽑아지듯,
그 가슴에 높이 파인 창백한 구멍을 남기면서.

4

칠레 사람들   이 모든 것은 당신의 손이었다.

당신의 손은
광물 동포의 손톱, 투쟁하는
'촌놈', 짓밟힌
인간, 누더기를 걸친 별 볼일 없는 자의 손톱.
당신의 손은 지형과 같다.
이 녹색 어둠의 분화구를 파고
대양의 돌과 같은 행성을 심었다.

당신은 병기창을 다니면서
부서진 삽을 쓰고,
귀 먹은 암탉의 알처럼
모든 곳에 화약을
놓았다.

아득한 분화구 이야기다.
보름달로부터도
심연이 보일 정도인 분화구.
로드리게스라는 사람, 카라스코라는 사람
디아스 이투리에타라는 사람,

아바르카라는 사람, 구메르신도라는 사람,
밀이라는 칠레 사람이
손에서 손으로 만든 분화구.

이 거대한 광산은 뼈만 남은 칠레 사람이
고산의 부족한 공기 속에서
손톱에서 손톱으로, 온 힘을 다해,
빠른 속도로 하루, 또 하루,
또 하나의 겨울에 만들어냈고,
회반죽을 거두어
각 지역 사이에 심은 것이다.

5

영웅 그것은 많은 손가락이 소란을 떤
견고한 것이 아니었다. 단순한 삽,
팔, 엉덩이, 사람의 몸무게,
그의 에너지도 아니었다.
땅에 묻힌 유성의
마지막 섬광,
별의 초록색 동맥을 찾으면서
석회로 된 산을
1센티미터씩 파내려간 동력은
고통, 불확실, 분노였다.

저 깊은 곳에서 소진한 인간에게서
선홍색 소금이 태어났다.

그 사람은 두려움을 모르는

석공 레이날도,

수많은 세풀베다, 당신의 아들,

당신의 이모 에두비헤스 로하스의 조카,

불타는 영웅, 광물 산맥을

허무는 사람.

몸속 원천적 자궁으로 들어가듯이

대지와 생명 안으로

들어가서 알아내듯이,

그렇게 나는 점점 더 몸을 굽혀갔고,

인간이 되기까지,

종유석과 같은 눈물, 떨어진 가엾은 핏물,

먼지 속에 담긴 땀의 물이 되기까지

가라앉았다.

6

작업 한번은 라페르테*와 함께

하늘색으로 빛나는 금욕적 이키케**에서

모래의 경계를 넘어

타라파카 지방 내륙으로 갔다.

엘리아스는 내게 광부의

삽을 보여주었다. 그의 손가락은 모두

------

* Elías Lafertte(1886~1961): 칠레의 초석 광산 노동자 출신 좌파
정치가.
** Iquique: 칠레 북부 타라파카Tarapacá 지방에 있는 항구도시로
1907년 초석 광산 노동자들의 노동쟁의가 무력으로 진압된 곳.

나무로 된 삽자루 안에 들어가 있었고,
삽은 손가락 마디와의 마찰로
다 닳아 있었다.

삽이 캐내는 돌까지도
손들의 악력으로 녹아버렸다.
그렇게 해서 땅과 돌, 금속과 산(酸)의
회랑이 열렸고,
이 아픈 손톱,
별을 부수는
이 손들의 검은 띠가
하늘로 소금을 올려 보낸다.
천상 역사*에 나오는
이야기처럼 "이것이
땅의 첫 날이니라"라고 말하면서.

그 누구도 그 전에 본 적이 없는
(그 창조의 날 전에)
삽의 원형이 소금을
지옥의 껍데기 위로
올려 보냈고, 뜨거운 거친 손들이
그 껍데기를 지배했고,
땅의 나뭇잎을 열었고,
초석의 정복자인
하얀 이빨 대장이

———
* '성경'을 가리킨다.

하늘색 셔츠를 입고 나타났다.

7

사막　거대한 모래사장에 힘겨운 정오가
시작되었다.
세상은 벌거벗었다.
넓은 세상, 불임의 세상, 마지막
모래 경계선까지도 깨끗한 세상.
소금밭의 외로운, 살아 있는 소금,
그 소금의 부서지는 소리를 들어라.
태양은 비어 있는 공간에 그의 유리를 부서뜨리고,
대지는 신음하는 소금의
숨 막히는 건조한 소리로 신음한다.

8

(야상곡)　사막으로 오라.
높은 바람이 평지에 몰아치는 밤으로 오라.
밤의 원, 공간의 원, 별의 원,
타마루갈* 지역은
시간 속에서 잃어버린 모든 침묵을 거둔다.

석회질의 파란 컵, 머나먼 컵, 달처럼
생긴 컵 안에 고인 수천 년의 침묵이
밤의 벌거벗은 지형을 만들어낸다.

———
* Tamarugal: 칠레 북부 타라파카 지방의 사막을 낀 평원.

순수의 땅, 난 너를 사랑한다. 꽃,
거리, 풍요함, 의식과 같이
너와 반대되는 수많은 것을 사랑했듯이.
대양의 순수한 누님, 난 당신을 사랑한다.
인간이 없고, 담도 없고, 기댈 수 있는 나무도 없는
이 비어버린 학교는
내게 어려운 곳이었다.

나는 혼자였다.
내 삶은 평원, 그리고 고독.

이것이 바로 세상의 남성적 가슴이다.

나는 사막, 당신의 곧은 형태를 사랑했다.

그리고 당신 허공의 강렬한 정확성도.

9

황무지   황무지에서 사람은 땅을 깨물며,
신음하며 살았다.
나는 광산의 굴로 직접 가서
돌멩이 사이로 손을 집어넣었고,
황폐한 새벽까지
갱도로 돌아다녔고,
딱딱한 목판 위에서 잠을 잤고
오후에 그 작업에서 내려왔고,
수증기와 요오드가 나를 태웠고,

다른 사람의 손을 잡았고,

한 여인과 이야기했다,

들끓는 가난의 냄새,

문 안쪽에 보이는 암탉들,

그리고 다 해진 옷들 사이에서.

수많은 고통을 모으고,

영혼의 사발에 수많은

피를 담자,

끝이 보이지 않는 황무지의

순수한 공간에서

모래로 만든 남자 하나가 오는 것이 보였다.

넉넉한 얼굴, 무표정한 얼굴,

펑퍼짐한 몸에 걸친 옷,

길들일 수 없는 등불처럼

반쯤 감긴 눈.

레카바렌이 그의 이름이었다.

XXXIX

레카바렌   당신의 이름이 레카바렌이었다.
(1921)

    선한 사람, 거구에 풍성하게 생긴 사람,

    맑은 눈매, 단단한 이마,

그의 큰 몸은

수많은 모래처럼

에너지의 원천을 감춰주었다.

아메리카 황무지에서

(지류들, 맑은 눈,

철이 보이는 단면들)

칠레를 보아라,

파괴된 생물학, 뽑힌 가지,

팔에 달린 손가락뼈가

오가는 폭풍을

분산시키는 것처럼 생긴 칠레.

광물과 질산염으로

구성된 근육 지대 위에,

방금 캐낸 동(銅)의

기골이 장대한 위대함 위에,

짠맛의 땅인

사막에 널려

누더기 입은 자식들을 거느린

왜소한 주민이 산다.

성급한 계약으로

무계획적으로 사는 것에 길들여진 사람.

휴직과 죽음으로

삶이 막힌 칠레 사람.

고된 작업에서 살아남거나
소금으로 수의가 입혀진
강인한 칠레 사람.

바로 그곳에 민중의 대장이
팸플릿을 들고 왔다.
구멍 난 겉옷으로
배고픈 자식들을 감싸면서
가혹하고 부당한 처사를 감내하던
성난 외로운 이를 붙들고
이렇게 말했다.
"당신의 목소리를 다른 사람의 목소리와 합치시오."
"당신의 손을 다른 사람의 손과 합치시오."
초석 광산의 불행한 모퉁이에서
아버지다운 모습으로
평원을 채웠다.
보이지 않는 비밀 장소에서
광부 모두가 그를 보았다.

매 맞은 '노동자'가 하나씩 들어왔다.
탄식이 하나씩 새어 나왔다.
찢긴 창백한 목소리를 가진
유령들이 들어왔다.
그리고 새로운 존엄성을 가지고
그의 손에서 나갔다.
모든 황무지에 소문이 났다.
부서진 마음을 일으키고

마을을 세우면서
나라 전체로 다녔다.
방금 나온 그의 신문은
석탄 막장으로 들어갔고,
구리 막장으로 올라갔고,
민중은 생전 처음
고통 받는 이들의 목소리를 실은
기사에 입을 맞췄다.

그는 유리된 이들을 조직했다.
책, 노래,
공포의 담까지 가지고 가서
이 불평 저 불평을 모았다.
목소리도 입도 없던 노예,
그의 수많은 고통이
이름을 얻었으니, 그것이 민중,
프롤레타리아, 노동조합,
드디어 존중받게 되었고 우아해졌다.

전투 중에 조직되어
형성된 이 민중,
용감한 이 조직,
강인한 이 유혹,
변하지 않는 이 광석,
고통이 이룬 이 단결,
인간의 이 힘,
내일을 향한 이 길,

무한한 이 산맥,

배태되는 이 봄,

가난한 이들의 이 무장,

고통 속에서,

조국의 가장 깊은 곳에서,

가장 높고, 가장 영원한 곳에서 나왔다.

이것이 바로 당이다.

공 · 산 · 당.

　　　　　이것이 그 이름이다.

투쟁은 거대했다. 황금의 주인들은

맹금처럼 쓰러졌다.

이들은 중상모략과 싸웠다.

"이 공산당은

페루, 볼리비아,

외국에서 퍼져온 것이다."

전사들이 한 방울 두 방울

땀으로 구입한

인쇄소를 덮쳤고,

인쇄기를 태우고, 민중의

활자를 여기저기 뿌리면서

인쇄소를 망가질 때까지 공격했다.

그리고 레카바렌을 박해했다.

그에게는 입장도, 통행도 거부되었다.

그러나 그는 황무지의 동굴에서

뿌리를 모았고

요새로 방어했다.

그러자 미국, 영국의
기업가들,
그들의 변호사, 상원의원,
하원의원, 대통령 들이
사막에 피를 뿌렸다.
한 곳으로 몰고, 묶고,
칠레의 저 밑바닥 세력인
우리 종족을 살해했다.
그리고 싯누런 거대한 고원의
길가에 내팽개쳤다.
모래 산의 외진 곳마다
총살당한 노동자의 십자가와
시신이 쌓였다.

그들이 해안 도시 이키케로
학교와 빵을 요구하는
사람들을 부른 적이 있다.
거기서 이들을 뜰 한쪽에
마구잡이로 집어넣고 포위한 다음,
죽일 셈이었다.
　　　　　　　　잠이 든 노동자가
이룬 더미 위로
기관단총과 잘 준비된 총이
윙윙대며 탄환을 발사했다.
이키케의 창백한 모래를
강물이 된 피가 적셨다.
그곳에는 불굴의 화환처럼

세월이 흘러도 아직 불타는
그들이 흘린 피가 있다.

그러나 저항은 살아남았다.
레카바렌의 손으로 조직된
빛과 붉은 깃발은
광산에서 마을로,
다시 도시로, 계곡으로 퍼져 나갔다.
그리고 철로 바퀴와 함께 굴렀고,
강인한 토대를 갖게 되면서,
거리를, 광장을, 농장 저택을,
먼지에 짓눌린 공장을 접수했고,
봄이 덮어준 상처들*을 이겨냈다.
모두들 승리하기 위해 노래했고 투쟁했다.
드디어 동트는 시간이 일치한 것이다.

그 뒤로 얼마나 많은 날이 지났는가.
피 위에 또 다른 피를 흘리며,
이 땅에서는 얼마나 많은 투쟁이 있었는가,
찬란한 정복의 시간,
한 방울 한 방울 얻어낸 승리,
패배를 맛본 쓰라린 거리,
터널처럼 어두운 지대,
칼날로 생명을 끊을 것
같던 배신,

―――
* '봄'은 공산당의 태동을 의미한다.

군사적으로는 왕관을 썼으나
증오로 무장된 압제.

땅이 무너지는 듯했다.

그러나 투쟁은 지속되었다.

파견　　레카바렌, 이 박해의 시절,
(1949)　한 반역자의 역습으로 추방된
　　　　　내 형제들의 고통 속에서,
　　　　　증오로 에워싸인 조국,
　　　　　전제자로 상처받은 조국과 더불어
　　　　　나는 당신의 감옥 생활,
　　　　　당신의 첫번째 걸음,
　　　　　당신의 견고한 옹성의 고독이 빚어냈던
　　　　　끔찍했던 투쟁을 기억한다.
　　　　　당신이 고원(高原)에 등장했던 그때,
　　　　　한 사람, 또 한 사람이
　　　　　고귀한 민중의 단결로 지켜낸
　　　　　보잘것없는
　　　　　빵 반죽 덩어리를
　　　　　들고 당신을 찾았다.

칠레의 아버지　레카바렌, 칠레의 아들,
　　　　　　칠레의 아버지, 우리의 아버지,

246

대지와 고통으로 벼려진
당신의 노선, 당신의 실체에서
미래의 날, 승리의 날의
힘이 태동했다.

당신은 조국이며 평원, 민족,
모래, 흙, 학교, 집,
재건축, 주먹, 공격,
질서, 행진, 공격, 밀,
투쟁, 위대함, 저항이다.

레카바렌, 당신의 눈앞에서
조국의 파괴로 생긴 상처를
치료할 것을 우리는 맹세한다.

자유가 벌거벗은 꽃을
오명을 쓴 모래 위에
들어 올리게 할 것을 맹세한다.

민중의 승리까지
당신의 길을 이어갈 것을 맹세한다.

XL

브라질의   고귀한 브라질,
프레스테스*   당신의 무릎에 눕고,

(1949) 당신의 거대한 잎사귀들, 거대한 식물,**

에메랄드의 살아 있는 편린 안에 나를 감싸기 위해,

당신에게 영양분을 주는

성스러운 강들에서 당신을 지켜보고,

비처럼 쏟아지는 달빛을 받으며

테라스에서 춤을 추고,

하얀 금속 새들에 에워싸인

커다란 맹수가 흙 속에서 태어나는 것을 보고,

아직 사람이 살지 않는

당신의 땅 모두에 내 분신을 보내기 위해.

내가 당신을 얼마만큼 사랑해야 하는가.

브라질, 내가 얼마나 많이 돌아다녀야 하는가.

다시 한 번 낡은 항구로 들어가고

동네를 돌아다니고, 당신의

독특한 제의 냄새를 맡고,

당신의 넉넉한 가슴,

당신의 둥근 중심부에 내려가야 하는 것을.

그러나 그럴 수는 없다.

한번은 바이아***에서

---

* Luis Carlos Prestes(1898~1990): 브라질 군 출신 정치가. 브라질
공산당 사무총장, 상원위원 역임. 군부독재 시절 많은 박해를 받음.
** '브라질'은 원래 염료나무 이름이다. 브라질 땅에서 수많은 브
라질 나무를 발견해서 국명을 브라질로 정했다.
*** Bahía: 브라질 북동부 지방.

옛날 노예 시장의 여인들,

고통 받는 동네의 여인들이,

(오늘날에는 가난, 헐벗음, 가슴 아픈 상황 같은

새로운 형태의 노예제도가

역시 똑같은 땅에서 예전처럼 살아 있다.)

나에게 꽃과 편지를 주었다.

몇 마디의 따스한 말과 꽃.

내 목소리는 그네들의 수많은 고통을 떠날 수가 없다.

나는 안다,

당신의 그 넓은 천연의 강안(江岸)이

얼마나 많은 보이지 않는 진실을 내게 알려줄 것인지.

비밀의 꽃,

요동치는 나비 떼,

생명과 숲의

비옥한 모든 불씨들이

끝이 없는 습기의 이론을 간직하고

나를 기다린다는 걸 안다.

그러나 나는 그럴 수 없다. 그럴 수 없다.

당신의 침묵으로부터

다시 한 번 민중의 목소리를 빼내어,

그 목소리를 정글의 가장 빛나는

깃털처럼 들어 올려서

그 목소리가 내 입을 통해 노래할 때까지

내 곁에 두고 사랑할 수밖에.

프레스테스가 자유를 향해, 브라질,
네 안에 닫힌 것처럼 보이는 문,
결코 뚫을 수 없는 고통에 못이 박힌
문을 향해 걸어오는 걸 본다.
창백한 눈의 전제자에게*
쫓기는 프레스테스와
굶주림마저 극복한 그의 부대가
볼리비아를 향해 정글을 건너는 걸 본다.**
고국으로 돌아와 전투의
종을 울리자,
그를 가두고, 그의 동반자를
회갈색의 독일 사형수에게
보낸다.***
　　　(시인이여, 당신의 책에서
그 옛날 그리스 사람들의 고통을 찾아라.
그 옛날의 저주로 인해

---

* 당시의 브라질 군부 실력자는 제툴리우 바르가스Getúlio Vargas
로 그는 1930년에 쿠데타로 집권했다.
** 브라질 군대에서 1920년대에 개혁을 부르짖으며 무장투쟁을 벌
인 '테넨티스모tenentismo' 일파 중에서 가장 마지막까지 저항한 '프
레스테스 부대Columna Prestes'는 정부군에 쫓기면서 1927년 마토
그로소 늪지대를 거쳐 볼리비아로 망명했다.
*** 프레스테스는 볼리비아, 아르헨티나, 소련을 거쳐 1930년 귀국
해 바르가스Getúlio Vargas의 타도를 주장했다. 1936년 은신하던 중
체포당했으며, 독일 출신 부인은 독일로 추방되었다. 나치는 그녀
를 가스실에서 살해했다.

쇠사슬에 묶인 세계를 찾아라.

그들이 창안해낸 고통을 향해

당신의 휘어진 눈썹을 돌려라.

당신 자신의 문 안에

민중의 어두운 가슴을 두드리는

태양을 보지 않는가.)

순교에서 당신의 딸이 태어난다.

그러나 당신 부인은

가스실 안에서

게슈타포의 살인의 늪에 삼켜진 채 도끼 아래에서

사라진다.

　　　　　오, 죄수의 고통!

오, 우리의 상처받은

대장에게서 나오는

말할 수 없는 괴로움!

(시인이여, 네 책에서 프로메테우스와

그의 사슬 이야기를 지워라.

그 옛날이야기는 그처럼

화석화된 거대함,

무시무시한 비극을 가진 게 아니다.)

죽음의 침묵 속에서

프레스테스를

11년간이나 철창 안에 가두었다.

감히 죽이지도 못한 채.

그의 민족을 위한 소식은 없었다.

독재자는 그의 암흑 세상에서
프레스테스의 이름을 지웠다.
11년간 그의 이름은 묻혔다.

그의 이름은
모든 사람이
존경하고 기다리는 나무로 존재했다.

결국 자유의 신이 감옥으로
그를 찾아와
다시 세상의 빛을 보고,
그의 머리에 쏟아부은
모든 증오에서 해방되어
사랑받는, 친절한 승리자가 되었다.

1945년에 상파울루에서
그를 만났던 것을 기억한다.
(그는 허약했으나 단호했고,
우물에서 꺼낸
상아처럼 창백했고,
고독 속의 순수한
공기처럼 강했고,
고통으로 보호된
위대함처럼 순수했다.)
그리고 파카엠부*에서

---

* Pacaembú: 약 4만 명을 수용할 수 있는 상파울루의 축구경기장으

민중을 향해 첫 연설을 했다.

거대한 경기장은

그를 보려고 만지려고 기다려온

수만의 붉은 가슴으로 들끓었다.

말할 수 없는 노래의 물결,

사랑의 물결 속에 그가 왔다.

수만의 손수건이

환영 수풀처럼 그에게 인사했다.

내가 말하는 동안, 곁에 선 그는

그윽한 눈으로 쳐다보았다.

XLI

파카엠부 연설
(브라질, 1945)

여러분! 오늘 내가 얼마나 많은 역사, 투쟁,

실망, 승리를 말하고 싶어 하는지 모를 것이다.

여러분들에게 말하고 싶어 수년간 간직했던 생각과

인사, 저 멀리 떨어진 내 조국의 모든 국민, 노동자,

광부, 석공 들이 지나가며 내게 해준 인사,

안데스 눈이 안부 인사를 드린다.

태평양이 안부 인사를 드린다.

눈이, 구름이, 깃발이 내게 했던 말은?

어부가 내게 들려준 비밀은?

내게 이삭을 건네주던 어린 여자애가 했던 말은?

———
로 1950년 브라질 월드컵 경기장으로 쓰였다.

그들의 메시지는 단 하나, 바로 프레스테스에게 인사
하라는 것.
그들이 한 말. 정글에서든, 강에서든 그를 찾아라.
감옥에서 데리고 나와라, 감옥을 찾아가서 불러내라.
대화를 금지하면, 그대로 바라만 보아라, 지칠 때까지.
그리고 내일 우리에게 네가 본 것을 말해다오.

오늘 나는 승리의 마음이 바다를 이뤄
그를 에워싼 것을 보고 너무도 자랑스럽다.
나는 칠레에게 이렇게 말하리라. 그에게 인사했노라고,
민중의 자유로운 깃발이 휘날리는 가운데.

수년 전 파리에서 어느 날 밤
스페인 공화정을 위해 투쟁 중이던 이들을 위해
군중을 향해 도움을 청한 적이 있다.
당시 스페인은 폐허와 영광을 함께 지니고 있었다.
프랑스 사람들은 내 요구를 침묵 속에서 들었다.
나는 존재하는 모든 것의 이름으로 그들에게 도움을
청하며 말했다. 스페인에서 투쟁하고 있는 새로운
영웅들이 죽고 있다. 모데스토, 리스테르, 파시오나리아,
로르카*는 아메리카 영웅들의 후손이다. 그들은
볼리바르, 오이긴스, 산마르틴, 프레스테스의 형제다.
내가 프레스테스를 거명하자, 프랑스의 하늘로 거대한

---

* Juan Modesto(1906~1969), Enrique Líster(1907~1994), Pasio-
naria(1895~1989)는 공산당원으로 스페인 내전에 참전했으며, Fe-
derico García Lorca(1898~1936)는 저명한 문인으로 스페인 내전
와중에 총살당했다.

반응이 울려 퍼졌다. 파리도 그에게 경의를 표한
것이다. 늙은 노동자들의 눈물 고인 눈이
브라질과 스페인의 저 심연을 향하고 있었다.

또 다른 짧은 일화를 말하겠다.
오래전 일이다. 칠레의 거대한 해저 석탄 광산 인근,
차가운 탈카와노* 항구에
소련 화물선이 입항한 적이 있었다.

(칠레는 아직 소비에트사회주의공화국연방과
외교 관계를 수립하지 않을 때였다.
그러자 바보 같은 경찰은
소련 선원들의 하선을 금지했고,
칠레 사람들에게는 승선을 금지했다.)

밤이 되자
거대한 광산의 수많은 광부들,
남자, 여자, 어린아이 들이 언덕에서
광산 작업에 쓰는 작은 전등을 들고 내려왔다.
밤이 새도록 이들은 소련 항구에서 온 배를 향해
등불을 켜고 끄면서 신호를 보냈다.

그 어두운 밤, 별도 없었다.
그러나 인간의 별, 민중의 전등이 있었다.

———
* Talcahuano: 칠레 남부 비오비오 지방에 있는 항구도시.

오늘 또한 우리 아메리카의 모든 곳에서,
자유 멕시코, 목마른 페루
쿠바, 사람이 많이 사는 아르헨티나,
유배된 형제들의 피난처인 우루과이에서
모든 민중은 당신 프레스테스에게 조그만 전등,
인간의 높은 희망이 빛나는 전등으로 인사를 보낸다.
그래서 그들이 아메리카의 대기로 나를 보낸 것이다.
당신을 만나고, 사람들에게 프레스테스 당신이
어떤 존재였는지, 고독과 어두움의 수많은 인고의 세
월, 입을 다물고 있었던
우리 대장이 무엇을 말했는지 말하라고.

당신에게는 증오심이 없다고 나는 말한다.
단지 당신의 조국이 살아 있기를 바랄 뿐이라고.

그리고 자유가 브라질 저 심연에서부터 영원한 나무처
럼 자라나기를 바란다고.

브라질, 그대에게 말하지 못했던 많은 것을 이야기하고
싶다. 그것들은 이 몇 년간 내 몸과 영혼, 피, 고통,
승리 사이에 있었고, 시를 쓰는 이들과 민중이 말해야
하는 것들이었다. 허나 이제 다시 그 어느 날을 기약
하자.

오늘은 화산과 강의 거대한 침묵만을 요구하겠다.

땅과 사나이들의 거대한 침묵을.

눈 덮인 아메리카, 평원의 아메리카에도 침묵을.

침묵, 그것이 민중의 대장이 하는 말.

침묵, 그것이 브라질이 그의 입을 빌려 하는 말.

XLII

다시 한 번 독재자들　오늘 다시 한 번
브라질로 사냥이 확대되었다.
노예 상인들의
냉혹한 욕심이 그걸 찾는다.
월가에서는 돼지 같은 위성국들에게
민중의 상처에
이빨을 깊게 박으라는
명령을 내렸다.
그리고 장사치와 사형집행자가 파괴한
칠레, 브라질,
우리의 전 아메리카에서
사냥이 시작되었다.

내 민족은 나의 길을 숨겨주었고,
내 시를 손으로 가려주었으며,
나를 죽음에서 보호했다.
프레스테스가 다시 한 번

못된 인간을 거부한 브라질에서는
그의 길에 난 수많은 문을
민중이 막았다.*

브라질, 그대의 고통 받는 대장이
구원되기를,
브라질, 당신 마음 안에
아직 당신이 가질 수 있는 자유를
그가 즐길 수 없게 방치한 다음,
내일에서야 그의 모습을
거상으로 만들려고
그의 추억을 하나씩 하나씩 모아
허공 위로
들어 올리는 일이 없기를.

XLIII

그날이 올 것이다 해방자들이여,
인적이 드문 어두운 아침,
여기 아메리카의 여명에서,
당신들에게 내 민족들이 사는
드넓은 공간,
매 순간의 투쟁의 환희를 바칩니다.

———

* 프레스테스의 도주와 잠행을 민중이 도움.

세월의 저 깊은 곳에 있는

하늘색 경기병,

이제 막 수를 놓은 아침의

깃발을 든 군인,

오늘의 군인, 공산주의자,

광산의 급류를

상속받은 투쟁가,

빙하에서 온 내 목소리,

단지 사랑의 의무로

모닥불로 매일매일 올라가는

내 목소리를 들으시오.

우리는 같은 땅 사람들,

똑같이 박해받는 민족,

똑같은 투쟁이 우리 아메리카의

허리를 조이고 있습니다.

      당신들은

형제의 어두운 굴을

오후에 본 적 있습니까?

     그들의

칠흑 같은 삶에 닿았습니까?

      버려지고

물속에 잠긴 민중의 조각난 마음!

영웅의 평화를 받아들인 사람은

자신의 창고에 그 평화를 가두었고,

그 누군가는 피 흘려 거둔 수확의 과실을 훔쳤고,

적대적 경계선,

눈이 먼 황폐한 그림자 지대를 확정하면서

땅을 나눴습니다.

이 땅에서 고통의 어지러운 맥박,
고독, 타작된 땅의
밀알을 거두십시오.
깃발 아래에서 무언가가 싹을 틔웁니다.
그 옛날의 목소리가 다시 우리를 부릅니다.
광산의 밑바닥으로 내려가십시오.
황폐한 광석의 꼭대기로 가십시오.
이 땅의 인간의 투쟁을 보십시오,
빛을 보아야 하는 손들을
학대하는 순교를 통해.

투쟁하며 죽었던 이들을 당신들에게 인도하는 날,
사양하지 마십시오.
이삭은 땅에 주어진 하나의 밀알에서 태어나고,
수많은 사람들은 밀처럼 뿌리를 모으고,
이삭을 모아,
고통에서 해방되어
세상의 밝은 곳을 향해 올라갈 것입니다.

V.
배신의
모래*

---

* 식민지 지배 세력이 떠난 뒤 그 공백을 메운 아메리카 지배 세력
이, 예전보다 더 교묘한 방법으로 민중을 수탈한 사건과 이 만행의
주축 인물들을 그렸다. 각 연작시의 주요 내용은 다음과 같다.
I. 독립 후 권력을 잡은 각국의 독재자들. II. 20세기에도 이어지는
독재자들과 이들의 추종 세력 및 외국계 기업들, 이들의 반대편에
있는 가난한 이들. III. 1946년 칠레 민중봉기. IV. 1948년 당시의
각국의 모습. V. 칠레의 독재자로 네루다 박해에 앞장섰던 인물.

어쩌면, 지상에 대한 망각은, 겉에 걸치는 옷처럼,
점점 더 커질 수 있고, 숲속의 어두운 부식토처럼,
삶에 양식을 줄 수도 있다. (그럴 수 있다).

어쩌면, 어쩌면, 인간은 불에 다가가, 대장장이처럼
쇠 위의 쇠에게 무두질을 하는 건지도 모른다.
석탄의 눈먼 도시로 들어가지 않고,
눈을 감지도 않은 채, 무너진 곳, 물속, 광물,
파국을 향해 저 아래로 떨어지는지도 모른다.
어쩌면, 그러나 내 그릇은 다르다, 내 양식도 다르다.
내 눈은 망각을 물기 위해 온 것이 아니다.
내 입술은 모든 시간, 모든 시간을 향해 열린다.
시간의 한 부분만이 내 손을 허비했던 것은 아니다.

그래서 없애고 싶은 이 고통에 대해 당신께 말하겠다.
당신이 그 고통의 화상 사이에서 다시 살게 하겠다.
그것은 출발하기 위해서 한 역에 멈추는 것이 아니고,
이마로 이 땅을 치기 위해서도 아니며,
짠 물로 우리의 마음을 채우기 위해서도 아니다.

그것은 의미가 있는 무한한 결심을 가지고
알아가면서 걷고, 올바른 것을 만지기 위한 것이다.
엄격함이 기쁨의 조건이 되어서,
우리가 무너뜨릴 수 없는 인물이 될 수 있도록.

I

사형집행인 사우리아,* 늪지대에 우뚝 선 기둥,
자라나는 식물을 둥글게 마는
아메리카의 비늘도마뱀,
끔찍한 네 새끼들에게
독이 있는 젖을 물렸다.
너는 타는 듯한 요람에서 새끼들을 부화했고
누런 흙으로 잔혹한
후손들을 덮었다.
수컷 고양이와 암컷 전갈은 정글의 고향에서
간음을 했다.**

빛은 이 가지에서 저 가지로 도망쳤다.
그러나 잠든 이를 깨우지 않았다.

담요에서는 사탕수수 냄새가 났다.

———
* sauria: 도마뱀의 일종이며, 여기서는 독재 체제를 의미한다.
** '고양이'와 '전갈'의 간음으로 태어날 괴물인 독재 세력의 태동
을 상징한다.

낮잠을 자는 아주 허름한 곳까지

긴 칼들은 요동을 쳤다.

맨발의 노동자는

술집의 요상한 깃털 장식에

자랑스러운 독립의

침을 뱉었다.

프란시아* 박사　　뒤얽힌 습지대의

파라나 강.

야베비리 강,**

무성한 코팔***에 에워싸여,

케브라초****로 물들여진 쌍둥이 보석

아카라이, 이구레이 강이*****

그물을 형성하며 숨 쉬는 강.

모래 꿈에 젖은 쿠루파이나무 뿌리,

보랏빛 나사렛******의 망상을 끌며

---

* José Gaspar Rodríguez de Francia(1766~1840, 독재 기간 1814~1840): 파라과이의 독재자.

** Parana: 브라질에서 발원하여 파라과이, 아르헨티나를 지나 라플라타 강에서 대서양으로 이어지는 강.

Yabebiri: 파라과이 미시오네스 우림 지방의 강으로 파라나 강의 한 줄기를 이룸.

*** copal: 중남미의 나무로 특히 진액이 의약품으로 사용되었음.

**** quebracho: 남미 차코 지방에 자생하는 나무로, 초록색, 붉은색이 있다.

***** Acaray, Igurey: 파라나 강의 지류.

****** curupay: 남미에만 자생하는 나무로 페루에서는 윌카wilca(신성한 나무)라고 부른다.

대서양으로 향하는 평원을 달린다.

뜨거운 진흙, 탐욕스러운
악어의 왕좌에서,
야생의 악취를 풍기며,
로드리게스 데 프란시아 박사는
파라과이의 의자를 향해 길을 건너셨다.
그리고 분홍색 석공예로 된
원형 창 사이에서 사셨다,
어두운 샹들리에의 베일에 덮인
단단한 제왕의 조각상처럼.

거울이 가득한 방의
거대한 외로움, 붉은
벨벳 위의 검은 그림자,
밤에는 공포에 떠는 쥐들
위에 군림한다.
가짜 정규군인, 사기꾼 한림원 회원,
광활한 마테차 재배지에 에워싸인
나병 환자 왕의 불가지론,
사형수의 밧줄 위에
플라톤 풍의 숫자를 마시고,
별들의 삼각형을 세고,
별의 비밀을 캐내고,
파라과이의 오렌지 빛 오후를

------

nazaret: 나사렛은 남미 자생 나무로 보라색 꽃을 피운다.

266

창에서 지켜보며
총살당한 사람의 고통을
시계로 재고, 손으로는
발 묶인 황혼을 가둔
자물쇠를 붙들고.

책상 위에 놓인 책들 대신
그의 눈은 엎어진 도형의
유리 안에 있는
전구의 끝을 향한다.
그동안, 개머리판으로 칠 때마다
살해당한 이의 내장의 피는
층계로 흐르고,
그 피를 마시려는
초록색 파리 떼가 불꽃 튀는 싸움을 한다.

파라과이를 왕조 폐하의
새장처럼 닫고,
국경을 진흙과 고문으로 막아버렸다.
그의 모습이
거리에 어른대면,
인디오들의 시선은 벽을 향했다.
그의 그림자는 떨고 있는
거리 양쪽 벽에 미끄러졌다.

죽음이 프란시아 박사를
찾아오자, 그는 말없이,

미동도 없이, 자신의 동굴에

혼자서, 스스로를

마비의 밧줄에 묶은 채,

홀로 죽었다. 그 누구도 그 방에

들어가지 않았다. 그 누구도 주인 나리의

방문을 노크할 엄두가 나지 않았다.

자신의 뱀들에 묶여서

혀도 없이, 골수까지 끓도록

신음하고, 궁중의 고독에

갇혀서 죽어갔다.

하나의 교실처럼

생긴 밤은

순교로 적셔진

불행한 기둥 끝단 장식을 집어삼킨다.

로사스*   저 너머 땅을 들여다보는 것은 너무 어렵다.

(1829~1849)   (저 너머 시간이 아니다. 시간은 맑은 잔을 들어 올려

이슬의 결정체를 비추지 않는가.)

밀가루와 원한으로 차 있는 무거운 땅,

시신과 금속으로 굳어진 창고는

그 안쪽을 내게 보여주지 않는다.

———

* Juan Manuel de Rosas(1793~1877, 독재 기간 1829~1852): 아르
헨티나의 독재자. 네루다는 독재 종식을 1849년으로 기록했으나,
실제로는 1852년 2월에 실각되었다. 연방주의자(federal)였으며, 중
앙집권주의자(unitario)를 잔혹하게 탄압했다.

그 안의 바닥을 지나다니는 고독이 나를 거부한다.

그러나 나는 그들과, 내편과 이야기하겠다.
아직 우리 깃발의 수정별*이 순수를 간직했을 때,
그 깃발을 향해 도망쳐온 그들.

사르미엔토, 알베르디, 오로, 델 카릴,**
내 순수의 조국, 그러나 후에는 오점을 가진 내 조국은
그대들을 위해
가늘고 환한 빛줄기를 보존했다.
가난과 시골의 흙벽 사이에서
거부된 이들의 사상은
고된 광업, 달콤하며 씁쓰레한
포도 산업과 엮였다.

칠레는 이 사상들을 자신의 요새에 분산시켰고,
해양 바퀴의 소금 맛을 가미했으며,
이 사상의 씨를 뿌렸다.

그동안 팜파 평원에는 말발굽 소리가 요란했다.
하늘색 머리카락 위로
낚아채는 고리가 난무했고,***

———
* '수정별'은 칠레 국기의 별을 지칭한다.
** 로사스의 정적으로 칠레로 망명한 정치가 및 지식인들. Domingo
Faustino Sarmiento(1811~1888), Juan Bautista Alberdi(1810~
1884), Domingo de Oro(1800~1879), Salvador María del Car-
ril(1798~1883).

팜파 평원은 광기에 젖은 짐승들의
말발굽을 물어뜯었다.

순교자 위에 꽂히는 칼, 마소르카****의
호탕한 웃음소리. 하얀 바탕 위에
형언하기 힘든 어두운 깃털 장식을 하고
강에서 강으로 왕관을 쓴 달!

새벽안개 속에서 개머리판으로 강탈된 아르헨티나,
피를 흘리고 미쳐가는 벌을 받은 아르헨티나,
못된 감독들이 말 타고 달리는
텅 빈 아르헨티나!

아르헨티나, 그대는 붉은 포도밭 행렬,
하나의 가면, 봉인된 두려움이 되었다.
밀랍으로 만든 비극적 손이
허공에서 당신을 대체했다.
어느 날 밤 당신에게 등장했다,
척후병, 검은 돌로 만든 묘지,
소리가 없어진 계단,
카니발 기간의 매복,
주검, 어릿광대,
밤의 모든 눈에 내려앉는 눈꺼풀의 침묵이.*****

*** '하늘색'은 중앙집권주의(unitario)를 상징했다. 연방주의(fede-
ral)의 색깔은 짙은 파란색이다.
**** mazorca: 로사스의 친위대로 테러를 자행했다.
***** 로사스의 등장과 압제정치.

당신의 그 많던 밀은 어디로 도망갔는가?
당신의 고귀한 과일, 넓은 입,
노래하기 위해 당신의 현을 움직이는
모든 것, 거대한 북이 둥둥 울리고
잴 수도 없는 명성이 있는 당신의 가죽,
이 모두는 닫힌 원형 천장의 범접할 수 없는
고독 아래에서 말을 잃었다.

우리와 함께 나누는 눈〔雪〕의 끈에 있는*
당신의 영토, 너무도 맑은 남쪽 세상,
소용돌이 바다 위로 밀려온
밤의 침묵이 거기 머물렀다.
물결, 그리고 물결, 벌거벗은 물은 이야기를 했고,
회색 바람은 떨면서 모래를 헤쳐놓았고,
밤은 광활한 울부짖음으로 우리에게 상처를 입혔다.

그러나 민중과 밀이 서로 반죽되었다. 그러자
지상의 머리가 일어났고, 빛 속에 묻혀 있던
머리칼들이 빗을 빗었고, 고통은
자유로운 문을 맛보았다. 바람이 무너뜨린
문, 거리의 먼지로 하나씩 하나씩
망가진 문, 고개를 든 존엄, 학교,
지식인들, 먼지 속 얼굴들이

---

* '함께 나누는 눈의 끈'은 칠레와 아르헨티나의 경계를 이루는 안
데스의 만년설을 의미한다.

별들의 무리, 빛의 상, 순수한 평원이
되기까지 올라갔다.

에콰도르   퉁구라와*가 붉은 기름을 뿜어내고,

눈 위의 상가이**는

끓는 꿀을 흘린다.

눈 내린 성당 꼭대기를 얹은

임바부라***는 갈 수 없는

무한 세계에 물고기와 식물,

단단한 줄기를 던진다.

그리고 울퉁불퉁 튀어 오른 산줄기는

구릿빛 달 같은

고원을 향해 상처를

안티사나**** 위에 핏줄처럼 떨어뜨린다.

푸마차카*****의 주름진 고독,

팜바마르카******의 황산의 엄숙함,

화산과 달, 냉기와 수정,

차가운 불꽃,

파국의 활동,

------

* Tungurahua: 에콰도르 중부에 있는 가장 활동이 활발한 성층화산.

** Sangay: 에콰도르 남부에 있는 활화산으로 퉁구라와 아래에 있다.

*** Imbabura: 에콰도르 북부에 있는 휴화산으로 분화구가 있다.

**** Antisana: 에콰도르 중부에 있으며 정상의 만년설에서 녹아 내리는 물이 수도 키토의 수원이다.

***** Pumachaca: 키토 인근 산맥 사이에 있는 험준한 계곡.

****** Pambamarca: 키토 북부에 있는 만년설에 뒤덮인 성층화산.

증기, 태풍 같은 유산.

에콰도르, 에콰도르, 사라진 유성의
자줏빛 꼬리, 수많은 과일의 피부로
너를 감싸는 민족들의
무지개처럼 빛나는 군중 속에서
죽음은 계략을 가지고 맴돌고,
가난한 사람들에게는 열이 들끓는다.
배고픔은 지상에서
거친 쟁기가 짓는 농사,
불쌍함은 눈물이 발효된 곳에 생긴
습기 찬 질병처럼
네 가슴을 긴 치마*와
수도원으로 때린다.

가르시아 모레노[**] 그곳에서 독재자가 나왔다.
그의 이름은 가르시아 모레노.
장갑을 낀 살인마, 성구 보관실의
인내심 많은 박쥐는
그의 비단 모자에
재와 고문을 담고
손톱을 에콰도르 강의

---

* 신부복을 상징.
** Gabriel García Moreno(1821~1875, 재임 기간 1861~1865, 1869
~1875): 신정정치를 신봉한 에콰도르의 독재자로 암살당했다.

피에 담근다.

반짝이는 작은 구두에 넣은
작은 발로
제대의 융단에서
왁스를 칠하거나 십자가를 긋고,
성수 행진에서
긴 사제복을 입고,
범죄 속에 묻혀 춤을 추고
방금 총살한 시신을
끌고 다닌다.
흉흉한 천의 깃털 장식
옷을 걸치고는,
죽은 자들의 가슴을 찢고,
그들의 뼈들을 관 위에
날리면서 산책한다.

인디오 마을에서는 피가
산지사방으로 튄다.
거리마다 그림자마다 두려움이 난무하고
(종 밑에서는 종소리가
밤까지 이어질까 하는 두려움)
가엾은 키토에서는 수도원의 두터운
벽들, 직선으로 정지 상태로
굳게 닫힌 벽들만이 값이 나간다.
모두들 처마에 있는
녹슨 황금 꽃 장식과 함께 잠들고,

천사들은 성스러운 횃대에
매달려 잠들고,
모두들 사제의 천처럼
얇은 막 같은
밤 아래에서 잠든다.

그러나 잔혹은 잠들지 않는다.
하얀 콧수염의 잔혹성은
장갑과 갈고리를 끼고 산책하고
암울한 마음들을
지배의 철책 위에 못 박는다.
그러던 어느 날 궁전으로
빛이 칼처럼 들어와
조끼를 열어, 흠 하나 없는 옷가슴에
하나의 빛처럼 깊숙이 박혔다.

그렇게 해서 가르시아 모레노는
결정적으로 죽게 되자
다시 한 번 궁에서 나와 단걸음에
무덤을 감독하러 갔지만,
이번에는 학살당한 이들이 머무는
밑바닥까지 굴렀다. 그리고
이름도 없는 희생자들의 눅눅한
시체들 속에서 멈췄다.

아메리카의 주술사들 부엉이에 의해 짓밟히고

시큼한 땀에 얼룩진 중앙아메리카
너의 타버린 재스민으로 들어가기 전에
나를 네 배의 한 조각, 쌍둥이 파도*에 대항해서
싸우는 목재의 날개로 생각해다오.
그리고 무아지경의 향기,
네 컵의 꽃가루, 깃털,
네 바다의 풍요한 해안,
네 보금자리의 굽은 선으로 나를 채워다오.
그러나 주술사들은
부활의 광석을 죽이고, 문을 닫고,
눈부신 새들의 보금자리를
그늘지게 한다.

에스트라다**   어쩌면 조그만 사내 에스트라다가 오나 보다.
옛날 난쟁이들이 입던 모닝코트를 걸치고.
그의 기침 하나, 둘에
오줌과 눈물로
끊임없이 얼룩진 과테말라 담이
끓어오른다.

우비코***   아니면, 우비코일지도 모른다.

———
* 태평양과 카리브 해에 에워싸인 중미의 지형을 의미한다.
** Manuel Estrada Cabrera(1857~1924, 독재 기간 1898~1920): 20
세기 초 과테말라의 독재자. 그의 재임 기간에 미국의 유나이티드
프루트 컴퍼니United Fruit Company의 독점 행위가 공고해졌다.

오토바이를 타고 감옥을 지나,

오솔길로 간다. 돌처럼

차가운 사내, 공포 단계

최정상.

고메스**   고메스, 베네수엘라의 수령,

서서히 얼굴들을, 지식인들을

그의 분화구에 잠수시킨다.

밤에 그 분화구에 팔 허우적대며

떨어진 사람,

잔인한 주먹질 앞에 얼굴을 감싸고,

수령이 그를 삼키면,

지하 창고로 가라앉히고,

그다음에는 거리로 내몬다.

거기서는 쇠를 잔뜩 지고 땅을 파게 한다

죽을 때까지. 그의 몸이 산산조각 나고,

사라지니, 찾을 길 없다.

마차도***   쿠바의 마차도는 자신의 섬을

*** José Ubico Castañeda(1878~1946, 독재 기간 1931~1944): 과테말라의 독재자로 미국 기업의 지원을 받았다.

**** Juan Vicente Gómez(1857~1935, 독재 기간 1908~1935): 베네수엘라의 독재자로 미국의 지원을 받았다.

***** Gerardo Machado(1871~1939, 독재 기간 1925~1933): 쿠바의 독재자로 정적들, 특히 공산당원들을 철저히 탄압했다.

기계로 몰았다. 미제
고문 방식을 수입했고,
기관단총은 휘파람 소리를 내며
쿠바의 바다 넥타르인
꽃들을 뭉갰다.
학생이 상처를 조금이라도 입었다 하면
바다로 던져졌고, 거기서
상어는 선한 작업을
마무리 지었다.
살인자의 손은
멕시코까지 갔다. 메야*는
피 흘리는 투포환 선수처럼
범죄 거리에서 굴렀다.
그동안 섬은 파랗게 들끓었다.
복권 종이로 도배되고,
설탕은 저당 잡히고.

멜가레호**   볼리비아는 이상한 꽃처럼
벽 안에서 죽어간다.

———

* Julio Antonio Mella: 공산당원으로 멕시코에 망명 중 암살당했
다. 암살자에 대해서는 마차도가 보낸 사람이라는 설과, 당시 멕시
코로 망명한 트로츠키와 치열한 투쟁 중이었던 스탈린 일파가 자행
했다는 설이 있다.
** Mariano Melgarejo(1820~1871, 독재 기간 1864~1871): 볼리비
아의 독재자로 쿠데타로 집권해서 쿠데타로 실각되었다. 행정에 무
능했고 원주민들을 탄압했다.

패배한 장군들이

높은 안장에 올라타서

탄환으로 하늘을 조각낸다.

멜가레호의 가면,

술에 전 동물,

잘못 사용된 광물의 게거품,

불명예의 수염,

원한의 산 위에 있는 끔찍한 수염,

신음 속에서 끌고 나가는 수염,

핏덩이를 싣고 가는 수염,

부패의 악몽에서 발견된 수염,

망아지가 몰고 가는

방랑의 수염,

살롱의 불륜 주인공 수염.

그동안, 인디오는 짐을 지고

가난의 피가 서린 회랑을 걸으면서

산소가 기의 없는

평원을 지난다.

볼리비아
(1865년 3월 22일)

벨수*가 이겼다. 밤이다. 라파스는

마지막 교전으로 불이 붙었다.

마른 먼지와 슬픈 춤은 방금 흘린 끔찍한 자줏빛,

---

* Manuel Isidoro Belzu(1808~1865): 원주민과 메스티소의 인기에
힘입어 1848~55년에 대통령직을 수행했다. 1865년 멜가레호 타도
를 위해 봉기해서 승리를 쟁취하는 듯했으나 대통령궁으로 잠입한
멜가레호에 의해 사살되었다.

삭망월의 술과 함께 엉켜
고지대를 향해 올라간다.
멜가레호가 쓰러졌다. 그의 머리가
광석의 예리한
피 묻은 모서리에 부딪혔다.
그의 황금 줄,
금으로 만든 겉옷,
악취에 젖어 찢어진 셔츠,
이 모든 것이 말 사체와 새롭게
총살당한 이의 머리 옆에 놓여 있다.
대통령궁 안의 벨수는 장갑과 프록코트 사이에서
미소에 화답하고,
술에 취한 고산지대 구릿빛 민족의
지배권을 분할한다.
새롭게 등극하는 이들은 왁스가 칠해진
접견실에서 미끄러지듯 돌아다니고,
샹들리에 불빛과 등불은
불과 약간의 불꽃으로
제대로 빗질도 안 된 비로드에 떨어진다.

대중 속에
멜가레호가 섞여간다. 분노에 찬 유령,
그를 지탱하는 건 분노.
한때는 자신의 무리였던 이들,
귀먹은 대중의 소리를 듣는다.
찢어진 외침 소리, 산 위 높이
떠오른 횃불, 새로운 승리자의

창문. (그의 삶은 맹목적 힘의

조각, 분화구와 고원의 무모한

작업, 지배 야욕. 판지로 만든

칼 외에는 무방비 상태인

곳에 옷이 흘렀다. 그러나

얼룩을 만드는

상처가 있었으니, 가면을 쓴 합창과

'절대자'의 연설 후에는

진짜 시신과 교수형에 처해진 이들이

시골 광장에 전시된 것이다.

말의 똥, 비단, 피,

순번이 정해진 죽음, 재빠른

사수들의 귀가 멍멍해지는 발사로

총상을 입고, 굳어지고, 망가진 사람.)

그의 삶이 땅속 저 밑

깊은 곳에 떨어졌다.

가장 무시당하고, 가장 비어 있는 곳,

멸시로 넘쳐흐르는 무명인의

죽음이 있는 곳, 그러나 제국의 황소처럼

패배로부터 턱을 빼내,

광물이 섞인 모래를 긁는다.

볼리비아의 미노타우로는

시끌시끌한 황금 홀을 향해

비틀대는 동물의 걸음을 재촉한다.

군중 속에 끼어 이름도 없는

대중을 가르면서

남의 것이 된 왕좌로 힘들게 올라가

승리한 족장을 불시에 공격한다.

벨수가 구른다. 빳빳이 먹인 풀이 구겨지고,

그의 잔은 물기 있는 빛을 흘리며 부서져 내린다.

그의 가슴에는 영원한 구멍이 생긴다.

그동안 고독한 공격자

불타는 피 묻은 황소는

발코니에 몸을 기대고

소리친다. "벨수가 죽었다." "살아 있는 이 누구?"

"대답하라."

광장의 쉰 목소리, 대지에서 나오는 소리,

공포와 당혹감에 새까매진 답변,

"멜가레호. 멜가레호 만세, 멜가레호 만세."

죽은 자와 한편이었던 그 무리, 대통령궁 계단에서

피 흘리는 시신을 경축하는 그 무리,

"만세." 거대한 꼭두각시가 외친다.

찢긴 옷, 막사의 진흙,

더러운 피로 발코니 전체를 덮는 소리.

마르티네스*   엘살바도르의 돌팔이 의사

(1932)   마르티네스가 형형색색

약병을 나누어준다.

장관들은 무릎을 꿇고

굽실대며 감사를 표한다.

———

* Maximiliano Hernández Martínez(1882~1966, 독재 기간 1931~
1944): 엘살바도르의 독재자.

약초 사기꾼은

궁 안에서 근심 속에 살아간다.

살인적인 기아는

사탕수수밭에서 울부짖는다.

마르티네스는 법령을 공포한다.

불과 며칠 후, 2만 명의

농부가 살해당해

마을에서 썩어간다.

마르티네스는 위생을 핑계로

마을을 불태우라고 명한다.

궁궐에서 다시 자신의

시럽 약으로 돌아온다. 그리고

미국 대사의

신속한 축하를 받는다.

이렇게 답한다.

"서구 문화는 확실히 보장되었다.

서구의 기독교,

훌륭한 사업,

바나나 양허권,

세관 통제 모두 다."

그리고 두 사람은

기다란 샴페인 잔으로 마신다.

썩는 존재가 모인 납골당에는

뜨거운 비가 내린다.

폭군들   트루히요,* 소모사, 카리아스**는

파라과이의

모리니고*** (혹은 나탈리시오****)와 더불어

오늘날까지도, 1948년 9월의

이 쓰디쓴 달까지도,

우리 역사의 탐욕스러운 하이에나들,

그처럼 많은 피와 불로

지켜낸 깃발들의 쥐새끼들,

자기들 농장에서 뒹구는

지옥에서 온 약탈자들,

뉴욕 이리들의

꼬임에 넘어가

수천 번이나 팔린 총독들,

장사꾼들.

달러에 굶주린 기계들,

순교당하는 민족의

희생으로 더러워진 기계들,

아메리카의 공기와 빵을

몸으로 거래한 장사꾼,

늪지대 사형수,

---

* Rafael Leónidas Trujillo(1891~1961, 실질적 독재 기간 1930~
1961): 도미니카공화국의 독재자로 반공주의 노선을 철저히 사수
했다.
** Tiburcio Carías Andino(1876~1969, 독재 기간 1933~1949):
온두라스의 독재자.
*** Higinio Morínigo(1897~1983, 독재 기간 1940~1948): 파라과
이의 독재자.
**** Juan Natalicio González(1897~1966, 재임 1948~1949): 모리
니고 사후 약 15개월간의 과도기에 파라과이를 통치했다.

창녀촌 주인들 패거리,
민중을 괴롭히는 기아와 고통 외에는
다른 법이 없었던 자들.

컬럼비아 대학교
'명예'박사님들,*
어금니와 칼을 숨기는
박사 가운, 월도프 아스토리아 호텔의
사나운 유목민들,
저주받을 방들에
갇힌 자의 나이는
그 안에서 영원히 썩어간다.

트루먼 대통령의 환대를 받은
작은 독수리들, 시계를
주렁주렁 차고, '로열티'로 훈장 받는다.
조국을 피 흘리게 한 자들,
그대들보다 더 나쁜 자가
딱 한 명 있다. 내 조국은
이 단 한 명을 민족의 불행을 위해
그 어느 날 태동시켰다.

———
* 미국 컬럼비아 대학교는 1950년 칠레의 가브리엘 곤살레스 비델
라Gabriel González Videla(좌파와 급진파의 지지로 대통령이 된 다
음 공산당을 불법화한 인물. 네루다를 박해했음), 1955년 과테말라
의 카를로스 카스티요 아르마스Carlos Castillo Armas(1954년 미국
CIA와 쿠데타를 기도했으나 실패함)에게 '민주주의의 챔피언'이라
는 '공로'로 명예박사학위를 수여, 전 세계 지식인의 조롱을 받았다.

II

과두정부들　　아니다, 아직도 깃발은 마르지 않았다.

군인들은 아직 잠들지 않았다.

자유는 깃발을 바꿔 입고,

농장으로 변형되었다.

방금 씨를 뿌린 땅에서

하나의 계층이 태동했다.

방패, 경찰, 감옥을 갖춘

새로운 부자 그룹이 등장한 것이다.

이들은 검은 선을 형성했다.

"여기 우리 편들은 멕시코의

포르피리오* 추종자들, 칠레의

'신사들', 부에노스아이레스

자키 클럽**의 높으신 회원님들,

술독에 빠진 우루과이

해적들, 에콰도르의

상류층, 중남미 전 지역의

성직자 흉내 내는 샌님들."

"저기 너희 편은 칠레 촌놈, 페루 촌놈,

멕시코 촌놈, 아르헨티나 가우초,

---

* Porfirio Díaz(1830~1915): 아홉 번에 걸쳐 대통령직을 수행한 멕시코의 독재자.

** Jockey Club: 상류층의 경마 클럽.

돼지우리에 모여 사는 놈들,

기댈 곳 없는 것들, 누더기를 걸친 것들,

이가 득시글대는 것들, 쓰레기들, 천한 것들,

방탕한 것들, 궁핍한 것들,

지저분한 것들, 게으른 것들, 민중이라는 것들."

모든 것은 선 위에 만들어졌다.

대주교가 이 담에 세례를 주었고

이 계급의 벽을

인정하지 않는 반란자에게는

화형에 처하는 저주를 공고히 했다.

사형수의 손에 의해

빌바오*의 책들이 태워졌다.

                        경찰은

담을 감시했고, 성스러운 대리석에

다가서는 굶주린 이의

머리를 몽둥이로 내려치거나

농작물 창고에 가두어버리거나

발길질을 해서 군인으로 만들어버렸다.

---

* Francisco Bilbao(1823~1865): 칠레의 작가, 철학자, 정치가. 자유주의 신봉자로 '자유의 사도'로 불렸다. 그의 저서 『칠레인의 사회성 *Sociabilidad chilena*』(1844)은 칠레 대법원에서 판금 조치를 받았으며, 교회를 비판한 기고문 때문에 가톨릭에서 파문당했다. 그 밖에 그의 저서는 『아메리카의 주도권 *Iniciativa de la América*』(1856), 『위험 속의 아메리카 *La América en Peligro*』(1862), 『아메리카 복음서 *El Evangelio Americano*』(1864)가 있다. 라틴아메리카라는 단어를 처음으로 사용한 인물이다.

이제 이들은 안심했고 자신이 있었다.
그러나 민중은 거리로 들판으로 나가서
다닥다닥 붙어 살았다. 창문도,
땅도, 옷도,
학교도, 빵도 없이.

우리의 아메리카로 쓰레기를
먹고 사는 유령이 다닌다. 우리
지역에서는 다 똑같이, 무식한,
떠도는 유령. 진흙투성이 감옥에서 나온
촌 출신 도망자,
옷, 명령, 나비넥타이를 그득 지닌
끔찍한 동포가 주시하는 대상.

멕시코에서는 유령을 위해 풀케*를
만들었고, 칠레에서는
자줏빛의 저질 포도주로
독을 먹여, 유령의
영혼을 조금씩 갉아먹었고,
폐병 환자 다락방에 갇혀서
먼지로 변해 쓰러질 때까지
책과 빛을 거부했다.
유령에게는 의식을 갖춘 장례식이
없었다. 의식이라고 해야

———
* pulque: 아가베 선인장으로 빚은 멕시코 전통술.

이름도 없는 천박한 다른 시체들 사이에
벌거벗겨 밀어 넣는 것.

깔때기 법* 제정 그들은 스스로를 애국자라고 칭했다.
클럽에서는 서로 훈장을 수여하고
역사책을 써 나갔다.
의회는 칭찬 일색이었고,
그 후에 땅, 법,
가장 좋은 길, 공기,
대학, 구두를
나눠 가졌다.

그들의 비상한 계획은
엄격한 사기, 그런 형태로
국가를 건설하는 것.
항상 그랬듯이, 위엄을 갖추고 연회를 열면서
그 법을 논의했다.
처음에는 농업계에서,
그다음은 군대, 변호사.
결국에는 최고 법을
의회로 가져가니, 이것이
그 유명하고, 존경받고, 건드릴 수 없는
깔때기 법.
                    그리고 이 법이 통과된다.

———
* 남에게는 어렵게(좁게), 나에게는 쉽게(넓게) 적용하는 법.

부자에게는 좋은 식탁을.

가난한 이에게는 쓰레기를.

부자에게는 돈을.

가난한 이에게는 일을.

부자에게는 큰 집을.

가난한 이에게는 오두막을.

큰 도둑놈에게는 권리를.

빵을 훔친 자에게는 감옥을.

파리,* 파리는 도련님들께.

가난한 이는 광산으로, 황무지로.

로드리게스 데 라 크로타 씨는
상원에서 감미롭고 우아한 목소리로 말했다.
"이 법은, 종국에는, 위계질서를
억지로라도 만들 것이며,

———
* 프랑스 파리.

특히 기독교적인 원칙을
세울 것이다.
                   이것은
물만큼이나 필요한 것이다.
알다시피
오로지 지옥에서 온 공산주의자들이나
이 현명하고 엄중한
깔때기 법에 왈가왈부할 수 있다.
그러나 이 아시아에서 온 반대 세력,
인간 이하 상태에서 온 이 세력은
쉽게 막을 수 있다. 모두를 감옥으로,
집단수용소로 보내면 된다.
그렇게 되면
급진당의
친절한 하인들과
우리 훌륭한 신사만이 남게 될 것이다."
귀족들 의자에서
박수가 터졌다.
감동 깊다, 영적이다,
철학적이다, 걸출하다.
그리고 각자는 자신들의
주머니를 채우기 위해 달렸다.
한 사람은 우유를 독점했고,
다른 이는 전선줄로 사기를 치고,
다른 이는 설탕을 훔치고,
모두들 큰 소리로 서로를
애국자라고 부르면서.

깔때기 법에서도
언급된 애국심의 독점.

침바롱고* 선거　　오래전, 칠레의 침바롱고
(1947)　　상원의원 선거를 보러갔다.
거기서 나는 국가의 주춧돌이
어떻게 선출되는지 목도했다.
오전 11시
소작인이 꽉꽉 찬 마차가
시골에서 왔다.

때는 겨울, 마차에서 내리던
침바롱고의 하인들은
축축이 젖어 있었고
더러웠고, 굶주렸고, 맨발이었다.
화난 사람들, 구릿빛 얼굴, 누더기를 걸치고
빼곡히 실려 온 그들의 손에는 투표용지가 한 장
들려 있었다.
그리고 감시를 받으며, 서로 밀치면서
돈을 받으러 갔다.
그리고 다시 그들을 데려온 말처럼
줄을 지어 마차로 향했다.
　　　　　　　　　　　그 후,
그들이 동물처럼

————
* Chimbarongo: 칠레 수도 남부에 있는 마을 이름.

292

천박해지고 잊어버릴 때까지
와인과 고기를 주었다.
나중에 그 당시 선출된
상원의원의 연설을 들었다.
"우리는 그리스도교 애국자들,
우리는 질서의 수호자들,
우리는 성신의 아들들이다."

술에 전 암소 목소리는
그의 배를 출렁대게 만들었다.
그 목소리는 휘파람을 부는
선사시대의 어두운 굴에서
매머드의 코가
이리저리 부딪칠 때 나는 소리였다.

크림   우리 아메리카의 그로테스크한
가짜 귀족들, 방금 회반죽을 바른
포유류, 불임의 청년들,
신중한 당나귀, 못된 농장주,
클럽의 술꾼 영웅들,
은행계와 증권가의 날강도,
멋쟁이들, 쪽 빼입은 자들,
잘난 체하는 자들,
대사관의 잘생긴 호랑이,
창백한 주인공 아가씨들,
식충식물, 향수 뿌린

동굴에서 자란 것들,

피 빠는 덩굴나무,

똥과 땀,

목 조이는 삼나무,

봉건제 보아구렁이 사슬.

볼리바르와 오이긴스의

(가난한 병사, 매 맞는 평민,

맨발의 영웅) 말발굽 소리가

평원에 진동할 때,

그대들은 왕에 대한 줄, 성직자의 샘물을

향한 줄, 국기에 대한 반역의 줄을

형성했다.

민중의 고고한 바람이

창(槍)을 흔들며

우리 품안에 조국을 안겨주었을 때,

그대들은 땅에 철조망을 치고,

울타리를 재고, 땅과 인간을

축적하고, 경찰과 농장을

나누어 가지며 등장했다.

민중은 전쟁에서 돌아와

광산에, 가축우리

저 어두운 곳에 처박히고,

돌 많은 계곡에 떨어지고,

기름칠한 공장을 가동하고,

다른 불행한 이들과 함께

식구들로 빼곡한 달동네
방 안에서 자식을 낳았다.

민중은 포도주 안에서
좌초되어 길을 잃었다.
버려진 채, 기생충과 뱀파이어 군단에
침략당한 채, 담과 경찰서에
에워싸여서
빵도 없이, 음악도 없이
미칠 정도의 고독에 빠져 살았다.
오르페우스는 그의 영혼을 위해
겨우 기타 한 대만 주었다.
기타는 리본과 한탄으로
뒤덮였다.
그리고 민중들 위에서
가난한 새처럼 노래한다.

천상의 시인들*   그대들, 지드**파,
지성인들, 릴케***파,
신비주의자들,

-----

* 19세기 말에 중남미에서 유행했던 '모데르니스모modernismo' 추
종자들을 가리킨다. 모데르니스모는 현실보다는 '예술을 위한 예
술' '순수미학'을 강조했으며, 프랑스 상징주의와 고답파의 영향을
받았다. 이들의 상징은 '하늘색'이다.
** 앙드레 지드.
*** 라이너 마리아 릴케.

실존주의의 가짜 마법사들,
무덤 하나에서 피어오른
초현실주의적 양귀비,
유행 추종자 유럽풍 시체들,
자본주의자 치즈의
창백한 구더기들,
그대들은 무엇을 했는가?
이 어두운 인간 군상 앞에서,
이 발길질 당한 존재 앞에서
똥 속에 고개를 박은
이 머리 앞에서, 짓밟힌
거친 인생의 본질 앞에서.

그대들은 단지 도주만 했다.
쓰레기더미를 팔기만 했다.
파란 머리카락만 찾았다.
비겁한 식물, 부러진 손톱,
'순수 미(美)' '마력',
겁에 질린 가난한 이들의 작품,
시선을 피하려고, 아름다운
눈동자를 혼동케 하려고,
지체 높은 양반들이 던져주는
더러운 남은 음식 접시로
연명하려고,
그대들은 고통 받는 돌을 보지 않는다.
그들을 보호하지도 않고, 정복하지도 않는다.
묘지의 움직이지 않는

썩은 꽃 위에 비가 내릴 때,
그 공동묘지 화환보다도 더
눈이 먼 그대들.

착취자들   젊은 아메리카,
그대는 그처럼 먹혔다. 그대의 삶은
거부당했고, 예속되었고, 할퀴어졌고, 강탈당했다.

분노의 낭떠러지,
거기서 이제 막 땅속에 묻힌
미소를, 재를 짓밟는 족장.
시커먼 포식의
진정한 얼굴을 숨기고,
음험한 색욕,
탐욕의 구덩이를 숨기면서,
식탁에 모인 사람들에게
축복을 내리는
가부장적 가면을 쓴
콧수염 기른 양반들.
도시를 물어뜯는 차가운 동물,
무시무시한 호랑이,
인육을 먹는 자들,
구석에서, 지하실에서
보호받지 못하고
어둠에 묻혀 살아가는 민중의
사냥 전문가.

멋쟁이들 콧대 높은 부패의 꽃잎인 파란 물건이

목장의 악취,

아니면 종이,

아니면 칵테일의 악취 속에 살았다.

그가 바로 칠레의 '멋쟁이'

라울 알두나티요.* (원주민을 죽인

자들의 손을 빌려 만든 잡지의

정복자),

폼 잡는 중위, 큰 사업가,

문학을 사고, 스스로가

문인으로 행세하고, 칼을 사면

군인으로 행세하는 자.

그러나 순수를 살 수는 없다.

그러자 독사처럼 침을 뱉는다.

땅속에 묻힌 싹들 때문에

다시 매혈 시장에 팔린

가엾은 아메리카,

'우아함'을 표방하려는

'내실(內室)'의 개 같은 제비족들,

부풀어 오른 가슴이나 가진 이들,

무덤용 골프 막대들,

이들이 산티아고,

———

* Raúl Aldunate Philips(1906~?1979): 칠레의 작가, 군인, 정치가
로 잡지 『지그-재그*Zig-Zag*』(1905~1964)의 부사장을 지냈으며,
'칠로에 수출업 및 케윤 증류소 협회' 부회장을 역임했다. 네루다는
그의 성 '알두나테'에 축소사 '-illo'를 붙여 경멸을 표했다.

미나스 제라이스*의 살롱에 다시 등장했다.

가엾은 아메리카,

얼굴을 성형한

우아한 과객으로 뒤덮인 아메리카,

그동안, 저 아래, 검은 바람은

무너진 가슴에 상처를 낸다.

그리고 석탄의 영웅은

가난한 이들의 납골당으로 굴러간다.

악취로 인해 쓸어 내려졌고,

어둠에 의해 덮였고,

길거리에 내던져질

일곱 명의 배고픈 자식들을 뒤로하고.

총신들　　독재라는 자줏빛 두툼한 치즈 안에서

또 다른 벌레가

잠을 깬다. 그 이름, 총신.

그는 더러운 손을 예찬하기 위해

조련된 겁보.

연설가 혹은 신문기자.

갑자기 궁에서 잠을 깨고

군주의 똥을

신나게 씹고,

그의 손짓 발짓에 대해

———

* Minas Gerais: 브라질 남동부에 있는 광산 자원이 풍부한 지역.

오랫동안 연구하고,

더러운 늪에서 낚시를 하며

물을 흐린다.

그의 이름을 다리오 포블레테,*

아니면 호르헤 델라노,** 필명 '코크Coke'라고 하자.

(다르게 불러도 상관없겠다.

메야를 살해한 다음,

마차도가 메야를

중상모략할 때에도 그랬으니.)

거기에서라면 포블레테는 『아바나의

페리클레스』지에 '형편없는 적들'이라는

글을 썼을 것이다.

후에 포블레테는 트루히요의

말편자에 입을 맞췄고,

모리니고의 말안장,

가브리엘 곤살레스***의 항문에 입을 맞췄다.

어제도 똑같았다. 게릴라 부대****에서

------

* Darío Poblete: 칠레의 곤살레스 비델라 정권의 비서실장.
** Jorge Délano Frederick (1895~1980): 칠레의 기자, 시사만화가, 영화감독으로 잡지 『토파즈 *Topaze*』를 발간했다. 네루다를 그릴 때, 그의 머리 위에 촛불 하나를 그림으로써 희화화했다.
*** Gabriel González Videla (1898~1980, 통치 기간 1946~1952): 칠레의 정치가로 급진당 당원. 공산당을 위시한 좌익 진보 세력의 도움으로 대통령이 되었으나, '민주수호법'을 제정하면서 공산당을 불법화했고, 소련과의 외교 관계를 단절해 네루다의 영원한 적이 되었다.
**** '게릴라 부대'의 원문은 montonera. 몬토네라, 혹은 몬토네로는

막 나온 다음

처형과 약탈을 감추기 위해

거짓말을 하고,

오늘은 피사구아*의 고문에 대해

수만 남녀의

고통에 대해

겁쟁이 펜을 든다.

우리의 검은 순교 지도에서

독재자는 항상 자기가

말하는 거짓말을 퍼뜨리라고

비열한 대학 졸업생을 찾아냈다.

그리고 이렇게 말하게 했다. "지존하신 각하,

건설자 각하, 우리를 통치하시는

위대한 공화각하."

그리고 몸 파는 잉크 사이로**

도둑질하는 자신의 시커먼 발톱이 미끄러지게 했다.

치즈가 떨어지고,

소규모 그룹이 뭉쳐 다니며 군대를 상대로 전투를 벌이는 데에서 유래했으며, 아르헨티나, 페루, 볼리비아에서는 게릴라 조직이었다. 호르헤 델라노가 1년 동안 해군사관학교에서 공부한 것을 비꼬고 있다.
* Pisagua: 칠레 북부에 있는 항구. 어촌이었으나 20세기 중반 이후, 쇠락의 길을 걸었다. 고립된 위치 탓에 칠레 권위주의 정권 시절에 수용소가 건설되어, 1920년대 말에는 동성애자, 곤살레스 비델라 치하에서는 공산주의자, 피노체트 치하에서는 반체제주의자, 반정부주의자가 수용되었다.
** '몸 파는'의 원문은 emputecida(창녀가 된). '몸 파는 잉크'는 글로 체제를 옹호하는 사람들을 의미한다.

독재자가 지옥으로 떨어지면,
포블레테가 사라지고,
'코크Coke' 델라노도 사라진다.
벌레는 똥으로 돌아가서
독재체제를 떠나보내고 데려오는
불명예의 바퀴를 기다린다.
그리고 새로 나타나는 독재자를 위해
새로운 연설을 써가지고
미소 지으며 나타난다.

따라서 민중이여, 그 누구보다 먼저
벌레를 찾아, 그의 영혼을 부수어라.
그에게서 짜낸 액체,
그 끈적끈적한 어두운 물체가
우리가 이 지구상에서 없애야 할
잉크에게 작별을 고해서
마지막 글자가 되도록.

달러의 변호사들   아메리카의 지옥, 독이 젖은
우리의 양식, 그대의 배신의
모닥불에는 또 다른 혀가 있다.
그것은 외국 회사에 고용된
이 땅의 변호사.

그가 바로 자기 나라에서
노예제에 족쇄를 채우는 자.

회장급 인사들과 함께
경멸의 눈초리로 산책하고
우리의 누더기 깃발을
우월감을 가지고 쳐다본다.

뉴욕산(産)
제국의 신형 모델
(엔지니어, 계산기,
측량기사, 전문가)이 와서,
정복된 땅,
주석, 석유, 바나나,
질산염, 동, 망간,
설탕, 철, 고무, 땅을 재면,
구릿빛 난쟁이가
누런 미소를 지으며 앞장선다.
그리고 지금 막 도착한 침략자들에게
다정하게 충고한다.

"여기 원주민들에게는 그렇게 많이
지불할 필요가 없습니다.
선생님들, 월급을 올리는 것은
신중하지 못합니다. 잘못된 겁니다.
이 가난한 이들, 이 촐로*들은
돈이 많으면 술에 취하는 것 외에

---

* cholo: 안데스 지역 국가에서 원주민, 혹은 원주민 피를 가진 메
스티소, 즉 백인과 원주민의 혼혈 인종을 경멸하며 부르는 말.

다른 건 모릅니다. 제발 안 됩니다.
이자들은 원시인입니다. 그저 동물보다 눈곱만큼
더 낫다고 하지만 제가 이자들을 잘 압니다.
그렇게 돈을 많이 주지 마세요."

그를 자신들의 일원으로 받아들이고,
제복을 입힌다. 그는 양키처럼 입고
양키처럼 침을 뱉는다. 양키처럼
춤추고, 올라간다.
이제 그에게 자동차, 위스키, 신문사를 갖게 하고,
판사로, 하원의원으로 선출하게 하고,
훈장을 주게 하고, 장관으로 만들면,
정부에서도 그의 말이 통한다.
그는 누구에게 뇌물이 통하는지 안다.
그는 누가 뇌물을 받았는지도 안다.
혀로 핥고, 바르고, 훈장을 주고,
칭찬하고, 미소 짓고, 위협한다.
그렇게 해서 피 흘린 공화국은
항구를 통해 텅 비어간다.

그대들은 물을 것이다. 이 바이러스,
이 변호사, 이 썩은 쓰레기,
우리의 피로 살찌는
피 빠는 질긴 거머리* 같은
이자가 어디 사느냐?

———
* 원문은 piojo(이).

적도 남쪽 지역과
브라질에 산다.
그러나 아메리카의 중앙 허리에도
그들의 집이 있다.

당신들은 그를 추키카마타의
험한 꼭대기에서 만날 수 있다.
부의 냄새가 나는 곳이면
산도 오르고, 깊은 계곡도 건넌다.
우리 땅을 훔치기 위한
자신만의 코드로 된 처방을 들고.

그를 푸에르토 리몬,*
시우다드 트루히요,** 이키케,
카라카스, 마라카이보,***
안토파가스타,**** 온두라스에서 볼 수 있다.
우리의 형제를 감옥에 보내고,
자신의 동포를 고발하고,
노동자를 제거하고, 판사와
농장주의 문을 열고,

---

* Puerto Limón: 코스타리카의 카리브 연안 항구도시.
** Ciudad Trujillo: 도미니카공화국 수도 산토도밍고의 또 다른 이름으로 1936년에서 1961년까지 독재자 트루히요Trujillo의 이름을 따서 불렀다.
*** Maracaibo: 베네수엘라 북동부에 자리한 도시로, 원유가 발견되면서 주요 도시가 되었다.
**** Antofagasta: 칠레 북부에 있는 항구도시로, 광업이 발달했다.

신문사를 사고,

자신의 잊힌 가족을 향해

경찰, 몽둥이, 총을 지휘하고.

리셉션에서 정장을 입고,

거들먹대며,

기념물 건립을 이런 말로

시작한다. "여러분,

우리의 목숨보다 먼저 조국을,

조국은 우리의 어머니, 우리의 땅,

질서를 수호하고, 새로운

교도소, 다른 감옥을 세웁시다."

그리고 영광스럽게 돌아가신다. '애국자', 상원의원,

우리의 원로, 저명한 분,

교황의 서훈을 받은 분,

훌륭한 분, 번영을 이뤄주신 분, 두려웠던 분.

반면, 비극적으로 강탈당한

우리의 돌아가신 분들,

손을 구리에 깊이 박았고,

깊고 단단한 땅을 할퀴었고,

맞서서, 잊힌 상태에서

죽은 이들의

급조된 관 위에는

단지 하나의 이름, 십자가의 번호만 있다.

바람은 영웅들의 숫자까지

죽이며 휘몰아친다.

외교관들
(1948)

당신이 루마니아에서 바보로 태어난다면
바보의 길을 갈 것이고,
아비뇽에서 바보로 태어난다면,
프랑스의 그 옛날 돌들,
시골의 버릇없는 아이들과
학교에 의해
그 자질이 알려질 것이다.
그러나 칠레에서 바보로 태어난다면,
곧 대사로 만들어줄 것이다.

당신이 바보 아무개라고 하자.
바보 호아킨 페르난데스,
바보 아무개,
가능하다면 수염을 잘 길러라.
그것이 바로 '협상을 개시하기' 위해
요구하는 모든 것이다.

그 후에 으스대면서
장관(壯觀)이었던
당신의 신임장 수여식에 대해
이렇게 보고하라, 등등 따위,
마차 등등, 각하 등등, 말씀 등등,
친절한 어쩌고저쩌고.

보호받는 암소의 톤으로
진정성 없는 목소리로 말하고,
트루히요의 특사와는

약속의 집에서
비밀리에 만나라.
'아시겠지만
국경 조약을 위해서는
이러한 것들이 편리합니다'라면서,
그저께 아침을 먹으면서
읽었던 신문의 훌륭한 사설을
아무렇지도 않게 전하라.
그건 하나의 '정보'니까.

그 나라의 바보들,
그 '사회'의 '잘난 이'들과
어울려라. 살 수 있는 만큼의
은제품을 사고,
기념일에는
청동 말 옆에서
이렇게 말하라. '음, 관계,
어쩌고, 음, 저쩌고,
일례로, 후손들,
음, 인종, 일례로, 순수한 자,
신성불가침한 존재, 예로, 등등'

그리고 조용히, 조용히 있어라.
그러면 당신은 칠레의
훌륭한 외교관이 되고,
경이로운 바보, 훈장 받는 바보가 된다.

사창가 사창가는 번영에서 태동되었다,

돈 다발의

깃발을 따라서.

내 시대의 배의 창고,

자본의 존경받는

악의 소굴.

　　　　　　부에노스아이레스

도심 지역 사창가는

기계화되었다. 저 먼 시골과 도시의

불행에 의해 수출된

신선한 고기, 거기서 돈은

항아리의 걸음을 감시했고,

덩굴나무를 꽉 잡았다.*

겨울날, 밤이 되면

시골 포주가 마을 입구에

말을 세우고

정신 나간 여자애들은

거대한 자본가들의

이 손에서 저 손으로 팔려나갔다.

시골의 느릿한 사창가는

마을의 지주 양반들이

── 수확된 포도의 독재자 ──

엄청나게 쌕쌕대면서

성애의 밤에 정신을 놓는 곳.

구석에 숨어 있는

──────

* '항아리' '덩굴나무'는 시골 출신을 상징한다.

몸 파는 여인 집단, 불안정한

유령들, 죽어가는 기차를 탄

승객들. 이제 너희들 잡혔다.

이제 더러운 그물에 걸렸다.

이제 바다로 돌아갈 수 없다.

이미 너희들을 감시했고 사냥했다.

이제 생명이 가장 활활 타는

허공에서 죽을 것이다.

이제 벽에 그림자를

미끄러지게 할 수 있다. 이 담들은

땅을 지나 바로 죽음이라는

곳으로 간다.

리마의 행렬   무척 많은 이들, 어깨 위로

(1947)   우상을 지고 가고, 사람들

무리의 줄은 두터웠다,

마치 자줏빛 불꽃으로

바다에서 나오는 양.

춤을 추며 펄쩍펄쩍 뛰고,

튀김을 씹으며

서글픈 북소리에 맞춰

웅얼대는 낮은 소리를 하늘로 올리면서.

자주색 조끼, 자주색

구두, 모자가

자줏빛 반점으로 거리를 메웠고,
거리는 고름 잡힌 병으로
가득 찬 강, 그리고
대성당의 쓸모없는
유리창으로 향하는 강.
향처럼 한없이 쓸쓸한
그 어떤 것,
상처를 흉내 내던 집단은
인간으로 꽉 찬 강의
성욕을 자극하는 불꽃과
결합하면서 눈을 다쳤다.

흰 제대복 속에서 땀 흘리던
뚱뚱한 지주를 보았다.
그는 목에 떨어진 굵은
성스러운 정액을 긁어댔다.

불임의 산에 사는
헐벗은 벌레를 보았다.
그릇에 얼굴을 묻은
인디오, 부드럽게 부르는
목동, 성구보관실의
단호한 여자애들,
파리한 얼굴, 배고픈 얼굴을 가진
시골 교사들도 보았다.
커다란 자줏빛 긴 옷을 입고
마약에 취한 듯 춤추는 이들,

흑인들은 보이지 않는 북에
발길질을 해가며 행진했다.
땀에 젖은 공기로 인해 부풀어 오른
화려하게 만든 배를 타고
머리 위를 항해하는
여인의 조상,
수줍은 체하는 하늘색, 분홍색
상을 바라보면서
온 페루가 가슴을 쳤다.

**스탠더드
정유 회사*** 드릴이 바위의 균열을 뚫고
통로를 냈을 때,
지층으로 강한 내장을
집어넣었을 때,
죽어버린 시절, 세기의
눈들, 갇힌 식물의
뿌리, 비늘로 덮인 체제가
물 지층이 되었을 때,
차가운 액체로 변한
불이 튜브를 통해 올라갔다.
칠흑 같은 심연의
세상에서 나오자
아득히 높은 곳의

———

* Standard Oil Company: 1870년에 설립된 미국의 석유, 정유 회
사로 1911년까지 미국 정유업계의 독점 체제를 이뤘다.

세관을 보았고
거기서 창백한 피부의 기사와
소유자 타이틀을 만났다.

비록 원유의 길이
엉켜 있어도, 유전층이
자신의 조용한 장소를 바꾸고
자신의 영역을
대지의 창자 사이로 옮긴다 해도,
유정이 파라핀 가지로
솟구치기도 전에
스탠더드 정유 회사가 온다,
유식한 직원들과 장화,
수표와 총,
정부와 죄수와 함께.

회사의 뚱보 황제들은
뉴욕에 산다. 아주 다정한
미소를 머금은 살인자.
그리고 비단, 나일론, 시가,
새끼 전제자, 독재자를 산다.

구두쇠가 반지를 깊숙이 보관하듯
가난한 이들이 옥수수를 그렇게 보관하는
저 먼 마을도,
나라도, 민족도, 바다도,
경찰도, 의회도 산다.

스탠더드 오일은 그들을 깨우고,

제복을 입히고, 그들에게

누가 형제이고 누가 적인지 말한다.

파라과이 사람은 전쟁을 일으키고

볼리비아 사람은 정글에서

기관단총으로 녹초가 된다.*

원유 한 방울 때문에

살해당한 대통령,

수백만 헥타르 땅의

저당, 석화된 빛이 죽어버린

어느 아침의 신속한 총살형,

파타고니아에 새로 등장한

반란 죄수 수용소,

변절, 원유를 내뿜는

달 아래서의 교전,

수도에서 교묘히 행해지는

장관 교체, 기름

해일 같은 소문,

이윽고 격투.

그대는 그대의 집에서 볼 것이다.

---

* 파라과이와 볼리비아는 밀림 지대인 차코의 영유권을 놓고
1932~35년에 전쟁을 치렀다. 이 전쟁은 아르헨티나의 석유와 볼리
비아의 석유를 송유관을 연결해서 대서양 연안을 통해 수출하려는
미국의 스탠더드 오일이 지원하는 볼리비아와, 이를 저지하려는 영
국, 네덜란드의 로열다치쉘이 지원하는 파라과이 사이의 전쟁이나
마찬가지였다. 파라과이가 승리했다.

구름, 바다 위로
스탠더드 오일이라는 글자가
자신의 제국을 비추면서
얼마나 환하게 빛나는지.

**아나콘다 동
광산 회사***
둥글게 만 뱀 이름,
채워지지 않는 목, 초록색 괴물,
내 조국의 오염된 안장에서,
줄지어진 산악에서,
강인한 달 아래서,
굴착기로
광석의 달빛 분화구를 열고,
화강암 모래에 싸인
처녀 구리
갱도를 연다.

저 높은 추키카마타의 영원한 밤에
희생의 불이
끓는 것을 보았다.
칠레인의 손, 몸무게, 허리를
먹어치우는 외눈 괴물의
숨길 수 없는 탁탁 튀기는 소리.

---

* Anaconda Copper Mining Company: 1881년 은광을 사면서 설립된 미국 회사. 1922년에는 멕시코와 칠레의 광산업에 진출했으며, 특히 칠레에서의 수익은 회사 수익 전체의 3분의 2에 해당했다.

구리 등뼈 아래에서

내 민족을 휘감고,

그들의 미지근한 피를 쏟게 하고,

해골을 분쇄하고,

외로운 사막 산에서

그들에게 침을 뱉으면서.

별이 빛나는 추키카마타의

고산지대에 대기가 노래한다.

광산의 굴은

인간의 작은 손으로

지구의 저항을 약화시키고,

입구에 걸린 유황 새는

강하게 날갯짓한다.

광석의 차가운 철은

숨기고 싶은 상처를 안고

궐기한다.

경적 소리가 울려대면

땅은 작디작은

인간들의 행렬을 용인한다.

분화구의 턱으로 내려오는 사람들.

그네들은 보잘것없는 대장들,

내 조카들, 내 자식들.

바다를 향해 구리 괴를

쏟고, 이마를 닦고

마지막 오한 속에서

부들부들 떨며 돌아오면

거대한 뱀이 그들을 먹어치운다.

그들을 작게 만들고, 찢고,

그들에게 독성의 침을 뱉고,

길에 던지고,

경찰을 시켜 죽인다.

그들을 피사구아에서 썩게 만들고,

감방에 가두고, 침을 뱉고,

조국을 배신하는 대통령 하나를 산다.

이자는 그들을 모욕하고, 추적하고,

거대한 모래 평원에서 굶겨 죽인다.

지옥 같은 경사로에는

광산 나무에서

유일하게 떨어져 나온 목재처럼

휘어진 십자가가 한두 개 있다.

유나이티드　나팔이 울렸을 때, 모든 것이
프루트 컴퍼니*　땅에 준비되어 있었다.

여호와는 코카콜라 회사, 아나콘다,

포드 자동차, 그리고 몇몇 회사에

세상을 나눠주었다.

과일 회사**에는

---

* United Fruit Company: 1899년에 설립된 미국의 다국적 대기업
으로 중미와 열대지방의 과일, 특히 바나나를 수입, 가공해서 팔았
으며, 국내외에 막강한 정치적 영향력을 행사했다.
** 유나이티드 프루트 컴퍼니를 가리킨다.

가장 즙이 많은 곳을 주었으니,

그것이 우리 땅의 중앙 해안,

아메리카의 다정한 허리.

그리고 그 땅에 '바나나 공화국'이라는

세례명을 다시 붙였다.

위대함, 자유,

깃발을 정복한

근심 많은 영웅들

잠든 시신 위에

웃기는 오페라단을 만들었다.

자유의지는 남의 것이 되었고,

시저의 왕관을 선물했고,

칼집에서 시기심을 끄집어냈고,

파리 새끼들의 독재를 가져왔다.

트루히요 파리, 타초스 파리,

카리아스 파리, 마르티네스 파리,

우비코 파리,* 볼품없고 달착지근한

피를 가진 눅눅한 파리,

대중의 무덤 위에서

윙윙대는 술 취한 파리,

곡예단 파리,

독재만큼은 제대로 이해하는 현명한 파리.

———

* 중미 독재자들 이름. Trujillo(도미니카공화국), Tachos(니카라과 소모사 부자들), Carías(온두라스), Martínez(엘살바도르), Ubico(과테말라).

318

피비린내 나는 파리 사이로
과일 회사는 커피와 과일을
몽땅 모아서 배에 가득
채우고 출발한다.
천대받는 우리 땅의
보석을 싣고 쟁반처럼 미끄러지는 배.

그동안 항구의
달콤한 심연으로는
아침 안개에 파묻힌
인디오들이 떨어졌다.
몸 하나가 구른다. 이름도 없는
물건, 그냥 떨어진 숫자,
쓰레기통에 버린
먹지 못할 과일 한 송이.

땅과 인간　　피에 굶주린 동물의 뼈처럼
땅속에 단단히 박힌
늙은 지주들,
엔코미엔다 제도의
미신 좋아하는 상속자,
증오와 철사로 둘러싸인
어두운 땅의 황제.

철조망 사이 인간의 꽃 수술은
질식해버렸고,

아이는 산 채로 매장당했고,
빵도, 글자도 금지되었고,
소작인이라는 표식을 붙였고
우리 안으로 영역을 한정시켰다.
가엾고 불행한 소작인은
가시덤불 사이에서,
들판의 어둠, 존재하지 않는
존재로 묶여버렸다.

책이 없이 그대는 무방비 육신,
그리고 멍청한 해골,
한 사람에게서 다른 사람이 구입한 존재,
하얀 문에서 거부된 존재,
슬픔을 위무할 가슴은
기타 하나만을 사랑하고,
춤은 폭풍우처럼
겨우 달아오른다.
그러나 배고픔의 상처가
시골에만 있는 건 아니다. 그네들은
더 멀리, 더 가까이, 더 깊숙이 파고들었다.
도시, 대통령궁 옆까지
늘어나는 나병 환자 밀집 지역,
비난하는 부패와 함께
우글대는 돼지우리.

탈카우아노의 바위투성이 모퉁이,
잿빛 산맥이

침수되는 곳에서
가난의 더러운 꽃잎,
천대받는 마음 덩어리가
끓는 것을 보았다.
가라앉는 석양에서
헐벗은 이들의 상처,
몽둥이찜질로 뻣뻣해진 인간의
오래된 물질인
고름이 어둠 속에서 터졌다.

나는 쥐 소굴처럼 생긴
깊숙이 파인 집으로 들어갔다.
초석과 썩은 소금으로 눅눅해진 집.
굶주린 이들이 기어 다니는 걸 봤다.
이가 빠진 어두운 존재들은
오염된 공기 저편에서
나를 보고 미소 지으려 했다.

내 동포의 고통이 나를
엄습했다. 그 고통들은 영혼에
철조망을 치고 나를 옥죄었다.
내 심장을 틀어쥐었다.
나는 거리로 소리치러 나갔다.
연기에 에워싸여 울려고 나갔다.
문을 두드리자 그들은 날카로운
칼처럼 나에게 상처를 냈다.
예전에 내가 별처럼 숭배했던

감정 없는 얼굴들을 불렀다.
그러나 그들은 내게 빈손을 보여주었다.

결국 나는 군인이 될 수밖에 없었다.
군대의 어두운 번호, 군대,
투쟁자 주먹의 순서,
정보 체제,
셀 수 없는 시간의 결,
무장한 나무, 지상에 있는
사람의 무너뜨릴 수 없는 길.

그리고 우리가 몇 명인지 보았다.
모두 몇 명이 나와 함께 있는지.
아무도 없는 것이 아니었다. 모두가 있었다.
얼굴은 없었다. 그들은 민중이었다.
광석이었다, 그리고 길이었다.
나는 세상을 향해
봄에 걷는 걸음을 내디뎠다.

거지들   대성당 옆, 담에 붙어서
자신들의 발을,
물건들을, 검은 시선을,
자라나는 괴물 같은 분노의 상을
누덕누덕한 음식 깡통을 질질 끌었다.
거기서부터, 돌의
강인한 성스러움으로부터

그들은 거리의 식물이 되었고
합법적인 악취를 풍기는 떠돌이 꽃이 되었다.

공원에는 고문당한
나무들의 뿌리, 줄기 같은
거지들이 있었다.
정원 발치에는 노예가 산다.
극한에 처한 인간처럼, 쓰레기가 된,
자신의 불순한 비대칭을 받아들여서
죽음의 빗자루가 될 준비를 끝낸 노예.
자선은 그 노예를 나환자 땅의
구멍에 묻는다.
그 노예에게는 내 과거가 좋은 본보기다.
밟을 줄 알아야 한다. 그런 종자를
경멸의 늪에 가라앉힐 줄 알아야 한다.
패배자의 제복을 입은 존재의
이마에 구둣발을 놓을 줄 알아야 한다.
아니면 적어도 그를
자연의 산물로 이해해야 한다.
아메리카의 거지, 1948년의 자식,
대성당의 손자,
나는 그대를 존중하지 않는다.
책에서 당신을 정당화하듯이
나는 그 옛날의 상아를 놓지 않을 것이고,
책에 보이는 당신 모습에 왕의 수염을 그리지 않겠다.
나는 당신을 희망을 가지고 지울 것이다.
당신은 나의 정제된 사랑에 들어오지 못한다.

당신 물건들을 가지고 내 가슴에 들어오지 못한다.
그것들을 가지고 당신의 비참한 모습에
침을 뱉으며 당신을 만들어낸 것이다.
당신을 광물로 만들 때까지,
그래서 당신이 칼처럼 빛나며 나올 때까지,
나는 당신의 진흙으로부터 멀어지겠다.

인디오   인디오는 자신의 피부에서 그 옛날
거대했던 시절의 심연으로 도망갔고
거기서 그 어느 날 섬처럼 올라왔다.
패배자로, 보이지 않는 대기로 변형되어
모래 위에 자신의 비밀 기호를 뿌리면서
땅에 길을 열었다.

세월을 헛되이 보내고,
세상의 신비한 고독을 빗질하고,
왕관을 쓴 대기의 높은 돌에서
잠을 깨야 살아가는 존재,
거대한 수목 아래에서
하늘빛처럼 존재했던 사람은
갑자기 실로 될 때까지 상해버렸고,
주름이 되었고,
급류의 탑을 산산조각 내고,
누더기 옷 보따리를 받았다.

아마티틀란*의 자기(磁氣) 산맥에서

들어갈 수 없는 강 연안을
갉아먹는 그를 나는 보았다.
새와 풀뿌리의 잔재가 남은
압도적인 위엄을 자랑하는
볼리비아 고산지대를 지나던 어느 날이었다.

아라우카 동네에서
광기 어린 시를 쓰는 내 형제 알베르티**를
그들이 에르시아인 양 에워싸자,
그가 우는 것을 나는 보았다.
그들은 붉은색의 신이 아니라
죽은 이들의 자주색 쇠사슬이었다.

더 멀리 떨어진 티에라델푸에고***의
야생적 강물이 얽혀 있는 곳으로
나는 그들이 올라오는 것을 보았다.
오, 대양에서 빵을 구걸하러 온
부서진 카누를 탄 더러운 이리들.

황폐한 그 소유지의 모든 섬유 조직을
체계적으로 죽이기 시작했다.

———
* Amatitlán: 과테말라 시 남쪽에 있는 도시.
** Rafael Albertí(1902~1999): 스페인의 시인으로 '27세대 그룹'
에 속했으며, 공산당원으로 스페인 내전 후 프랑스로 망명했다. 이
후 아르헨티나, 칠레를 거쳐 프랑코 독재 종식 후 귀국했으며, 칠레
에서는 네루다와 함께 지냈다.
*** Tierra del Fuego: 남미 대륙 남쪽 끝에 있는 섬들로 3분의 2는
칠레에, 3분의 1은 아르헨티나에 속한다.

인디오 사냥꾼은
극지방 만년설 고독의 왕들,
극지방 대기의 주인인 인디오의 머리를
가져오는 대가로 더러운 돈을 받았다.

그런 만행을 저지른 이들이 오늘
의회에 앉아 계시다. 그들의 결혼
증명서는 대통령궁에서,
어울리는 사람들은 추기경, 기업 회장.
남쪽 주인들의 칼 맞은 목에서는
꽃이 자란다.

아라우카 지역의 깃털 장식은
포도주가 망가뜨렸고,
술집에서 황폐해졌고,
왕국의 도둑질을 위해 일하는
변호사들이 더럽혔다.
우리 땅에 총살을 가한 이들,
우리 지역 출신의
빛나는 투사가
방어하던 길에서
총을 쏘며 협상을 벌이던
소위 말하는 '평화추종자'들에게는
견장이 무수히 늘어났다.

인디오는 본 적도 없는 자신의 유산이
무너지는 것을 보지도 못한 채 모두 잃어버렸다.

그자들은 깃발을 보지 않고, 피 묻은 화살을
굴러가게 하지도 않았다. 대신
조금씩 조금씩 법관,
좀도둑, 농장주가 그들을 갉아먹었다.
모두들 제국이라는 것의 달콤함을 맛보았다.
그리고 피 흘리는 인디오를
아메리카의 최남단 늪지대로 던질 때까지는
겉옷 속에 자신들을 감췄다.

초록색 시트, 무성하고 순수한
나뭇잎으로 덮인 하늘,
화강암의 무거운 꽃잎으로 만든
불멸의 주거지에서,
쓰러져가는 오두막,
형편없는 거친 하수구로 이들을 몰아냈다.
빛나는 나신,
황금빛 가슴, 날씬한 허리,
몸에 단 이슬 같은
보석 장식을 가진 이들을
넝마의 실로 데리고 가서
죽은 이의 바지를 나눠주었다.
추장은 자신의 것이었던 세상을
이리저리 꿰맨 옷으로 돌아다녔다.

그들은 이렇게 고난을 주었다.

그런 일은 반역자가 들어오는 것처럼

감지하지 못하는 암처럼 보이지 않는다.
우리의 아버지가 고통을 당하고,
그에게 유령의 존재를 가르치면서
그들이 허용한 유일한 문, 가난한 이들의 문,
이 세상의 박해당한 모든 가난한 이들의 문으로
들어올 때까지.

판사　당신은 볼리비아,* 니카라과,
파타고니아, 그리고 모든 도시에서
권리가 없다. 가진 게 아무것도 없다.
불행의 잔, 아메리카의
버려진 자식, 법도 당신 편이 아니다,
당신의 땅, 옥수수만 있는 허름한 집조차
보호해줄 판사도 없다.

당신의 대장들이 왔을 때,
당신의 주인들이 왔을 때,
그 옛날의 발톱과 칼은 잊혔다.
그러자 당신의 하늘을 떠나라는 법,
그리도 아꼈던 흙덩이에서 나가라는 법,
강물을 두고도 싸우라는 법,
나무들의 왕국을 훔치려는 법이 왔다.

그들은 당신을 고발했다. 당신의 셔츠에

———
* '볼리비아'의 원문은 alto Perú.

328

도장을 찍었다. 당신의 마음을
종이와 나뭇잎으로 채웠다.
당신을 차가운 건물에 매장했다.
떨어질 수 있는 가장 큰 불행한 상황,
빈털터리로, 외롭게,
방랑자로 잠을 깼을 때,
그들은 당신을 감옥으로 보냈고, 묶었다.
당신이 가난한 이의 물에서 헤엄치며 나오지
못하고 거기서 발버둥 치며 질식하도록
손을 묶어버렸다.

친절하신 판사는 당신에게
법률 제4000조 3절을 읽어주신다.
다른 사람들을 해방시켰으나 잡히고 만
당신과 같은 이들에게
모든 하늘색 지대에서 사용했던 그 방법.
그리고 이 악한 개는 유언장 쓰는 법을 가르친다.
상고는 물론 없다.

당신의 피는 묻는다. 부자와
법이 어떻게 서로 연결되는가?
어떤 유황이 든 철 실로 천을 짰는가,
어떻게 해서 불쌍한 이들이 판사 앞에 서게 되는가?

고통을 먹고, 돌을 씹는 불쌍한 자식들에게
어떻게 해서 땅은
그렇게 쓰디쓴 맛을 보여준단 말인가?

그런 일이 일어났고, 그래서 이걸 글로 남긴다.
그들의 삶이 내 이마에 그걸 쓴 것이다.

III

광장의 주검
(칠레 산티아고,
1946년 1월 28일)*

나는 그들이 쓰러진 이곳에 울려고 온 것이 아니다.
나는 그대들, 살아 있는 이들인 당신들 때문에 온다.
당신과 나 자신에게 다가와, 당신 가슴을 친다.
전에도 쓰러진 이들이 있었다. 기억하는가? 그래, 기억
하는구나.

다른 이들도 똑같이 이름과 성이 있었다.
산 그레고리오, 비 내리는 롱키마이,**
랑킬***에서 바람이 실어갔다.

———

* 1946년 1월 28일 산티아고의 불네스 광장에서 일어난 학살을 불
네스 광장의 학살Masacre de la Plaza Bulnes이라고 부른다. 타라파
카 안토파가스타 초산 회사가 구내 상점의 물건 값을 올린 것이 발
단이었다. 광부들이 이에 맞서 파업을 단행했고 공산당이 주축이
된 의회의 중재가 실패하자 정부가 칠레 노동자총연맹을 불법화했
으며 1월 28일 노동자들이 불네스Bulnes 광장에 모여 대규모 시위
를 벌였는데, 경찰이 이들을 향해 발포해 6명이 사망한 사건이다.
당시 대통령 안토니오 리오스Antonio Ríos는 질병 치료를 이유로
대통령직을 부통령에게 넘긴 상태였다.
** San Gregorio: 칠레 최남단 지역 원주민 공동체 마을.
Lonquimay: 칠레 남부 지역으로 아라우카니아Araucanía지방에 있
는 마을.
*** Ranquil: 칠레 중부 비오비오Biobío에 있는 마을.

이키케에서는 모래 속에 묻혔다.
바다 전체에서 사막 전역에서,
연기 나는 곳 전부에서, 비 내리는 곳 전체에서,
평원에서 도서 지방까지
다른 이들에 의해 살해당했다.
그 다른 이들 역시 당신들처럼 안토니오*였고,
당신들처럼 어부, 광부였다.
칠레의 육체,
바람이 할퀸 얼굴들,
평원에 의해 순교당하고,
고통에 의해 낙인찍힌 얼굴들.

나는 하얀 눈 옆에서, 눈의 영롱함 옆에서
초록색 가지의 강 뒤로,
질산염과 풀 뒤로,
조국의 담을 보았다.
내 민족의 피 한 방울,
핏방울 하나하나가 불처럼 빛나는 것을.

학살   그러나 피가 뿌리 뒤로 숨겨졌다.

                              피는 씻기고

부정되었다.
(너무 멀리 가서) 남쪽의 비가 땅에서 피를 지웠다.
(너무 멀리 가서) 초산이 평원에서 피를 먹었다.

———
* Antonio: 남자 이름.

민초의 죽음은 항상 그랬듯이 똑같았다.
아무도 안 죽은 양, 아무것도 안 죽은 양.
돌 위에 떨어지는 돌,
물 위에 떨어지는 물인 양.

북에서 남으로 시신을 찢어발기고
태웠다.
그리고 어둠 속에 매장했다.
아니면, 갱도에 쌓아
밤에 조용히 태웠다.
아니면 그들의 뼈에 침을 뱉고 바다에 버렸다.
그 누구도 그들이 어디에 있는지 모른다.
그들은 무덤도 없다.
그들의 순교당한 손가락,
총살당한 심장, 칠레인의 미소,
팜파 평원의 용맹한 이들,
침묵의 대장들은
조국의 뿌리가 있는 곳에
산재해 있다.

그 누구도 살인자들이
시신들을 어디 매장했는지 모른다.
그러나 이들은 민족이 부활하는 날
그들이 흘린 피의 값을 받기 위해
땅속에서 나올 것이다.

이 범죄는 광장 한복판에서 일어났다.

덤불은 민중의 순수한 피를 숨기지 않았다.
평원의 모래도 그 피를 삼키지 않았다.

그 누구도 이 범죄를 숨기지 않았다.

이 범죄는 조국의 한복판에서 일어났다.

질산염의 사람들   초석 광산에 갔다. 어두운 피부의 영웅들,
지구의 질긴 층에 있는
비옥하고 고운 눈〔雪〕 속을 파들어가는 이들,
나는 그들의 흙의 손을 자랑스럽게 잡았다.

그들이 내게 말했다. "형님,
우리가 어떻게 사는지 보세요.
여기는 '험버스톤', 여기는 '마포초'
'리카벤투라' '팔로마' '판 데 아수카르'
그리고 '피오히요'*가 우리가 사는 곳입니다.

그리고 형편없는

———
* 1842년부터 1930년까지 칠레 북부 지역은 초석 광산으로 호황을 맞는다. 칠레뿐 아니라, 볼리비아, 페루 지역에서도 초석 광산에서 일하는 노동자가 많았다. 본문에 제시된 이름들은 칠레 북부의 타라파카, 안토파가스타에 있던 광산 도시들로, 몇몇은 현재 유네스코의 세계문화유산으로 지정되어 있다. Humberstone, Mapocho, Ricaventura, Paloma, Pan de Azúcar, Piojillo.

급식,
흙바닥의 집,
태양, 먼지, 빈대,
그리고 거대한 고독을 보여주었다.

나는 석공들이 하는 일을 보았다.
나무로 된 삽 손잡이에는
그네들의 손가락 자국이
새겨져 있었다.

지옥의 자궁처럼
갱도의 좁은 저 밑바닥에서부터
올라오는 소리 하나를 들었다.
그리고 얼굴 없는 한 피조물,
땀, 피, 먼지를
뽀얗게 뒤집어쓴
가면이 등장했다.

그 가면이 내게 말했다. "어디를 가든지
이 고통에 대해 말하세요.
형님, 저 아래 지옥에서
사는 동생 이야기를 좀 해줘요."

죽음 민초여, 그대는 그대의 손을 평원의
박해받는 노동자에게 주기로 결심했다. 그리고
약 1년 전 그 사람을, 그 여자를, 그 애를

이 광장에 불러냈다.

여기 너의 피가 떨어졌다.

조국의 한가운데에 피가 흘렀다.

대통령궁 앞에, 거리 한가운데에,

전 세계가 그 피를 보고,

그 누구도 그 피를 지울 수 없으며

빨간 핏자국이 분명한 유성인 양

그대로 남을 것이다.

그때 칠레인의 손 모두가

평원을 향해 손가락을 내밀었다.

온 마음을 다해

그들의 말소리는 하나가 될 것이다.

민초여, 그대가 그 옛날 노래를

희망과 아픔을 품고

눈물로 부르려 할 때,

사형수의 손이 와서

피로 광장을 적셨다.

국기는 어떻게 오늘까지도 우리들의 국기가 존재한다.
태어나는가?* 국민은 정성을 다해 국기에 수를 놓았고

---

* '외로운 별'이라고 불리는 칠레 국기는 왼편 상단에는 파란색 바
탕에 하얀 별이 그려져 있고, 오른편 상단은 흰색, 하단은 파란색으
로 구성되어 있다. 빨강, 파랑, 하양의 삼색은 스페인의 침략에 대
항한 토키마푸체 족의 깃발 색이며, 별은 독립군 대장 오이긴스의
'아라우코 별'에서 따온 것으로 보인다.

그 천을 고통 속에서 꿰맸다.

그들의 끓는 손으로 별을 박았다.

그리고 조국의 별을 위해
셔츠와 하늘에서 파란색을 잘랐다.

빨간색은 한 방울 한 방울 태어나기 시작했다.

그들을 부른다　나는 오늘 오후에 그들 한 명 한 명씩과 말하련다.
오늘 오후, 그대들은 한 명 한 명씩
추억의 광장으로 올 것이다.

마누엘 안토니오 로페스,
동지.

리스보아 칼데론,
다른 이들은 너를 배신했으나, 우리가 네 길을 잇는다.

알레한드로 구티에레스,
너와 함께 쓰러졌던 깃발이
대지 모든 곳에서 일어선다.

세사르 타피아,
너의 마음은 이 깃발에 있으며
오늘 광장의 바람이 숨을 쉰다.

필로메노 차베스,

너의 손을 잡은 적이 없으나 여기 너의 손이 있다.

그것은 죽음도 죽이지 못한 순수한 손이다.

라모나 파라,* 빛나는

젊은 별,

라모나 파라, 연약한 여자 영웅,

라모나 파라, 피 흘린 꽃,

우리의 친구, 용감한 마음,

모범적 여인, 금빛 게릴라.

당신이 흘린 피가 꽃을 피울 수 있도록

당신의 이름으로 이 투쟁을 지속할 것을 맹세한다.

적들 그들은 탄알이 가득 장전된 총을

이리로 가지고 왔다. 그들은 잔인한 학살을 명령했다.

여기서 그들은 노래하는 민중을 보았다.

의무와 사랑으로 모인 민중,

연약한 여인이 깃발을 들고 쓰러졌다.

미소를 띤 젊은이가 상처받은 그녀 옆으로 굴렀다.

민중은 시신들이 분노와 고통으로

쓰러지는 것을 경악 속에서 지켜봤다.

그러자 살해당한 이들이

---

* Ramona Parra: 공산당 선전부 소속으로 경찰의 발포로 살해되어, '불네스 광장 학살'의 아이콘이 되었다.

쓰러진 곳에
깃발이 내려와 피로 적셔졌다.
그리고 깃발은 다시 살인자 앞에 우뚝 섰다.

이 죽은 이들, 우리 죽은 이들의 이름으로
벌을 주소서.

조국을 피로 물들게 한 이들에게
벌을 주소서.

이 학살을 명령한 살인마에게
벌을 주소서.

만행을 딛고 승진한 그 변절자에게
벌을 주소서.

고통의 명령을 내린 자에게
벌을 주소서.

이 범죄를 옹호한 자들에게
벌을 주소서.

우리의 피로 적셔진 손을
제게 주지 마소서.
그들에게 벌을 주소서.

그들이 대사(大使)가 되는 것은 싫습니다,

그들이 집에서 편히 사는 것도 싫습니다.
그들이 여기서, 바로 이 광장, 이 자리에서
심판받기 원합니다.

그들에게 벌을 주소서.

그들이　　그들이 여기 있는 양, 나는 그들을 이리로 불러내야겠다.
여기 있다　형제들, 이 땅에서 우리의 투쟁은
　　　　　　지속될 것임을 알아두시라.

　　　　　　우리의 투쟁은 공장, 농촌,
　　　　　　거리, 초석 광산에서 지속될 것이리라.
　　　　　　녹색, 붉은색 광산의 분화구에서
　　　　　　석탄 속에서, 그 끔찍한 동굴 안에서도.
　　　　　　우리의 투쟁은 모든 곳에서 이루어지리라.
　　　　　　우리의 마음에서, 그대들의 죽음을
　　　　　　목도한 이 깃발들,
　　　　　　그대들의 피로 적신 이 깃발들은
　　　　　　영원한 봄의 이파리처럼
　　　　　　늘어나리라.

언제나　　이곳으로 수천 년간 발길이 오간다 해도
　　　　　　여기 쓰러진 이들의 피를 지울 수 없을 것이다.

　　　　　　수만의 목소리가 이 침묵 위를 넘나들어도

그대들이 쓰러진 그 시간은 사라지지 않을 것이다.
비가 이 광장의 돌을 적신다 해도
그대들 이름의 불꽃을 꺼뜨릴 수 없을 것이다.

이 주검들이 고대하는 날이 올 때까지
검은 날개를 단 수많은 밤이 지속되리라.

이 세상 전역에서 그 많은 사람들이
고통의 마지막 날을 고대하고 있다.

투쟁에서 정복한 정의의 날,
그대들, 침묵 속에 쓰러진 형제들이여,
그대들은 마지막 투쟁의 거대한 날,
그 광활한 날 우리와 함께하리라.

IV

1948년 일지   악운의 해, 쥐떠 해, 불순한 해.
(아메리카)

폭풍과 긴장의
전선처럼
대양과 대기의 연안에 자리한
드높고 광물이 많은 너의 선.
아메리카, 그러나 너는 또한
밤이며, 파랗고, 늪이 많은 곳이다.
소택지와 하늘,

너의 침묵의 창고에서
시커멓게 썩은 오렌지처럼
짓눌린 마음들이 고통 받는 곳.

파라과이　미쳐버린 파라과이!
황금빛 도형의 종이들을
비추는 순수한 달이 무슨 소용이 있었던가?

엄숙한 신문 호수, 엄숙한 기사에서
이어받은 생각들은
다 무슨 소용이 있었던가?*

썩은 피로 흐릿해진
이 바늘구멍에게,
죽음으로 강탈된
이 적도의 간에게.

파라핀 웅덩이에서
감방 위에 앉아 있는
통치자 모리니고,**
그동안 전기로 작동하는
벌새의 선홍색 깃털은

———
* 파라과이의 독재자 모리니고는 언론을 완벽하게 통제했으며, 여기에는 신문, 영화관, 극장에 대한 통제가 포함되었다.
** 1943년에 모리니고는 합법적으로 대통령에 선출되나, 임기를 불과 몇 개월 남기고 쿠데타로 실각되었다.

정글의 가엾은 죽음 위를
날아다니며 빛을 발한다.

나쁜 해, 성장 미발육 장미의 해,
카빈총의 해, 잘 보아라,
네 눈 아래의
비행기 알루미늄이, 비행기의 단조롭고
시끄러운 소리가 네 눈을 멀지 않게 하라.
네 빵, 네 땅, 네 해진 민중,
네 단단한 돌을 보아라.
                    높은 산에서
이 초록색 계곡, 잿빛 계곡을 보는가?
누리끼리한 농업, 누더기 진
광업, 불행한 영원 속에
씨 뿌려지고 스러지는
밀 같은
            침묵 그리고 눈물.

브라질   두트라*의 브라질, 뜨거운
대지의 무시무시한 칠면조,
독이 든 대기의 쓰디쓴
가지로 인해 뚱뚱해진 인간.

———
* Eurico Gaspar Dutra(1883~1974, 재임 기간 1946~1951): 브라
질의 독재자로 미국과의 관계를 중시했으며, 소련과의 국교를 단절
하는 등 좌파를 탄압했다.

우리 아메리카 달의

검은 늪지대에 사는 두꺼비.

황금빛 단추,

보랏빛과 회색이 섞인 쥐의 눈.

오, 주여, 우리의 가엾은

배고픈 어머니의 내장을,

찬란한 해방자들이

그토록 염원했던 꿈을,

광산의 구멍에 그렇게 많이 흘린 땀을,

농장에서의 그 지독한 외로움을,

아메리카여, 그대는 갑자기

아무 소리도 안 들리는 심연, 선사시대의

당신의 뱀 가운데 가장 미천한 곳에서 꺼낸

두트라 같은 인물을 지구의 밝은 곳으로

올려 보냈다.

             브라질

석공들이여, 국경선을 두드려라,

어부들이여, 대양 연안에서

밤에 눈물을 쏟아라.

그동안 정글 돼지의 조그만 눈을

가진 두트라는

도끼로 인쇄소를 부수고,

광장에서 책을 불사르고,

감옥에 가두고, 박해하고, 채찍질한다.

우리의 두려운 밤이

침묵으로 가라앉을 때까지.

쿠바   쿠바에서 살인이 자행되고 있다!

헤수스 메넨데스*는 최근에 구입한
상자 안에 넣어졌다.
그는 민중의 왕처럼 등장했고,
뿌리를 보면서 돌아다녔고,
길 가는 사람들을 멈추게 했고,
잠든 이들의 가슴을 두드렸고,
나이에 따른 질서를 확립했고,
부서진 영혼들을 위로했고,
설탕에서
피나는 사탕수수를
돌을 썩게 하는 땀을 일으켰다.
가난한 이들의 부엌에서
이렇게 물었다. 너는 누구인가? 얼마나 먹는가?
이 팔을 건드리면서, 이 상처를 건드리면서,
이 침묵들을
단 하나의 목소리, 쿠바의
간헐적 목쉰 소리로 모아갔다.

상사인지 장군인지 하는 인물이
그를 죽였다, 기차 안에서

———
* Jesús Menéndez(1911~1948): 쿠바의 노동운동가, 국회의원, 정치가. 미국이 쿠바에서 수입하는 설탕 원재료 가격은 올리지 않고 미국의 수출품 가격만 현실화하자, 노동운동가들과 함께 미국에서 들여오는 수입품 가격이 오르는 만큼 미국에 수출하는 설탕 원재료 가격도 오르게 해 '사탕수수 장군'이라는 별명을 얻었다.

344

그에게 먼저 이렇게 말했다. 이리 와.
그리고 소위 장군이라는 자가
뒤에서 총을 발사했다.
잠잠해지게 만들려고.

중미   못된 해, 저 덤불의 울창한 어둠 저편에 있는
우리 지도의 허리를
보는가?
         별 물결은 벌통처럼
파란 벌들을 해안에 부서뜨리고
두 대양의 섬광은 좁은 땅 위로
날아오르고……

채찍처럼 가는 땅,
폭풍처럼 뜨거워진 땅,
온두라스를 지나는 너의 발걸음,
산토도밍고의 밤에 흐르는 너의 피,
니카라과에서부터 너의 눈은
나를 만지고, 나를 부르고, 내게 요구한다.
나는 아메리카 땅에서
말하기 위해 모든 문을 두드린다.
묶인 언어를 두드린다.
커튼을 젖힌다. 손을
피에 담근다.
         오, 내 땅의 고통,
오! 이미 견고해진

거대한 침묵의 죽어가는 소리,

오, 기나긴 고통에 시달리는 민족들,

오, 흐느끼는 허리.

푸에르토리코   트루먼 대통령이 푸에르토리코 섬에

왔다.

       우리의

순수한 대양의 파란 물로 왔다,

피 묻은 손가락을 씻으려고.

방금 전 200명의

그리스 청년들의 죽음을 명령했다.

그의 기관총은 엄격하게

작동한다.

       매일

그의 명령에 의해 도리스식 머리

―포도와 올리브로 된―

옛날 바다의 눈,

코린트 왕관의 꽃잎이

그리스 먼지에 떨어진다.

       살인자들은

미국 전문가와 함께

사이프러스의 달콤한

잔을 들고

폭소를 터뜨린다.

튀긴 기름, 그리스 피가

방울 맺힌 수염들.

트루먼은 이역만리의 피로 적신

붉은 손을 씻기 위해

우리의 바다에 온다. 그러면서

법령을 제정하고, 설교하고

대학교에서는 자기 언어로 웃는다.

스페인어 입을 닫게 하고,

맑은 수정의 강처럼

떠돌아다니는

단어들의 빛을 덮고

법을 제정한다. '푸에르토리코

그대의 언어에 죽음을.'

그리스   (그리스 피가

지금 내려온다. 언덕에

아침이 온다.

                         단지

먼지와 돌 사이에 있는 시냇물,

목동들이 다른 목동들의

피를 밟는 시냇물.

                         단지

산에서 바다, 자신이 알고

노래하는 바다까지 내려오는

가는 실 줄기.)

……네 땅, 네 바다로 눈을 돌려라.

남녘 바다와 남녘 눈의 맑음을
보아라. 태양은 포도를 만들고,
사막이 빛나고, 칠레의 바다가
난타당한 선에서 솟아오른다.

로타*에는 지하 석탄 광산이
있다. 그것은 차가운 항구,
남극의 혹독한 겨울 항구.
지붕 위에 한없이 내리는 비,
안개 빛 갈매기 날개,
어두운 바다 아래로 인간은
검은 지대를 파고 또 판다.
그의 생활은 석탄처럼
어둡다. 누더기 걸친 밤,
형편없는 빵, 힘든 나날.

나는 세상을 많이 돌아다녔다.
그러나 그 어느 길이나 도시에서
인간이 그렇게까지 학대받는 것은
본 적이 없다.
한 방에 열두 명이 잔다.
천장은 깡통 조각, 돌,
골판지, 젖은 종이 같은
이름 없는 쓰레기로 만든 것.
애들과 개들은 차가운 계절의

------

* Lota: 칠레 비오비오 지방 콘셉시온에 있는 석탄 광산촌.

축축한 안개 속에서
가난한 삶의 불이
지펴질 때까지
포개져 있다. 내일 역시 또 한 번의
배고픔과 어둠이 이어질 삶.

고문 또 한 번의 파업, 그 월급으로는
먹고살 수가 없다. 여자들은
부엌에서 운다. 광부들은
자신들의 손을 하나씩 모으고
고통을 모은다.
                    파업,
바다 밑을 파 내려갔던 이들이
젖은 굴에 누웠다.
광산의 검은 흙을
온몸과 힘을 다해 파냈던 이들.
이번에는 군인들이 왔다.
밤에 그들의 집을 부쉈다.
그들을 교도소로 데리고 가듯
광산으로 끌고 가서, 그들이
가진 한줌의 밀가루, 아이들의
쌀 한 톨까지 약탈했다.

그리고 벽을 쳐대면서
그들을 내쫓았고, 때려눕혔고,
감금했고, 동물처럼 몸에

표시를 했다. 거리에서,

고통의 탈출로에서,

탄광 대장들은

자신들의 자식들이 쫓겨나는 것을

자신들의 부인들이 나동그라지는 것을 보았다.

그리고 수백 명의 광부들이

남극의 추운 파타고니아로,

피사구아 사막으로,

이송되고 감옥으로 가는 것을 보았다.

배신자   이러한 불행에 설상가상으로

한 독재자가

배신당한 광부들의

희망에 침 뱉으며 미소를 머금었다.

각국의 민중에게는 자신만의 고통이 있고

각 투쟁에는 그만의 고통이 있다.

그러나 이리 와서 내게 말해다오.

피에 굶주린 이들 가운데,

증오의 정점에서

초록색 채찍의 홀을 든

고삐 풀린 독재자들 가운데,

칠레 독재자 같은 자가 있겠는가?

이자는 자신의 약속과 미소를

짓밟고 배신했다.

이 구역질 나는 인간은 자신의 홀(笏)*을 만들었고,

자신이 침 뱉은 가엾은 국민의
고통 위에서 춤을 췄다.

그의 부당한 법령으로 인해
모욕당하고 고통 받은
검은 눈들의 숫자가 늘어나
감옥이 꽉 차자,
이 인간은 비냐델마르**에서
보석과 술잔에 에워싸여 춤을 췄다.

그러나 검은 눈들은
검은 밤을 통해 보고 있었다.

그대는 무엇을 했는가? 당신의 말은
저 지하의 광산 형제,
배신당한 자의 고통에 이르지 못했다.
당신의 국민을 보호하고 호소해야 할
불꽃 음절이 떠오르지 않았는가?

나는 고발한다　　당시 나는 희망의 목을 쥔 자를
고발했다.
아메리카의 구석구석에서

----

* 왕홀(王笏). 왕이 들고 있는 짧은 지팡이로, 최고의 권력과 위엄
을 과시하는 왕권의 상징이다.
** Viña del Mar: 산티아고 북부에 있는 칠레 제2의 도시.

그의 이름을 불명예 동굴에
놓고 다녔다.
                    그러자 범법자들이
나를 비난했다. 몸을 판 이들,
세를 든 이들의 사냥개 무리.
'정부의 장관'들,
경찰은 나를 향해
무시무시한 욕을 타르로
썼다. 배신자들이
큰 글자로 내 이름을 쓰는 걸
벽이 보았다. 밤은
수많은 손으로
그 글자들을 지웠다.
민중의 손, 밤의 손이
내 노래에 헛되이 던져지는
불명예를 지웠다.

그러자 밤에 내 집을
태우러 왔다. (불이 지금
그들을 보낸 자의 이름을 적었다.)
그리고 모든 판사가 모여서
나를 비난하고 나를 찾았다,
내 말에 십자가를 치고
진실을 벌하기 위해.

칠레의 산맥을 봉쇄해서
내가 여기서 일어나는 일을

외부로 나가 말하지 못하게 했다.
멕시코가 나를 받아들이고
지켜주기 위해 문을 열었을 때.
불쌍한 시인 토레스 보뎃*은
나를 분노에 떠는 간수들에게
넘겨주라고 명령했다.

그러나 내 말은 살아남았고
내 자유로운 마음은 이제 고발한다.

무슨 일이 벌어질까? 무슨 일이 벌어질까?
피사구아의 밤, 감옥, 쇠사슬,
침묵, 품격을 잃은 조국,
이 불운의 해, 눈먼 쥐떠 해,
분노와 원한의 못된 해,
무슨 일이 벌어질까라고 그대가 내게 묻는 것인가?

승리의 민중　내 마음은 이 투쟁에 있다.
내 민중은 승리하리라. 모든 민중은
승리한다, 하나씩 하나씩.
　　　　　　　　이 고통들은
사막의 토굴, 무덤,

———
* Jaime Torres Bodet(1902~1974): 멕시코의 문필가, 외교가, 정치
인. 1948년 주 칠레 멕시코 대사가 네루다를 대사관저에서 보호했
을 당시 외교부장관이었다. 당시 미겔 알레만 발데스Miguel Alemán
Valdez 멕시코 대통령은 네루다의 망명을 거부했다.

인간 순교의 계단에서
흘린 눈물이 다 나올 때까지
손수건처럼 짜질 것이다.
그러나 승리의 시간이 가깝다.
벌을 주는 손들이 떨지 않도록
증오심을 간직해야 한다.
                              시간은
순수한 순간에 정확히 맞춰 오기를,
그리고 민중은 새롭고
단호한 자세로 거리를 메우기를.

그때를 위한 내 따스한 마음이 여기 있다.
그걸 그대들은 안다. 내게 다른 깃발은 없다.

V

곤살레스 비델라,   유구한 산맥에서 사형집행자들이 나왔다.
칠레의 배신자   험준한 지형의 뻣뻣한 등뼈처럼,
(결언) 1949   아메리카의 등뼈처럼 등장했고, 우리 민중의
불행 속에 단단히 자리 잡았다.
피는 매일같이 그들의 앞머리를 적셨다.

뼈만 남은 동물처럼 산맥에서
이 땅의 검은 흙으로 자식들을 빚어냈다.
그들은 우리의 동굴, 우리의 패배에서 막 등장한
늙은 호랑이, 극지방 왕조.

이처럼 그들은 50년간이나 우리 피에 의해
더럽혀진 차도 밑에 묻힌 고메스*의 턱뼈를 파헤쳤다.

이 동물은 거대한 갈비뼈로 땅을 어둡게 했다.
형 집행 후에는 차를 대접해주던
미국 대사 옆에서 수염을 매만졌다.

괴물들은 타락했으나 비열하지는 않았다.
이제는
빛이 순수를 간직했던 구석
아라우카나 지방의 새하얀 눈 덮인 곳에서
배신자 하나가 썩은 왕좌 위에서 미소 지었다.

내 조국을 움직이는 것은 비열함이다.
곤살레스 비델라는 그가 팔아버린
내 조국 위에 똥과 피로 물든 털을
털어대는 쥐다. 매일
그의 주머니에서 훔친 동전을 꺼내
내일은 땅을 팔까 피를 팔까 고민 중이다.
그는 모든 것을 배반했다.
민중의 어깨 위로 쥐처럼 올라갔고,
거기서 내 조국의 성스러운
깃발을 갉아먹으면서, 그의 쥐꼬리를 흔들며,
농장주, 외국인, 칠레의 땅속 주인에게
이렇게 말한다. "이 백성의 모든 피를

———
* 베네수엘라의 독재자 고메스를 가리킨다.

다 마셔라. 내가 바로 사형집행
소장이다."

　　　　　　　　　서글픈 어릿광대,
원숭이와 쥐의 불행한 조합, 월가에서는
그의 꼬리를 황금 포마드로 빗질한다.
나무에서 떨어지지 않는 날이 없어서,
쓰레기 덩어리인 건 틀림없으니,
행인은 모퉁이에서 그를 밟을까 피하기 바쁘다.

그랬다. 배신자는 칠레 정부다.
한 배신자가 그의 이름을 우리 역사에 남겼다.
유다가 해골 이빨을 쳐들고
내 형제를 팔았고,
내 조국에 독을 탔고,
피사구아 광산을 창설했고, 우리의 별을 파괴했고,
순수한 깃발의 색깔에 침을 뱉었다.

가브리엘 곤살레스 비델라.
내 여기 그자의 이름을 적는다.
세월이 불명예를 지우고, 내 조국이
밀과 눈(雪)으로 빛나는 얼굴을 닦고,
후에 여기 내가 새로운 불덩이처럼 적어둔
유산을 찾는 이들을 지울 경우,
내 민족이 거부했던 고통의 잔을
가져온 배신자의 이름을 찾도록 하기 위해.

민중, 내 민중이여, 그대들의 운명을 떨치고 일어나라!

감옥을 부수고, 그대를 가두는 벽을 열어라!
대통령궁에서 명령을 내리는 저 쥐의
성난 걸음을 눌러버려라. 여명에 그대의 창을 올려라.
그대의 화가 난 별이 빛을 발하도록 가장 높은 곳에 두어
아메리카의 길을 비출 수 있도록 하라.

VI.
아메리카,
나는 너의 이름을
헛되이 부르지 않는다*

---

* 네루다는 조국 칠레뿐만 아니라 아메리카의 여러 나라를 다니며
민초들의 삶의 애환을 노래했다.

I

위로부터
(1942)
지나온 길, 알 수 없는

공기, 분화구의 달,

상처 위에

드리운 건조한 달,

뚫린 튜닉의 석회질 구멍,

얼어붙은 핏줄의 가지, 수정의 공포,

밀의 공포, 여명의 공포,

비밀 바위에 펼쳐진 열쇠,

갈기갈기 찢긴

남쪽의 두려운 선,

기나긴 지형 안에서

잠이 든 황산염,

단절된 빛 주변을 구르는

터키석의 기품,

쉴 새 없이 꽃을 피우는 땗은 가지,

깊고 드넓은 밤.

II

한 살인자가 잔다   술집의 신이

부서진 컵을 짓밟고

해방된 여명의 빛을 헝클어뜨릴 때

포도주 자국으로 더럽혀진 허리.

어린 창녀의 흐느낌 속에 핀 젖은 장미,

유리 없는 창으로 몰아치는

격동의 시절 바람,

복수를 당한 자는 신발을 신고

권총의 역겨운 냄새 속에서

초점 잃은 파란 눈으로 잠잔다.

III

해안에서   산토스,* 달콤하고 날카로운 바나나 냄새.

어깨에 멘 바나나는 부드러운 황금의 강처럼

노한 천국의 바보 같은 침을

길가에 뱉게 한다.

어둠, 물, 기관차의 강렬한 외침,

땀과 깃털의 물줄기,

숨 쉬는 겨드랑이에서처럼

끓는 이파리의 심연으로부터 오르고 내리는 그 어떤 것.

하늘을 나는 것들의 무질서, 아득히 퍼지는

———
* Santos: 브라질 남부 도시.

거품.

IV

말 타고 간 수만 번이나 짓밟힌
남쪽의 겨울 남쪽의 눈밭을 지난 적이 있다.
남쪽 밤의 차가운 바위 아래
말의 등덜미가 무감각한 것을 느꼈다.
말은 잎이 없는 산의 나침반에서 추위에 떨면서
막 시작하는 창백한 뺨으로 올라갔다.
안개 속에서 말을 달리면 어떻게 되는지 겪어봐 안다.
불쌍한 행인의 누더기 옷도 안다.
어두운 모래 외에 나에게 신(神)은 없고,
끝없이 이어지는 바위와 밤의 등판,
파괴된 영혼, 누추한 옷을 입고
등극하는 자와
결코 친해질 수 없는 낮.

V

범죄 너는 어쩌면, 어두운 밤, 칼에 찔리는 외마디소리,
핏속의 발자국을 쫓았을 것이다.
수천 번이나 짓밟힌 우리 십자가의
외로운 날,
조용한 문을 두드리는 큰 소리,

살인자를 숨겨주는 심연, 번개,

개들은 짖고, 무자비한 경찰은

잠든 이들 사이로 와서

눈물의 끈을 강하게 비튼다.

공포에 찬 눈꺼풀에서 그들을 떼어내면서.

VI

청춘   어느 길가, 자두의

시큼한 칼 같은 향기,

잇새의 설탕 맛 키스,

손가락에서 미끄러지는 역동적 방울,

달콤하고 에로틱한 과육,

탈곡장, 짚을 둔 헛간, 넓은 집의

흥분을 유발하는 비밀 장소,

과거 속에 잠든 이불, 위에서 본,

숨겨진 유리에서 본 씁쓸한 녹색 계곡.

젖어가는 청춘, 빗속에서

나뒹구는 램프처럼 불타는 청춘.

VII

기후   가을, 포플러에서

떨어지는 높은 화살, 새로운 망각.

순수한 이불 속에 묻히는 나무 밑동.

화난 잎의 차가움은
황금의 짙은 샘물.
반짝이는 가시들은
하늘 가까이에 높게 솟은 마른 촛대.
누런 재규어는 손톱 사이에서
살아 있는 핏방울 냄새를 맡는다.

VIII

쿠바의 바라데로* 전율하는 연안으로부터 바라데로의 불빛은
조각조각 떨어지고, 연안 하복부에는
안티야**가 있다. 반딧불이와 물이 크게 몰아치는 곳,
유황과 달의 끊임없는 광휘,
죽은 터키색 해파리의 짙은 파란색
피부 검은 어부는 금속에서
바이올렛소라***의 날카로운 꼬리를 끄집어낸다.

IX

독재자들 사탕수수 사이에 냄새 하나가 남았다.

---

* Varadero: 쿠바의 아바나 동쪽에 있는 항구도시로 미국 플로리다
와 가장 가까운 관광지. 네루다는 이곳에서 조개 껍질을 수집하며
지냈다.
** Antilla: 쿠바의 북동쪽 항구도시.
*** 바이올렛색(보라색)을 띠는 소라.

피와 육체의 결합, 역한 냄새의
날카로운 이파리.
야자나무 사이의 무덤은 가루가 된 뼈,
조용히 색색대는 소리로 꽉 차 있다.
세련된 독재자께서는
술잔, 황금 목걸이, 황금 줄과 이야기한다.
조그만 궁궐이 시계처럼 빛나고,
장갑으로 가린 빠른 웃음은
때때로 통로를 지나
죽은 목소리,
얼마 전 땅에 묻힌 파리한 입들을 만난다.
땅 위에 끊임없이 떨어지는 식물의 씨앗,
빛도 없이 커다란 눈먼 이파리를 키우는 식물,
비탄은 그 식물처럼 숨어버렸다.
진흙이 가득 찬 입술과 침묵의 늪,
그 늪의 끔찍한 물속에서, 증오는 불신, 또 다른 불신,
주먹 한 대, 또 다른 한 대로 형성되었다.

X

중미   피 묻은 개머리판 같은 달,
채찍 같은 가지,
뽑힌 눈꺼풀의 어떤 최악의 빛이
너를 미동도 못한 채 말없이 신음하게 하는가,
소리 없는 목소리, 입 없는 너의 고통을 파괴하는가.
오, 중앙의 허리,

오, 무자비한 상처의 천국.
밤에서 낮으로 나는 네 순교를 본다.
낮에서 밤으로 나는 쇠사슬에 묶인 자,
하얀 피부, 검은 피부, 인디오가
밤의 끝없는 벽에 매 맞아 생긴 멍이
인광을 발하는 손으로 글 쓰는 것을 본다.

XI

남녁의 기아 로타의 석탄에서 흐느낌을 본다.
천대받는 칠레인의 주름진 그림자가
광맥의 쓰디쓴 내장을 쪼는 것을 본다.
단단한 재 안에서 죽고, 살고, 태어나는 걸 본다.
그들은 머리 숙이고 엎드려 다닌다,
검은 먼지 사이, 불꽃 사이에서는
세상 모두가 그렇게 들어가고 나가듯이.
겨울에만
기침이 나온다.
죽은 칼처럼 생긴 유칼립투스 이파리 하나 떨어진
검은 강을 지나가는 말 한 마리.

XII

파타고니아 냉대(冷帶)의 심연,
대양의 마지막 주둥이를 형성하는

황혼녘 작은 동굴에서
물개가 새끼를 낳는다.
낮이 되면,
파타고니아의 소들은 추운 곳에서 고독을 향해
뜨거운 다리를 일으키는 무거운 증기처럼
소란을 일으키며
존재감을 드러낸다.

아메리카, 그대는 종처럼 황량했다.
올라가지 않는 하나의 노래로 속을 채운 종.
목동, 평원의 주민, 어부에게는
손도, 귀도, 피아노도, 가까이 있는 뺨도 없다. 달이
그들을 지켜보고, 거대한 공간이 그들을 위대하게
만들고 밤이 그들을 지킨다. 이윽고
여느 날과 다름없는 하루가 천천히 태동한다.

XIII

장미 한 송이　물가에서 장미 한 송이를 본다.
붉은 눈꺼풀을 한 작은 컵,
대기의 소리 하나로 허공에서 살랑댄다.
녹색 이파리의 빛이 샘물을 건드린다.
그러자 수풀은 맑은 다리를 가진
외로운 존재로 변형된다.
대기는 맑은 옷을 입고,
나무는 자신의 잠든 거구를 확고히 드러낸다.

XIV

한 나비의 삶과 죽음*   폭풍 속에서 무소 나비**가 날아오른다.

적도의 온갖 실,

얼어붙은 에메랄드 결정체,

그 모두가 번개 속에서 날아오른다.

폭풍의 마지막 단계가 요동친다.

이제는 초록색 실비,

놀란 에메랄드 꽃가루가 날아오른다.

젖은 향기의 위대한 비로드***가

폭풍 치는 시퍼런 연안에 떨어져

지상에 떨어진 효모와 결합한다.

그리고 이파리의 고향으로 돌아간다.

XV

팜파 평원에   이 탱고 저 탱고를 들으며, 이 땅,
묻힌 사내   이 평원 둘레에 금을 그을 수 있다면,

내 입에서

잠들어버린 야생의 알곡이 나온다면,

평원에서 요란한

말발굽 소리 듣는다면,

———

* 시인은 폭풍 속에 잠긴 에메랄드 광산 도시의 모습을 한 마리 나비로 형상화한다.
** Muzo: 에메랄드와 나비로 유명한 콜롬비아의 소도시.
*** veludo: 벨벳.

말 다리의 노한 광풍이

내 묻힌 손가락 위로 지나간다면,

입 없이도 씨앗에 입을 맞추련만,

내 격정이 사랑했던 달리는 말을 보도록

그 씨앗에 내 눈의 흔적을

묶으련만,

비달리타,* 나를 죽여라,

나를 죽여라, 기타의 목쉰 음색처럼

내 존재가 흘러가게 하라.

XVI

선원   발파라이소에서 선원들이

나를 초대했네. 키가 작지만 다부진 사람들,

그들의 탄 얼굴이 바로 태평양 지도.

거대한 대양의 속을 흐르는 강, 근육질 파도,

태풍 속의 바다 날개 한 움큼.

가난한 작은 신(神)들로 그네들을 보는 것은 아름다웠지,

반쯤 벌거벗은 영양실조 걸린 이들.

대양 저편에서 다른 이들, 다른 가난한 항구에서 온

사람들과 숨을 쉬고 투쟁하는 걸 보는 것은

아름다웠지. 그들의 말을 듣는 것도 아름답다네.

스페인, 중국, 볼티모어, 크론시타트** 출신이라도,

---

* vidalita: 팜파 평원에서 불리던 8음절의 전통 노래.

** Kronstadt: 러시아의 상트페테르부르크 인근의 항구도시로 10월

이들은 모두 같은 말을 한다네. 그들이 「인터내셔널」을
부르자 나도 같이 불렀지. 속에서 노래가
치밀어 올라왔고 이렇게 말하고 싶었지. "동지들",
그러나 나는 단지 노래만 흥얼대며 애정을 표했네.
내 입에서 바다까지 노래가 흘렀지.
그들이 나를 알아보고, 감격한 눈으로 나를 포옹했다네.
아무 말 없이, 나를 쳐다보고 노래하면서.

XVII

강 하나*　　나는 파팔로아판**에 가고 싶다.

늘 그랬듯 흙의 거울 길로,

손톱으로는 거대한 강을 만지면서.

나는 발원지를 향해 가고 싶다.

맑은 원초적 가지의 본질을 향해.

가서, 이마를 적시고, 이슬,

피부, 목마름, 꿈의

비밀스러운 혼란 속에 가라앉고 싶다.

은으로 만든 바이올린처럼

———
혁명의 근거지였다.
* 이 시는 이 책의 저본인 Edición de Enrico Mario Santí판에는 수
록되지 않았다. 그러나 네루다 연구자 에르난 로욜라Hernán Loyola
에 의해 발굴되어 다른 판본에는 실려 있는데 필요하다고 생각되어
번역해서 넣었다.
** Papaloapán: 멕시코 와하카와 베라크루스의 접경 지역. 이 시에
서는 이 지역을 흘러 멕시코 만으로 향하는 파팔로아판 강을 가리
킨다.

사발로*가 물에서 나왔다.
강기슭에는 대기의 꽃,
하늘색 칼**이
방어하는 뜨거운 공간에서는
미동도 하지 않는 날개.

XVIII

아메리카   지금 나는
처녀림, 고원, 재규어, 번개,
줄지은 라일락 향기에 에워싸여 있다.
지금 나는
나만이 알고 있는 날, 달, 강물,
내가 만든 손톱, 물고기, 달에 에워싸여 있다.
지금 나는
나팔꽃으로 가득 찬 연안의
투쟁적인 가는 물거품으로 에워싸여 있다.
화산과 인디오의 선홍색 셔츠,
뿌리 속의 가시와
이파리 사이에 맨발이 만든 길이
내 발치에 와서 밤에 걸으라고 한다.
어느 가을처럼
땅에 흘린 검은 피,

---

* sábalo: 청어과에 속하며 카리브와 대서양에 많다.
** '하늘색 칼'은 뜨겁게 내리쪼이는 햇살을 상징.

정글에서의 죽음과 그 무시무시한 깃발,

멀어져 가는 침략자의 걸음, 무사들의

외침, 잠든 창들의 황혼,

군인들을 경악케 하는 꿈,

악어가 한가로이 발길질하는 거대한 강,

기분파 시장이 다스리는 최근에 세워진 도시들,

길들일 수 없는 습성을 지닌 새들의 합창,

정글의 악취 나는 날,

반딧불이의 수호 빛,

내가 그대의 배 속에 있을 때,

그대의 늘어난 진지(陣地),

그대의 휴식, 너의 탄생의 자궁, 지진,

농부의 마귀, 바람에서

떨어지는 재, 허공,

순수하고, 둥근, 잡을 수 없는 허공,

콘도르의 잔인한 발톱, 과테말라의

불쌍한 평화, 트리니다드, 과이라*의 부두 흑인.

모든 것이 나의 밤,

모든 것이 나의 날,

모든 것이 나의 공기, 모든 것이 내가 살고,

고통 받고, 일어나고, 괴로워하는 것.

아메리카, 내가 부르는 이 음절들은 밤이나

빛이 만든 것이 아니다.

———

* 트리니다드Trinidad는 트리니다드토바고 국가를 구성하는 섬의
하나, 과이라Guaira는 베네수엘라 대서양 연안 항구 도시. 원문의
Guayra는 Guaira의 오기.

빛을 가진 물질은 흙에서 나왔으며,

내 승리의 빵에서 나왔다.

내 꿈은 꿈이 아니라 흙이다.

나는 넓은 흙에 에워싸여 잔다.

폭포처럼 쏟아지는 샘물이 흐르는 땅에 살 때

내 손으로 물이 흐른다.

내가 마시는 것은 포도주가 아니라 흙이다.

숨겨진 흙, 내 입의 흙,

이슬 맺힌 농토,

싱그러운 채소의 강풍,

알찬 곡식, 황금 창고.

XIX*

아메리카, 나는   아메리카, 나는 너의 이름을 헛되이 부르지 않는다.

너의 이름을   마음에 칼을 매달고

헛되이 부르지   영혼에 떨어지는 방울을 참고,

않는다   창문으로 새로운 너의 날이 내게 밀려올 때,

나는 존재한다.

나는 나를 만들어낸 빛 속에 있고

나를 규정하는 그림자 안에서 산다.

———

* 아메리카는 긍정적 · 부정적 요소가 공존하는 세계이다. 빛과 그림자, 달콤하나 술로 마셔 취하면 끔찍한 포도, 사탕수수로 설탕을 생산하나 제대로 일하지 않으면 기다리는 벌 등. 네루다는 아메리카의 양면적인 유산을 그대로 인정하고 수용하면서 아메리카를 향한 사랑을 노래한다.

포도처럼 달콤하나 끔찍하고,
설탕을 만드나 체벌이 기다리는 너,
너와 같은 종류의 정액에 젖어,
네 유산의 피를 마시면서,
너의 본질적 여명 속에서 자고 깬다.

VII.
칠레를 위한
모두의 노래*

---
*칠레의 자연, 동·식물, 친구들, 도시 등을 노래한 시.

영원   방금 마른 땅, 방금 꽃이 핀 땅,

꽃가루의 땅, 진흙으로 된 땅을 위해 나는 노래한다.

하얀 원형 천장이 순수한 눈〔雪〕 옆에서 둥근 허공을

반복해서 만들어낸 분화구를 위해 나는 노래한다.

심연에서 방금 나온 철로 된 증기선이

싣고 가는 것에 대해 나는 이야기한다.

이름 모르는 들판, 그러나 타버린 수술,

조그만 종처럼 생긴 버섯이 있는 들판,

암말이 욕망에 끓는 거친 삼림에 대해 나는 말한다.

서로 엉키고, 얽히고, 뿌리째 뽑히고,

소리치며 흩뿌리고, 몽유병자처럼 마구 돌아다니고,

나무 타고 올라가 요새를 만들고,

땅속에 들어가 구리 세포 묶어버리고,

강가 나뭇가지로 뛰어오르고,

석탄처럼 묻혀 죽고,

포도의 녹색 어둠 속에서 반짝이는

신생국이 아니라면 내가 어디서 왔겠는가?

밤에는 강처럼 잔다. 쉬지 않고 어딘가를 돌아다니고,
부서뜨리고, 유영의 밤에 앞장서서
빛을 향해 시간을 재촉하고,
석회석이 떠나보낸 비밀스러운 이미지를 감지하고,
이제 막 자리 잡은 폭포를 향해 구리 광산을 오르고
결코 태어나지도 않은 장미만
싣고 가는 강물에서
질식한 반구(半球)를 만진다.

대지는 창백한 눈꺼풀의 대성당.
분할된 거대한 바람 속에서, 천장의 소금 안에서,
용서된 가을의 마지막 색깔 속에서
끊임없이 결합하는 눈꺼풀.

그대들은 벌거벗은 종유석이 형성한 것을
길에서 결코 만진 적이 없다, 결코.
극지방 등불 사이의 축제,
검은 잎의 극한의 추위도 본 적이 없다.
대지가 숨긴 뿌리 속으로
나와 함께 들어가본 적도 없다.
이슬 왕관이
다시 핀 장미를 덮을 때까지
모래 층계 한 알 한 알씩
죽은 이들 뒤를 따라 올라가본 적이 없다.
행복했던 시절에 입었던 옷을 입고
죽어가지 않으면 존재할 수도 없다.

그러나 나는 광물의 후광이다. 공간,

구름, 땅에 매인 두꺼운 고리,

말없는 강물을 깨우고,

영원한 노천에 다시 도전하는 광물의 빛.

I

찬가와 귀향　조국, 내 조국, 내 피를 그대에게 돌려준다.

(1939)　그러나 눈물로 범벅이 된 아이가

어머니에게 하듯, 애원한다.

거두어다오,

이 눈먼 기타와

잃어버린 이 이마를.

나는 세상으로 그대 자식들을 만나러 나갔다.

그대 눈〔雪〕의 이름으로 쓰러진 이들을 돌보러 나갔다.

그대의 순수한 목재로 집을 짓기 위해 나갔다.

그대의 별을 상처받은 영웅들에게 가져다주러 떠났다.

지금 그대의 존재 안에서 잠들고 싶다.

그대의 별이 빛나는 하늘,* 항해의 밤,

가슴을 울리는 현을 들려주는 맑은 밤을 다오.

내 조국이여, 그늘에서 나오고 싶다.

내 조국이여, 장미를 바꾸고 싶다.

———
* 원문은 tu estatura estrellada(별 같은 키).

내 팔을 그대의 가는 허리에 놓고
바다가 만든 당신의 바위에 앉고 싶다.
그리고 밀을 집어 그 속을 보고 싶다.

초석 사이에 자라는 가느다란 갈대를 꺾어서
차가운 종(鍾)으로 베틀 작업 하리라.*
그대의 외롭고 멋진 거품을 보면서
아름다운 그대에게 해변의 꽃다발을 짜드리고 싶다.

조국이여,
투쟁하는 물, 투쟁하는 눈〔雪〕으로
에워싸인 내 조국이여,
그대 안에서 매는 유황과 결합했고, 그대의
하얗고, 파란 사파이어 같은 극지방 손 안에서
하나의 순수한 인간적 빛 한 방울이
적대적인 하늘**을 불사르며 반짝인다.

그대의 빛을 보존하라, 오, 조국이여!
그대의 희망의 단단한 이삭을
무시무시한 눈먼 대기 한가운데에서 지탱하고 있어라.
그대의 머나먼 땅에 고통스런 빛 한 가닥 떨어졌다.
그것은 인간의 운명,
잠든 거대한 아메리카에서 하나의 꽃,
외로운 신비한 당신의 꽃을 보호하려는 운명.

———
* 종을 칠 때, 추(鍾)를 움직이는 모습을 베틀 작업에 비유했다.
** '적대적인 하늘'은 결코 온화한 기후를 주지 않는 하늘.

II

**남(南)으로
돌아가고 싶다
(1941)**

베라크루스에서 아프던 날, 내 나라, 저
남녘의 하루를 생각했다. 하늘 물 안에서
재빨리 움직이던 물고기처럼 은빛이었던 날.
롱코체, 롱키마이, 카라우에,* 위에서부터
산개된 마을, 침묵과 나무뿌리로 에워싸인 곳,
가죽과 목재의 왕좌에 앉아 있는 마을.
남녘은 푹 잠이 들어버린 말,
느릿한 나무와 이슬을 덮어쓰고,
초록색 주둥이를 들면 물방울이 떨어진다.
꼬리 그림자는 거대한 섬을 적시고
그 안에서 존경받는 석탄이 자란다.
그림자여, 손이여, 발이여, 문이여, 다리여, 전투여,
이제는 결코 아니라고 약속해주겠니?
네가 정글로, 길로, 이삭으로,
안개로, 추위로, 쉬지 않고 내디딘 발걸음 하나하나가
정해버린 파란 것으로 변하겠노라고 약속해주겠니?
하늘이여, 그 어느 날 별에서 별로 다니게 해주렴.
내 피가 다하도록 빛과 먼지를 밟고, 비의 보금자리에
도달할 때까지.
                    목재를 따라서
향기로운 톨텐** 강으로 가고 싶다
나는 목재소에서 나가고 싶다.

———

* Loncoche, Lonquimay, Carahue: 칠레의 소도시 이름.
** Toltén: 칠레 남단에 있는 강.

젖은 발로 술집에 들어가고 싶다.

개암나무의 전율하는 빛에 의해 인도받고 싶다.

소똥 옆에 눕고 싶다.

밀을 씹으면서 죽고, 다시 살고 싶다.

대양이여,

나무가 젖은 그날, 파도를 붙들어서

남녘의 하루를 내게 가져와라.

내 차가운 국기에 극지방의 파란 바람을 가져와라.

III

오리사바* 인근의
우울**

남쪽 나라에 너를 위해 있는 것이 무엇인가?

강, 밤, 나뭇잎 외에. 하늘가를 덮을 때까지

움직이고 펼쳐지는 대기가 있는 그곳.

부서진 섬의 또 다른 눈〔雪〕, 물,

아니면 또 다른 땅속 움직임에서 나오는 불처럼

사랑의 머리 타래 흘러내리고,

다시 한 번 웅덩이에서 기다린다.

그곳에 그렇게 많이 떨면서 떨어지는 이파리들,

거대한 입은 이파리를 먹어치운다.

그리고 반짝이는 비는 머리 타래,

뭉쳐진 이름 모를 곡식

---

* Orizaba: 멕시코 베라크루스 주의 도시.

** 오리사바에서 한때 살았던 시인은 고국을 그리며 지나간 나날을 반추한다.

꽃과 물방울로 가득 찬 이파리까지 덮어버린다.
봄이 젖은 목소리를 가지고 와
잠든 말〔馬〕의 귀에 대고 속삭이고,
빗줄기에 흔들대는 싯누런 밀에 떨어지고,
포도나무에는 투명한 손가락을 밀어 넣는 그곳.
너를 기다리는 것이 무엇인가? 남쪽 나라는
통로도 벽도 없이 너를 어디로 부르는가?
들판에 사는 사람처럼 뿌리에 귀를 대고,
네 손의 땅 한줌 소리를 듣는다.
멀리서 무서운 남반구의 바람이 온다,
서리를 밟고 달리는 총잡이들의 말발굽 소리.
분침은 고운 물로 시간을 꿰매고,
조각조각 꿰매진 것은 부서진다.
온통 파란색이 된 입으로 울부짖는 들판의 밤,
너를 위해서는 무엇이 존재하는가?

어쩌면 멈춰버린 하루가 있을지도 모른다.
가시 하나는 흘러간 날에 망가진 침을 박을 것이고
옛 결혼식 깃발은 찢겨나갈 것이다.
누가 숲이 검어진 날을 간직했는가? 누가
돌 같은 시간을 기다렸는가? 누가 세월이
상처 낸 유산을 에워싸는가? 누가 대기 한가운데에서
사라지지 않고 도망가는가?
그날, 절망의 잎으로 가득했던 그날,
차가운 사파이어로 빛이 부서진 날,
어제의 구멍, 빈 대지의 저장소에
어제의 침묵을 보관한 날.

나는 너의 가죽으로 된 헝클어진 머리칼을 사랑한다.
악천후와 재로 형성된 너의 아름다운 남극,
싸움꾼 하늘로 인해 겪는 고통의 무게.
나는 나를 기다리는 날 불어올 바람을 사랑한다.
대지의 입맞춤은 변하지 않는다는 것, 그걸 안다.
나무의 이파리는 떨어지지 않는다는 것, 그걸 안다.
번갯불 자신이 번개들을 멈추게 하는 걸 안다.
보호받지 못하는 밤도 똑같은 밤이라는 걸 안다.
그러나 그건 내 밤이고, 내 식물이고, 내 머리칼을
익히 아는 극지방 눈물의 물이다.
내가 어제 나 자신에게 기대했던 그런 존재이기를.
핏발 선 눈꺼풀 속에서 자라는
월계관과 재, 숫자와 희망.
그 핏발은 부엌과 숲,
쇠가 검은 깃털로 덮는 공장들,
유황의 땀에 의해 채굴되는 광산들에도 있다.

식물의 날 선 바람만이 나를 기다리는 것은 아니다.
빛나는 만년설 위의 천둥만 나를 기다리는 것은 아니다.
눈물과 배고픔은 두 개의 오한처럼
조국의 종루로 올라가 종을 울린다.
저기 향기 나는 하늘 가운데에서
10월이 터질 때, 극지방의 봄이
빛나는 포도주 위를 스치면,
비탄 하나, 또 하나, 또 하나가 이어진다,
눈물과 배고픔이 눈, 구리 광산, 길, 배를 지날 때까지
그래서 그들의 말을 듣는 피 흘린 내 목으로

밤에 이 대지를 통해 지나갈 때까지.

민중이여, 그대들은 무엇을 말하는가? 뱃사람,
노동자, 시장(市長), 초석 광산 노동자, 내 말을 듣는가?
나는 네 말을 듣는다. 죽은 형제여, 산 형제여, 네 소리를
듣는다, 네가 원했던 것, 네가 묻어버린 것,
네가 모래와 바다에서 흘렸던 피,
참고 경악하는 두들겨 맞은 마음까지도.

남쪽에 너를 위해 무엇이 있는가? 비가 내리는 곳은?
벌어진 틈새로 비는 어느 시신을 때렸는가?
남쪽 나라 사람들, 내 사람들, 외로운 영웅들,
쓰디쓴 분노에 의해 파종된 빵,
기나긴 날의 애도, 기아, 고통 그리고 죽음,
그들 위에 잎이 떨어졌다, 이파리들이.
병사의 가슴에는 달이, 달이 떨어지고,
불행한 이의 골목, 사방에 널린
인간의 침묵, 높은 곳에 종을 세우기 전에
내 영혼의 빛을 얼리는
차가운 광맥의 단단한 광석 같은 침묵.
파종으로 가득 찬 내 조국이여, 나를 부르지 마라,
나는 너의 맑고 어두운 시선 없이 잘 수가 없다.
네 바다, 네 민중의 목쉰 외침 소리가 나를 흔든다.
난 꿈속에서 너의 장엄한 거품의 가장자리로 간다.
너의 파란 허리의 마지막 섬까지.
너는 나를 불쌍한 애인처럼 다정하게 부른다.

너의 기나긴 강철 빛은 나를 눈멀게 하고,
온통 뿌리로 감긴 칼처럼 나를 찾는다.
조국이여, 고귀한 땅이여, 불타오르며 타버린 빛이여,
불 속에 있는 석탄이 너의 무서운 소금을
너의 벌거벗은 그림자를 재촉하듯이.
내가 어제 나 자신에게 고대했던 그런 존재이기를.
그리고 내일은 양귀비 한줌과 먼지 속에서 참아내기를.

IV

대양 초록색 알몸 자태,
가늠하기 힘든 사과,
어둠 속 마주르카 댄스,
당신은 어디서부터 오는 건가?
밤,
밤보다 더 달콤한 밤,
                    어머니 소금,
피 흘리는 소금, 물목을 이룬 어머니,
거품과 골수가 다니는 행성.
별처럼 아득한 거대한 달콤함.
손에 쥔 단 하나의 파도의 밤.
물수리를 위협하는 폭풍우,
뚫을 수 없는 황산염 손 밑에서 눈이 먼 바다 매.
수많은 밤에 파묻힌 창고,
모든 침략과 소리, 차가운 화관,
마구 쳐대서 별 안에 묻힌 대성당.

차가운 불에 의해 대체되어

당신의 해안 시절을 휘저은 상처 난 말이 있다.

깃털로 변한 붉은 전나무,

당신 손에서 단단한 유리가 부서져 망가진 전나무,

섬에서 끝없이 투쟁하는 장미,

그대가 만드는 물과 달의 띠.

내 조국, 당신의 땅에는

이 모든 어두운 하늘이!

이 전 세계의 과일,

전율하는 이 모든 왕관!

당신에게 거품의 이 잔, 눈먼 앨버트로스처럼

번개가 길을 잃는 이곳의 잔을 바친다.

남쪽의 태양이 성스러운 당신을 보면서 떠오르는 곳.

V

가죽 장인   은과 가죽에

무성한 장미를 그려 넣은 내 안장은

부드럽게 굴곡이 졌고, 매끄럽고 질기다.

그 일은 한 손이 한 것, 꿰맨 것은 하나의 인생,

그 안에 수목(樹木) 삶의

집합체,

눈[雪]과 말의 사슬이 산다.

오트밀 알이 안장을 형성했고,

잡초와 물이 그것을 굳게 했다.

풍성한 수확은 자신감,

금속과 가죽 공예 작업을 주었다.

그렇게 이 왕좌는 들판을 지나

슬픔과 확신을 뚫고 나왔다.

도자기점   못생긴 비둘기, 흙으로 만든 저금통,

상중(喪中)에 있는 너의 등에

겨우 읽어낼 수 있는 하나의 표식이 있다.

내 민중이여, 등에는 고통을 지고,

몽둥이찜질로 녹초가 된 상태에서

어떻게 지혜를 조금씩 모을 수 있었단 말인가?

검은색 불가사의, 눈먼 손에 의해 빛으로

올려진 마술적 물질,

대지의 가장 비밀스러운 것이 그들의

언어를 우리에게 열어주는 작은 조상(彫像)

포마이레의 항아리, 그의 입맞춤에는

흙과 피부가 합쳐져 있다. 진흙의

무한한 형태, 그릇의 빛,

내 것이었던 손의 형태,

나를 부르는 그림자의 걸음,

그대들은 숨겨진 꿈의 집합체,

도자기, 부술 수 없는 비둘기.

직조기   거기에서는 눈〔雪〕이 계곡을 감시하고,

아니, 오히려,

남쪽 나라의 어두운 봄, 검은 새들을 감시한다.
날개를 펼친 거대한 겨울 안개.
새들의 가슴으로는 단 한 방울의
피만 떨구러 왔다.
그곳은 그런 땅. 향기는 구리의 무게와
산맥의 무게로 뭉개지는
가엾은 꽃에서 올라온다.
거기서 실을 잣는 직조기는 새를
찾아 하늘색, 샤프란 색으로 짜서
다시 만들었고, 그 깃털을
선홍색 제국으로 올려 보냈다.
불의 실 꾸러미와 노란 권력,
자줏빛 번개의 종(種),
모래로 덮인 초록색 도마뱀.
직조기를 만지는 내 민중의 손,
하나씩 하나씩 짜는 가난한 손
네 피부에 부족했던 별의 깃털,
어두운 색깔의 조국,
인간이 그들의 사랑을 노래하고
낱알에 불붙이면서 달리도록
한 올 한 올 하늘을 대체하는구나!

VI

홍수   가난한 이들은 아래쪽에 산다. 강이 밤에
         일어나 바다로 그들을 데려가기를 기다리며.

작은 요람들, 가옥의 조각, 의자, 하늘과 공포가
혼동되는 가벼운 강물의 장엄한 분노가
흘러 내려가는 것을 보았다. 거지가 되는 걸 배우라고,
가엾은 그대, 당신의 부인, 당신의 농사, 당신의 개,
당신의 농기구에만 일어나는 일.
강물은 점잖은 양반들 집까지는 올라가지 않는다.
눈처럼 하얀 그들의 칼라가 세탁장에서 날아오를 뿐.
너의 주검과 함께 부드럽게 바다를 향해 헤엄치는
이 황폐한 것들, 이 거대한 진창처럼
가엾은 식탁과 길 잃은 나무들은
뿌리까지 보이면서 출렁출렁 흘러간다.

지진　　잠결에 땅이 내 침대 밑으로 튀어 올랐을 때
깨어났다.
잿빛 눈먼 기둥 하나가 밤 한가운데에서
비틀댔다.
　　　　　난 네게 묻는다. 나 죽었니?
지구가 갈라지는 이 상황, 내게 손을 다오.
자줏빛 하늘의 상처가 별이 되고 있다.
아, 생각해보자. 그들은 어디 있지? 어디 있지?
왜 땅은 죽음으로 채워지며 끓고 있는가?
오, 부서진 집 아래의 가면들, 놀라움을
미처 못 느낀 미소, 서까래 아래 산산조각 나서
밤으로 뒤덮인 사람들.

오늘은 동이 튼다. 오, 푸르른 날, 무도회를 위한

옷을 입은 날, 잔해로 덮여버린 바다 위에
황금빛 꼬리를 보인다. 묻히지 않은 자들의
잃어버린 얼굴을 찾으려 이글대면서.

VII

아타카마*   재 대신에
소금이 뿌려진,
참을 수 없는 목소리,
검은 가지의 진주 같은 끝 부분에
구리 광산의 서글픈 갱도로 눈먼 달 떠오른다.
대체 어떤 물질이, 어떤 정신 나간 백조가
모래에 자신의 고통스러운 나신을 파묻고
물기 머금은 고즈넉한 빛을 단단하게 만드는가?
어떤 강한 빛이 다루기 힘든 돌 중에서 찾아낸
에메랄드를 부수어 잃어버린 소금을
굳게 만드는가?
대지,
바다 위의 대지, 산호로 한껏 치장한
아마존 여전사가 말 타고 달려온 대기 위의 대지.
뿌리까지 떠는 하늘**
아래서 잠든 밀이 빼곡히 채운 창고.***

———
* 아타카마는 칠레 북부 사막. 소금 산지, 광산으로도 유명하다.
** 원문은 campana. '종'을 가리킨다. 대지에서 하늘을 보았을 때 시
야에 들어오는 모양이 종을 거꾸로 한 모습이므로 '하늘'로 옮겼다.
*** 모래가 가득한 사막.

오, 대양의 어머니, 눈먼 벽옥과

황금빛 규토를 만드는 존재.

숲과는 멀리 떨어져, 빵처럼 순수한 당신의 살 위,

당신의 비밀의 선들 위,

당신의 모래 이마 위,

인간의 밤과 낮 위,

목마른 엉겅퀴 곁에서,

칼과 컵의 깊은 요람을 표시하는 돌이 있는 곳,

가라앉아 잊힌 종이가

잠든 석회석 발을 가리킨다.

VIII

토코피야*   토코피야에서 남쪽과 북쪽은 모래,

떨어진 석회석, 큰 거룻배, 부서진

나무판, 휘어진 철.

누가 지구의 순수한 선,

황금빛으로 꿰맨 선, 꿈, 소금, 먼지에

쓸모없는 그릇, 쓰레기를 덧붙였는가?

누가 무너진 지붕을 놓았는가? 누가 저

벌어진 벽 틈에 짓밟힌 종이 뭉치

한 다발을 놓았는가?

토코피야, 네 자리를 차지한 인간의 어두운 그늘은

––––

* Tocopilla: 칠레 북부 안토파가스타 지방의 해안에 있는 광공업
도시.

네 독성 모래를 맞이하는 순간

너의 석회질 웅덩이로 항상 돌아간다.

공사로 인해 오염된 갈매기, 청어,

머리가 곱슬곱슬해진 바다오리,

과일, 피 흘리는 어망의 자손들,

폭풍의 자손들, 너희들은 칠레인을 본 적 있는가?

만(灣)에서, 요철 같은 해안선 아래에서

바다와 추위의 두 경계에 낀

인간을 본 적 있는가?

기생충들, 소금을 공격하는 끓는 기생충들,

기생충들, 해안의 이[蝨]들, 민중의 이들, 광부의 이들,

사막의 한 상처에서 달 모양 해안에 있는

다른 상처까지 쫓아다니며,

나이 불문하고 공식적*으로 물어대는 것들, 꺼져라!

펠리컨** 발 저쪽에서, 물도 빵도 그늘도 없이

단단한 층을 만났을 때,

초석 작업이 시작되거나

구리 조상(彫像)이 자신의 높이를 결정한다.

이 모든 것은 땅에 묻힌 별처럼,

쓰디쓴 뾰족한 끝처럼, 지옥의 하얀

꽃처럼,

떨리는 빛의 만년설처럼,

무거운 광휘를 내뿜는 초록과 검은색 가지 같은 존재.

———
* 원문은 sello frío. 직역하면 '차가운 인장(印章)'이라는 뜻이다.
** alcatraz: 바닷새의 일종이다.

거기서는 펜 대신 피부색 어두운 칠레인의
상처투성이 손만 유용하다. 거기서는 의심이 필요 없다.
단지 피. 단지 핏줄에 닿는 격한 진동만이
인간에 대해 관심이 있을 뿐.
핏줄에서, 광산에서, 물도 월계수도 없는
구멍 난 동굴에서.

오, 죽음의
목욕보다 더 쓰디쓴 이 빛으로
타버린 가엾은 동포들이여, 지상에서
소금이 아침을 맞음으로써 어두워진 영웅들이여,
떠돌이 아들들, 그대들의 보금자리는 어디인가?
누가 사람 없는 항구의 찢어진 실 사이에서
그대들을 보았다고 하는가?
                    소금
안개 아래에서
철광석 해안 뒤에서
어쩌면 어쩌면
사막 아래에서,
영원히 먼지의 언어
뒤에서!
칠레, 광석, 하늘,
그대들, 칠레인들,
씨앗, 고생하는 형제들,
질서와 침묵에 익숙해진 이들,
돌이 그러하듯.

IX[*]

페우모^{**}   잡초 속에 깔린 나뭇잎 하나 찢었다. 찢어진 곳에서
흘러나오는 달콤한 향기,
땅에서, 저 멀리서, 결코 온 적이 없는 곳에서
날아오르는 깊은 날개 같았다.
페우모, 그제야 나는 네 잎을 보았다. 세심한 녹색의
휘어진 잎. 녹색은 너의 지상의 줄기, 너의 드높은
향기를 자극적으로 감싸고 있었다.
내 조국에서는 네가 어떤 존재일까 생각했다.
내 국기는 깃발을 펼 때 네 향기가 날 것이고,
온 나라의 냄새가 들어간 네 향기는
온 나라로 퍼질 것이다.
유구한 향기, 산악의 굴곡 아래에서
우리 뿌리까지 큰 소리를 내며 흘러내리는 강물 곁에서,
바람 부나 비가 오나 늘어진 머리칼을 지닌
순수한 페우모, 오, 사랑, 오 들판의 시간,
그대의 잎 하나가 내뿜는 향기는
아득한 시절에 묻힌 단지처럼, 땅에 우리가 그 향기를
채울 수 있을 때까지, 들판의 향기로 태어날 것이다.

킬라스^{***}   미소 지을 줄 모르는 곧은 나뭇잎 사이에서

------

* 칠레의 나무들을 기리는 노래.
** peumo: 녹나뭇과에 속하는 칠레 상록수.
*** quilas: 칠레산 대나무.

너는 비밀의 창, 네 모습을 숨긴다.

너는 잊지 않는다. 내가 네 잎 사이로 지나가면

고통이 속삭이고, 상처를 주는 말,

가시에게 젖을 주는 음절이 깨어난다.

너는 잊지 않는다. 너는 피에 젖은 반죽이었다.

너는 집의 기둥, 전쟁의 기둥,

깃발, 내 아라우카 어머니의 지붕,

들판 전사의 칼, 상처를 주고 죽이는

꽃들이 날카롭게 솟아난 아라우카 출신이다.

너는 네가 만든 창을 거칠게 숨긴다.

야생 지대의 바람, 비, 불타버린 숲 속의 매,

얼마 전 재산을 잃고 숨어버린 주민은 그 창을 안다.

혹시, 혹시나 해서 말하는데 아무에게도 네 비밀을 말
하지 마라.

나를 위해 야생의 창, 아니면 나무로 된 화살을

지켜다오. 나 또한 잊지 않았다.

**드리미스
윈테레이***

이름 없는 나무, 산에서 자라는

끈과 잎,

초록색 공기로 짜인 줄기, 이제 막

수놓인 실, 어두운 색깔 금속의 고리,

수많은 왕관을 쓴

축축한 꽃, 거대한 증기의 꽃, 거대한 물의 꽃.

———

* 원문은 drimis winterei, 그러나 정확한 철자는 drimys winteri. 칠
레의 상록수로 아라우카 사람들이 신성시했다.

이 무성한 가지가 찾는 모든 형태 중에서
잎의 순수한 형태가 빗속에서 경이롭게
균형을 맞추는 잎 가운데에서
오, 나무여, 너는 천둥처럼 깨어났고
녹색이 덮어버린 네 머리 위에는
겨울이 새처럼 잠들었다.

X

미개척 지대 버려진 최종 지대! 모닥불과 화가 난 엉겅퀴가
전율하는 파란색으로
층을 형성한 미친 선.
구리로 만든 바늘이
콕콕 내려친 돌들, 침묵의
물질로 만든 도로, 돌의 소금에
파묻힌 가지들.

나 여기 있다. 나 여기 있다.
정지된 시간의 창백한 통로에 바친
잔 같은 입이 앉아 있다.
출구가 없는 물이 갇힌 중심지,
쓰러진 육체의 꽃의 나무,
그저 귀먹고 거친 모래.
내 조국, 모래 구멍에서 태어나서
흙으로 만든 눈먼 조국, 너를 위해 내 영혼
모두를, 너를 위해 내 피의

영원한 눈꺼풀을, 너를 위해 나의
양귀비 접시를 돌려준다.

밤에는 지상의 식물 가운데에서 너의 깃발에서
잠이 든 이슬 먹은 소박한 장미를 내게 다오.
달에서든 땅에서든 너의 무시무시한 검은 피로
먼지 앉은 빵을 내게 가져와다오.
너의 모래색 아래에는
주검이 없다. 대신 죽은 신비스러운 광석의
파란 가지, 아득한 시절부터 존재해온 소금만 있을 뿐.

XI*

체르칸   네가 의심하지 않았으면 좋겠다. 지금은 여름,
물이 나를 적셨고, 하나의 가지처럼
욕망이 일어났다. 내 노래는 주름지고 상처 입은
나무줄기처럼 나를 지탱하고 있다.
작은 새, 사랑스러운 새, 내 머리로 오렴.
내 어깨에 보금자리를 차리렴, 빛나는
도마뱀이 산책하는 어깨에, 수많은 잎이
떨어진 내 생각에도.
오, 아름다움이 그리는 작은 동그라미, 날개 달린
곡식 알갱이, 깃털이 난 조그만 달걀,

---

* 칠레 고유의 새들에 대한 노래.
** chercán: 칠레 굴뚝새.

자신 있는 눈이 비상을, 삶을 지시하는
순수한 형태,
여기 믿을 수 없고 작은 것들이 많은
내 귀가 있어. 도와다오.
나는 매일 더욱더 새가 되고 싶다.

로이카* 내 근처에서 피를 흘리네, 그러나 안 보인다.
너는 잔인한 가면, 무사 같은 눈을 하고
흙덩이 사이에서, 완전히 순수한 야생지에서,
이 보물 저 보물로 펄쩍펄쩍 뛰어다닌다.
비가 그의 흐느낌으로 물들인
우리 잡초지에 완전히 어두운 형태로
어떻게 보금자리를 틀었는지 말해다오.
어떻게 해서 네 가슴만
세상의 모든 붉은색을 가져올 수 있었지?
아, 붉은 여름이 네게 먼지를 털었구나.
선홍빛 꽃가루 동굴에 들어갔고
네 반점이 모든 불을 거두었구나.
창공, 자신의 안데스 요새에서 눈 내린 밤보다
더 높은 이 시선,
나날의 부채가 열릴 때, 아무도 그 시선을 정지시키지
못한다. 단지 너의 가시덤불만이
땅을 태우지 않고도 계속 타고 있을 뿐.

---

* loica: 칠레 종달새로 가슴이 붉다.

추카오*   무성한 차가운 이파리 안에, 갑자기 추카오
목소리가 들린다. 흡사 모든 젖은 나무들이 내는
소리인 양, 뭉쳐진 고독의 외침 외에는
아무것도 존재하지 않는 양.
내 말[馬] 위로 떨며 지나가는 새소리.
좀더 늦게, 좀더 중후하게 나는 새소리.
길을 멈췄다. 어디 있었지? 며칠이었지?
그 잃어버린 시절에 말달리며 살았던 모든 것,
창문에 비가 오는 세계, 양쪽 끝에**
핏빛 불을 밝히고 어슬렁대는 야생 들판의 퓨마,
운하의 바다, 아름다운 초록색 터널 사이,
고독, 개암나무 아래에서 어린 시절
사랑했던 여인의 입맞춤,
이 모든 것이 갑자기 떠올랐다. 순간 정글에서는
추카오 비명 소리가 젖은 음절로 지나갔다.

XII***

식물   피를 부르는 리트레****
초록색 야생동물의 성난 입맞춤에서,
버릴 게 없는 볼도,*****

---

* chucao: 남미에 서식하는 꼬리세움새.
** 두 눈을 가리킨다.
*** 칠레에 자생하는 나무, 풀, 꽃에 대한 노래.
**** litre: 옻나뭇과로 닿으면 알레르기성 질환을 일으키는 독초다.
***** boldo: 칠레의 자생 나무로 암수로 나뉜다. 열매는 과일로 먹고,

돌 사이에 있는 검은색 물에서 진가를 드러낸다.

추폰*은 나무 꼭대기에
하얀 이를 형성하고,
야생의 아베야노**는
종이와 방울로 성채를 만든다.

알타미사와 체피카*** 풀은
오레가노의 눈을 에워싸고
국경 지방의 빛나는 월계수는
멀리 떨어진 마을까지 향기를 전한다.

아침의 킬라와 켈렌켈렌 풀.****
푸크시아*****의 차가운 언어는
삼색 돌을 향해 가면서 소리친다.
거품의 나라 칠레 만세!

'황금의 골무'******는
눈〔雪〕의 손가락을 기다린다,

잎은 간질환 특히 담석 제거에 효과가 있다.
* chupón: 칠레의 자생 나무로 파인애플과에 속함.
** avellano: 칠레의 자생 나무로 일종의 개암나무.
*** altamisa: 국화과에 속하는 쑥 종류.
chepica: 볏과에 속하는 다년생 풀.
**** quila: 대나무과에 속함.
quelenquelén: 일종의 관목으로 약용으로 쓰인다.
***** fucsia: 바늘꽃과에 속하는 남미 자생 꽃.
****** dedal de oro: 일종의 양귀비.

결혼도 하지 않고 시간을 보낸다.
그의 결혼은 불과 설탕의 천사를 합치는 것.

주술 나무 카넬로*는
비에 자신의 인종 가지를 썻고,
남쪽 나라 식물성 물 아래로
자신의 녹색 막대**를 던진다.

부드러운 울모***나무의 풍차는
꽃을 가득 싣고
붉은 코피우에****의 물방울을 따라 올라가
기타의 태양을 알려고 한다.

야생 델가디야,*****
하늘색 폴레오******는
톨텐 강이 이제 막 만들어낸
싱싱한 이슬과 함께 들판에서 춤을 춘다.

형언할 수 없는 도카*******는
자신의 자줏빛을 모래에서 참수시키고

---

* canelo: 드리미스 윈테레이drimyis winteri의 다른 이름.
** '녹색 막대'의 원문은 lingotes verdes: 카넬로의 이파리가 두텁고
긴 모습을 말함.
*** ulmo: 칠레, 아르헨티나에 자생하며, 팽이잡목과에 속함.
**** copihue: 칠레의 자생 식물로 붉은 꽃이 핌.
***** delgadilla: 칠레의 야생화.
****** poleo: 일종의 민트.
******* doca: 칠레의 야생화로 자주색 꽃을 피움.

자신의 해양 삼각형을
해안의 마른 달을 향하게 한다.

반짝이는 양귀비,
뜨거운 밀 위의
번개와 상처, 투창과 입.
선홍색으로 구두점을 찍는다.

명석한 파타구아*는
시신들에게 훈장을 주고**
샘물과 강물의 메달이 되어***
가족을 형성한다.

결코 잠들지 않는 바다에
밤이 오면
남쪽 기후에 적응하지 못하는
파이코****는 등불을 정리한다.

떡갈나무는 혼자 잔다.
아주 수직적이고, 아주 가난하고, 아주 많이 물리고,
순수한 평원에서 아주 확고하다.

---

* patagua: 담팔수과에 속하는 칠레의 자생 식물로 꽃은 흰색.
** 파타구아 나무는 가구 목재로 유명하다.
*** 파타구아 열매는 새들의 먹이로, 샘물과 강 연안에서 무성하게
자란다.
**** paico: 일종의 명아주로 약초 혹은 향초로 사용되며 북남미 전역
에서 자생함.

찢어지고 막 굴린 옷을 입고
머리는 엄숙한 별로 가득 차 있다.

XIII

아라우카리아* 겨울 내내, 전투 내내
쇠로 만든 축축한 모든 보금자리는
네가 단호하게 공중에 우뚝 서 있는
시골 도시에서 깨어난다.

갇혀 있는 돌들,
가시 이파리 속에 숨은 실타래는
너의 전선 같은 머리칼에
광석 그림자의 연회장을 만든다.

솟구치는 비탄, 물의 영원성,
비늘의 산, 말편자의 번득이는 빛,
너의 고통 받는 집은
순수한 지형의 꽃잎으로 지어진다.

깊은 겨울은 너의 갑옷에 입을 맞추고
갈라터진 입술로 너를 덮는다.
격정적 봄 향기는 너의 의연한 모습의
그물을 부순다.

———
* araucaria: 칠레 소나무.

진지한 가을은 너의 녹색 형상에
황금을 쏟기를 헛되이 기다린다.

XIV*

토마스 라고** 다른 사람들은 엘세비리아*** 판형의 벌레처럼
종이 사이에서 잠을 잔다. 최근 인쇄된 책들을
놓고 싸우기도 한다. 축구로 치자면,
지식 골 넣기 시합이다.
그 시절 우리는 안데스 돌을 끌어오는
강물 옆에서
봄을 노래했다. 그리고
하나 이상의 꿀통을 맛보면서 여자들과 얽히기도 했다.
때로 세상의 유황까지 먹어가면서.
여기서 끝난 게 아니다. 훨씬 더 많다.
우리는 우리가 사랑하는 가엾은 친구들과
인생을 공유했다.
그들은 우리에게 와인의 날짜를 가르쳐주었고,
모래의 정직한 알파벳을 가르쳐주었고, 고통 속에서도
노래하며 나간 자들이 가졌던 휴식을 가르쳐주었다.
오, 우리가 함께 동굴과 누추한 방에 갔던 날들,
거미줄을 망가뜨리고, 남녘 끝의 밤,

———

* 네루다의 소년, 청년 시절의 친구들에 대한 노래.
** Tomás Lago(1903~1975): 칠레의 시인으로 문화유산 보호에 앞
장섰다. 그는 '칠레 민중예술의 수호자'라는 칭호를 받았다.
*** elzeviria: 활자 판형 이름.

헤쳐진 회반죽 길로 여행했다.

모든 것은 꽃이었고 스치는 것은 조국이었다.

모든 것은 비였고 연기의 물질이었다.

얼마나 많은 도로를 걸었던가, 주막에서

발걸음을 멈추고, 황혼의 저편을 바라보면서

돌 하나, 석탄 하나로 글씨 쓴 벽을 바라보았다.

그리고 한 무리의 화부들은

우리에게 모든 겨울 노래를 가르쳐주었다.

그러나 벌레만 몸을 감추며 다니는 것은 아니었다.

창문에서는 셀룰로스로 목욕한 벌레가

유식한 역할을 하면서 점점 더 하늘색으로 변해갔고,

쇠 만지는 자, 성난 사람, 목축하는 자가

우리 가슴에 권총 두 자루를 겨누며

돈을 요구하기도 했다.

심지어 우리의 어머니를 먹어치우겠다고 협박했고,

우리가 가진 것도 담보로 하겠다고 협박했다.

(이 모든 것을 영웅주의 아니면 다른 뭐로 부르면서)

그들이 지나가는 것을 그냥 바라보았다. 그들은

껍데기 하나 빼앗을 수도 없었고, 맥박 뛰는 것을

막을 수도 없었다. 그들은 각각 자기 무덤으로 갔다.

그 무덤은 유럽의 신문, 볼리비아의 돈.

우리들의 등불은 아직도 켜 있다.

그리고 종이와 무법자보다도 더 높이 타고 있다.

루벤 아소카르[*]   섬으로! 우리는 외쳤다. 신뢰의 시절,

우리는 몇몇 거목에 의해 유지되고 있었다.

그 어떤 것도 멀다고 여기지 않았다. 모든 것은
우리가 만들어내는 빛 속에서 한 순간에
다른 것과 엉킬 수 있던 시절이었다.
두터운 가죽 구두를 신고 갔다. 비가 오고 있었다.
섬에 비가 내렸다. 그곳은 하나의 초록색 손, 하나의
장갑 같았다. 붉은 해초 사이에서 손가락이 둥둥 뜨는
                                        장갑.
섬을 담배로 채웠다. 닐슨 호텔에서
밤이 이슥하도록 담배를 피웠고,
동서남북 모든 방향으로 신선한 연기를 발산했다.
도시는 종교 공장을 가졌다.
마음 내키지 않는 오후, 커다란 종교 공장 문에서
수도복 같은 검은 행렬이 슬픈 비 아래로
기나긴 딱정벌레처럼 나왔다.
우리는 술집이란 술집을 다 찾아다녔고, 종이를
알 수 없는 고통의 기호로 채우곤 했다.
나는 곧 자리를 비켰다. 상당 기간 좀 멀리 떨어져
내 열정을 쏟아낼 다른 기후 지대에 있었고,
너와 함께 보았던 빗속의 배들을 추억했다.
너는 커다란 눈썹이 젖은 뿌리를 내리도록
섬에 남아버렸다.

* Rubén Azócar(1901~1965): 칠레의 작가. 칠레 남단의 칠로에
섬 주민들의 삶을 그린 『섬 사람들 *Gente en la isla*』(1938)은 네루다
가 꼽는 칠레 최고의 소설이다.

후벤시오 바예*   후벤시오, 너와 나만큼 보로아** 숲의

비밀을 잘 아는 사람은 없을 거다. 아무도

개암나무 빛으로 잠을 깨는

붉은 흙의 오솔길들을 모른다.

우리가 함석지붕과 나무 위에 내리는 빗소리에 귀 기울
이면,

사람들은 우리 말소리를 못 들었지. 그네들은

우리가 아직도 전보를 담당하던

그 여인네를 사랑한다는 걸 모르지.

그 여자는, 우리처럼, 마을 기차가

겨울에는 낮게 소리친다는 걸 알았지.

                                  너만 말없이

비가 쏟아붓는 향기 속으로 들어갔고,

황금빛 꽃이 늘어나기를 고대했고,

아직 피지도 않은 재스민을 땄다.

창고 앞에 있던 슬픈 배,

어떤 고통으로 인해 검게 된 흙처럼

묵직한 도로로 인해 빻아진 진흙이

깊어가는 봄 뒤에 흘려져 있다는 것,

이 모든 걸 너를 빼고 알 사람이 있을까?

                              우리는 다른 보물도

큰 비밀처럼 간직하지.

붉은 혀처럼 땅을 덮는 나뭇잎,

---

* Juvencio Valle(1900~1999): 칠레의 시인. 네루다의 테무코 시절
친구.

** Boroa: 칠레 아라우카 지방의 소도시.

물의 흐름으로 부드러워진 돌,

강의 돌들.

디에고 무뇨스[*]　우리가 발견한 것들, 격렬한 종이에 펼쳐진 기호들만

우리가 방어했던 것은 아닌 것 같다.

대장 노릇을 하며 사악한 거리를

주먹으로 고쳐보려고도 했었다.

그리고 아코디언 연주를 들으며 물과 밧줄로

우리의 마음을 승화시켰다.

바다 사내, 이제 과야킬 항구에서

돌아왔구나, 뽀얀 먼지 앉은 과일 냄새,

온 도시가 강철 같은 태양인 곳,

그곳은 승리의 칼을 휘두르게 만든 곳.

오늘 조국의 석탄 위로 우리가

함께 나누었던—고통과 사랑—시간이 왔다.

바다에서 땅보다 더 넓은 형제애의 끈이

네 목소리 위로 떠오른다.

XV

빗속의 기수　가장 중요한 물, 물 벽, 안간힘을 쓰는

토끼풀과 귀리,

———

[*] Diego Muñoz(1903~1990): 칠레의 작가. 네루다의 테무코 시절
친구로 칠레 문인협회 회장을 역임했다.

젖은 밤, 방울이 난무하는 밤, 거칠게 실로 자은 밤의
망에 연결된 줄들,
비탄 속에서 가슴을 찢으며 반복되는 빗방울,
하늘을 사선으로 가르는 분노.
젖은 냄새를 풍기는 말들이 빗속에서
달린다. 물을 헤치며 달린다. 붉은 머리칼로
물을 헤치면서, 돌과 물을 헤치면서.
미친 우유 같은 입김이, 날아가는 비둘기가
굳게 만든 물을 따라간다.
낮이 없다. 단지 험한 기후를 담은 물통,
움직이는 녹색을 담는 물통*만 있을 뿐,
비 맞고 뛰는 말의 동물적 냄새 사이로
땅과 시간을 재빨리 연결하는 말 다리.
말 옷, 안장, 어두운 석류 색
가죽 복대, 그 아래에는
밀림을 때리는 펄펄 끓는 유황의 복부.
정글을 가르며 내뱉는 말.

                              더 멀리, 더, 더, 더,
더 멀리, 멀리, 멀리, 머~ㄹ~리.
기수는 비를 무너뜨린다.
기수는 고통 받는 개암나무 아래를 지나간다.
비는 그의 영원한 밀알을 떨리는 빛 속에서 비튼다.
물의 빛이 있다. 이파리에

---

* 원문은 '녹색의 움직임과 험한 기후의 물통'으로 되어 있다. 정
글 지방에 끊임없이 내리는 비로 인해 모든 초목이 물속에 잠긴 걸
나타낸다.

쏟아지는 어지러운 번갯불, 말발굽 소리에서
날지 않는 물이 나온다. 땅에 의해 상처받은 물.
젖은 말고삐, 무성한 나뭇가지 천장,
발자국의 발자국, 얼음이나 눈같이 부서진 별이
식물 상태에 있는 밤, 분노에서 배태된
새 손을 가득 지닌 꽁꽁 언 유령처럼
화살을 뒤집어쓰고 돌진하는 말,
두려움에 에워싸여 때리는 사과,
무서운 깃발의 위대한 군주.

XVI

칠레의 바다   나는 먼 곳에서부터
너의 거품 발, 너의 흩뿌려진 해안을 적신다,
유배자의 흐느낌, 미친 흐느낌으로.

오늘 너의 입에 닿았다. 오늘 너의 이마에 닿았다.

핏빛의 산호, 타버린 별,
타는 물, 쓰러진 물에게
존경스러운 비밀을 단 한 마디도 전하지 않았다.
나는 너의 화가 난 목소리,
너를 지키는 모래의 꽃잎 한 장을
가구와 옛날 옷 사이에 넣어두었다.

종(鐘)들의 먼지, 젖은 장미 한 송이.

아라우코 강물 스스로가
강인했던 적은 많았다.
그러나 나는 강 속에 있던 돌을 가지고 있고
그 돌 안에는 네 그림자의 요동치는 소리가 있다.

오, 칠레의 바다,
오, 삐쭉 나온 모닥불처럼 압박하는 바다,
꿈꾸는 바다. 사파이어 손톱이 높이 올라 조이는 바다.
오, 소금의 지진, 사자들!
흘러내리는 물, 물의 기원,
지구의 연안, 너의 눈꺼풀은
파란 별로 공격하면서
이 땅의 정오를 연다.
소금과 움직임이 네게서 분리되어,
대양에게 인간의 동굴을 나눠준다.
네 무게가 저 섬들을 무너뜨리고 멀리 멀리 나가,
모든 물질의 한 다발을 펼쳐놓을 때까지.

북쪽 황무지 바다, 구리에게 타격을 가하는 바다,
펠리컨, 차가운 태양의 바위와 똥,
인간이 없는 여명의 길목에 붉게 타는 해안 사이로,
외롭고 거친 주민의 손을 향해
거품을 앞장세운다.

발파라이소 바다,
외로운 빛과 밤의 파도,

아직도 눈먼

눈으로 보는

내 조국의 조상이 다가가는

대양의 창문.

남녘의 바다, 대양,

신비한 달의 바다.

위압적인 떡갈나무 숲의 제국,

피가 끓는 칠로에 섬,

마젤란 해협에서 국경까지

모든 소금의 휘파람 소리, 모든 미친 달,

얼음에서 떨어져 나온 하늘의 말.

XVII

마포초 강*에
부치는 겨울 송가

오, 그래, 애매한 눈이다.

오, 그래, 만개한 눈꽃 속에 떨고 있다.

북녘의 눈꺼풀, 얼어붙은 작은 빛,

누가 너를 이 잿빛 계곡으로 불렀는가?

누가 너를 매의 부리에서 끌고 와

네 순수한 물이

내 조국의 끔찍한 넝마를 만지게 하는가?

강이여, 왜 차가운 물, 비밀의 물,

돌의 강인한 새벽이

---

* Mapocho: 마포초 강은 칠레 수도 산티아고의 도심을 흐른다.

금지된 대성당 안에 간직했던 물을
내 조국의 상처받은 발까지 끌어 오는가?
못된 강이여, 너의 만년설 봉우리로 돌아가라,
서리가 넓게 내린 그곳으로 돌아가라.
너의 비밀의 기원에 은빛 뿌리를 가라앉혀라.
아니면, 너를 죽이고, 눈물도 없는 다른 바다로 가 스
스로를 파괴하라.
마포초 강, 밤이 오면
누워 있는 검은 상처럼
너는 다리 아래에서 두 마리 거대한 매처럼
추위와 배고픔으로 고통 받는
한 줌의 검은 머리처럼 잠이 든다.
오, 강이여, 오, 눈이 만들어낸 강인한 강이여,
왜 거대한 유령, 아니면 잊힌 사람들을 위해
새로운 십자성으로 태어나지 않는가?
아니다. 너의 거친 재는 지금
검은 강에 뿌려진 흐느낌과 함께 달린다,
찢어진 소매와 함께 달린다,
단단한 이파리 아래에서 강풍이 떨게 만드는 소매.
마포초 강이여, 영원히 상처받은
얼어붙은 깃털을 어디로 가져가는가?
너의 자주색 연안과 함께
이〔蟲〕가 물어버린 야생의 꽃이
태어날 것이고
너의 차가운 혀는 내 벌거벗은 조국의
뺨을 갉아먹는다.

　　　　　　　　뭐가 어찌 되었든,

416

오, 뭐가 어찌 되었든, 너의 검은 거품 한 방울이
진흙에서 불의 꽃으로 튀어 올랐으면 좋겠다.
그래서 인간의 씨를 재촉했으면 좋겠다.

VIII.
그 땅 이름은
후안이라네*

---

* '후안Juan'은 스페인어권에서 가장 흔한 남자 이름이다. 이 연작 시에서 네루다는 일용직 노동자, 농민운동가, 어부와 같이 박해받는 민중을 기리고 있다.

I

크리스토발 미란다
(토코피야 삽쟁이)

크리스토발, 내가 너를 처음 만난 곳은

만(灣)에 정박한 배,

11월 그 어느 날 초석이

뜨거운 옷을 입고 바다를 향하던 날이다.

그 황홀한 풍채,

광석 산, 잔잔했던 바다가 기억난다.

단지 뱃사람들만이 땀에 절어

눈(雪)을 옮기고 있었다.

고통에 신음하던 어깨에 실려

선박의 눈먼 복부에 떨어지던

질산 눈.

거기서, 삽쟁이들,

죽을 운명에 꽉 묶인 여명,

산(酸)이 갉아먹은 여명의 영웅들이

쏟아지는 질산을 받고 있었다.

크리스토발, 이것이 내가 기억하는 당신.

산(酸)은 땅 파는 동지들의

가슴으로 들어갔다.

사람이 쓰러질 때까지,

거리로, 평원의 부서진 십자가로

굴러갈 때까지,

살인의 독취는 엎드린 매처럼

그의 심장을 부풀린다.

좋다. 더 말하지 말자, 크리스토발,

지금 당신을 기리는 이 종이는, 모두를,

만에서 뱃일하는 모든 사람, 배 안에서

새까매진 모든 이를 기리는 것이고,

내 눈은 이 작업에 투여된 당신들과 함께

움직이고, 내 영혼은 바로 그대들,

사막의 생명인 그대들과 함께

피와 눈(雪)을 지고 내리며 움직이는 삽이다.

Ⅱ

헤수스 구티에레스*
(농민운동가)

몬테레이**에서 내 아버지가 돌아가셨다.

그의 이름은 헤노베보 구티에레스,

사파타***와 함께 길을 떠나셨다.

밤에는 집 근처에 말을 두고,

정부군의 연기, 바람 속에 오고 가는 탄환,

---

* Jesús Gutiérrez: 멕시코의 농민운동가.

** Monterrey: 멕시코 동북부 도시.

*** 멕시코의 혁명가 에밀리아노 사파타.

옥수수 밭에서 나오는 광풍,

소노라 땅에서부터

총을 이리저리 끌고 다녔다.

우리는 쪽잠을 잤고, 죽은 사람 사이로

말을 타고 다니며 강, 수풀을 가늠했다.

가난한 이의 땅, 옥수수,

토르티야, 기타를 지키기 위해

구를 수 있는 데까지 굴렀다.

우리는 먼지였다.

주인 나리들은 새벽부터 일을 시켰고,

그래서 돌만큼 많은

총들이 준비된 것이다.

여기 내 집이, 내 소유의 조그만

밭이, 우리 대장 카르데나스*가

사인한 증명서, 칠면조,

호수의 오리도 있다. 이제 더는

싸우지 않는다.

우리 아버지는

몬테레이에 안장되셨다.

여기 문 옆에 탄피가

벽에 걸려 있다.

총도 준비 완료, 말도 준비 완료.

우리 장군이 명하시면,

우리의 땅, 빵을 위해

---

* Lázaro Cárdenas(1895~1970): 멕시코 혁명에 참여했으며, 후에
대통령을 역임하면서 토지개혁을 실시했다.

어쩌면 내일 달려야 할지 모른다.

III

루이스 코르테스 동지들, 내 이름은 루이스 코르테스.
(토코피야 사람) 탄압이 시작되자, 여기 토코피야에서 나를
체포했다네. 그리고 피사구아로 나를 던져버렸지.
동지, 그대도 알다시피, 이게 뭔가 도대체.
많은 이들이 병들었고, 다른 이들은
미쳐버렸다네. 이곳이 바로
곤살레스 비델라의 최악의 강제수용소*라네.
나는 어느 날 아침 앙헬 베아스**가
심장병으로 죽는 걸 보았네. 착하게 살아온
사람이 전선으로 에워싸인 곳에서
살인의 모래 속에서 죽어가는 걸 본다는 건
정말 끔찍했다네. 나도 심장에 이상이 생긴 걸
느끼자, 나를 가리타야로 이송했다네. 자네는
거길 모를 걸세, 동지.
볼리비아 접경 고산지대에 있다네.

———

* 초석 수출이 최대에 이른 19세기에 피사구아는 주요 항구였으나,
점차 그 중요성을 상실하면서 20세기 초부터 인구가 격감했다. 이
로 인해 이곳은 1927~31년에는 동성연애자 수용소로, 1946~52년
에는 공산주의자 수용소로, 1973년 피노체트 정권 아래에서는 좌익
의 수용소로 악명 높았다.
** Angel Veas(?~1948): 노동자 출신 칠레 공산당원으로 국회의원
이었으며, 피사구아 수용소에서 죽었다.

사람도 살지 않는 해발 5천 미터 상공.
찝찔한 물을 먹는다네. 바닷물보다 더 짜고,
진딧물로 가득하다네.
이놈들은 우글대는 분홍색 벌레라네.
이곳은 춥네. 고독을 디딘 하늘이
우리들 위로, 이제 더 이상 참을 수 없는
내 심장 위로 내려오는 것 같다네.
카빈총을 든 병사들마저 나를 동정했다네.
침상 하나조차 금지했지만
우리가 죽도록 내버려두라는 명령을 어기고
이들은 나를 노새에 묶어 산 아래로 내려보냈네.
노새는 26시간을 걸었지. 내 몸은 그 이상 더
견디지 못했네, 동지. 나는 길도 없는 산맥으로
들어섰지. 내 병든 심장은 여기 있네, 내 몸의
피멍을 보게나, 얼마나 살게 될지 나도 모르겠네.
그러나 그대에게 다른 건 요구하지 않겠네, 그저
그 못된 인간이 민중에게 하는 짓을 말하게.
우리처럼 고산지대로 끌려간 사람들의 고통을 보면서
그자는 하이에나처럼 웃고 있다네. 동지,
그대는 이걸 말하게, 말해야 하네. 투쟁이 길어지니,
내 죽음은, 우리의 고통은 중요하지 않다네.
그러나 이 고난은 알려져야 한다네.
동지, 이 고난은 알려져야 하고, 잊혀서도 안 되네.

IV

올레가리오
세풀베다
(탈카우아노*의
구두수선공)

이름은 올레가리오 세풀베다.

저는 구두수선공이고,

대지진 이후로는 절름발이 신세입니다.

산 한 귀퉁이의 쪽방촌,

세상은 제 발밑에 있었지요.

거기서 이틀을 소리쳤지만

입에는 흙만 한 가득 찼지요.

좀더 부드럽게 소리쳤지요.

그러다가 죽으려고 잠이 들었소.

지진은 거대한 침묵이었소.

산에서의 공포,

세탁부 아줌마들은 울었고.

먼지 산은

말을 삼켰지요.

여기 유일하게 깨끗한 바다 앞에서

이 샌들을 신은 나를 보시오.

파도는 내가 지키는 문에

파랗게 몰려오면 안 되지요.

탈카우아노, 당신의 더러운 층계,

당신의 가난한 골목,

언덕에는 썩은 물,

부서진 목재, 검은 동굴,

거기서 칠레인은 죽이고 죽소.

———
* Talcahuano: 칠레 비오비오 지방의 소도시.

(오, 불행으로

열린 칼날의 고통, 세상의 나병,

죽은 이들의 빈민가,

비난받아 마땅한 독이 든 고통!*

당신들은 어두운 태평양에서 밤에

항구로 왔나요?

여기저기 고름 잡힌 아이의 손,

소금과 오줌이 묻은

장미를 만진 적 있나요?

휘어진 층계로

눈을 올려본 적이 있나요?

쓰레기통의 전선처럼

벌벌 떠는 거지 여인을 본 적 있나요?

그 여인이 무릎을 들어

눈물도 증오도 남아 있지 않은

저 깊은 곳에서 바라보는 걸 본 적 있나요?)

저는 탈카우아노의 구두수선공.

거대한 수문 앞에서 일하는 세풀베다.

원하신다면, 선생, 가난한 이들은

문을 잠그는 법이 결코 없다오.

V

아르투로 카리온　　1948년 6월. 사랑하는 로사우라, 난

———

* '고통'의 원문은 gangrena(괴저병).

(이키케*의 항해자) 여기 이키케 감옥에 있다. 와이셔츠 하나와

담배 좀 보내다오. 언제까지

이 춤이 계속될지 모르겠다.

'글렌포스터' 호를 탔을 때,

네 생각을 했고, 카디스**에서 네게 편지를 보냈다.

거기서는 맘대로 총살을 했지.*** 더 슬픈 곳은

아테네였어. 그날 아침

감옥에서 총으로 273명의 청년들을 죽였단다.

피가 담 밖으로 흘렀고

우리는 그리스 경찰들이 그들의 미국 상관과 함께

웃으면서 나오는 걸 보았어.

그들은 민중의 피를 좋아해.

도시에는 검은 연기 같은 것이 피어올랐고,

눈물도, 고통도, 상(喪)도 숨어버렸어.

거기서 네게 명함보관함을 샀지. 거기서

우리 칠로로 동포를 만났어.

조그만 음식점을 운영하더군. 나보고

상황이 안 좋다고 하더군. 증오가 배어 있었어.

헝가리에서는 좀 나았어.

농부들은 자기네 땅이 있었고

책을 나눠주더군. 뉴욕에서

당신 편지를 받았어. 그런데 모든 일은

함께 오는가봐. 불쌍한 이에게는 악화일로지.

———

* Iquique: 칠레 북부 도시로 원래는 볼리비아 영토였으나 태평양
전쟁 이후 1884년부터 칠레로 편입되었다.
** Cádiz: 스페인 남부 항구.
*** 스페인 내전(1936~1939) 당시의 상황.

늙은 선원인 내가
노동조합 일원이라고
갑판에서 나를 끄집어내고
말도 안 되는 걸 묻더군, 그리고 가뒀어.
경찰은 모든 곳에 깔려 있고
눈물 역시 평원에 깔렸지.
언제까지 이런 일들이 지속될지
모두들 서로서로 물어봐. 불쌍한 우리에게
오늘은 이 몽둥이, 저 몽둥이가 기다려.
피사구아에만 2천 명이 있다는군.
나는 세상에 무슨 일이 일어나는 건지 물었지.
그러나 경찰에 따르면 그런 질문을 할 권리도
없다는군. 담배 잊지 마. 로하스 하고 말해봐,
감옥에 가지 않았다면 말이야. 그리고 울지 마,
세상에는 눈물이 너무 많아서
다른 게 부족할 정도야.
오늘은 이쯤에서 그만 쓸게,
당신에게 포옹과 키스를 보내는
사랑하는 남편 아르투로 카리온 코르네호가
이키케 감방에서.

VI

아브라함 헤수스
브리토*(민중시인)

그의 이름은 헤수스 브리토, 헤수스 파론 아니면 그냥
민초,
눈에서는 물을 만들어냈고

손으로는 뿌리를 만들어냈다.

그러다 다시 그가 원래 있던 자리로

돌려놓았다. 그가 가난한 돌들 사이에서

이 땅에서 피어오르기 전의 상태로.

그는 광산과 선원 사이를 이어주던 새.

무시무시한 조국을 부드러운 나무껍질로 엮던

권위 있는** 마구 제조자.

조국이 차면 찰수록, 파란 것으로 보았고***

땅이 굳으면 굳을수록, 더 많은 달이 그에게서 나왔고,

배가 고프면 고플수록, 노래를 더 불렀다.

그는 모든 철도의 세계를

열쇠와 기나긴 시로 열었고

반짝이는 조그만 꾸러미를 들고

조국의 거품 속을 돌아다녔다.

구리처럼 단단한 나무였던 그는 길에서

토끼풀을 볼 때마다 물을 주었고,

끔찍한 범죄, 화재,

수호하는 강들의 지류에도 물을 주었다.****

약탈의 밤, 그의 목소리는

---

* Abraham Jesús Brito(1874~1945): 칠레의 민중시인.
** 원문은 patriarcal(가부장적).
*** '파란색'은 희망을 상징.
**** '토끼풀'은 행운을 상징한다. 시인은 모든 종류의 사건, 사실,
불행, 행복을 노래함.

잃어버린 쉰 외침,
밤에 모자 속에 넣어둔
요란한 종을 들고 다닌다.
그의 누더기 포대에는
민중의 넘쳐흐르는 눈물이 있다.
그는 초석이 묻힌 먼지투성이
구석구석 돌아다닌다.
거친 해안 언덕에서는
로망스*를 하나씩 하나씩 박아가면서,
손자국을 남긴 시를
지붕 하나 하나에 담아 올려 보낸다,
철자를 빼먹기도 하면서.

브리토, 주요한 벽들,**
카페테리아의 소문 사이로,
그대는 떠도는 나무처럼 다니곤 했다.
깊은 발로는 땅을 찾았다.
그리고 그 땅의 뿌리,
돌, 흙덩이, 어두운 광물이 되었다.

브리토, 너의 존엄은 거대한
가죽 북처럼 두들겨졌다.
너의 수목과 민중으로 이루어진 영지는
들판의 왕국이었다.

———
* 여기서 '로망스'는 민요조의 8음절 정형시.
** 중요한 장소.

떠도는 나무, 지금 너의 뿌리들은
땅 밑에서 소리 없이 노래한다.
지금은 약간 더 깊숙이 있다.
지금 당신에게는 땅이, 시간이 있다.

VII

안토니오
베르날레스
(콜롬비아 어부)

막달레나 강*은 달처럼 돌아다닌다,
녹색 잎의 대지로 천천히.
붉은 새 한 마리 울부짖고, 늙은
검은 날개 소리 윙윙댄다. 강 연안은
강물과 강물이 흐르며 물들여진다.
모든 것은 강, 모든 생명은 강,
안토니오 베르날레스 역시 강이다.
어부, 목수, 뱃사공, 어망의 바늘,
판자에 박을 못,
장도리, 노래, 이 모두가 안토니오.
막달레나 강은 유유자적한 달처럼
강의 생명 모두를 천천히 끌어당긴다.
저기 위쪽의 보고타에서 불꽃, 화재, 피
이야기가 들려온다. 무언가 불길하다.
가이탄**은 죽었다. 자칼 같은 이파리 사이에

———

* Magdalena: 막달레나 강은 카리브 해로 흘러가는 강으로 콜롬비아의 가장 중요한 젖줄이다.

라우레아노***의 웃음이

모닥불을 자극한다. 민중의 전율이 오한처럼

막달레나 강에 흐른다.

잘못한 사람이 안토니오 베르날레스란다.

그는 자신의 조그만 오두막에서 움직이지 않았다.

그 며칠 동안 그는 잠만 자며 지냈다.

그러나 변호사들은 그에게 선언한다.

엔리케 산토스****는 피를 원한다.

모두들 프록코트를 입고 모여든다.

안토니오 베르날레스는

복수에 의해 살해당했다.

팔을 벌리고 강으로 떨어졌다.

그는 자신의 어머니인 강으로 돌아온 것이다.

막달레나 강은 그의 몸을 바다로 데리고 간다.

그리고 바다에서 다른 강들로, 다른 시냇물로,

다른 바다로, 다른 작은 강으로,

세상 전체를 돌면서.

                              그리고 다시

** Jorge Eliécer Gaitán(1903~1948): 콜롬비아 자유당 상원의원으로 대통령 후보였으나 살해당했다. 이 사건으로 보수당과 자유당의 죽음을 불사한 투쟁으로 빚어진 이른바 '폭동의 기간'이 격화되어 1960년대까지 이어졌다.

*** Laureano Gómez(1889~1965): 콜롬비아 보수당원으로 1950~51년에 대통령을 지냈으며, 극단적 나치주의 신봉자로서 가이탄 암살 당시 외교부장관이었다.

**** Enrique Santos(1917~2001): 콜롬비아의 변호사, 언론인. 일간지 『엘 티엠포El Tiempo』의 편집국장으로 그의 아들이 현 콜롬비아 대통령인 후안 마누엘 산토스Juan Manuel Santos이다.

막달레나 강으로 들어온다. 그곳은 그가
사랑하던 강가, 붉은 물에 팔을 벌리고
어둠 사이로, 짙은 빛 사이로 간다.
강은 다시 물길 따라 흐른다.
안토니오 베르날레스, 아무도 그 강에서
그를 구별해낼 수 없다. 나는 할 수 있다. 나는
그대를 기억하고, 죽어서는 안 되는 그대의 이름을 끌고
가는 소리를 듣는다. 단지 이름만이, 이름 속에서
민중이라는 이름만이 땅으로 돌아온다.

VIII

마르가리타 나랑호
(안토파가스타,
'마리아 엘레나'
초석 광산)

나는 죽었다. 나는 마리아 엘레나* 광산 출신이다.
살아 있는 동안 줄곧 팜파 평원에서 살았다.
미국 회사를 위해 피를 바쳤고
그 전에는 내 부모가, 내 형제가 바쳤다.
파업도, 그 어떤 일도 없었는데, 우리를 포위했다.
밤이었다. 군대 전체가 왔다.
각 집을 돌아다니며 사람들을 깨웠다.
그리고 그들을 수용소로 데리고 갔다.
우리는 해당하지 않기를 나는 바랐다.
내 남편은 회사뿐만 아니라 대통령을 위해
그렇게도 많이 일했다. 선거에서 이곳의 득표를 위해
제일 많이 애썼다. 사람들은 그를 좋아했다.

———

* 마리아 엘레나María Elena 초석 광산은 안토파가스타에 있다.

아무도 그 사람에 대해 나쁘게 말할 이유가 없다.
그는 자신의 이상을 위해 싸웠고, 그만큼 순수하고
존경받는 사람도 드물 것이다. 그러나 우리사르
대령이 보낸 이들이 우리 문을 두드렸고,
옷도 제대로 입지 않은 남편을 끌고 나갔고,
트럭으로 강제로 밀어 넣었고, 그 트럭은 시커먼 밤에
피사구아를 향해 떠났다. 그러자 나는
더 이상 숨을 쉴 수 없다고 느꼈다. 나는 내 발밑에서
땅이 꺼져 들어가는 걸 느꼈다. 배신이 너무 많았고
부정도 그만큼 많았다. 흐느낌 같은 무언가가
줄기차게 내 목을 타고 올라왔다.
내 친구들이 내게 음식을 가져왔다.
그들에게 말했다. "그가 돌아올 때까지 먹지 않겠어."
사흘째 되던 날 친구들이 우리사르에게 얘기했다.
그는 크게 웃었다. 그들은 전보를 치고 또 쳤으나,
산티아고의 전제자께서는 아무것도 몰랐다.
나는 계속 잠만 자며 죽어갔다. 국이나 물조차도
거부하기 위해 이를 꽉 깨물고 아무것도 먹지 않았다.
그는 결코 돌아오지 않았다. 결코 돌아오지 않았다.
나는 조금씩 죽어갔다. 그들이 나를 묻었다.
이곳 초석 광산지의 공동묘지에 묻었다.
그날 오후 폭풍이 몰아쳤다. 노인과 여자들이 울고
노래했다. 그 노래는 내가 그들과 함께 자주 불렀던
것이다. 할 수만 있다면, 나도 보려고 했을 것이다.
혹시 내 남편 안토니오가 거기 있었더라면.
그러나 그는 없었다. 그는 없었다.
그들은 그가 내 장례식에 오는 것조차 허용하지 않았다.

지금 나는 여기 있다. 죽어서, 팜파 평원의 공동묘지에.
내게는 고독 외에는 아무것도 없다. 나는 더 이상
내가 아니다. 더 이상 내가 될 수도 없다. 그가 없이는.
그가 없이는 절대 그렇게 될 수 없다.

IX

호세 크루스   네, 선생님, 저는 오루로* 남쪽의
아차차야   시에라 그라니토 출신 호세 크루스 아차차야입니다.
(볼리비아 광부)   고향에는 아직도 제 모친
로살리아께서 살고 계실 겁니다.
몇몇 어르신들 옷 빨아가며
살아가시지요.
선생님, 어려서 배고팠지요.
어르신들은 매일매일
우리 엄마를 막대기로 때렸습니다.
그래서 광부가 되었어요.
높은 산들을 넘어 도망쳤습니다.
선생님, 코카 잎 하나 주세요.
나뭇가지가 머리로 떨어져도
걷고, 걷고, 또 걸었습니다.
독수리들이 하늘에서 제 뒤를 쫓았지요.
그래서 생각했어요. 오루로의
백인 주인 어르신들보다 더 똑똑하다고요.

———

* Oruro: 볼리비아 남서부 지방. 주석 광산으로 유명하다.

436

그렇게 해서 광산 지대까지
걸었습니다.

배고픈

어린 시절은 벌써 40년 전 일입니다.
광부들이 저를 받아주었지요.
처음에는 견습생이었습니다.
어두운 갱도에서
흙 속에 손톱을 밀어 넣으면서
숨겨진 주석을 캐냈지요.
은색 괴가 어디로 무엇 때문에
가는지 모릅니다.
형편없이 살았습니다. 쓰러져가는 집에
또다시 찾아온 배고픈 시절, 선생님,
우리가 월급 1페소만 올려달라고
모이면, 선생님,
경찰은 몽둥이, 불, 붉은 바람에,
구타까지 했지요.
그래서 저는 직장에서
해고되었습니다.
선생님, 제가 어디로 가야 할지 말해주세요.
오루로에는 아는 사람이 없습니다.
저는 돌처럼 늙었고,
산을 넘는 건 이제 못합니다.
길거리에서 제가 뭘 할 수 있겠어요?
지금은 그냥 여기 있으렵니다.
주석 속에 묻으라지요.
주석은 저를 알아보니까요.

그래, 호세 크루스 아차차야,

다리 더 움직이지 마.

여기까지 왔잖아, 여기까지,

아차차야, 여기까지 왔잖아.

X

에우프로시노
라미레스
(추키카마타,
카사 베르데*)

우리는 손으로 뜨거운 동판을 집어서 기계 삽에

집어 넣어야 했습니다. 동판은 거의 펄펄 끓었고,

그 무게가 말도 못했습니다. 우리는 광물 판을 옮기면서

거의 기진맥진했습니다. 때로는 그 판 하나가 제 발에

떨어져 발을 부러뜨리기도 했고, 손에 떨어지는 바람에

손은 잘렸지요.

양키들이** 오더니 이러더군요. "동판을

빨리 옮기고 집으로 가."

좀더 일찍 돌아가려고 고생고생해서

그 일을 끝냈습니다. 그랬더니 이러더군요.

"일을 적게 하니, 월급도 덜 준다."

카사 베르데에서 파업이 벌어졌지요. 10주 동안의

파업. 다시 복귀했을 때 구실을 하나 찾더군요.

---

* Casa Verde: 추키카마타 광산 안에 지어진 건물로, 동을 액체로
녹인 다음 얇은 판으로 만드는 공정이 이루어진다. 이 공정 과정에
사용되는 독극물 때문에 많은 사람이 죽었다.
** 추키카마타 광산은 Chile Copper Co., Anaconda Co. y Chile Ex-
ploration Co., Chile Exploration Company 등의 이름으로 바뀌었으
나 소유주는 변함없이 미국의 구겐하임 형제Guggenheim Bros.였다.

제 연장이 어디 있느냐고.

그러고는 저를 거리로 내몰았습니다.

제 손을 보세요.

동 때문에 생긴 못밖에 없잖아요.

제 심장 소리를 들어보세요. 뛰어나올 것 같은

소리로 들리지 않아요? 동은 심장을 짓이깁니다.

굶은 상태에서 겨우겨우 이곳저곳으로 돌아다닙니다.

일을 찾을 길이 없네요.

저를 죽이는 보이지 않는 동판을 지고 다니느라고,

제 몸이 굽었다나요.

XI

후안 피게로아

(안토파가스타,

'마리아 엘레나'

요오드 공장)

네루다 선생님이세요? 어서 오시오, 동지.

네, 저는 요오드 공장에서 왔습니다. 지금 그곳엔

사람이 살지 않습니다. 저야 그냥 지내지요.

제가 살아 있는 게 아니라는 걸 알고, 팜파 평원 땅이

저를 기다린다는 것도 알지요. 그 공장에서는

하루 4시간 일합니다.

요오드는 통에 담겨 오는데, 나갈 때는

덩어리, 자줏빛 고무처럼 되어 나갑니다.

우리는 그걸 통에서 통으로 옮기고,

아기를 강보에 싸듯 쌉니다. 그동안

산(酸)이 눈, 입, 피부, 손톱으로

들어오면서

우리를 갉아먹고 허약하게 만듭니다.

요오드 공장에서는 노래하며

나갈 수가 없답니다, 동지.

구두가 없는 자식들을 위해

임금을 몇 푼이라도 더 올려달라고 하면,

"모스크바 지침을 따른다"라고 합니다, 동지.

그러고는 비상사태를 선포하고 우리를

동물이나 되는 양 에워싸고 몽둥이찜질을 합니다.

동지, 그 망할 놈들은 그렇습니다.

저를 보시지요, 제가 마지막으로 남은 사람입니다.

산체스는 어디 있나요? 로드리게스는 어디 있나요?

폴비요의 먼지 아래에 있습니다.

결국 죽음이 우리가 요구하던 걸 주었지요.

얼굴에 마스크가 있네요, 요오드로 된 마스크.

XII

**우에르타 선생님
(안토파가스타, '라
데스프레시아다'
광산)**

선생, 북쪽으로 가거든

'라 데스프레시아다' 광산에 가서

우에르타 선생님에 대해 물어보시오.

멀리서는 잿빛 모래사장 말고는

아무것도 보지 못할 것이오.

그런 다음에 건물을 볼 거고,

도르래, 흙더미 잔해를 볼 거요.

고생하는 것과 고통 받는 것은

보이지 않지요. 땅 밑에서

움직이거든요, 광석을 부수거나

아무 말도 하지 않고

너부러져서 쉬거나.

우에르타 선생은 '굴착 전문가'입니다.

키가 195센티미터지요.

굴착 전문가는 광맥 높이가

낮아질 때까지 땅을

파내려 가는 사람입니다.

저 아래 500미터 지하에서

물이 허리까지 차오는 데도

굴착 전문가는 파고 또 팝니다.

그 지옥에서 48시간마다

밖으로 나옵니다.

어둠 속에서, 흙, 바위를 파던

굴착 드릴이 광석이 있는 곳에

닿게 될 때까지 팝니다.

알아주는 굴착 전문가 우에르타 선생은

곡괭이를 어깨에 지고

다니는 것 같았지요. 대장처럼

노래 부르며 들어갔습니다.

그런데 나올 때는 맛이 갔지요.

누런 얼굴, 곱사등이에 피골이

상접했지요. 그의 눈은 죽은 사람 눈

같았습니다.

나중에는 광산에서 발을 질질 끌고 다녔지요.

수갱으로 더 이상 내려가지 못했습니다.

안티몬*이 그의 내장을 먹었다나요.

몸이 마르기 시작했는데, 무서울 정도였습니다.

걸을 수조차 없었습니다.

다리는 뾰족한 것이 이리저리 찌른 것처럼

좀먹은 상태였고, 키가 그렇게도 크다 보니

구걸하지 않아도 구걸하는 것 같은

배고픈 유령처럼 보였지요. 상상이 가시지요.

서른 살도 안 된 사람.

그 사람이 어디 묻혔는지 물어보세요.

아무도 말해줄 수 없을 겁니다.

모래와 바람이 십자가**를 무너뜨린 다음

묻어버렸으니까요.

우에르타 선생이 일했던 곳이

저 위에 있는 '라 데스프레시아다'입니다.

XIII

아마도르 세아   우리 아버지를 체포했기에

(칠레의 코로넬,*   우리가 뽑은 대통령이 지나가시기에

1949)   모두가 자유인이라고 말하기에 아버지를 풀어달라고 간

청했다.

나를 막사로 데리고 가서 온종일 패더군.

아는 사람은 아무도 없었지. 왠지 몰라,

그자들의 얼굴조차 기억할 수 없어.

———

* Antimon: 백색의 광택이 나는 금속 원소로, 주로 활자 합금, 도
금, 반도체 따위의 재료로 쓰인다.

** 무덤을 표시하기 위해 묘지에 세운 십자가.

*** Coronel: 칠레의 비오비오 지방에 있는 작은 마을.

경찰이었대. 정신을 잃으니,

내 몸에 물을 붓고 나서 다시 또 때리더군.

오후에, 내보내기 전에, 나를 질질 끌고

화장실로 데려가더니,

내 머리를 똥이 가득한 화장실 변기에

처넣더군. 숨을 못 쉬겠더라고.

"자, 이제 나가서 대통령께 자유를 달라고 해라.

그 양반이 네게 이 선물을 보낸 거거든"이라고 하더군.

몽둥이찜질을 당했지. 이 갈비뼈 그때 부러진 거야.

그런데 내 속은 옛날 그대로야, 동지.

죽이지 않고는 부러뜨릴 수 없는 게 우리지.

XIV

베닐다 바렐라
(칠레, 콘셉시온*
대학교, 1949)

애들에게 밥해주고 나왔다.

로타**에 가서 남편을 만나고 싶었다.

알다시피 경찰이 모든 권한을 쥐고 있어서

그들의 허가 없이는 아무도 들어갈 수 없다.

그자들이 보기에 내 얼굴이 기분 나빴나 보다.

비델라가 사람들을 겁주려고

연설하러 들어가기 전에

명령했단다. 사건은 이렇게 전개되었다. 나를 붙들더니

---

* Concepción: 비오비오 지방에 있는 도시로 칠레에서 세번째로
큰 도시다.
** Lota: 콘셉시온 인근의 소도시.

벌거벗기고, 때리면서 바닥에 쓰러뜨렸다.

정신을 잃었다. 깨어났을 때, 나는 바닥에 벌거벗겨져
쓰러져 있었고, 피 흘리는 내 몸을 덮고 있는 건 젖은
침대 시트였다. 나는 그자의 심복 하나를 알아보았다.
이름이 빅토르 몰리나라는 깡패.

눈을 겨우 뜰 수 있었다. 그러자 고무 조각으로 나를
더 때리기 시작했다. 내 몸은 피멍으로 보라색이 되었
고, 움직일 수가 없었다.

다섯 명이었다. 이들 다섯 명이 포대자루 때리듯
나를 때린 것이다. 이런 상태가 6시간이나 지속되었다.
내가 죽지 않았다면, 그건, 동지 여러분에게 이걸
이야기하기 위해서일 것이다. 우리는 더욱 투쟁해야
한다. 지상에서 이 깡패들이 사라질 때까지.

유엔에서 이들이 '자유'에 대해 연설하는 걸
모든 민족이 알기를 바란다.

그동안에도 이 깡패들은 여자들을 지하실에서 때려
죽인다, 아무도 모르게 하려고. 그자들은 이러겠지.
이곳엔 아무 일도 없어요. 그리고 엔리케 몰리나* 씨는
우리에게 '정신'의 승리에 대해 말하겠지.

그러나 이 일이 언제까지나 지속되지는 않을 것이다.
그자들은 다시 한 번 지하실 매타작을 할 수 있을 거다.
그때 유령 하나 세상을 돌아다니고,
그들은 죗값을 치를 것이다.

----

* Enrique Molina(1871~1964): 칠레의 교육가로 약 40년간 콘셉
시온 대학교 총장 및 이사장을 지냈으며, 비델라 정권의 교육부장
관으로 임명되었지만 1년 만에 사임했다.

XV

칼레로,* 바나나 노동자 (코스타리카, 1940)

나는 그대를 모른다. 잡지**에서 그대 이야기를 읽었다.
검은 피부 거인, 매 맞은 아이, 헐벗고 떠도는 사람.

그 기사에서 그대의 웃음과 노래가, 어둡고 비오고
땀 냄새 나는 동네의 바나나 노동자 사이에서,
날아올랐다. 우리의 운명, 서글픈 행복,
형편없는 음식 탓에 못 쓰게 된 힘,
쓰러져가는 집에서 나오는 부서진 노래,
인간에 의해 해체된 인간의 권력!

세상을 바꾸자. 그대의 활기찬 그림자가 벌거벗은
죽음을 찾아 이 웅덩이 저 웅덩이로 돌아다니지 않도록.
바꾸자. 너의 손을 내 손과 합쳐
녹색 천장으로 너를 가리는 밤을 바꾸자.

(건설 작업을 했던 이런저런 손들과
함께 쓰러진 죽은 이들의 손은
저 깊은 땅속에 묻힌 철을 지닌
안데스 산맥처럼 단단하다.)

삶을 바꾸자. 네 후손이 살아남아
조직적 빛을 만들 수 있게.

---

* Calero: 코스타리카의 동부 섬으로 카리브 해 앞에 있다.
** 스페인 발렌시아에서 펴내는 잡지 『파야스 *Fallas*』를 말한다.

XVI

세웰의 파국*   산체스, 레예스, 라미레스, 누녜스, 알바레스.
이들 이름은 칠레의 토대로 존재한다.
민중은 나라의 토대이다.
그들을 죽게 두면, 국가도 무너져 내리고,
텅 빌 때까지 피를 흘리게 된다.
오캄포가 그랬다. 매분 상처받는 이
하나, 매시간 죽는 이 하나.
우리의 피는 매분, 매시간
떨어지게 되고, 칠레는 죽는다.
오늘은 화재로 인한 연기, 어제는 갱내 가스,
그제는 붕괴, 내일은 바다 아니면 추위,
기계, 기아, 예측 불능 아니면 산(酸).
그러나 저기 선원이 죽는 곳,
들판 사람들이 죽는 곳,
그들이 사라졌던 세웰에서는
모든 것이 그대로이다. 기계, 유리,
쇠, 종이,
단지 남자, 여자, 아이가 없을 뿐.
가스가 아니었다. 세웰의 살해자는 욕심이었다.
세웰의 수도꼭지는 광부들의 알량한 커피
타 마실 물 한 방울 나오지 못하게 잠겨 있었고,

———

* Sewell: 칠레 수도에서 남쪽으로 약 150킬로미터, 안데스 산자락
에 있는 엘 테니엔테El Teniente 광산에 속한 마을로, '세웰의 파국'
은 1945년 6월 19일 광산 입구에 있던 용광로에서 화재가 발생해,
맹독성 연기로 광부 355명이 죽은 사건을 가리킨다.

바로 거기에 죄악이 있다. 불은 잘못이 없다.
모든 곳에서 민중에게는 수도꼭지를 잠근다.
생명의 물이 이리저리 분배되면 안 되니까.
굶주림, 추위,
우리 민족, 꽃, 칠레의 기반,
넝마, 누추한 가옥,
여기 제한을 둘 필요가 없다. 일 분에 부상자
한 명, 한 시간에 사망자 한 명을 달성하기에는
충분한 숫자가 있으니까.
우리는 찾아갈 신도 없다.
검은 옷을 입은 우리의 가엾은 어머니들은
그들의 모든 눈물이 마를 때까지 기도했을 것이다.

우리는 기도하지 않는다.
스탈린이 그랬다. "우리의 가장 귀중한
보석은 인간이다"라고.
즉 민중이 토대라고.
스탈린은 올라가게 하고, 청소하고, 건설하고,
강화하고, 보존하고, 보고, 보호하고, 먹인다.
그러나 벌도 준다.
동지들, 내가 그대들에게 말하고 싶었던 것이 바로
이것이다. 벌이 부족한 것이다.
이렇게 인간이 무너지는 법은 없어야 한다.
이것은 사랑하는 조국이 피를 흘리는 것이고,
민중의 심장에서 매분 떨어지는
이 피는 매시간의 죽음으로 이어진다.
나도 그들, 죽은 그들과 똑같은 이름을 가졌다.

내 이름이 라미레스, 무뇨스, 페레스, 페르난데스,

알바레스, 누녜스, 타피아, 로페스, 콘트레라스다.

나는 죽은 모든 이의 친척이며 민중이다.

떨어진 모든 피를 위해 나는 애도를 표하는 중이다.

동포들, 세웰의 죽은 형제들, 칠레의

주검들, 광부들, 형제들, 동지들,

그대들이 오늘 침묵을 지키니, 대신 우리가 말하겠다.

그대들의 순교가

번영할 줄 알고 벌줄 줄 아는 엄격한 조국을

건설하는 작업에 우리를 돕기 바란다.

XVII

그 땅 이름은
후안이라네

해방자들 뒤에서 후안은

목공소에서, 젖은 광산에서

일하고, 물고기를 잡고, 투쟁했다.

그의 손은 땅을 경작하고 길을 가늠하는 데

썼다.

     그의 뼈들은 산지사방에 있다.

그래도 산다. 흙에서 돌아왔다. 태어났다.

영생의 식물처럼 다시 태어났다.

순수하지 못한 밤은 밤새 그를 수장시키려 했다.

그러나 여명이 되자 그의 불굴의 입술만 확인했을 뿐.

그를 묶었으나 지금은 결연한 군인이다.

그에게 상처를 냈으나 지금은 원기왕성하다.*

그의 손을 잘랐으나 지금은 그 손으로 두드린다.

그를 묻었으나 지금은 우리와 함께 노래하며 온다.
후안, 문(門)과 길이 이제 당신의 것이다. 땅,
민족이 당신의 것이고, 진실은 당신의 피에서
당신과 함께 태어났다.
        그들은 당신을 뿌리 뽑을 수 없었다. 당신의 뿌리,
인류의 나무,
영원한 나무,
소련**이라는 나라에서
오늘 강철로 보호받고 있으며,
괴로워하는 이리가 무는 것에 대비해
당신의 위대함이 철통같이 방어되고 있다.

민중이여, 질서는 고통에서 태어났다.

질서에서 그대의 승리의 깃발이 태어났다.

쓰러진 모든 손으로 깃발을 들고,
모여든 모든 손으로 그것을 방어하고,
그대의 무적의 얼굴들이
별을 향해 마지막 투쟁에 나서게 하자.

———
* 원문은 salud de manzana(사과의 건강).
** 네루다는 당시 소련 공산당 제1서기였던 스탈린(1922~1952 재직)의 국가 건설 계획에 깊이 감명받았다.

IX.

나무꾼이
잠에서 깨기를*

가버나움아 네가 하늘에까지 높아지겠느냐. 음부에까지 낮
아지리라.
　　—「누가복음」 10장 15절

---

* 시인은 점증하는 미국의 정치적·경제적·군사적 간섭을 고발하
면서 '나무꾼'으로 표현한 노동자들의 각성을 촉구한다.

I

나무꾼이 잠에서
깨기를

콜로라도 강 서쪽에
내가 좋아하는 곳이 하나 있다.
그곳에 나는 간다, 내 안에 흐르는
모든 것을 가지고,
나였던 것, 나인 것, 내가 가진 모든 것을 가지고.
높고 붉은 바위들이 있다.
수천의 손을 가진 야생의 공기는
그 바위들의 구조를 형성했다.
붉은 장님이 심연에서부터 올라왔고
그 바위 안에서 구리, 불, 힘이 되었다.
버펄로 황소 거죽처럼 공중으로
펼쳐진 아메리카, 말 달리는 맑은 밤,
거기서 별이 빛나는 곳을 향해,
나는 너의 녹색 이슬의 컵을 마신다.
그렇다. 시큼한 애리조나와 매듭진 위스콘신,
바람과 눈을 디디고 일어난 밀워키까지,
아니면 웨스트 팜의 이상한 늪지대에서

타코마 솔밭 가까이에서, 너의 수풀의
강한 강철 냄새 속에서
나는 대지의 어머니를 밟고 다닌다.
파란 이파리, 폭포 바위,
전체가 음악인 양 떨었던 허리케인,
수도원처럼 기도하던 강,
오리와 사과, 땅과 물,
밀이 태어나기 위한 끝없는 정적.

거기 내 바위 중심부에서 대기를 향할 수 있다.
눈, 새집, 손, 심지어
책, 기차, 눈[雪], 투쟁,
공장, 무덤, 식물, 발걸음 소리를 들을 수 있다.
배에 가라앉은 맨해튼의 달,
실 잣는 기계의 노래,
땅을 먹는 쇠숟가락,
콘도르의 타격으로 움직이는 굴착기,
끊고, 압박하고, 달리고 꿰매는 모든 것.
계속 반복되고 태어나는 존재와 바퀴.

농부의 조그만 가정을 사랑한다. 이제 갓 엄마가 된
여인네들은 타마린드 시럽, 막 다림질 끝낸 천처럼
향내를 풍기며 잔다. 양파로 에워싸인
수천의 가정에 있는 불이 타오른다.
(남자들이 강 근처에서 노래하면 강바닥 돌처럼
쉰 목소리가 난다.
잎담배는 넓은 잎에서 나온 것이고

불의 요정처럼 이 가정들에 온 것이다.)
안쪽에 있는 미주리로 와라, 거기서 치즈와 밀,
바이올린처럼 붉고 향기 나는 목재를 보아라.
인간은 보리 속을 항해하고,
방금 올라탄 파란색 망아지한테서는
빵과 알팔파* 냄새가 난다.
종, 양귀비, 철공소,
난잡한 야외 영화관에서는
사랑이 대지에서 배태된 꿈을 먹으려고
치아를 벌린다.
우리가 사랑하는 것은 너의 평화이지 가면이 아니다.
무사(武士) 모습의 네 얼굴은 아름답지 않다.

미국, 너는 아름답고 넓다.
강가의 하얀 세탁부 여인처럼
너는 가난한 요람 출신이다.
미지의 세계에 건물을 올리고
너의 벌통의 평화는 달콤하다.
오리건 흙의 붉은 손을 가진
네 인간을 사랑한다. 상아의 마을에서
태어난 음악을 네게 가져온
너의 검은 아기를 사랑한다. 네 도시,
네 존재를 사랑하고,
네 빛, 네 삶의 방식, 서부의 에너지,
네 마을과 네 벌집의

———
* alfalfa: 자주개자리라는 이름의 콩과 식물.

평화로운 꿀을 사랑한다.
트랙터에 앉은 거대한 청년,
제퍼슨에게서 물려받은
귀리, 너의 대양 같은 땅을 재는
시끄러운 바퀴,
공장의 연기, 새로운 마을의
천번째 키스를 사랑한다.
너의 근면한 피를 우리는 사랑한다.
너의 기름기 가득한 민중의 손도.

오래전부터 평원의 밤 아래,
버펄로 피부 위에서 음절이 조용히
쉬고 있다. 오래전부터 내가 부르는 노래,
오래전 우리가 불렀던 노래.
멜빌*은 해양 전나무이다. 그의 가지에서
배 바닥의 곡면이 나왔고, 나무 팔, 배가
나왔다. 곡식 알갱이처럼 많은 휘트먼,**
암울한 수학의 포, 드라이저, 울프,***
최근의 로크리지,**** 우리 존재에게서

---

* Herman Melville(1819~1891): 미국의 소설가. 『모비딕』이 대표작이다.

** Walt Whitman(1819~1892): 미국의 시인. 시집 『풀잎』을 남겼다.

*** Edgar Allan Poe(1809~1849): 미국의 시인이자 단편 작가. 「검은 고양이」 등을 썼다.

Theodore Dreiser(1871~1945): 미국의 작가로 『아메리카의 비극An American Tragedy』 외 자연주의 계열의 작품을 남겼다.

Thomas Wolfe(1900~1938): 미국의 소설가. 『천사여 고향을 보라 Look Homeward, Angel』 등을 쓰면서 문단의 주목을 받았다.

사라진 이 신선한 상처들은 저 깊은 곳에 묶여 있고,

그 밖에도 얼마나 많은 이들이 어둠에 묶여 있는지.

그들 위로 동일한 지대의 여명이 불탄다.

그들로부터 현재의 우리도 만들어졌다.

힘 있는 왕자, 눈먼 대장들,

사건과 두려운 나뭇잎 사이,

때로 기쁨과 고통으로

방해받는 것들 사이,

도로들이 교차하는 평원 밑에는

얼마나 많은 주검, 방문자 없는 주검이 있는가.

평원의 버펄로 황소 피부 위에

고통 받은 천진한 사람들, 최근에 책을 출간한 예언자들.

프랑스에서, 오키나와에서, 레이테*****

환초에서 (노먼 메일러******가 그렇게 썼다.)

화가 난 대기와 파도에서

거의 모든 소년들이 돌아왔다.

거의 모두. 땀과 흙의 역사는 신선하고

쓸쓸하다. 이들은

암초의 노래를 많이 듣지도 않았고,

그냥 섬에서 죽느라고 반짝이는 향기로운 왕관을

만지지도 못했을 거다. 싸우느라고 황폐해진 마음,

**** Ross Lockridge. Jr.(1914~1948): 미국의 소설가.『레인트리 카운티*Raintree County*』로 각광받으나 자살로 생을 마감했다.
***** Leyte: 필리핀 섬.
****** Norman Mailer(1923~2007): 미국의 소설가.『나자와 사자』를 썼다.

지친 마음. 피와 똥이 그들을 따라다녔고,
더러움과 쥐들 역시 그들 뒤를 쫓았다.
그러나 돌아왔다.
　　　　　　　그대들은 그들을
넓게 펼쳐진 땅의 드넓은 공간에서 맞이했다.
그리고 (돌아온 이들은) 수많은 이름 없는
꽃잎의 화관처럼 닫혔다.
다시 태어나고 잊히기 위해

II

그러나 그들은 집에서
손님을 만났다.*
눈을 가지고 왔거나, (아니면 이미 맹인이었거나)
뻣뻣한 가지가 그들의 눈꺼풀을 망가뜨렸을 수도 있다.
새로운 것들이 아메리카 땅에 있었다.
너와 함께 싸웠던 흑인들,
강인하나 미소 짓는 이들을 보라.
　　　　　　　　　　　그들은 흑인들 집 앞에
활활 타는 십자가를 꽂았다.
그리고 피를 나눈 네 형제를 나무에 걸고 태웠다.
그를 전사로 만들었다. 오늘 그에게는 말을 거부하고,
어떤 결정도 거부하고, 밤이면
복면을 쓴 망나니들이

———
* 이 시의 '손님'은 인종차별주의를 가리킨다.

십자가와 채찍을 들고 모여든다.

(저 외국에서는

다른 형태의 투쟁 이야기도 들린다.)

늙고 낡은 낙지 한 마리처럼,

예기치 못한 손님,

거대한, 주변을 에워싸는 손님은

너의 집에 군인으로 둥지를 틀었다.

신문은 베를린에서 만든 전통의 독을 증류했다.

신문들(『타임스』『뉴스위크』등)은 고발을 일삼는

황색 종이로 변했다. 나치에 대한 사랑을

노래했던 허스트*는 미소 지으며

손톱을 갈면서, 그대들이 다시 한 번 암초나

평야로 나아가 당신의 집을 차지한

이 손님에 맞서 투쟁하도록 독려한다.

그대들이 쉴 틈을 주지 않는다. 이들은 계속해서

강철, 탄환을 팔기를 원하고, 새로운 폭탄을 준비한다.

신종 폭탄이 나오기 전에 새로운 손에 떨어지기 전에

자신들의 폭탄을 재빨리 팔아야 한다.

그대들의 대저택을 차지한

상복의 스페인을 사랑하고, 그대에게는 (총살자 하나,

혹은 백 명) 피의 잔을 준다. 그것이 바로 마셜칵테일**

———

* William Randolph Hearst(1863~1951): 미국 언론 및 출판계의
거목이자 '황색 저널리즘'의 기수로 미국·스페인 전쟁을 촉발시키
기도 했다. 나치의 협력자라는 비판을 받았다.
** cocktail Marshall: 제2차 세계대전 후 냉전체제로 진입하면서 공
산주의 확산을 막기 위해 미국의 동맹국을 원조하는 정책인 마셜
플랜Marshall Plan을 가리킨다.

젊은 피를 골라라. 중국의 농민,
스페인의
죄수,
쿠바 사탕수수 농장의 피와 땀,
여인들,
칠레의 동 광산, 석탄 광산의 눈물,
그리고 힘을 들여 그 액체를 저어라,
몽둥이로 치듯이.
그때 얼음 몇 조각과 기독교 문화를 수호하자*라는
노래 몇 방울을 쳐라.
이 칵테일이 쓴가?
아마 곧 익숙해질 거다, 병사여, 그걸 마셔라.
세상 어느 곳에서나, 달빛이 비치면,
아니면 고급 호텔에서 아침에
정력을 주고 목을 축여주는 이 술을 시켜라.
그리고 워싱턴의 이미지가
새겨진 파란 지폐로 돈을 내라.

이 세상에서 가장 다정한 아버지
찰리 채플린이 도망쳐야 했던 것을
알았을 거다. 그리고 작가들(하워드 패스트** 등등),
네 땅에 사는
현인들, 예술가들은

---

* 스페인 내전에서 공화파는 사회주의 사상에 기반을 둔 반면 팔랑
헤는 기독교 문화를 옹호했다.
** Howard Fast(1914~2003): 미국의 작가로 공산당원이었으나 후
에 탈당했다.

전쟁으로 부자가 된 장사치의 법정에서

'비(非)미국적' 사상 때문에 심판받으러 자리에 앉았

다.*

세상에서 가장 후미진 곳까지 공포가 밀려간다.

내 고모는 놀라서 이 뉴스를 읽었다.

세상의 모든 눈이 이 수치스럽고 복수심에 찬

재판을 목도했다.

피 흘리는 배빗** 스타일 법정,

노예주의자들, 링컨 살인자들의 법정이다.

이것이 새롭게 등장한 종교재판이다.

(옛날에는 끔찍했고 설명이 안 되는 것이었는데)

지금은 십자가가 아니라 사창가와 은행 탁자에서

위세 떨치는 둥그런 황금 때문이고,

재판할 권리조차 없는 자들의 재판이다.

보고타에서 모리니고, 트루히요, 곤살레스 비델라,

소모사, 두트라가 모였고, 박수를 쳤다.

젊은 아메리카, 너는 그들을 모른다. 그들은

우리 하늘의 어두운 흡혈귀이고, 그들의 날개

---

* 미국 하원에 설치된 '비미활동위원회(Committee on Un-American Activities)'의 활동에 대한 비판. 이 위원회는 1938년 파시스트 활동 조사를 위해 구성되었으나, 전후에는 공산주의자들의 활동을 조사했다. 여기서 출발한 것이 매카시즘이었다.

** 『배빗*Babbit*』: 싱클레어 루이스(Harry Sinclair Lewis, 1885~1951)가 1922년에 펴낸 소설로 미국의 문화, 사회, 미국인의 행동 양식을 풍자했다. 특히 미국 중산층의 현실 안주적인 삶의 허망함을 비판해 이후 '배빗'은 '중산층의 기존 규범을 아무 생각 없이 따르는 사업가 혹은 전문가'를 의미하게 되었다.

그림자는 고통스럽다.

감옥,

순교, 죽음, 증오.

원유와 질산이 매장된 남녘땅들은

괴물들을 탄생시켰다.

칠레의 로타에서는

밤에 광부들의 축축하고 초라한 집에

사형집행자의 명령서가 전달된다. 자식들은

울면서 잠을 깬다.

수만 명이

감방에 갇혔다고 추정한다.

파라과이에서는

짙은 수목의 어둠이 살해당한 동포의 뼈를

숨기고 있다. 찬란한 여름에

총성

하나 들린다.

거기서는

진실이 죽었다.

미스터 반덴버그,* 미스터 아무르,**

미스터 마셜,*** 미스터 허스트, 서구를 지키기 위해

산토도밍고에는 왜 간섭하지 않는가?

———

* Hoyt Vandenberg(1899~1954): 미국 장성 출신으로 1946~47년
트루먼 정부에서 CIA 부국장을 지냈다.

** Norman Armour(1887~1982): 미국 외교관. 아이티를 시작으로
칠레, 아르헨티나, 스페인, 과테말라 대사를 역임했다.

*** George Marshall(1880~1959): 미국 장성 출신으로 국무장관을
역임했으며, 마셜 플랜을 기안했다.

왜 니카라과에서는 대통령이
한밤중에 괴로워하며 잠에서 깨어
도망가 망명지에서 죽었는가?
(거기선 보호해야 할 것이 '자유'가 아닌 바나나이고,
이를 위해서는 소모사 하나로 충분하기 때문에.)
　　　　　　　　　　　　　　　　　　'위대한'
승리 사상, 더럽고 양탄자처럼 얼룩진
정부를 구하기 위한 사상은
그리스, 중국에 있다.
아, 군인이여!

III

아메리카, 나 또한 그대의 땅에서 멀리 떨어져
돌아다니고 내 방랑의 집을 만든다. 여러 날 동안
날아다니고, 지나가고, 노래하고 이야기한다.
아시아에서, 소련에서, 우랄산맥에서 발길을 멈추고
고독과 송진에 젖은 영혼을 펼친다.*

나는 인간이 사랑과 투쟁으로 만들어낸
모든 것을 사랑한다.
우랄산맥 내 거처에 밤이 오면

―――
* 네루다의 망명 시절 행적. 1949년에 체포령이 내려지자 아르헨
티나를 거쳐 파리로 간 뒤 체코슬로바키아·소련·폴란드·헝가리·
멕시코·루마니아·인도·이탈리아·프랑스·동독·과테말라 등지
를 여행한 후 이탈리아 카프리 섬에 정착했다가 1952년 귀국한다.

어릴 적 소나무와

침묵이 큰 열주처럼 에워싼다.

이곳에서는 인간의 손, 그의 가슴에서

밀과 강철이 태어났다.

망치의 노래는 그 옛날의 수풀을

새로운 희망의 현상*으로 바꾼다.

이곳에서부터 인간의 거대한 지역을 바라본다.

애들과 여인들의 모습, 사랑,

공장과 노래,

어제까지 들판의 이리가 살았던 정글에

비단향꽃무처럼 빛나는 학교.

이 순간 내 손은 지도에서

녹색의 평원, 수천 공장의

연기, 섬유 공장의

향기,

절제된 에너지의

놀라운 모습을 어루만진다.

오후에

나는 새로 만든 길로 돌아온다.

그리고 부엌으로 들어온다.

그곳에서는 양배추가 끓여지고 있고,

세상을 위한 새로운 샘물이 솟아나온다.

여기도 청년들이 돌아왔다.

———

* 원문은 nuevo fenómeno azul(새로운 파란 현상)으로 파란색은 희
망을 상징한다.

그러나 수백만이 뒤에 처졌다.

그들은 잡혀서 교수대에 걸리고,

특별 오븐에서 태워지고,

망가졌다. 결국 그들에게 남은 것이라고는

기억에 있는 이름뿐이다.

그들 동포들도 살해당했다.

소련 땅이 살해당했다.

수백만의 유리와 뼈가 뒤섞였고,

소와 공장, 심지어 봄까지도

전쟁이 집어삼켜 사라졌다.

청년들은 돌아왔으나

건설된 조국에 대한 사랑이

그들의 피와 얼마나 많이 섞였던지

그들의 동맥도 '조국'을 말하고,

그들의 피가 소련을 노래한다.

프러시아와 베를린의 정복자들이

도시들, 동물들, 봄을

재창조하러 들어왔을 때,

그들의 저항 소리는 거셌다.

월트 휘트먼, 너의 초원의 수염을 들어

이 숲에서부터 나와 함께 바라보자.

이 향기로운 거대한 곳에서부터.

월트 휘트먼, 거기서 무엇을 보는가?

내 진지한 친구는 내게 이렇게 답한다.

죽은 이들이 기억하는 도시, 진정한 수도,

빛나는 스탈린그라드*에서

공장이 어떻게 돌아가는지 보네.

전투를 치른 평원에서
고통과 화재를 딛고,
축축한 아침에
트랙터 하나가 평원을 향해
소리치며 태동하는 것을 보네.
월트 휘트먼, 내게 당신의 목소리,
당신 가슴에 묻어둔 용기를 다오.
그리고 당신 얼굴의 무거운 뿌리들을
이 재건을 위해 노래하도록 하자!
우리 함께 모든 고통에서 일어나는 것,
위대한 침묵에서 일어나는 것,
진지한 승리에서 일어나는 것을
노래하자.

　　　　　스탈린그라드, 그대의 강철 소리를 높여라.
집단 거주지에서처럼
한 층 한 층 희망을 다시 태어나게 하라.
새롭게 출발하는 진동이 있다.
가르치고,
노래하고
건설하면서.
스탈린그라드는 피를 딛고 일어섰다.
그것은 물, 돌, 강철의 오케스트라.
빵이 다시 빵집에서 태어나고,

---

* 러시아 볼가 강 하류에 위치한 공업 도시로 오늘날에는 '볼고그
라드'라고 불리며 '스탈린그라드'로 이름이 바뀌기 전에는 '차리
친'이었다.

학교에는 봄이 태어나

새로운 골격, 새로운 나무를 올리고,

늙고 쇠 같은 볼가 강은 가슴 설렌다.

                        이 책들,

소나무와 삼나무로 새로 만든 상자에 넣어져서

죽은 사형집행자들의

무덤 위에 쌓여 있다.

폐허에서 이루어진 이 연극은

순교와 저항을 덮고 있다.

책들은 확실히 거대한 기념탑.

영웅 하나마다,

죽음의 각 밀리미터 위,

바꿀 수 없는 이 영광의 각 꽃잎 위에 책 한 권.

소련, 고통 받는 자유를

살리기 위해 그대가 어머니로서 전 세계에 준 것,

투쟁에서 흘린 모든 피를 모은다면,

우리는 새로운 대양을 갖게 될 것이다.

그 크기는 무엇과도 비교할 수 없고,

그 깊이도 비교가 불가능하며,

모든 강처럼 살아 있고,

모든 아라우카 활화산처럼 활동 중이리라.

전 세계 인류여,

그 바다에 당신의 손을 집어넣어라.

그리고 그 안에 잃어버린 것, 모욕한 것,

속인 것, 더럽힌 것,

너의 피, 자유로운 이들의 어머니를 모욕하기 위해

서구의 쓰레기장에

모아둔 100마리 강아지,
이 모두를 그 안에 묻은 다음,
손을 들어 올려라!

우랄의 소나무 향기를 맡으며
나는 러시아의 심장에
태어나는 도서관,
조용히 일하는 실험실,
새로운 도시로 목재와 노래를
싣고 가는 기차를 바라본다.
이 향기로운 평화 안에서 심장이 더 뛴다.
새로운 가슴에서처럼.
스텝 평원으로
여자애들과 비둘기가
하얀 자태를 뽐내며 돌아온다.
오렌지 밭은 황금으로 찼다.
오늘, 아침만 되면
시장에는 새로운 향기,
순교가 더욱 많았던
고산지대에서부터 새로운 향기가 풍겨온다.
엔지니어들은 그들의 숫자로
평원의 지도를 떨게 만들고,
수도관은 안개 끼는 새로운 겨울 지대를
기나긴 뱀처럼 휘감고 다닌다.

오래된 건물 크렘린의 방 세 개에는
이오시프 스탈린*이라는 이름의 남자가 산다.

그의 방 불은 늦게 꺼진다.

세상과 그의 조국이 그에게 휴식을 주지 않는다.

다른 영웅들은 조국 하나를 태어나게 했지만,

그는 자신의 조국을 배태하도록 도왔고,

그 조국을 건설하고

수호하도록 도와주었다.

그의 거대한 나라는 이제 그의 일부분이고

나라가 쉬지 않으면, 그 또한 쉴 수 없다.

한때, 눈과 폭탄이

그를 옛 깡패들과 마주하게 했다.

이들은 (지금 또다시 그러듯) 이전 시대로**

돌아가고 싶어 했다, 불행, 노예의 고통,

수백만 가난한 이들의 잠든 고통의 시대를.

그는 랑겔과 데니킨***처럼 서구(西歐)가

'문화를 수호하기 위해' 보낸 자들에게 대적한 것이다.

거기서 사형집행인 수호자들은

가죽만 추렸다. 그리고 거대한 소련 땅에서

스탈린은 밤낮없이 일했다.

후에, 납의 파도처럼 체임벌린****이

---

* Iosif Stalin(1879~1953): 1924~53년에 소련의 1인자로서 국가 개조 작업을 이끌었다. 네루다는 이 작업에 깊은 감명을 받았다.

** '이전 시대'의 원문은 knut, 즉 '도시의 중상층 한량'들의 시대를 말한다.

*** Pyotr Nikolayevich Wrangel(1878~1928): 흔히 검은 남작으로 불리며, 러시아 제국 군대 대장이었다. 벨기에로 망명했다.

Anton Ivanovich Denikin(1872~1947): 러시아 제국 중장 출신으로 백군의 지도자였으나, 볼셰비키의 승리로 프랑스로 망명했다.

**** Arthur Neville Chamberlain(1869~1940): 영국의 정치가이자

키워낸 독일인이 오기도 했다.

스탈린은 드넓은 국경 전역에서 이들을 상대했다.

그의 자식들은 후퇴와 전진을 겪으면서

민중의 허리케인인 양 베를린까지 진격해서

러시아의 넓은 평화를 전해주었다.

몰로토프와 보로실로프*도

거기 있다. 나는 그들이

다른 자들, 높은 장군들,

길들일 수 없는 자들과 함께 있는 것을 본다.

눈 내린 떡갈나무 숲처럼 단호하게.

그들 중 누구도 궁궐이 없었다.

그들 중 누구도 하인 부대를 지니지 않았다.

그들 중 누구도 전쟁에서 피를 팔면서

부자가 되지 않았다.

그들 중 누구도 공작새처럼

리우데자네이루나 보고타로 가서 고문으로

더럽혀진 조무래기 대장들을 지도하지 않는다.

그들 중 누구도 200벌의 옷을 가지고 있지 않다.

그들 중 누구도 무기 공장에 증권을 가지고 있지 않다.

그들 모두는

외교관으로 1937~40년에 총리를 지냈다.

* Vyacheslav Mihaylovich Molotov(1890~1986): 스탈린의 오른팔이었으나, 흐루쇼프에 의해 실각당하고, 후에 복권되었다.

Kliment Yefremovich Voroshilov(1881~1969): 스탈린의 정치적 동지였으나, 스탈린 사후 흐루쇼프와 협력했다. 브레즈네프에 의해 실각당했다.

기쁨과 거대한 나라 건설에

투자한다.

그 나라는 죽음의 밤에

여명이 일어나 소리를 울리는 곳.

그들은 사람들을 향해 '동지'라고 말한다.

그들은 목수를 왕으로 만들었다.

그들의 구멍으로는 낙타 한 마리도 들어가지 못한다.

그들은 마을을 청소했다.

토지를 분배했다.

노예를 격상시켰다.

거지를 없앴다.

잔인한 자들을 제거했다.

드넓은 밤에 빛을 밝혔다.

그래서 나는 아칸소의 소녀,

웨스트포인트의 금발 사관생도, 아니면

디트로이트의 정비공, 아니면

옛 올리언스의 짐꾼,

그대들 모두에게 말한다. 자신 있게 발을 옮기고

그대들의 귀를 거대한 인간 세계를 향해 열어라.

그대들에게 말하는 사람은

국방성의 귀하신 몸들,

강철 회사의 못된 주인들이 아니라

남미의 끝에서 온 시인,

파타고니아 철로의 아들,

안데스 공기를 마시는 아메리카인,

그리고 지금은 한 나라의 망명객이다.

내 나라에는 감옥, 고문, 고통이 지배하고
동과 원유는 서서히
다른 나라 왕들을 위한 황금으로 바뀌고 있다.

          그대는
한 손에 황금을 들고 다른 손에 폭탄을 지닌
우상이 아니다.
      그대는
바로 지금의 나, 어제의 나이며, 우리가 보호해야
하는 것은 순수한 아메리카의
형제 같은 땅속, 거리와 길에서 보는
소박한 사람들이니라.
내 형제 후안은 그대의 형제 존처럼*
구두를 판다.
내 누나 후아나는 그대의 사촌 제인처럼**
감자를 까고,
내 피는 그대의 피터의 피처럼
광부, 선원이다.
그대와 내가 문을 열어
우랄의 공기가
잉크의 장막***을 지나 들어오게 만들고
그대와 내가 분노하는 이에게
"사랑하는 친구, 그대는 여기까지만이다"라고 말하자.
이쪽 땅은 우리 것이라서

----

* 스페인어 후안Juan은 영어로는 존John.
** 스페인어 후아나Juana는 영어로는 제인Jane.
*** 냉전 시대의 소련을 가리키며 영국의 처칠 수상이 사용한 '철의
장막'을 풍자한 것이다.

기관총의 귀청 찢는 소리가
들리지 않는 대신,
노래 한 곡, 또 한 곡, 또 한 곡이 들린다.

IV

그러나 미국, 그 순수한 국경을 무너뜨리고
우리가 사랑하는
음악과 질서를 데려가려고
시카고 도축업자를
네 야전군을 무장시킨다면,
        우리는 돌에서, 대기에서 나와
너를 물어버리겠다.
        우리는 마지막 창문에서 나와
네게 불을 쏟아붓겠다.
        우리는 가장 깊은 파도에서 나와
네게 가시로 못을 박겠다.
        우리는 이랑에서 나와
콜롬비아인의 주먹처럼 씨가 너를 때리게 하겠다.

        우리는 네게 빵과 물을 거부하러 나오겠다.
        우리는 너를 지옥에서 태우러 나오겠다.

그러니, 군인이여, 사랑스러운 프랑스에 발을
디디지 마라. 거기 우리가 있을 것이다.
초록색 포도밭이 식초를 만들게 하고

가난한 여자애들이 네게 신선한
독일 피가 어디 있는지 가르쳐주게 할 것이다.
스페인의 벌거벗은 산맥에 오르지 마라.
그곳에서는 돌 하나하나가 불로 변해서
수천 년이라도 용감한 이들이 투쟁할 테니.
올리브 밭에서 길이나 잃지 마라. 그렇게 되면
절대 오클라호마로 돌아가지 못할 테니. 그리스에도
들어가지 마라. 오늘 네가 흘리는 피가
당신들을 멈추게 하기 위해 땅에서 일어날 테니.
토코피야에는 낚시하러 오지 마라.
황새치가 당신들의 약탈을 잘 안다.
아라우카의 검은 광부가
고통을 주는 잔인한 옛 시절 화살을 찾을 것이다.
땅에 묻혀 새로운 정복자들을 기다리는 화살들.
비달리타 노래를 부르는 가우초를 믿지 마라.
냉동 창고 노동자도 믿지 마라. 그들 모두는
눈을 부릅뜨고 주먹을 쥐고 구석구석에 있을 것이다.
마치 베네수엘라 사람들이 손에 원유 한 병과
기타 하나를 들고 너희들을 기다리듯이.
니카라과, 니카라과에도 들어가지 마라.
산디노는 그날까지도 정글에서 잘 것이다.
그의 총은 아마(亞麻) 풀과 비에 젖어 있고
그의 얼굴은 눈꺼풀이 없다.
그러나 네가 그를 죽일 때 남긴 상처는 살아 있다.
마치 푸에르토리코의 손들이 칼이 번득이기를
기다리듯이.

　　　　　당신들에게 세상은 녹록하지 않을 것이다.

무인도뿐만 아니라 대기도 냉혹하다.

대기 또한 자신이 좋아하는 말들을 알기 때문이다.

페루 고산지대에 가서 인간의 신선한 고기를

요구하지 마라. 안개가 좀먹은 유적물에서는

우리 피의 사랑스러운 조상이 네게

대적하려고 자수정 칼을 갈고 있다.

그리고 계곡에서는 전쟁을 알리는 목쉰 소라가

무사들을, 아마루*의 돌팔매꾼들을

모을 것이다. 밝아오는 세상에 대항하러

데리고 갈 사람들을 멕시코 산악에서도 찾지 마라.

사파타의 총은 잠들어 있지 않다.

그 총들은 텍사스 땅을 향해 기름칠되어 있다.

쿠바에도 들어가지 마라. 땀 흘리는 사탕수수에서

나오는 태양의 빛에서

단 하나의 어두운 시선이 너를 기다린다.

단 하나의 외침이 죽거나 죽임을 당하기 위해 있다.

파르티잔 때문에

시끄러운 이탈리아에도 가지 마라.

로마에 네가 주둔시킨 '재킷' 걸친 군인들의 대열을 넘
지 마라.

산페드로 광장을 넘지 마라.

그 너머에는 시골의 촌스러운 성인들이 계신다.

생선의 성스러운 어부들은

스텝 평원의 거대한 나라를 사랑한다.

———
* Amaru: 아마루는 케추아어로 '뱀'을 뜻하나, 여기서는 스페인
식민지 당국에 대항해서 무장봉기했던 투팍 아마루를 가리킨다.

그곳에서는 다시 세상이 빛나고 있다.

불가리아의

다리를 건드리지 마라. 너를 통과시키지 않을 것이다.
루마니아의 강은 침략자들에게 화상을 입히려고
끓는 피를 쏟을 것이다.
이제는 영주들의 무덤이 어디 있는지 아는
농부에게 인사하지 마라. 그는 자신의
농기구와 라이플총을 들고 감시하고 있다. 그를
보지 마라. 너를 별처럼 태울 테니.

중국에

정박하지 마라. 중국 고관대작에 에워싸인
용병 장(蔣)씨는 없다.*
그대들을 기다리는 밀림이 있을 것이다.
그곳에서는 농기구 낫, 폭탄 화산이 기다린다.

다른 전쟁터에는 물이 있는 웅덩이,
바늘과 갈고리를 가진 철조망이 여러 겹 있다.
그러나 여기 이 웅덩이는 더 크고, 수심이 더 깊다.
이 철망은 그 어떤 광물보다 부수기가 힘들다.
그것은 인간 광물의 한 원자와 다른 원자가 만든 것이다.
그것은 생명의 한 매듭, 그리고 수천의 매듭.
그것은 모든 민족의 해묵은 고통.
아득한 계곡, 왕국에서 나온 민족,
온갖 깃발, 온갖 선박에서 나온 민족,
동굴에 옹기종기 모여 살던 온갖 민족,

---

* 장제스(蔣介石, 1887~1975): 중국 군인, 정치가, 중화민국 총통.

폭풍에 대항해서 나왔던 어망의 모든 민족,

지상의 주름이 깊게 파인 모든 민족,

뜨거운 찜통의 지옥에서 나온 모든 민족,

직조기, 용광로에서 나온 모든 민족,

버려진 아니면 모여 있는 기차에서 나온 모든 민족.

이 철망은 세상을 몇 천 번이라도 돈다.

나눠진 것 같고 유리된 것 같으나

금방 자석들이 붙으면서

세상을 채운다.

그러나 아직도

저 멀리에서는 툰드라 지대와 타이가 지대의 남녀들,

죽음을 이긴 볼가 강의 전사들,

스탈린그라드의 아이들, 우크라이나의 거인들,

피와 돌로 된 거대하고 높은 모든 벽,

철과 노래, 용기와 희망을 가진

사람들이 노래하거나 싸우기 위해 그대들을 기다린다.

빛나고, 확고하며

강철 같고, 미소를 띤 사람들.

그대들이 이 벽을 건드린다면

공장의 석탄처럼 태워질 것이다.

로체스터*의 미소는 어둠으로 변할 것이고

그 어둠을 스텝 평원의 공기가 산개시킨 다음

영원히 눈으로 덮을 것이다.

베드로부터 이 땅을 놀라게 한 새로운 영웅까지

---

* Rochester: 미국의 로체스터앤드피츠버그 석탄 회사(Rochester
and Pittsburgh Coal Company)를 가리키는 것으로 보인다.

투쟁하러 올 것이다.
그리고 그들의 메달에서 차가운 탄환을 만들 것이고
이제는 기쁨으로 변한 거대한 모든 땅으로부터
그 탄환들은 쉬지 않고 윙윙 소리를 낼 것이다.
넝쿨나무로 뒤덮인 실험실에서는
그대들이 자랑하는 도시를 향해
해방된 원자가 나올 것이다.

V

이런 일들은 제발 일어나지 않기를.
나무꾼이 깨어나기를.
아브라함이 도끼를 들고,
나무 접시를 들고
농민들과 함께 식사하러 오기를.
나무껍질로 된 그의 머리,
널판, 떡갈나무 주름에
보이는 그의 눈이
거대한 나무보다
더 큰 나무줄기를 오르는
이 세상을 바라보기를.

약방에 물건 사러 들어오기를,
탐파행 버스를 타기를
누런 사과를 물기를
극장에 가기를, 그리고

모든 소박한 사람들과 이야기하기를.

나무꾼이 깨어나기를.

아브라함이 오기를, 일리노이의
녹색 옥토를*
그 옛날의 누룩으로 부풀게 하기를,
그리고 새로운 노예주의자,
노예의 채찍,
인쇄소의 독,
그들이 팔려고 하는
피비린내 나는 물건에 대항해서
그의 민족의 이름으로 도끼를 들기를.
하얀 청년, 검은 청년이
황금 벽,
증오 생산자,
그의 피의 상인에 대항해서
미소를 띠고 노래하며 행진하기를.
노래하며, 미소 지으며, 승리하기를.

나무꾼이 깨어나기를.

───
* 원문은 tierra dorada y verde(녹색의 황금빛 땅).

VI

앞으로 다가올 황혼에 평화를
다리에 평화, 포도주에 평화,
나를 찾는 단어들,
내 피 속에서 대지와 사랑으로 부른
옛날 노래와 엉켜 올라오는 단어들에 평화를.
빵 냄새와 함께 아침을 맞는
모든 도시에 평화를,
뿌리의 강인 미시시피 강에 평화를.
내 형제의 옷에 평화를,
공기의 도장*처럼 책에도 평화를,
키예프의 위대한 집단농장에 평화를,
이 주검, 저 주검의 재에도
평화를, 브루클린의 검은 쇠에도
평화를, 가가호호 방문하는
우편배달부에게도 평화를,
확성기를 붙들고 넝쿨나무를 향해
소리소리 지르는 안무가에게 평화를,
로사리오라는 단어만 쓰기를 원하는
내 오른손에도 평화를,
주석처럼 신비스러운
볼리비아인에게도 평화를, 네가
결혼하도록 평화를, 비오비오 강의
목재소 모든 이들에게 평화를,

———
* '공기의 도장'은 보이지 않는 도장, 보이지 않는 표식을 의미한다.

스페인의 투사*로 인해
찢어진 마음에도 평화를,
하트 모양을 수놓은 베개가
가장 인상 깊었던
와이오밍의 작은 박물관에도 평화를,
제빵사와 그의 사랑에도 평화를,
밀가루에 평화를,
태어나야만 하는 모든 밀에 평화를,
나뭇잎을 찾는 모든 사랑에 평화를,
살아 있는 모든 존재에 평화를,
모든 땅과 모든 바다에 평화를.

나는 여기서 작별을 고하고, 집으로,
내 꿈으로 돌아간다.
바람이 마구간을 쳐대고
태양은 얼음물을 튕기는
파타고니아로 나는 돌아간다.
나는 일개 시인이다. 나는 그대들 모두를 사랑한다.
나는 내가 사랑하는 세계로 떠돌아다닌다.
내 나라에서는 광부들을 가두고
군인들이 판사에게 명령한다.
그러나 나는 나의 작은 추운 나라의
뿌리까지도 사랑한다.
죽어야 한다면, 천 번이라도

---

* 원문은 'guerrilla'(게릴라)로, 스페인 내전에서 프랑코 측에 반기를 든 공화파 세력을 통칭한다.

고국에서 죽고 싶다.

다시 태어난다면, 천 번이라도

고국에서 태어나고 싶다.

들판의 아라우카리아나무 근처에서,

남쪽 바람이 몰아치는 곳 근처에서,

방금 산 종(鐘)들 근처에서.

그 누구도 나를 생각하지 않기를.

우리 모두가 모든 땅을 생각하기를.

식탁을 사랑으로 두드리면서.

피가 빵을, 콩을,

음악을 적시지 않기를.

광부, 어린 여자아이,

변호사, 어부,

인형 만드는 사람이 내게로 와서

함께 영화관에 들어가고

가장 맛있는* 포도주를 마시러 가기를.

나는 그 어떤 것도 해결하러 오지 않았다.

네가 나와 함께 노래하도록

노래하러 왔다.

———
* 원문은 roja(붉은).

X.

도망자*

I

도망자*
(1948)

깊은 밤에, 목숨을 걸고,

눈물에서 종이로, 이 옷에서 저 옷으로,

그렇게 암울한 나날들을 보냈다.

경찰의 도망자.

외로운 별들이 무수히 빛나던

청명한 시간,

도시를, 숲을,

밭들을, 항구를,

이 대문에서 저 대문으로,

이 사람 손에서 저 사람,

또 다른 사람의 손으로 다녔다.

냉혹한 밤, 그러나 사람들은

---

* 1948년 9월 3일 칠레 비델라 정권은 공산당을 불법으로 규정하는 일명 '저주법(Ley Maldita)'이라 불리는 민주주의 영속 수호법(Ley de Defensa Permanente de la Democracia)을 발효시킨다. 이로 인해 당시 공산당 출신 상원의원이었던 네루다는 의원직을 박탈당하고, 망명길에 오르게 된다.

형제애를 보여주었고,
길에서 어둠 속에서 더듬대며,
불 밝힌 문, 조그만 점, 내 별에 이르렀다.
숲 속에서 이리들이 먹어치우지 못한
빵 조각.

한번은 들판에 있던 어느 집에
밤에 도착했다. 그곳에는 내가 그날 밤까지
한 번도 본 적이 없는 사람들,
상상조차 하지 못한 사람들이 있었다.
그들이 하는 모든 일, 그들의 시간들은
내 지식에는 없는 새로운 것들이었다.
집에 들어가니, 모두 다섯 식구였다.
그들 모두는 밤에 불이라도
난 것처럼 깨어 있었다.
                            이 손, 저 손에
악수를 건넸고, 이 얼굴, 저 얼굴을 봤다.
아무 말도 하지 않았다. 그들은 내가
거리에서 한 번도 본 적 없는 문이었다.
그들의 눈은 내 얼굴을 알지 못했다.
깊은 밤, 그 집에 들어가자마자
나는 피곤해서 누웠고
내 조국의 고통을 잠재웠다.

잠이 오는 동안,
고독의 실과 목쉰 소리로
짖어대는 땅의 메아리 소리가

밤새도록 수없이 이어졌다.
나는 생각했다. "내가 어디 있지? 저들은
누구지? 왜 오늘 나를 여기 두지?
왜 오늘 이 순간까지 나를 본 적이 없는데
문을 열고, 내 노래를 보호하지?"
아무도 대답하지 않았다.
다만 텅 빈 밤소리,
귀뚜라미 우는 소리만이 들릴 뿐.
온밤이 이파리 속에서 가까스로 떨었다.
밤의 대지, 너는 내 창문에
네 입을 가지고 와서
내가 달콤한 잠을 자게 한다.
마치 수천의 이파리 위에 내리듯.
계절을 뛰어넘고, 이 가지 저 가지,
이 보금자리 저 보금자리를 뛰어넘어 내리듯,
어느 순간 너의 뿌리에서
죽은 듯이 잠들 때까지.

II

포도의 가을이었다.
수많은 포도덩굴이 떨고 있었다.
베일을 쓴 하얀 송이가
달콤한 손가락에 서리를 내렸다.
검은 포도는 그의 작은 젖꼭지를
둥근 비밀의 강으로

가득 채우고 있었다.
여윈 얼굴의 자영 농민인 집주인은
석양이 지던 날들의
빛바랜 지상의 책을
내게 읽어주었다.
다정한 그는 과일에 대해 잘 알았다.
줄기를 비롯해 나무 전체를
빈 와인 잔 형태로 만드는
가지치기도 알았다.
몸집 큰 어린아이에게 말하듯
말[馬]들에게도 이야기를 건넸다.
그 집의 고양이 다섯 마리가
그의 뒤를 쫓아다녔고,
개도 쫓아다녔다. 활처럼 휘어진
몇 놈은 느렸고, 다른 놈들은
차가운 복숭아밭을 미친 듯 뛰어다녔다.
그는 가지 하나하나를 다 알았다.
나무에 난 상처도 다 알았다.
말을 쓰다듬으며 내게
자신의 젊은 시절 목소리로 가르쳐주었다.

III

한번은 밤에 길을 떠났다.
안데스의 밤, 도시를 지나자
넘쳐흐르는 밤이 내 옷 위에

장미를 쏟아부었다.

남쪽 나라는 겨울이었다.

눈은
높이높이 쌓였고, 추위는
천 개의 얼얼한 침으로 타는 듯했다.

마포초 강은 검은 눈으로 덮여 있었다.
나는 독재자로 더럽혀진 도시의
말없는 거리 여기저기를 헤맸다.
아! 나 자신이 침묵이 되어,
내 가슴에 난 눈으로
사랑 위에 사랑이 얼마나 많이
떨어지는지 보았다.
이 거리, 저 거리, 눈 내린 밤의
문지방, 존재의 밤 고독,
가라앉은 내 민족, 어두운 민족,
죽은 이들을 교외에 묻은 민족,
이 모두, 창백한 조그만 빛줄기를
보내는 마지막 창,
이 방, 저 방 꼭 조인 검은 산호,
내 땅에서 결코 닳지 않는 바람,
이 모든 것이 나의 것,
이 모든 것이 나를 향해 침묵 속에서
입맞춤으로 가득 찬 사랑의 입을 열었다.

IV

젊은 부부가 문을 열었다.

그 전에는 내가 몰랐던 사람들.

아내는

6월의 달처럼 황금빛이었고

남편은 기품 있는 눈을 가진 엔지니어였다.

그때부터 그들과 함께 빵과 와인을

함께 나눴다.

조금씩조금씩

내가 몰랐던 그들의 속사정을 알게 되었다.

그들의 말. "사실 저희는

별거 중입니다.

불화는 이미 돌이킬 수 없습니다.

오늘은 당신을 맞기 위해 함께 있습니다.

둘 다 함께 당신을 기다렸습니다."

그 집 작은 방에

모여 앉아서

우리는 침묵의 요새를 만들었다.

나는 잠에서도 침묵했다.

그 집은 도시의

한가운데에 있었다. '변절자'의

발걸음 소리도 들을 수 있을 정도였다.

그들과 나를 가르는 벽 옆에서

간수들의 더러운 목소리를 들었고

도둑놈들이 파안대소하는 소리를 들었고,

내 조국의 허리에 탄환을 박은 술주정뱅이들의

말소리까지 들을 정도였다.

홀저와 포블레테 일당*의 트림이

내 침묵의 피부에 거의 닿을 뻔했다.

모닥불을 향해 질질 끄는 발걸음 소리가

내 가슴을 건드릴 정도였다.

그들은 내 동료들을 고통 속으로 몰아갔고

나는 나의 건강을 단단히 지켰다.

다시 밤이 되자 작별을 고했다. 이레네, 안녕,

안드레스 안녕, 새로운 친구 안녕,

교수대 안녕, 별이여 안녕,

내 창문 앞에

유령의 윤곽만 사는 듯했던

완공이 덜 된 이웃집이여 안녕.

매일 오후 내 눈에 들어오던

산의 아주 작은 점, 안녕,

새로운 밤이 내리면 번쩍하며

문을 열던 초록색 네온 불빛, 안녕.

다시, 또 다른 밤, 나는 좀더 멀리 갔다.

---

* 원문은 Holgers y Pobletes. 홀저Holger는 당시 내무부장관으로 공산당원 체포를 명령한 해군 제독 출신 임마누엘 홀저Immanuel Holger, 포블레테Poblete는 곤잘레스 비델라González Videla 정권의 비서실장이었던 다리오 포블레테Darío Poblete를 가리키며, 복수를 쓴 것은 그들 부류를 지칭하기 위해서다.

발파라이소,

해안을 따라 뻗은 산맥,

태평양을 향해 넓게 열린 곳,

꼬불대는 거리 사이,

허접한 길과 막다른 길.

한 어부의 집에 갔다.

그의 모친이 나를 기다리셨다.

"어제까지도 몰랐습니다. 아들이

전화하더군요. 네루다라는 이름이

제게 오한을 일으켰습니다.

그래서 이렇게 말했지요. 아들아,

우리가 그분을 편안히 모실 수는 있니?"

아들의 대답, "어머니, 그분은 우리와

같은 가난한 분이에요. 그분은 우리의

헐벗은 삶을 조롱하지도, 비웃지도 않아요.

그분은 그런 생활을 치켜세우고, 보호하세요."

"그래서 제가 말했지요. 그렇다면

오늘부터 이 집은 그분의 집이다."

그 집에서 나를 아는 사람은 아무도 없었다.

깨끗한 테이블보, 깨끗한 물병을 보았다.

밤의 저 끝에서 유리 날개처럼 나를 향해 오는

생명 같은 물.

창으로 갔다. 발파라이소가 수천의 떨리는

눈꺼풀을 열고 있었다. 밤바다의

공기가 내 입안으로 들어왔다.

산의 불빛, 물속에서 떠는 바다 달,

초록색 다이아몬드로

치장한 군주 같은 어둠,

삶이 내게 주는 모든 새로운

휴식.

　　　　다시 집 안을 보았다. 빵, 냅킨,

와인, 물이 차려진 식탁,

대지와 사랑의 향기가

내 군인의 눈을 적셨다.

발파라이소의 이 창문 옆에서

여러 낮, 여러 밤을 보냈다.

나의 새 집 항해자들은

매일같이 내가 떠날 수 있는

배를 물색했다.

　　　　　　그들은

이렇게 저렇게 속임을 당했다.

　　　　　　　　'아토메나' 호는

실어 나를 수 없다. '술타나' 호도

안 된다. 그들이 설명했다.

자기들은 이런저런 윗사람에게

웃돈 아니면 뇌물을 건넨다고.

다른 이들은 더 낸다고.

　　　　　　　산티아고 궁궐처럼

모든 것이 썩었다.

여기서는 십장의 주머니,

비서의 주머니가 벌어져 있다.

주머니는 대통령 주머니만큼

크지는 않다. 그러나

가난한 이의 등골을 휘게 한다.

도둑들에 의해 개처럼
맞고 사는 가엾은 공화국,
그 개는 거리에서 혼자 울부짖는다,
경찰의 곤봉에 맞고.
곤살레스화한 가엾은 나라,
노름꾼에게 내던져지고
고발자의 구토에 내던져진 나라,
후미진 모퉁이에서 팔리고,
할인 시장에서 약탈당한 나라.
자신의 딸을 팔고
상처 난, 말없는, 두 손 묶인
자신의 조국을 건네준 사람의
손에 떨어진 가엾은 나라.
어부 두 명이 돌아오더니
어깨에 포대를 메고
바나나, 먹을 것을 메고 떠난다,
파도의 소금, 바다의 밥,
높은 하늘을 그리워하면서.
나의 외로운 날, 바다가
멀어진다. 그때에야
산의 살아 있는 불꽃을 본다.
매달려 있는 집들, 발파라이소의
심장 소리.
사람으로 넘치는 높은 산들,
터키 색, 붉은색, 장밋빛으로
칠한 문들,
이빨 빠진 계단,

가난한 문들의 잔해,

낡은 집,

안개, 연기는 물체들 위에

자신의 어망을 펼치고,

절망한 나무들은

낭떠러지에 매달려 있고,

비인간적인 저택의

팔에 걸린 옷,

선단의 아들이 부는

목쉰 호루라기 소리,

소금물 소리,

안개 소리, 철석대고

속삭이는 바다의 소리,

이 모든 것이 내 몸을 감싼다.

지상의 새 옷처럼.

그리고 나는 위쪽 안개 지대에 산다.

가난한 이들의 높은 마을.

VI

산맥의 창문, 발파라이소, 사람들이 던진 돌의

이 소리 저 소리에 부서진 차가운 주석!

나와 함께 내가 숨은 곳에서

배로 덮인 잿빛 항구를 보라.

겨우 미동만 하는 달의 물,

움직이지 않는 철 창고.

발파라이소,

오래전에, 네 바다는 사람으로 가득했다.

위용을 자랑하던 날렵한 배들,

밀의 속삭임을 싣고 다섯 개의 마스트를 단 범선들,

초석을 운송하는 배들,

너의 배 창고를 채우기 위해

결혼한 대양*에서부터 너를 향하던 배들.

항해 시대에 재빨랐던 돛단배들,

대양을 횡단하던 상선들,

밤바다에 펄럭이던 깃대,

배들과 함께 온 흑요석,

맑고 깨끗한 상아, 또 다른 달에는

커피 향기와 밤의 향기,

발파라이소, 너의 위태로운 평화에

그들은 너를 향기로 채우며 왔다.

'포토시' 호는 질산을 싣고 떨면서

바다로 들어갔다. 생선과 화살,

시퍼렇게 부푼 바다, 예민한 고래.

배는 육지의 다른 검은 항구로 향했다.

발파라이소의 온 밤이,

세상의 남쪽 밤이,

균형 잡는 선두의 얼굴인

배의 여신 위에 내려앉을 때,

---

* '결혼한 대양'은 대서양과 태평양이 교차하는 남극 바다를 가리키는 것으로 보인다. 당시 칠레의 주석 광산은 영국 자본의 손에 있었으며, 이로 인해 양국 간의 교역이 활발했다.

얼마나 많은 남쪽의 밤이
걷힌 돛 위, 증기선 선수의
솟아오른 젖꼭지 위에 내려왔는가.

VII

팜파 평원 초석 광산의 아침.
대지는 비료 냄새로 숨을 헐떡인다,
칠레를, 눈 덮인 창고 실은 배처럼*
채울 때까지.
오늘 나는 태평양 모래에
자신의 흔적을 남기지 않고 지나간
사람들이 남긴 것 모두를 본다.

내가 보는 것을 보라.

내 조국의 목에 남긴
황금 비 같은 고름 목걸이,
수치스런 쓰레기.
걷는 이여, 발파라이소의 하늘에 고정되어
꿰뚫어보는 이 부동의 시선이
그대 뒤를 쫓는다.

칠레 사람들,
고통 겪는 나라의 자식은
쓰레기와 강풍 사이에서 산다.

-----

* 초석의 흰색을 눈으로 형상화함.

조각난 유리, 부서진 지붕,

무너진 벽, 얼룩진 석회,

땅에 파묻힌 문, 진흙 바닥,

이 모두는 땅바닥에

겨우겨우 몸을 지탱한다.

발파라이소, 더럽혀진 장미,

악취의 바다 석관!

너의 가시 돋친 거리로

칙칙한 골목의 왕관으로 내게 상처 입히지 마라.

너의 죽음의 늪이 초래한 불행으로 상처 입은 아이를

내가 보지 못하도록 하라.

네 안에 사는 우리 민족,

내 아메리카 조국,

찢겨나간 불행한 여신처럼

거품으로 너를 꽉 조이게 하고

네 뼈에서 갉아먹은 모든 것이 내 마음을 엔다.

그 불행한 여신의 구멍 난 가슴으로

배고픈 개들이 오줌을 눈다.

VIII

발파라이소, 네가 가진 모든 것을 사랑한다.

대양의 연인, 귀먹은 너의 비구름 저편 멀리까지

네가 방사하는 모든 것도 사랑한다.

밤바다에서 어부를 향하는

자주색 불빛도 사랑한다.

그럴 때 너는—무화과 장미—
빛나는 나신, 불과 안개.
그 누구도 더러운 망치를 가지고, 너를 보호한다며,
내가 사랑하는 것을 때리러 오지 않기를.
너의 비밀은 나 말고는 아무에게도,
너의 열린 이슬의 열, 바다의 짠 모성이
입맞춤하는 너의 층계에는
내 목소리 말고는 아무에게도,
대기에 높이 올려진
차가운 인어의 왕관에
내 입술 말고는 아무에게도,
발파라이소, 대양의 사랑.
세상 모든 해안의 여왕,
파도와 배의 진정한 중심,
내게 너는 숲 속에 있는
바람의 방향 혹은 달.
나는 너의 살인적인 골목,
산 위에 걸린 칼 같은 너의 달,
광장 사이에서 봄을 파란색으로
다시 단장하는 뱃사람을 사랑한다.

나의 항구여, 네가 이해해주기를.
나는 너의 장점과 단점을
쓸 권리가 있다.
나는 부서진 병을 비추는
고통에 찬 등불 같은 존재.

IX

나는 이름난 바다를 다녀봤다.

각 섬의 신혼여행지까지.

나는 글 쓰는 이 중에서 최고의 뱃사람.

마지막 물거품까지

돌아다니고, 다니고, 다녔다.

그러나 심연에 꽂히는 네 바다에 대한 나의 사랑은

아무것에도 비할 수 없다.

너는 거대한 대양의

가장 중요한

산 같은 우두머리.

반인반수의 네 하늘색 엉덩이에서

네 슬럼가는 장난감 가게의

파랗고 빨간 그림을 자랑한다.

저 작은 집들과 함께

너는 선원의 병 속에 들어갈 수 있을 것이다.

'라토레' 호는 침대 시트 위의 회색 다리미.*

그게 아니라면, 그것은 아주 거대한 바다의

큰 폭풍,

　　　　극지방 돌풍의

녹색 공격, 너의 요동치는 땅의 수난,

지하의 공포, 네 횃불에

대항하는 바다의 파도 모두가 함께

-----

* 라토레Latorre는 칠레의 군함이다. 침대 시트는 바다의 수면을 상징한다.

네게 거대한 암울한 바위,

허리케인이 거품으로 교회*를

만든 것이다.

발파라이소, 나는 네게 내 사랑을 고백한다.

그리고 너의 교차로에 살러 돌아갈 것이다.

너와 내가 다시 자유로워진다면,

네가 너의 바다와 바람의

왕좌에 있고, 내가 나의 눅눅한 철학적

땅에 있게 된다면. 바다와 눈 사이에서

자유가 어떻게 머리를 들지 함께 보자.

발파라이소,

대양의 외로운 남쪽에서

고독 속에 홀로 있는 외로운 여왕,

                              나는

너의 높은 곳의 누런 바위들을 다 보았다.

너의 급류 같은 맥박을 만졌고,

네 항구의 손들은 내 영혼이 밤에 원했던

포옹을 해주었다.

그리고 너의 왕국이 물을 튕기는

파란 불이 빛나는 곳에서 네가 다스리는 모습을 그린다.

남쪽의 황새치, 물의 여왕,

모래 위에 너만 한 곳이 없다.

——
* '교회'는 라토레 군함을 가리킨다.

X

그렇게 밤에서 밤으로
그 기나긴 시간, 칠레의 모든 해안에
내려앉은 어둠 속에서
나는 이 문에서 저 문으로 도망 다니며 살았다.
또 다른 가난한 가정들, 나라의
후미진* 곳이면 어김없이 있던 또 다른 손들은
내 발걸음을 기다렸다.
                        수없이 이 문으로
지나갔지만, 문은 아무 말도 하지 않았다.
칠하지 않은 그 담, 시든 꽃이 있던
그 창문도.
내게는 그곳들은 비밀이었고,
비밀의 심장은 나를 위해 뛰고 있었다.
순교로 물든
석탄 탄광 지대,
극지방 섬 옆
해안의 항구,
가만, 어쩌면
그 시끄러운 거리, 정오
음악에 젖어 있던 그 거리,
아니면, 아무도 다른 창문 사이에서
구별하지 못하던
공원 옆의 그 창문, 그리고

———
* '후미진'의 원문은 arrugada(주름진).

502

온 마음을 다해 식탁 위에서
나를 기다리던 맑은 국 한 그릇.
모든 문이 나의 문이었고,
모두들 이렇게 말했다. "내 형제여.
이 누추한 집으로 그분을 모셔오게."
그동안 내 조국은
수많은 벌로 물들어가고 있었다,
쓰디쓴 와인 공장처럼.
몸집 작은 양철공이 왔다.
그 여자애들의 엄마도,
촌스러운 농부,
비누 만들던 사람,
사랑스러운 여자 소설가,
외로운 사무실에
곤충처럼 못 박혀 살던 청년,
이들 모두가 왔고, 그들의 문에는
비밀 표식이 있었다.
탑처럼 보호받는 열쇠,
아는 사람이 없어도,
밤이든, 오후든, 낮이든,
내가 쉽게 들어와서
이렇게 말하도록, "형제여, 내가 누군지 아시지 않나,
나를 기다리는 것 같더군."

XI

몹쓸 인간아, 공기에 대항해서 뭘 할 수 있느냐?
몹쓸 인간아, 피어나고, 올라오고, 침묵하고, 바라보고,
나를 기다리고 너를 심판하는 그 모든 것에 대항해서
뭘 할 수 있느냐?
몹쓸 인간아, 네 배신으로
네가 산 것은 매 순간 돈으로
물을 주어야 하는 것이다.
몹쓸 인간아,
팔린 대상이 후회하기 전에
너는 추방하고, 체포하고, 고문하고,
황급히 돈을 지불할 수 있다.
너는 돈 주고 산 카빈 총*들에 에워싸여
가까스로 잠을 청할 것이다.
그러나 밤의 도망자인 나는
조국의 품안에서 잠이 든다.

너의 작고 일순간에 불과한 승리는
얼마나 슬픈지! 파리 시인들
아라공, 에렌부르크, 엘뤼아르,**
베네수엘라의
용감한 작가들, 그리고 다른 이들, 다른 이들

---

* '카빈 총'은 경찰을 가리킨다.
** Louis Aragon(1897~1982), Ilya Ehrenburg(1891~1967), Paul
Éluard(1895~1952).

또 다른 이들이

나와 함께한다.

몹쓸 인간 네 옆에는

에스카니야, 쿠에바스,

펠루초네아욱스와 포블레테*만 있다

나는 내 민중이 제공한 층계를 통해,

내 민중이 숨겨주는 동굴에서,

내 조국과 비둘기 날개 위에서

잠을 자고, 꿈을 꾸고, 네 국경을 쳐부순다.

XII

모두에게, 그대들에게

어둠 속에서 내 손을 잡아준

밤의 조용한 존재들인 그대들에게,

불멸의 빛을 가진

램프를, 하늘의 별들을,

인생의 빵을,

비밀의 형제들, 그대들 모두에게

나는 말한다. 감사는 없다고.

그 어느 것도 순수한 와인 잔을

채울 수 없다고,

그 어느 것도

———

* Escanilla, Cuevas, Peluchoneaux, Poblete: 곤살레스 비델라의 최
측근 및 하수인들.

그대의 조용한 존엄만큼

부술 수 없는 봄의 깃발에

모든 태양을 담을 수 없다고.

나는 단지

생각한다.

어쩌면 나는

그렇게 소박함을 누릴 가치가 있었고,

그렇게 순수한 꽃을 받을 가치가 있었으리라고.

어쩌면 나는 그대들이다. 바로 그거다.

약간의 흙, 밀가루 그리고 꽃,

이 모든 자연의 무리는 자신들이

어디서 오는지 어디에 속하는지 알고 있다.

나는 그리 멀리 있는 종이 아니다.

나는 그처럼 깊이 묻힌 유리가 아니라서

네가 읽어내지 못할 글자는 없다. 나는 그저

단순한 민중, 감춰진 문, 어두운 빵이고

그대가 나를 두 손 벌려 맞이할 때, 그대는

그대 자신을 맞이하는 것이다. 그렇게나

여러 번 두들겨 맞고

그렇게나 여러 번 태어난

손님을.

　　　　모두에게, 모두에게,

내가 모르는 사람 누구에게나, 그 이름을

들어보지 못한 자들 누구에게나, 우리의

긴 강을 따라 사는 모든 이들에게,

화산 자락에서 사는 모든 이들에게,

동의 유황 그림자에게, 어부에게, 농부에게

유리처럼 빛나는 호숫가에 사는

파란색 인디언에게,

이 시간이면 늙은 손으로 가죽에

못을 치면서 질문하는 구두수선공에게,

나를 알지도 못하면서 나를 기다렸던 사람에게,

나는 그들에게 속하고, 그걸 인정하고, 노래한다.

XIII

아메리카 모래, 장엄한

농장, 붉은 산맥,

그 옛날의 폭풍에서

옥수수 알갱이처럼 떨어져 나온 형제, 자식들,

살아 있는 알갱이가 땅으로 돌아가기

전에 우리 그걸 다 모으자.

그리고 새로 태어나는 옥수수가

그대의 말을 듣고,

그걸 따라 말하고, 또 따라 말하게 하자.

밤낮 그 노래를 부르도록,

그 노래를 씹고 먹도록,

그 노래가 이 세상 전체로 퍼지도록,

그리고 갑자기 침묵하도록,

돌 아래에 가라앉아

밤의 문을 만나서

다시 태어나러 나오도록,

빵처럼, 희망처럼,

배에 부는 바람처럼
다른 이들에게 나눠 줄 수 있도록.
내 민족의 뿌리에서
태동한 노래를
옥수수가 그대에게 가져간다.
태어나기 위해, 우뚝 서기 위해,
노래하기 위해, 다시 한 번 고통 속에서
수많은 알갱이가 되기 위해.

여기 내 잃어버린 손이 있다.
보이지는 않지만, 그대는
밤에는 보이지 않는 바람을 통해
그 손을 볼 수 있을 것이다.
그대의 손을 다오. 나는 우리의
아메리카 밤의 거친 모래 위에서
그대의 손을 본다.
나는 그대의 손을, 그대의 손을 잡는다.
이 손, 저 손,
투쟁하기 위해 일어나고
다시 심어질 손.

지상의 어둠에서
밤에 나 혼자 있는 것 같지 않다.
나는 민초, 셀 수도 없는 민초이다.
내 노래는 침묵을 통과할
순수한 힘을 가졌고
어둠 속에서도 배태된다.

죽음, 순교, 어둠, 얼음이
갑자기 씨를 덮는다.
민중도 땅속에 묻힌 것 같다.
그러나 옥수수는 땅으로 돌아온다.
옥수수의 길들일 수 없는 붉은 손들은
침묵의 세계를 지나왔다.
우리는 죽음에서 다시 태어난다.

XI.
푸니타키의
꽃*

───
* 푸니타키Punitaqui는 칠레 코킴보Coquimbo 도, 리마리Limari 군
에 있는 한 마을로 금광, 동광, 수은광이 있다. 1930년대부터 광산
개발이 본격화된 곳이다. 시인은 광산 노동자들의 열악한 노동환경
과 가난, 금광에서의 파업을 목도하고 이를 노래한다.

I

돌 계곡   오늘 4월 25일,
(1946)   오바예*의 들판에
고대하던 비, 1946년의 물이 내렸다.

첫번째 목요일, 축축한 날, 수증기 날이
산 위에 잿빛 철물점을 짓고 있다.
오늘 목요일은 배고픈 농부들이 그들의 주머니에
보관했던 작은 씨의 날이다.
오늘 그네들은 서둘러서 땅을 파고
그 안에 초록색 생명 알곡을 떨어뜨릴 것이다.

어제 비로소 우르타도 강 위쪽으로 갔다.
안데스의 거대한 선인장이
잔인한 촛대처럼 자라는 그 높은 곳,
선인장 가시로 짜증이 나 울퉁불퉁해진 산들.

———
* Ovalle: 리마리 군의 군청소재지. 서쪽에 태평양이 있다.

삐쭉삐쭉한 가시 위로, 주홍색 옷처럼
끔찍한 노을의 반점처럼,
수천의 고름이 흐르는 몸을 이끌 때 나는 피처럼,
킨트랄*나무가 피나는 등불을 켜고 있었다.

바위는 불의 시대에 엉겨붙은 거대한 주머니,
눈먼 돌 포대는 굴러내려,
계곡을 감시하는 요지부동의 상(像)으로
변해버렸다.

강은 무수한 버들 이파리의 어둠 속에서
이제 막 흐르는 물의 달콤하고
괴로운 사연을 싣고 간다. 미루나무는
날씬한 노란 이파리를 하나씩 떨어뜨린다.

이것이 노르테 치코**의 가을, 만추.

여기서 햇빛은 열매에서 깜빡인다.

나비처럼 지나가는 태양은 포도가
익을 때까지 거기서 시간을 더 보내고,
계곡 위 무스카트 포도밭 위에서 반짝거린다.

---

* quintral: 칠레의 자생 나무로 꽃이 붉다.
** Norte Chico: 칠레는 북쪽에서부터 노르테 그란데Norte Grande,
노르테 치코Norte Chico, 소나 센트랄Zona Central, 소나 수르Zona
Sur, 소나 아우스트랄Zona Austral로 나뉜다.

II

파블로 형제   그러나 오늘 농민들이 나를 보러 온다. "형제,
물이 없어요, 파블로 형제, 물이 없고, 비도 안 와요.

강의
실낱같은 물줄기는
일주일은 흐르고, 일주일은 말라 있어요.

우리 소들은 저 위 산맥에서 죽었어요.

가뭄이 애들을 죽이기 시작했어요.
저 위 동네에서는 사람들이 먹을 게 없대요.
파블로 형제, 장관께 말씀을 좀 드려줘요."
(그래, 파블로 형제는 장관에게 말할 것이다.
그러나 그들은 이 치사한 가죽 의자들이
칭송의 침으로 닦이고
광택이 나는 장관실 책상이
나를 어떻게 맞이할지 모를 것이다.)
장관은 거짓말을 할 것이다. 손을 비벼댈 것이다.
가난한 농촌 마을의 노새와 개를 키우는 목축업은
배고픔을 견디다 견디다 못해
깎아지른 바위 아래로 추락할 것이다.

III

굶주림과 분노   안녕, 네 땅에게도 안녕, 네가 얻은
어둠에도 안녕, 투명한 가지,
신성한 땅,
황소, 안녕, 구두쇠 같은 물,
안녕, 수원(水源), 비 올 때는
없었던 음악, 건조하고 돌 많은 여명의
창백한 띠, 안녕.

후안 오바예,* 나는 네게 손을 내밀었다, 물기 없는 손,
돌의 손, 벽과 기아의 손.
네게 말했다. 회갈색 양, 가장 거친 별, 자줏빛
엉겅퀴 같은 달, 결혼한 입술들의
부러진 부케에는 저주를 퍼부을 수 있다.
그러나 인간은 건드리지 마라. 그의 핏줄에 손을 대서
피 흘리게 하지 마라, 아직 모래를 물들이면 안 된다.
큰 가지들이 떨어진 나무가 있는 계곡에
아직 불을 내서는 안 된다.

후안 오바예, 죽이지 마라. 그때 네 손은
내게 이렇게 답했다.
"이 땅들은 죽이고 싶어 해.
밤이면 복수할 대상을 찾지.
고통 속에 있는 저 옛날 황색 공기는

———
* Juan Ovalle: 오바예 마을을 의인화한 것으로 보인다.

독을 품었고, 기타는 범죄 사슬,
바람은 칼 같은 존재란 말이지."

IV

그들에게   계곡의 뒤, 가뭄의 뒤,
땅을 빼앗다 강 뒤, 가는 이파리 뒤,
농토와 수확을 감시하는
땅 도둑놈.

자줏빛으로 소리 나는 저 나무를 보라,
나무의 붉은 깃발을 보라,
자신의 아침 무리 뒤에 숨은
땅 도둑놈.

호두나무에서 맑은 바람 소리를
듣는구나, 소금 바위처럼 맑은.
그러나 매일의 하늘 위에
땅 도둑놈.

배태하는 층 사이에서
밀이 황금 화살 속에서 숨 쉬는 걸 느끼는구나.
그러나 인간과 빵 사이에 가면이 하나 있다.
땅 도둑놈.

V

광물을 향하여 후에, 소금과 금으로 된
높은 바위, 광물
매장 지대로
올라갔다.
광물은 사랑스러운 담, 그 안에서
돌 하나는 다른 돌을 끌어안고
시커먼 흙에 입맞춤을 하고 있었다.

보호막이 쳐진 길
돌과 돌의 입맞춤,
거대한 붉은 포도 사이의
흙과 흙의 입맞춤.
땅의 치아는
한 치아 옆의 다른 치아.
순수한 물질의 담,
강의 돌들의 끝없는
입맞춤을 거리의
천 개 입으로 이끄는 담.

농지에서 금광으로 올라가자.
거기 높이 솟은 돌들이 있다.

손의 무게는 새와 같다.
인간, 새, 공기의 물질,
고집, 선회, 고통,

어쩌면 눈 한 번 감기, 그러나 전투.

거기 황금 맥이 지나는 요람
푸니타키에서, 얼굴을 맞댄다.
곡괭이를 든, 삽을 든
말없는 노동자, 오라,
페드로, 가죽 같은 평화와 함께,
오라, 라미레스, 닫힌 광산의
자궁을 파헤쳐 들어간
너의 타는 손,
안녕, 계단에서, 황금의
석회질 지하층에서
저 아래 자궁에서
너희들의 손때 묻은 연장은
불로 표시되어 남았다.

VI

푸니타키의 꽃 그곳 조국의 땅은 예전처럼 고통스럽다.
황금은 잃어버린 소금,
                          붉어진
물고기, 분노의 덤불에서
자신의 쭈그러든 작은 순간에
태어나는 존재, 피나는 손톱에서 태어나는 존재.

차가운 아몬드 같은 새벽,

산맥의 이빨 아래로,

마음은 바늘구멍을 뚫고,

찾고, 만지고, 괴로워하고, 올라간다.

가장 중요한 높이, 지구상에서 가장 높은 곳에

찢어진 옷을 입고 도달한다.

타버린 마음의 형제, 이 일을 내 손에도 다오,

그리고 우리 함께 다시 한 번 잠자는 층으로 내려가자.

거기서 지난번 집게 같은 네 손이

살아 있는 황금을 잡았고,

그 황금은 좀더 깊숙이, 좀더 아래로, 아래로

날아가기를 원했었다.

거기, 거기 여자들,

저 위의 칠레 여인들,

광산의 광석의 딸들,

꽃을 가지고 내 손에 한 다발을,

푸니타키 꽃, 빨간 꽃,

제라늄, 그 척박한 땅의

불쌍한 꽃들을

내 손에 안겼다.

그 꽃들이 저 아래 깊은 광산에서라도 발견된 양,

붉은 물의 꽃들의 딸들이

인간이 묻힌 저 아래에서라도 돌아온 양.

그들의 손, 그들의 꽃을 잡았다.

조각난 땅, 광물, 깊은 꽃잎

향기, 그러나 고통의 향기.
그 꽃들을 보면서, 황금의 고통스러운 고독이
어디서 오는지 알았다.
꽃들은 피를 흘린 삶을
핏방울로 내게 보여주었다.

가난 속에서도
꽃 피운 요새, 사랑의 꽃다발,
아득한 광물.

내 침대 옆의 푸니타키 꽃, 동맥,
생명, 너희들의 향기가
나를 가장 깊은 비탄의
지하 갱도로 인도한다.
깎아지른 높이, 눈[雪], 뿌리로 인해
단지 눈물만이 갈 수 있는 곳으로.

꽃, 고고한 꽃,
광산과 돌의 꽃,
푸니타키의 꽃, 쓰디쓴
지하의 딸들, 내 마음속에서 결코 잊히지 않으리라.
불멸의 순수함을 만들기 위해
너희들은 살아 있다. 죽지 않는
돌의 화환.

VII

황금　황금이 순도를 찾은 날.
　　　　이제 막 온, 이제 막
　　　　땅의 엄숙한 조상에서 떨어져 나온
　　　　황금을 다시 한 번
　　　　더러운 용액에 담그고 난 뒤,
　　　　황금은 불에 달구었고, 인간의
　　　　땀과 손에 의해 포장되었다.

　　　　거기서 황금 마을은 작별을 고했다.
　　　　그들의 만남은 땅에서의 만남,
　　　　에메랄드의 잿빛 어머니처럼 순수했다.
　　　　금괴, 무한한 시간의
　　　　규모로 줄어든
　　　　땅의 껍질,
　　　　흙색의 씨앗,
　　　　비밀의 힘 있는 땅,
　　　　포도송이를 경작하는 땅을
　　　　만지던 손도 순수했다.

　　　　흠이 없는 황금의 땅, 인간적
　　　　물질과 민중의 흠 없는
　　　　광석, 이제 막 시작한 광업이라는
　　　　두 개의 길이 무너지지 않는
　　　　교차로에서 만났다. 그 전에는 본 적이 없었다.
　　　　인간은 계속해서 먼지를 씹을 것이고,

돌 많은 땅이 될 것이며,
황금은 인간의 피 위로 올라가서
상처를 내고, 상처 난 자 위에 군림할 것이다.

VIII

황금의 길 들어오시지요, 선생님, 나라와 땅,
방, 축복, 굴[石花] 사세요.
당신이 도착한 이곳에서는 모든 걸 팝니다.
당신의 폭탄에 무너지지 않을 탑은 없습니다.
무엇을 거절할 대통령도 없습니다.
당신의 보석을 보존하지 못할 땅도 없답니다.

우리는 바람처럼 너무나도 '자유로운' 존재들이라서
바람, 폭포도 사실 수 있습니다.
고급 섬유가 모인 곳에서는
순수하지 못한 의견을 정리하시고,
용병의 리넨 천에서는 비윤리적,
의지도 없는 사랑이나 취하시지요.

황금은 옷을 바꿔 입었다. 천, 해진 종이,
보이지 않는 차가운 금속판, 칭칭 감긴 손가락 띠의
형태를 취해서.

새로운 성에 들어간 아씨께는
이빨을 드러낸 아버지가

지폐 접시를 가져다주었고,
미녀께서는 바닥에서 줍느라고
고생을 해도 미소를 잃지 않고 먹어치웠다.
황금의 시대는 주교께는 서품식을
바쳤고, 판사들에게는 문을 열어주었고,
융단 자리가 보존되었고,
밤에는 홍등가를 전율시켰고,
바람에 머리를 휘날리며 달려 나갔다.

(나는 황금이 다스리던 시대를 살았지.
나는 썩어 없어지는 것도 보았고,
명예 때문에 똥으로 더럽혀진
피라미드도 보았지. 고름을 비처럼
흘리는 제왕들을 모셔오거나 보내드리는 것도 보았지.
저울이 가리키는 무게에 확신을 갖는 황금,
죽음의 굳은 인형들,
단단한, 잡아먹히는 재에 의해
고열 처리된 황금.)

IX

파업   황금을 뒤로했다.
파업 현장으로 들어갔다.
그곳에는 사람들을 결집시키는
연약한 실이 있었다.
그곳에서는 인간의 순수한 끈이 살아 있었다.

죽음이 그들을 깨물었다.

황금, 시큼한 이빨, 독이
그들을 향해 뻗쳤다. 그러나 사람들은
문에 돌을 놓았고
그들과 연대한 단단한 흙은
나란히 흐르는 두 줄기 물처럼
부드러움과 투쟁을 흘려보냈다.

뿌리를 가진

줄기들, 민초의 파도.

파업을 보았다. 고통을 이겨내고
함께 모인 팔들,
위험한 투쟁 파업에서
나는 처음으로 살아 있는 존재를 보았다.
인간 생명의 단결체.

가난한 아궁이만 놓인
저항 집단의 부엌에서, 여인들의 눈에서,
하루의 휴식을 향해
어렵사리 움직이는 훌륭한 손에서,
미지의 파란 바다에서처럼,
어렵사리 구한 빵을 나누는
형제애에서처럼,
깨뜨릴 수 없는 결합에서처럼,
의지할 곳 없는 돌소금,*

———
* '돌소금'은 원문에서는 '소금'이나, 자줏빛 암염을 가리킨다.

용감하게 들어 올린 그 자줏빛 석류 속에서
솟아오르는 돌의 모든 기원에서처럼
드디어 나는 머나먼 다정한 도시를,
잃어버린 조직체를 찾아냈다.

X*

시인　예전에는 가슴 아픈 사랑을 안고
살았다. 예전에는 내 눈을
인생에 고정하고 수정으로 된
작은 페이지를 간직했다.
친절을 샀고, 탐욕의
시장에서 살았다.
인간과 가면의 비인간적 적대감,
질투의 가장 소리 없는 물을 숨 쉬고 살았다.
해양 늪의 세계에도 살았다.
거기서는 갑자기 수선화가
거품을 진동하며 나를 삼켰고,
발을 디디는 곳마다 내 영혼은
심연의 이빨을 향해 미끄러졌다.
그렇게 해서 쐐기풀에서 가까스로 구해낸 시,
하나의 벌(罰) 같은 고독을 움켜쥔 내 시가 태어나거나,
가장 비밀스러운 꽃을 부패의 정원에서 유리시켜

———

* 시인은 살아왔던 나날을 반성하며 삶의 방향 전환을 고백한다.

땅속에 묻기도 했다.
깊은 회랑에 사는 어두운 물처럼
그렇게 유리되어
각 존재의 고독, 매일의 증오를 향해
이 손에서 저 손으로 달음박질했다.
나는 사람들이 그렇게 사는 줄 알았다.
존재의 반을 숨기면서,
가장 이상한 바다의 물고기처럼,
그리고
거대한 진창에서 죽음을 만났다.
문과 길을 여는 죽음.
담으로 미끄러져 내리는 죽음.

XI

세상의 죽음　죽음은 여기저기서, 무덤에서도 세금을
징수하고 걷고 다닌다.
한 사람이 칼, 혹은 주머니를 들고,
정오든, 밤이든,
죽이려고 기다렸고, 죽였다.
살인을 하거나 죽은 자를 먹으면서
사람들과 가지들을 땅에 묻어 나갔다.
그는 어망을 준비했고, 꽉 쥐었고,
피를 흘리게 하고, 아침이면
사냥의 피 냄새를 풍기며 나갔다.
그리고 성공해서 돌아올 때는, 주검의

조각을 들고 의지할 데 없는 상태가 되어,
스스로를 죽이면서
자신의 궤적을 장사 지냈다.

살아 있는 이들의 집은 죽어 있었다.
쓰레기, 부서진 지붕, 오줌통,
벌레가 득실대는 좁은 골목들, 인간의
눈물이 쌓은 동굴들.
―그렇게 살아야 한다―법령이 말했다.
―네 존재 안에서 썩어버려라―대장이 말했다.
―너는 더럽다―교회가 말했다.
―진흙에서 자라―그들이 네게 말했다.
불과 몇 명이 재를 조립하더니
지배하고 결정하는 존재를 만들었다.
그동안 인간의 꽃은 인간을
에워싼 벽에서 두들겨 맞았다.

공동묘지에는 허영과 돌이 있다.
모두에게는 침묵, 높고 예리한 식물로
만든 조상(彫像).
결국 거기 있구나, 드디어 우리에게
괴로운 정글 한가운데에 구멍 하나를 남겼구나.
드디어 벽 사이에 뻣뻣하게 있구나.
벽을 넘지는 못할 거다. 매일매일
향기로운 강처럼 꽃들이
죽음의 강에 모였다.
삶이 건드리지 않는 꽃들은

네가 남겨둔 구덩이로 떨어진다.

XII

인간 여기서 사랑을 만났다. 모래에서 태어났고
목소리 없이 자랐고, 강한 돌들을 만졌고,
죽음에 저항했다.
여기서 인간은 건드리지 않은 빛,
살아남은 바다를 모으는 생명이었다,
그리고 광석과 똑같은 통일성으로
공격했고 노래했고 투쟁했다.
여기 공동묘지는 겨우 파내진
땅, 부서진 십자가,
그 용해된 십자가 판때기 위로
모래바람이 먼저 지나간다.

XIII

파업 가동되지 않는 공장은 이상했다.
공장에는 침묵이, 기계와 사람 사이에는
유성 사이에 끊어진 하나의 실처럼
거리가 있었다. 건설하면서 시간을
보내던 인간의 손이
비어진 곳,
일도 소리도 없는 벌거벗은 곳.

인간이 터빈의 소굴을 떠났을 때,
뜨거운 팔을 떼어냈을 때, 가마의
내장이 무너졌다. 바퀴의 눈을
떼어내고 선회하는 빛이
보이지 않는 원에 멈추자,
강력한 모든 힘에서,
권능의 순수한 원에서,
강력한 에너지에서,
불필요한 무수한 철강 산이 남았고
인간이 없는 사무실들이 남았다.
홀아비가 된 공기,
외로운 기름 냄새.

라미레스, 두들겨 맞은 그 조그만 편린이
없었더라면, 찢긴 옷의 그 남자가 없었더라면,
아무것도 존재하지 않았다.
죽은 힘만 겹겹이 쌓인
기계의 거죽만이 존재할 뿐,
파도가 없는 바다의 냄새나는
저 심연의 검은 고래처럼,
아니면 유성의 고독 아래
갑자기 무너져 내린 산처럼.

XIV

민중 민중은 붉은 깃발을 들고 행진했다.

530

돌을 던지는 그들 무리 속에,

시끄러운 도정에,

투쟁의 높은 노래 속에 나도 함께 있었다.

그들이 어떻게 한 걸음 한 걸음 정복하는지 보았다.

그들의 저항은 길뿐이었다.

유리된 상태에서는 별 하나가 부서진

조각, 입도 없고 빛도 나지 않는 조각.

침묵 속에서 단합을 이뤄 함께하면

불, 무너뜨릴 수 없는 노래였다.

땅에 사는 인간의 느린 걸음은

깊이를 가졌고 전쟁을 형성했다.

자신들이 짓밟힌 것에 대항하는

존엄이었고, 하나의 체제처럼

깨어났고, 문을 두드리는

생명의 질서였고, 자신들의

깃발을 들고 중앙 홀에 앉는 질서였다.

XV

글자 그랬다. 그러할 것이다. 석회질

산맥에, 연기의

가장자리에, 공장에,

벽에 한 메시지가 있었다.

민중, 단지 민중만이 그것을 볼 수 있었다.

그 투명한 글자들은 땀과 침묵으로

형성되었다. 그러나 쓰여 있었다.

민중이여, 그대들이 그대들의 길에서
그 글자들을 모았다. 그리고 그것들은 지금
뜨거운 불처럼, 여명에게는 비밀로 밤 위에 있다.
민중이여, 하루가 끝나가는 때에 들어와라.
군대처럼 모여서 가라,
그리고 너희들의 걸음,
당당한 소리로 자신 있게 땅을 쾅쾅 디더라.

그대들의 길이 통일되어 있기를,
전투에서의 땀이 통일되어 있듯이,
길에서 총 맞아 죽은 민중의
먼지 나는 피가 통일되어 있듯이.

그 선명함 위에 농장, 도시,
광산이 태어날 것이고
단단한 땅, 비옥한 땅과 같은
이 통일성 위에 창조적 영원성이
준비된다. 생명을 위한
새로운 도시가 태어난다.
박해받은 무리들의 빛, 광물적
손으로 빚어진 조국,
바다의 물결처럼 어부들이
만든 질서, 넘치는
미장이들이 세운 담,
밀알 학교, 인간이 사랑하는
공장 건물.
돌아오는 유배된 평화, 함께

나누는 빵, 여명, 지구의
네 방향 바람이 만들어낸
이 지상의 사랑의 매력.

XII.
노래하는
강들*

I

미겔 오테로 실바*
에게 보내는 편지,
카라카스에서(1948)

한 친구**가 네 편지를 가져왔다.

그 친구의 옷, 눈에 쓰인 보이지 않는 말들.

미겔, 너는 행복하다. 우리 둘은 그지없이 행복하다.

회반죽 바른 궤양이 창궐한 세상에서

말할 수 없이 행복하게 사는 사람은 우리밖에 없다.

까마귀가 지나가는 걸 봐도, 나는 아무렇지 않다.

너는 전갈을 봐도, 그저 네 기타만 닦는다.

우리는 맹수 사이에서 노래하며 산다. 그리고 우리가

어떤 사람, 믿을 만하다고 믿었던 사람의 몸을 만져서,

그 사람이 썩은 케이크처럼 무너져 내리면

베네수엘라적 유산을 물려받은 너는

구원될 수 있는 것을 골라내지만,

나는 삶의 숯불을 보호한다.

---

* Miguel Otero Silva(1908~1985): 베네수엘라의 작가, 기자, 정치
가로 공산당원이었다.

** 쿠바 시인 니콜라스 기옌Nicolás Guillén을 말한다.

미겔, 너무 기뻐.

지금 어디 있느냐고 묻는 거지? 얘기해줄게.

─정부에게 '유용한'것만 자세히 말하지─

자연 그대로의 돌이 가득 찬 이 해안에서는

바다와 들, 파도와 소나무,

매와 바다제비, 거품과 평원이 합쳐진다네.

바닷새가 어떻게 나는지 아주 가까이에서

하루 종일 본 적 있나? 저 새들은 마치

사람들 편지를 수신인에게 전해주는 것 같다네.

펠리컨은 돛단배처럼 지나가고,

화살처럼 나는 다른 새들은

죽은 왕의 메시지, 안데스 해안에서 터키석 장식품을 지니고

땅속에 묻힌 왕자의 메시지를 가져오지.

전체가 하얀 갈매기들은

늘 자신들의 메시지를 잊어버린다네.

미겔, 인생은 얼마나 푸른지, 우리가 인생에

사랑과 투쟁을 걸면, 빵과 포도주가 되는 말,

그들이 아직도 훼손하지 못하는 말이 되네. 왜냐하면

우리가 기관총을 들고 노래를 부르며 거리로 나가니까.

그들은 우리와 함께 길을 잃었다네, 미겔.

우리를 죽이는 것 말고 무얼 더 하겠나, 그렇지만

죽이는 것은 잘나가는 사업은 아니지. 단지

우리 집 앞 아파트에 세를 얻어서,

우리를 미행하면서 울고 웃는 걸 배우겠지.

내가 너무 슬퍼 죽을 지경이라, 방황하고,

자포자기 상태에서, 단어를 갉아먹으면서

온몸에서 분출해 오르던 사랑의 시를 쓰니까,

내게 그러더군. "야, 위대해. 테오크리토*야!"

나는 테오크리토가 아닐세. 삶을 받아들였고,

삶 앞에 섰고, 삶을 이길 때까지 입을 맞춘 걸세.

그다음에 광산의 골목길로 갔다네,

다른 사람들이 어떻게 사는지 보려고.

내 손은 쓰레기와 고통으로 얼룩졌다네. 광산 밖으로

나와 황금빛 속에서** 손을 들어 보여주었네.

그리고 "나는 범죄에 동참하지 않는다"고 말했네.

기침을 하더군. 마음에 안 든 거지. 아는 척도 안 하고.

나를 테오크리토라고 부르지도 않더군. 그리고 욕을

해대면서 감방에 보내라고 모든 경찰에게 명령하더군.

내가 형이상학적인 문제에만 집착한 게 아니었으니까.

그러나 나는 기쁨을 만끽했다네.

그때부터 나는 편지를 읽으려고 일어났다네.

바닷새들이 그렇게 멀리서부터 가지고 오는 편지,

젖어서 오는 편지, 그 편지 내용을 조금씩조금씩

천천히, 확신에 차서 번역하기 시작했지. 나도

이 이상한 일에서는 엔지니어처럼 꼼꼼해지더군.

불현듯 창문으로 다가가보네. 창문은 투명한

네모꼴일세. 풀과 바위 사이의 거리가

너무도 명료하군. 이처럼 나는 내가 사랑하는

것들 사이에서 일하고 있네. 파도, 돌, 벌,

---

* Teócrito: 고대 그리스의 시인으로 시칠리아 섬 시라쿠사에서 태어났다. 처음으로 '목가적인 풍경'을 노래한 시인으로 추앙받는다.
** 원문은 en las cuerdas de oro(황금의 선율 속에서). 즉 황혼 녘의 햇살을 말한다.

그리고 바다가 주는 취할 정도의 행복감.
우리가 행복한 걸 반길 사람은 아무도 없지.
자네에겐 착한 사람 역할을 맡겼지. "뭘 그래, 걱정 마."
내 경우는 나를 곤충 상자에 담아 못 박고 싶어 해.
내가 눈물을 쏟기를 바라지. 그래야 그 눈물로 내가
질식할 거고, 자기들은 내 무덤에서 연설할 수 있으니까.

초석 광산의 모래사장에서 하루는 한
500명의 사람들이 파업을 벌였던 일이
생각나네. 타라파카의 찌는 듯한
오후였네. 얼굴들이 모래로 뒤덮이고,
사막의 건조한 태양이 피를 다 쏟았을 때,
나는 내 가슴에 내가 증오하는 잔*처럼
그 옛날의 우울이 밀려옴을 느꼈네. 위기의 시간,
초산의 황폐함 속에서, 투쟁의 그 연약한 순간,
우리가 굴복당할 수도 있었던 그 순간,
조그맣고 핏기 없는 여자애가 광산에서 와서
유리와 강철을 합친 용감한 목소리로 말했네.
그 애가 읽은 시는 자네의 옛 시였고,
우리나라와 아메리카의 모든 노동자,
농민의 주름진 눈 사이를 떠도는 시였다네.
자네 노래의 한 구절이 갑자기 내 입에서
한 송이 자줏빛 꽃처럼 피어났다네.
노래는 내 피를 타고 내려왔지. 다시 한 번 자네
노래의 기쁨이 내 피에 넘쳐흐르더군.

———
* 마시기 싫은, 맛없는 내용물이 담긴 잔을 가리킨다.

자네와 고통 받는 자네 조국 베네수엘라를 생각했지.
오래전, 한 학생을 본 적이 있네, 그 애 복숭아뼈에는
어떤 장군이 채웠던 사슬 자국이 있었네.
사슬 묶인 상태로 어떻게 길에서 일하는지 말해주었네.
사람들이 사라지는 감옥 이야기도. 아메리카가 그랬네.
잡아먹을 듯이 생긴 강을 낀 평원, 나비의 집합체,
(어떤 곳에서는 에메랄드가 사과만큼 무겁지.)
밤이 되면 강에는 항상 피 흘리는 복숭아뼈가 있다네,
어제는 원유 근처, 오늘은 초석 광산 근처, 더러운
전제자가 내 조국의 꽃을 땅에 묻어 죽인 피사구아에서.
그자는 뼈를 가지고도 장사할 수 있는 인물이라네.
그래서 자네는 노래하네, 실추된 명예와 상처투성이
아메리카가 이들을 두렵게 만들어서 사형집행자와
상인들의 손에서 응고된 피, 형벌로 창백해진
피 없이도 그들의 에메랄드를 집게 하려고.
오리노코 강 근처에서 자네가 얼마나 기분 좋게
노래부르며 있을지 알았다네. 틀림없어. 아니면 집에
둘 와인을 사거나, 투쟁과 기쁨 사이에 있는
자네 자리를 지키거나. 어깨를 펴고,
요즘 시인들처럼 ─밝은 옷과 운동화를 걸치고─
그때부터 자네에게 언젠가는 편지를 쓸 생각이었지.
그 친구가 왔을 때, 그 친구의 옷에서 하나씩 벗겨진
자네에 대한 이야기,
우리 집 밤나무 밑에서 그 모든 이야기를 털어놓았네.
그가 "지금 쓰게"라고 했는데도 편지를 못 썼다네.
그러나 오늘은 좀 다르네. 내 창문으로 바닷새가
하나가 아니라 수천이 지나갔네. 새들이 세상 연안에

가져오는, 아무도 읽지 않는 편지들을 집었지.
가끔 편지들을 잃어버리기도 한다네. 편지마다에서
자네 말을 읽었네. 내가 쓰고, 꿈꾸고 노래하는 말.
그래서 이 편지를 쓰기로 결심했네. 이제 여기서
마치겠네. 이 창문을 통해 우리네 세상을 봐야겠네.

II

라파엘
알베르티에게
(스페인
산타마리아 항구)

라파엘, 스페인에 도착하기 전에
자네 시가 떠오르더군. 해안의 장미, 비스듬한 송이,
그때까지 장미는 내게 하나의 추억이 아니라
세상으로 퍼져나가는 향기 나는 빛이었다네.

잔인함으로 바짝 마른 자네 나라에게
자네는 세월이 잃어버린 이슬을 가져왔네.
그리고 스페인은 자네와 함께 깨어나 허리를 펴고
다시 아침의 진주로 왕관을 썼네.

내가 자네에게 가져온 걸 기억할 걸세.*
무자비한 산(酸) 때문에 산산조각 난 꿈,
추방된 여러 바다에서 침묵 속에 체류한 것,
그런 곳에서는 쓴 뿌리가 숲에서 태운
목재처럼 솟아나오더군.
라파엘, 내가 어떻게 그 시절을 잊을 수 있단 말인가?

———
* 『지상의 거처 I, II』 시집에 보이는 혼돈, 파괴를 지칭한다.

단단한 달 하나에 떨어지듯 자네 나라에
왔다네. 모든 곳에서 황무지의 매,
메마른 가시만 보았지.
그런데 거기서 자네 목소리, 어부의 목소리가
나를 환영하기 위해 기다렸지. 해양 과실의 꿀,
비단향꽃무 향기도 함께.

자네 시는 벌거벗은 채 식탁 위에 있었어.

남쪽 나라 소나무 숲, 포도의 인종은
자네의 잘린 다이아몬드에 송진을 주었지.
그리고 그렇게 맑게 치장을 하자, 내가
세상에 가져온 수많은 어둠이 사라졌어.

자네 시의 그 취할 것 같은 향기를 통해
꽃잎처럼 빛에서 만들어진 건축, 거기서 나는
옛 물을 보았고, 조상에게서 전해진 눈〔雪〕을 보았네.
나는 누구보다 자네 때문에 스페인에 빚졌네.
자네 손가락으로 벌통과 고원을 만졌고,
대양 같은 민중에 의해 닳은
연안을 알게 되었고, 사파이어의 옷으로
휘감은 시가 별처럼 부서지는
계단을 알게 되었네.

자네도 알다시피 형제만이 가르칠 수 있지 않은가.
그 순간 자네는 내게 그것만 가르친 게 아닐세.

우리 종족의 꺼진 호화로움뿐만 아니라
올곧은 자네 운명도 가르쳤지.
또다시 스페인이 피에 젖었을 때
민중, 내 민중의 유산을 방어했지.

자네는 알지, 아니 세상 모두가 이런 걸 알지.
난 그저 자네와 함께 있고 싶다네.
오늘 자네에게 인생의 반쪽, 자네 조국이 부족하지.
나무 한 그루보다 자네가 더 권리를 가지고 있는 곳,
조국의 불행에서 우리가 사랑하는 사람의
상(喪)뿐 아니라, 자네의 부재 역시
이리들이 먹어치우는 올리브의 유산을 그늘지게 하네.
아, 가능하다면, 여보게, 자네에게 그 당시
자네가 내게 주었던 별이 빛나는 기쁨을 주고 싶네.

우리 둘 사이에서 시는
천상의 피부일세.
자네와 함께 포도 송이를 꺾고 싶네,
어둠의 뿌리, 포도의 어린 싹도.

인간들에게 문을 여는 시기심은
자네의 문이나 내 문을 열 수 없었지.
바람의 분노가 그의 옷을
밖에 벗어던질 때처럼 아름답지.
빵, 와인, 불이 우리와 함께 있으니
분노의 상인이 짖어대라고 내버려두세.
자네 발 사이로 지나간 자가 휘파람 불도록 그냥 두세.

그리고 명료한 모든 의식과 함께
호박으로 가득 찬 잔을 드세나.

누군가 자네가 첫째였다는 걸 잊고 싶어 하는가?
그냥 노 젓도록 내버려두세. 자네 얼굴을 보게 되겠지.
누군가 우리를 서둘러서 땅속에 묻고 싶어 하는가?
좋아, 그렇지만 그자는 날아야만 할 걸세.

그들이 오겠지. 그러나 가을의 손으로 거둔
추수, 와인의 진동으로 세상을 물들일 때까지
높이 올린 추수를 흔들 수 있단 말인가?

여보게, 그 잔을 내게 주고 들어보게. 나는 축축하고
급류에 휩싸인 내 아메리카로 에워싸여 있다네.
때때로 침묵을 잃고, 밤의 화관을 잃는다네.
증오, 어쩌면 아무것도 아닌 것, 한 허공의
허공, 한 강아지의 황혼, 한 개구리의
황혼이 나를 에워싸지.
그러면 드넓은 땅이 우리를 떼어놓는 것처럼 느껴.
자네 집에 가고 싶네. 나를 기다리는 걸 알고 있네.
우리만 선할 수 있으니, 그냥 선하게 살기 위해.
우리는 빚진 게 없지 않은가.

사람들이 자네에게 빚진 게 있지, 그건 조국. 기다려.

자네는 돌아갈 걸세. 우리는 돌아갈 걸세. 어느 날은
자네의 강 연안에서 황금빛에 취해, 자네와 함께

항구로 가고 싶네, 남쪽 항구는 그때 못 갔거든.
정어리와 올리브가
모래를 두고 싸우는 그 바다를 가르쳐주게.
그리고 (땅속에 묻혀 있느라고 나를 보러
오지 못한 친구) 비얄론*의
초록색 눈을 가진 황소가 사는 들판도 보여주게.
그 친구의 헤레스 술통들, 성스러운 저장소의
공고라풍** 심장부에서는
흐릿한 불이 수정을 끓게 한다네.

라파엘, 그의 손과 자네의 손으로
스페인의 허리를 지탱하는 친구가
누워 있는 곳으로 함께 가세.
죽을 수 없던 고인, 자네가 지키던 그 사람,
자네만이 그의 존재를 방어할 수 있기에.

페데리코***가 저기 있군. 스페인 산자락에는 내려앉고,
묻히고, 부당하게 쓰러지고, 피 흘린 사람들이 많네,
산에서 길 잃은 밀알, 그들 모두는 우리 형제,
우리는 그들과 같은 흙으로 만들어졌다네.

---

* Fernando Villalón(1881~1930): 스페인의 백작이자 시인. '27세
대 문인들' 중 하나로 라파엘 알베르티가 좋아한 시인이었다.
** 공고라Góngora는 바로크 시대의 시인으로 장식과 수식이 많은
시를 썼으며, 그런 이유로 '공고라풍'은 장식이 많은 것을 일컫는
다. 여기서는 포도주가 숙성되면서 발생하는 기포를 상징한다.
*** Federico García Lorca(1898~1936): 스페인의 시인, 희곡 작가.

자네는 항상 기적의 신이었기에 살아남았네.
그자들은 자네만 찾았지. 이리들은 자네를
먹으려고 했고, 자네의 세력을 부수려 했지.
그들 각자는 자네 주검의 벌레가 되려고 했던 거야.

좋아, 그자들 실수였지. 어쩌면 순결한 투명함,
부드러우나 단호함으로 무장한
강인함, 섬세한 활력인
자네 노래의 구조가
조국을 향한 자네 사랑을 구한 걸 거야.

자네와 함께 헤닐* 강을 보러 가야겠네.
자네가 내게 주었던 그 강,
그 물이 흐르는 은빛 속에서
자네 노래의 파란 음절을
만들어준 잠든 화신들을 보러.

대장간에도 들어가세. 지금은
민중의 금속이 칼로
태어나려고 기다리지. 거기서 창공이 움직이는
붉은 망과 함께 노래를 부르며 가세.
칼, 망, 노래가 고통을 지워줄 걸세.
자네 민중은 폭탄으로 탄 손으로
자네의 사랑이 불행 속에서 타작한 것을
초원의 월계관처럼 들고 갈 걸세.

———
* Genil: 스페인 안달루시아의 그라나다 인근에 위치한 강.

맞아, 우리의 유배에서 꽃이, 민중이
천둥치며 재정복한 조국의 형태가 태어난다네.
잃어버린 꿈, 꿈의 진실을 만드는 것은
어느 하루만이 아니라네.
뿌리 하나마다 잎으로 세상을
덮을 때까지 노래가 된다네.
자네는 거기 있고, 자네가 두고 간 다이아몬드 달을
움직이지 않는 것은 아무것도 없다네.

고독, 모퉁이의 바람,
모든 것이 자네의 순수한 대지를 만지고,
마지막 죽은 이들, 감옥에 있는 이들,
총살당한 사자들, 게릴라들,
마음 약한 장교들 모두가
자네의 투명한 옷,
자네의 심장 그리고 그 뿌리까지
축축하게 적시고 있다네.

빛나는 상처를 남긴 고통을 함께 나눈
그 시절로부터 세월이 흘렀네.
전쟁의 말은 말발굽으로
마을을 부수고 유리를 박살냈다네.
그 모든 것은 폭탄 아래에서 태어났지.
그 모든 것이 자네를 기다리네, 이삭을 높이 들라고.
그 태어남에서 고통스러운 시절의 연기(煙氣),
부드러움이 다시 자네를 감쌀 것일세.

스페인의 피부는 넓고, 그 안에서 자네의 박차는
손잡이로 유명한 칼처럼 살고 있네.
망각은 없다네, 빛나는 형제, 민중의 입에서
자네를 지울 겨울도 없다네,
이 이야기를 해주지. 자네가 기억하지 못하는
편지에 답하면서 한마디를 빠뜨린 것 같네.
동구(東歐)의 기후가 주홍색 향기로
나를 덮었을 때, 그 편지들이 나의
고독을 향해 찾아왔었거든.

                          자네의 황금빛 이마가

이 편지에서 그 시절의 하루를 만나기를,
그리고 와야 할 그날의 그 시절을 만나기를.

                         오늘 1948년 12월 16일

여기서 작별을 고하네.
내가 노래하는 아메리카의 그 어느 곳에서.

III

곤살레스 카르발로*
(라플라타 강에서)

밤이 인간의 소리를 먹었을 때, 밤의 어둠이
선과 선을 빗나가게 했을 때,
깊어가는 침묵 속에서, 사람들 저 멀리서
곤살레스 카르발호의 강 소리를 들었다.

———

* González Carbalho(1899~1958): 아르헨티나의 시인. 대표 시집
으로 『돌아오지 않는 강*Río que no vuelve*』이 있다.

그의 깊고 영원한 물, 나무나 시간이 늘어나듯이
움직이지 않는 것처럼 보이는 물의 흐름.

강물의 위대한 시인은 세상의 침묵을
절제된 낭랑함으로 동반한다. 흥청대는 곳에서
그의 목소리를 들으려는 사람은 그의 귀를
땅 위에 대도록. (길 잃은 탐험가가 숲이나
평원에서 하는 식으로). 거리 가운데에서도
천둥치는 발걸음 소리 사이에서도 그의 시를
들을 것이다. 땅과 물의 심오한 목소리.

그때, 이 노래하는 강은, 도시와 그 도시의
소란 속에서, 주홍색 그늘의 램프 아래에서도,
태어나는 밀처럼, 모든 곳에서 분출한다.

강줄기 위로도, 황혼에
놀란 새들, 허공을 가르는 저녁놀의 목들,
떨어지는 자줏빛 이파리 위로도.

고독을 감히 바라보는 모든 인간들,
버려진 현을 켜는 이들, 말할 수 없이
순수한 이들, 배에서 소금, 고독, 밤이
모이는 소리를 듣는 이들은
곤살레스 카르발로의 합창이,
봄날의 밤, 드높이 맑게 솟는 것을 들으리라.
그대들은 기억하는가? 아키텐 영주.* 그는 일찍이
무너진 탑의 자리를 천 명이나 되는 사람들이

한 잔, 두 잔 쏟아낸 눈물의 구석으로 대체했다.
승리자든 패배자든** 그 얼굴들을 보지 않은 사람은
이걸 알도록.
그들은 천상의 바람이나 쓰디쓴 잔만 걱정했다는 걸.
그대들은 만져보아라, 거리의 저쪽, 아득한 곳,
한 시간 이상이나 더 되는 곳에 있는 어둠을,
그리고 우리 함께 나아가자.

조그마한 존재들이 하늘색 잉크로 그린 무질서한
지도. 강, 노래하는 물이 흐르는 강,
희망, 잃어버린 고통으로 만들어진 강,
승리를 향해 고뇌 없이 올라가는 강.

내 형제가 이 강을 만들었다.
침묵에 젖은 담담한 소리들은
드높은 노래, 지하의 노래를 만들었다.
내 형제는 이것들을 에워싸는 강이다.

----

* Príncipe de Aquitania(1330~1376): 흔히 '흑태자 에드워드'로
불리며, 아키텐의 영주였다. 스페인 왕자 엔리케와 페드로의 왕위
계승 전쟁에서 페드로를 도와 승리를 거두나, 페드로가 그에게 약
속한 대금을 지불하지 않자 흑태자는 아키텐 사람들에게 과도한 세
금을 물렸다. 프랑스 시인 제라르 드 네르발(Gérard de Nerval, 1808
~1855)이 그를 모티프로 한 「불행한 자(El Desdichado)」라는 소네
트에서 '무너진 탑의 아키텐 영주'로 시작하는 시를 썼다. '무너진
탑'은 이러한 태자의 상황을 빗댄 것이며, 과도한 세금은 백성들의
'눈물'을 의미한다.
** 왕위 계승 전쟁의 최종 '승리자'는 프랑스의 지원을 받은 엔리
케, '패배자'는 페드로를 상징한다.

밤에, 낮에, 길에서,
평원에서 밤을 샌 기차 위에서,
차가운 새벽의 젖은 장미와 함께,
아니면,
옷 가운데에서, 회오리바람을
만지면서 있더라도
그대들은 땅에 떨어져라. 그래서 그대들의 얼굴이
흐르는 이 비밀 물의 거대한 맥박을 받아들여라.

형제여, 그대는 이 지상에서 가장 긴 강.
지구 뒤에서도 그대의 담담한 강의 목소리가 들리네.
결코 멈추지 않는 보석에 충실한
그대의 가슴에 내 손을 적시네.
고귀한 눈물의 투명함에 충실한,
인간의 찢긴 영원성에 충실한 그대 가슴.

IV

**실베스트레
레부엘타스,**[*]
**멕시코에서
그의 죽음에 부쳐**
실베스트레 레부엘타스 같은 사람이
결정적으로 땅으로 돌아간다는
소문이 나고, 그의 떠남을
준비하고 알렸던 목소리와 눈물이 물결을 이룬다.

———
[*] Silvestre Revueltas(1899~1940): 멕시코의 현대 음악 작곡가, 지휘자.

(소 오라토리오)　　　작은 뿌리들이 밀알에게 말한다. "그분이 돌아가셨어."
밀은 밀밭에서 그의 이름으로 물결치고,
빵이 그걸 알게 된다.
아메리카의 모든 나무들이 그걸 알게 되고
우리 극지방의 얼어붙은 꽃들도 알게 된다.

물방울이 그 소식을 알린다.
아라우카 지방의 통제 불능 강들이
　　　　　　　　　　　　　　　　이미
그 소식을 알고 있다.
설원에서 호수로, 호수에서 나무로,
나무에서 불로, 불에서 연기로.
아메리카의 타고, 노래하고, 꽃피우고, 춤추고, 다시
살아나고, 영원한, 높은, 심오한 모든 것이 그를
맞이한다. 피아노와 새들, 꿈과 소리들.
우리의 모든 기후를 공기로 묶어주는 숨 쉬는 망,
장례 합창이 떨면서 움직인다.
실베스트레가 죽었다. 실베스트레가 그의 완벽한
음악, 소리 나는 침묵의 세계로 들어갔다.

대지의 아들, 땅의 자손, 오늘부터 너는 시간 속으로
들어간다. 이제부터 음악으로 꽉 찬 너의 이름은
네 조국이 언급되면, 종소리 올라가듯 날아오르리라.
결코 들어보지 못한, 너 자신이었던 바로 그 소리로.
성당 안의 네 심장이 이 순간 우리를 하늘처럼 덮는다.
너의 크고 위대한 노래, 너의 화산 같은 다정함이
끓는 상(像)처럼 높은 곳을 채운다.

왜 그대는 삶을 엎질렀는가?
왜 모든 잔을 그대의
피로 채웠는가?
왜 눈먼 천사처럼
어두운 문을 두드리면서 찾아 다녔는가?
아, 그러나 음악은 네 이름에서 나오고,
네 음악에서 나온다. 마치 시장에서
향기로운 월계 화환,
향기롭고 대칭을 이루는 사과가 나오듯.

이 이별의 엄숙한 날, 너는 이별당한다.
그러나 너는 듣지 못한다.
너의 고상한 이마가 없다. 마치 사람의
집 한가운데에 있던 거대한 나무가 빠진 것과 같다.

우리가 보는 이 빛은 오늘부터는 다른 빛이다.
우리가 돌아가는 거리는 새로운 거리,
우리가 만지는 손은 오늘부터 너의 힘을 갖게 된다.
모든 것이 네가 쉬고 있는 곳에서 힘을 얻고,
너의 순수함은 돌에서 올라가서
희망의 밝음을 우리에게 보여줄 것이다.

형제여, 쉬어라. 너의 날은 끝났다.
너의 사랑스러운 영혼, 힘 있는 영혼으로
대낮의 빛보다 더 높은 빛으로 너의 날을 채웠고,
하늘의 목소리 같은 파란 소리로 채웠다.

네 형제와 친구들은 네 이름을
아메리카 바람 속에서 반복하라고 내게 부탁했다.
팜파 평원 황소가 그 이름을 알고, 눈도 알고, 바다도
그 이름을 쳐대고, 바람도 그 이름을 싣고 가라고.

지금 아메리카 별들은 네 조국이다.
오늘부터 문이 없는 너의 집은 이 대지이다.

V

스페인의 감옥에서
살해당한 미겔
에르난데스에게*

너는 레반테**에서 곧장 내게로 왔다. 염소의 목동,
너는 내게, 너의 주름진 순수,
그 옛날의 스콜라 철학 책,
프라이 루이스*** 냄새, 밀감화 냄새,
산에서 태워진 똥 냄새를 가져왔고,
너의 가면에는 베인 귀리의 거친 알곡,
네 눈으로 세상을 가늠한 하나의 꿈이 있었다.

또한 네 입에는 나이팅게일 새가 있었다.

---

* 1942년 네루다가 쿠바 정부의 초청으로 쿠바에 머물 때, 스페인
시인, 극작가 미겔 에르난데스(Miguel Hernández, 1910∼1942)의
사망 소식을 접하고 쓴 시. 에르난데스는 네루다의 영향을 많이 받
았으며, 감옥에서 얻은 병으로 사망했다.
** Levante: 스페인의 지중해 연안 지방을 가리키는 말. 미겔 에르
난데스는 레반테 남부 발렌시아 지방의 오리우엘라Orihuela 출신.
*** Fray Luis de León(1527∼1591): 스페인의 신비주의파 시인, 신부.

오렌지 점이 박힌 나이팅게일, 부패하지 않은
노래의 실, 벌거벗은 그러나 힘 있는 실.*
아, 청년이여, 그 빛과 함께 폭탄이 왔고,
너는 나이팅게일, 총과
전투의 해와 달 아래에서 돌아다녔다.

아들아, 내가 얼마나 능력이 없는지 알았을 거다.
내게는 네가 모든 시의 파란 불이라는 걸 너는 알 거다.
오늘 이 땅 위에 내 얼굴을 대고 네 소리를 듣는다.
네 피, 음악, 고통 받는 벌통 소리를 듣는다.

나는 너처럼 빛나는 존재를 본 적이 없다.
그처럼 질긴 뿌리, 그만큼이나 군인 같은 손,
네 마음처럼 살아 있는 것을 본 적이 없다.
나 자신의 보랏빛 깃발 속에서 태워지는 너의 마음.

영원한 젊은이, 시골 사람,
밀과 봄의 씨앗이 넘치는 사람,
순수한 광물처럼 주름지고 어두운 존재,
너의 갑옷을 올려줄 시간을 기다리면서 사는 사람.

네가 죽은 다음부터 나는 혼자가 아니다.
너를 찾는 이들과 함께 있다. 언젠가는
너 대신 복수할 기회를 노리는 사람들. 우리에게

---

* 원문은 벌거벗은 힘(de fuerza deshojada). '실'은 흐름, 즉 강의
이미지와 통한다.

지하에 묻힌 얼굴들을 돌려달라며
스페인의 가슴 위에서 카인을 짓밟는
발걸음들 사이로 내 걸음 소리를 들을 것이다.

네 살인자들이 그 죄를 피로 갚아야 한다는 걸 알기를.
네 고문자들이 어느 날에 나를 볼 것이라는 걸 알기를.
네 이름을 오늘에야 자신들의 책에 적는 못된 인간들,
다마소,* 헤라르도** 같은 부류의 인물들, 개자식들,
사형집행자의 조용한 공범들이
너의 순교가 지워지지 않고, 너의 죽음이
겁쟁이들의 모든 달에 떨어진다는 걸 알기를.
아메리카 땅에서, 섬광이 넘쳐흐르는
피 묻지 않은 왕관을 쓴 네게
자리를 내주지 않았던 썩은 월계관을 쓴 작자들을
내가 경멸스러운 망각으로 대하게 하렴.
그들이 너의 부재로 나를 불구로 만들려 했었기에.

미겔, 오수나*** 감옥에서 멀리 떨어진, 잔인과는
거리가 먼 곳에서 마오쩌둥은 너의 조각난 시를
우리의 승리를 향한
투쟁으로 향하게 한다.

---

* Dámaso Alonso(1898~1990): 스페인의 문인, 인문학자. 미겔 에
르난데스를 가리켜, '27세대의 천재적 신예'라고 평가했다.
** Gerardo Diego(1896~1987): 스페인 '27세대 그룹' 시인. 1949년
에야 미겔 에르난데스에 대한 애정을 비로소 글로 적기 시작했다.
*** Osuna: 스페인 안달루시아 세비야의 작은 마을.

무수한 프라하 사람들은

네가 노래했던 사랑스러운 벌집을 건설하고 있고,

녹색의 헝가리는 그들의 곡물 창고를 씻고

꿈에서 깨어난 강 옆에서 춤을 춘다.

바르샤바에서는 벌거벗은 인어가

수정 칼을 보여주면서 올라간다.

저 먼 곳의 땅*은 위대해지고 있다.

네 노래를

아는 땅과 네 나라를

방어한 강철은 확신에 차 있다.

스탈린과 그의 자손들의

확고함을 바탕으로 강대해지고 있다.

빛이 너의 거처로

다가온다.

스페인의 미겔,

할퀴어진 땅의 별, 나는 너를 잊지 않는다, 아들아,

너를 잊지 않는다, 아들아!

그러나 너의 죽음으로

인생을 이해했다. 내 눈들은 겨우 밤을 새웠다.

그리고 내 안에서 비탄이 아닌

준엄한

무기를

발견했다.

그 무기를 기다려라. 나를 기다려라.

———

* 소련을 가리킨다.

XIII.
어둠에 묻힌
조국을 위한
신년의 합창곡*

---

* 독재 정권의 박해로 망명을 강요당한 시인이 조국을 그리워하며
신년인사를 건네는 노래.

I

안부 인사
(1949)

칠레인이여, 새해 복 많이 받기를, 어둠에 묻힌 조국도,
모두, 한 명을 제외한 모두가 새해 복 많이 받기를,
얼마 안 되는 우리, 동포, 형제도 복 많이 받기를,
남자, 여자, 아이들, 오늘, 칠레, 그대들을 향해
내 목소리가 날아간다, 눈먼 새처럼 그대들의 창을
두드린다. 멀리서 그대들을 부른다.

조국! 여름이 그대의 부드럽고 강인한 몸을 덮는다.
눈[雪]이 흙먼지 묻은 입술로 태양을 향해
달음질치느라 팽개친 능선들이
하늘의 석탄처럼 파랗게 높이 솟아 있다.
어쩌면 오늘, 이 시간, 너는 내가 좋아하는
초록색 외투 차림이겠지. 수풀, 강들, 반쯤 자란 밀도.
사랑하는 나의 태양 조국, 그대는 바다 옆에서
모래와 굴[石花]로 그대의 무지개 세상을 움직이겠지.

어쩌면, 어쩌면…… 멀리서 너의 배, 너의 향기를

건드리려는 나는 누구인가? 나도 너의 일부분. 너의
나무들 안에 있는 목재의 놀라운 비밀 고리,
너의 부드러운 유황처럼 조용한 성장,
땅속에 묻힌 너의 영혼의 고성(高聲)의 재.
네게서 추적당하며 떠나올 때, 수염과 가난에
찌들어서, 옷도 없이, 내 생명인 글자조차 쓸
종이도 없이, 그냥 조그만 보퉁이 하나만, 그 안에는
두 권의 책과 방금 자른 가시나무 조각 하나.
(책 이름: 지리책,
칠레 조류 도감)*

매일 밤 나는 너에 대한 묘사를 읽는다. 너의 강들도.
그것들은 나의 꿈, 내 망명, 내 국경을 안내한다.
네 기차를 만지고, 손으로 너의 머리를 쓰다듬는다.
네 지형의 철 많은 피부에 대해 생각하느라고
멈추기도 한다. 주름과 분화구의 삭망월 반구에
눈을 떨구고,
남쪽을 향해서 자는 동안 나의 침묵은
무너져 내린 소금의 마지막 천둥소리에 휘감긴다.

잠에서 깨면 (색다른 공기, 빛, 거리, 들판, 별들)
내 동반자 가시나무 조각을 만진다.
그것은 멜피야**에서 내게 선물했던
나무에서 잘라낸 것이다.

———
*『모두의 노래』를 쓰면서 네루다가 참조한 책들. 이 외에도『간추
린 아메리카 역사』『중남미 백과사전』등의 도움을 받았다.

그리고 가시나무 껍질에서 네 이름을 본다.
거친 칠레, 내 조국, 껍질이 있는 심장,
땅처럼 단단한 껍질 형태에서 내가 사랑하는 얼굴,
가시나무처럼 내게 손을 내밀었던 이들,
사막, 질산염, 구리의 사람들을 본다.

가시나무의 심장은
광나는 광물처럼 매끄러운 원형.
질긴 피가 건조했을 때의 자국처럼 황토색이고.
장작불의 유황색 무지개로 에워싸여 있다.
밀림이 고향인 이 순수한 경이로운 것을 만지면서
가시가 있는 두터운 화환에서
맹렬한 향기가 힘차게 솟아나오는 순간,
이 나무의 적대적이고 꼬여 있는 꽃을 생각한다.
내 나라의 삶과 냄새는 나를 쫓는다.
나와 함께 산다. 그들의 고집스러운 불꽃을
내 안에 피우고, 나를 소진하고, 태어난다.
다른 나라에서는 사람들이 내 옷 속을 보고,
내가 문들을 투과하는 바다 빛을 발하며
거리를 지나가는 램프라고 생각한다.
네가 내게 준 램프는 불 켜진 칼, 아직도
가시나무처럼 순수하고, 힘 있고, 길들여지지 않는다.

———
** Melpilla: 칠레 산티아고에 있는 한 구역.

II

피사구아 사람들   그러나 너를 애무하는 손은 사막에서
멈춘다. 해양 연안의 경계선,
죽음이 괴롭히는 세계.
조국! 그대 거기 있는가? 이것이 그대 얼굴인가?
이 수난, 소금물로 인해
녹이 슨 철사로 만든 붉은 왕관인가?
현재의 피사구아도 그대 얼굴인가?
누가 당신에게 해를 입혔고, 당신의 헐벗은
꿈을 어떻게 이렇게 난도질했단 말인가?

그 누구보다도 먼저, 그들에게 안부 인사를 보낸다.
그곳 남자들, 고통의 주축,
여인들, 마니오*나무 가지,
아이들, 투명한 학교,
피사구아의 모래밭 위에
그들은 박해받는 조국이었고,
내가 사랑하는 땅의 모든 영광이었다.
당신들의 모래밭에 던져졌다는 것은
내일의 성스러운 영광이 되리라.
피사구아, 어떤 천박한 배신자의
명령에 의해 갑자기
공포의 밤에 추적당하고,
인간의 존엄성을 방어하기 위해

---

* mañío: 나한송과에 속하는 남반구 자생 식물.

나는 당신의 석회질 지옥에 갔다.

당신의 죽은 해안을 잊을 수 없다.
적대적인 바다의 더러운 이빨이
고통의 벽을 공격하고
지옥 같은 민둥산
요새가 돌연히 고개 드는 곳.
당신들의 얼굴을 잊은 세상을 향해 바다를
바라보던 그 시선을 나는 잊을 수 없다.
의문의 빛이 가득 찬 눈으로
이리와 도둑이 지배하는
칠레의 창백한 땅을 향해
고개를 향하던 모습을 잊을 수 없다.

나는 그대들에게 음식을 어떻게 던졌는지 안다.
그대들이 조그만 빈 깡통으로
접시를 만들 때까지
옴에 걸린 개를 대하듯, 땅에다 음식을 던졌지.
그대들을 어떻게 잠자게 했는지도 안다.
얼굴을 찌푸렸지만 용감했던 그대들은
줄을 서서
썩은 콩을 받았고
후에 그것을 얼마나 많이 모래에 던졌던가.
그대들이 조국의 그 넓은 곳에서
모은 옷과 음식을
받았을 때 어땠는지 안다.
그대들은 자랑스럽게 받았지.

어쩌면, 어쩌면 당신들은
혼자가 아니었던 것이다.
용감하고 강인한 동포들,
그대들은 땅에 새로운 의미를 부여한다.
그들은 사냥에서 그대들을 선택했다.
그대들로 인해 모든 민족이
유배된 모래사장에서 고통을 받으라고.
지도를 보면서 지옥을 골랐고
결국 이 짭짤한 감옥, 이 고독한
담, 끔찍한 고통의 담을 보았다.
그대들이 가장 천박한 독재자의 발아래
머리를 조아리라고.

그들은 자신들이 원했던 존재를 찾아내지 못했다.
그대들은 썩고, 벌레가 난 변절자처럼
똥으로 만들어진 존재가 아니다. 그들은
보고서를 허위로 만들었고
민중의 강철 같은 단단함, 구리 같은 마음,
당신들의 침묵을 보았다.

그 광석이 조국을 건설할 것이다.
민중의 모래바람이
쓰레기 대장을 추방하는 날.

형제들, 흔들리지 않는 형제들,
트럭에서도, 오두막에서
밤에 기습당해도, 밀쳐지고,

철사로 팔이 묶여도 흔들리지 않았지.
깨어나지 않은 채, 거의 놀라지도,
짓밟히지도 않은 채, 무장한
간수들에 이끌려 피사구아로 갔지

그들은 후에 학대받는 가족들을
트럭에 태워 돌아왔다,
애들은 때려가면서.

사랑스러운 아이들의 울부짖음은
아직도 사막의 밤에 등장한다. 수천의
어린아이 입에서 나오는 울부짖음은
맹렬한 바람을 찾는 합창,
우리가 그 소리를 듣고, 잊지 말라는 합창.

III

영웅들 펠릭스 모랄레스,* 앙헬 베아스,**
피사구아에서 살해당한 이들,
그대들이 사랑하고 지켰던
거친 땅속에 묻힌
형제들, 새해 복 많이 받으시기를.
오늘 그대들은 그대들의 순수한 이름을

———
* Felix Morales: 벽화 작가, 시인.
** Angel Veas: 노동자, 공산당 소속 정치가.

삐걱대며 말하는 초석 산지 아래에 있다.
초석 산지에 펼쳐진 장미 아래,
끝이 보이지 않는 사막의
잔인한 모래 아래에.

내 형제들, 새해 복 많이 받으시기를.
그대들은 내게 얼마나 많은
사랑을 가르쳐주었는가.
그대들이 죽음에서도 얼마나 큰
다정함을 보여주었는가.

그대들은 대양의 한가운데에
갑자기 생겨나는 섬 같다.
해저의 굳건함과
넓은 공간이 지탱해주는 섬.

나는 그대들의 세계,
순수함, 무한한 빵의 세계를 배웠다.
그대들은 인생을 보여주었다. 소금
지대, 가난한 이들의 십자가를.
나는 사막의 인생을
어두운 바다의 배처럼 지나갔고,
그대들은 내 주변 사람들이
하는 일들, 땅,
누추한 집, 평원에 부는
불행의 휘파람 소리를 가르쳐주었다.

펠릭스 모랄레스, 나는 그대가
커다란 초상화를 그린 걸 기억한다.
팜파 평원의 목마른 지대에서
새로 나온 타마루고*나무처럼 젊고,
멋지고, 아름다운 초상화.

그대의 제멋대로 늘어진 머리는
그대의 창백한 이마를 치고 있었다.
그대는 차기 선거에 나오는
선동자의 초상화를 그리고 있었다.**

그대 그림에 생명을 불어넣던
모습이 기억난다. 층계로
기어오르며, 그 사람의 멋진
청춘 시절을 요약하면서.

화폭에 그대 사형집행인의
미소를 만들어갔지.
흰색을 더 칠하고, 재고,
입에 빛을 더 가하면서.
그 입이 후에 그대의 고통을 명령했고.

앙헬, 앙헬, 앙헬 베아스,

———
* tamarugo: 콩과에 속하는 관목으로 칠레 북부 지방의 자생 식물.
** 공산당원이었던 펠릭스 모랄레스는 대통령 후보였던 곤살레스
비델라의 초상화를 그렸다.

팜파 평원의 노동자, 땅속의
광석처럼 순수한 사람.
이미 그대를 살해했다. 칠레의
땅 주인 나리들께서 그대가
있기를 원했던 곳에 있다.
위대한 일을 위해
그대가 그렇게 많이 들었던 돌들
집어삼키는 돌 아래에.

그대 인생보다 더 순수한 것은 아무것도 없다.

단지 대기의 눈꺼풀.

단지 물의 어머니.

단지 건드릴 수 없는 광석.

일생 내내 나는
그대의 고귀한 투쟁의 손을
잡았던 것을 영광으로 삼겠다.

그대는 조용했다. 순수한
농기구가 될 때까지는
고통 속에서 교육을 잘 받은 나무였다.
이키케 시청이 그대에게 영광을 주었을 때
함께 있었던 기억이 난다.*
일 잘하는 사람, 금욕주의자, 형제.

빵과 밀가루가 부족했다. 그러자
새벽이 되기 전에 일어나서
그대의 손으로 모든 이에게
빵을 나눠주었다. 그때만큼
그대가 위대해 보인 적이 없다.
그대는 빵, 지상에서 그대의
마음으로 연 민중의 빵.

일과가 늦게 끝난 하루
끔찍한 투쟁의 양만큼을
지고 돌아왔었다.
밀가루처럼 미소 지었고
그대의 빵의 평화로 들어갔고,
다시 한 번 그대 자신을 나눠주었다.
알알이 부서진 그대 마음을
꿈이 합쳐놓을 때까지.

IV

곤살레스 비델라 누구였지요? 누구시지요? 내가 있는 곳은?
방랑자로 다니는 곳에서 사람들이 내게 이렇게 묻는다.
칠레에서는 묻지 않는다. 바람을 향한 주먹들,
광산의 눈들은 한 사람만 향한다.

———
* 앙헬 베아스는 1946년에 이키케 시장으로 선출되었다.

악덕한 배신자, 왕좌로 기어오르기 위해
그들의 표를 요구할 때에 그들과 함께 울었던 자.
석탄의 용감한 거장들인 피사구아 사람들은
그를 보았다. 그자는 눈물을 쏟았고,
이빨을 드러내며 약속을 맹세했고,
아이들을 껴안고 입을 맞췄다. 지금 그 애들은
고름 자국을 모래로 씻고 있다.
내 나라, 내 땅에서는 그자를 안다. 농부는
거짓말쟁이 개의 목을 언제 자기 손으로
조일 수 있을지 생각하며 잔다.
불안한 동굴의 어둠 속에서 광부는 이 못된 이[蝨],
탐욕스러운 더러운 존재를 발로 짓밟는
꿈을 꾸며 다리를 뻗는다.

총검의 커튼 뒤에 있던 자가 누구인지 안다,
아니면 시장 매물로 나온 동물 뒤,
새로운 물건 뒤에 누가 있었는지 안다.
그러나 근무 시간 막바지까지 그자와 단 한 시간이라도
말하려고 그를 찾는 민중의 뒤에는 없다.

내 동포에게서는 희망을 솎아버렸다. 웃어가면서.
그 희망을 가장 좋은 입찰자에게 어둠 속에서 팔았다.
시원한 집과 자유 대신에 그들에게 상처를 주었고
광산 입구에서 몽둥이찜질을 했고,
총대를 뒤에 두고 월급을 고시했다.
그동안 그의 동아리는 밤의 악어의
날카로운 이빨을 드러내며 춤을 추고 다스렸다.

V

**나는
괴롭지 않았다**

너는 괴롭지 않았니? 나는 괴롭지 않았다. 나는
내 민중의 고통만 괴로워한다. 나는 안에서 산다.
내 조국의 안에서, 조국의
무한한 뜨거운 피의 세포 안에서.
나 자신의 고통을 위한 시간이 없다.
순수한 신뢰를 나에게 준 그 생명들만큼
나를 고통스럽게 하는 존재들은 없다.
변절자는 그 생명들을 죽음의 구멍
바닥으로 굴러가게 했다. 그 바닥에서
장미를 다시 일으켜야만 한다.

사형집행자가 판사들에게
내 심장을, 나의 확고한 동지들을
심판하라고 압력을 가했을 때,
민중은 그들의 거대한 미로를 열었다.
그들의 사랑이 자는 지하실,
거기서 나를 머물게 했고,
빛과 공기가 들어오는 것까지 신경 썼다.
그들이 내게 말했다. "당신은 우리에게
빚졌다. 당신은 저 못된 자의 더러운
이름에 냉정한 표식을 해야 한다."
내가 고통 받지 않았다는 것으로 괴로워하지 않았다.
내 형제, 내 형제의 어두운
감옥을 돌아보지 못했다는 것,
하나의 상처처럼 나의 온 열정을 다해서.

잘못 디딘 발걸음마다 나를 향해 굴렀고,
네 등에 가한 가격이 나를 가격했고,
순교의 피 방울방울마다 피 흘리는 내 노래를 향해
미끄러졌다는 것이 괴로웠다.

VI

이 시절에 새해 복 많이…… 오늘, 양옆에 조국을 가진 너,
얼마나 행복할까, 형제여.
나는 내가 사랑하는 존재의 방황하는 아들.
답해다오, 내가 너와 있으면서 묻는 거라고
생각하고. 내가 1월의 바람,
푸엘체*의 바람, 산의 그 옛날 바람,
네가 문을 열면, 들어오지도 않고, 너를 보러 와서
재빨리 질문을 던지는 바람이라고 생각하렴.
말해봐, 밀밭이나 보리밭에 가봤어?
누렇던? 자두는 어떤지 말하렴.
칠레에서 멀리 떨어져 있는 나는 어느 하루 위대한 날,
자줏빛의 날, 맑은 날, 과실에 당도가 짙어지는 날,
내 입에 맛있는 잔이 방울방울 떨어뜨리는
파랗고 굵은 알곡을 생각한다.
말해봐. 오늘 복숭아의
통통한 살을 이로 물었어? 불멸의 진미로 배 불리고

---

* Puelche: 칠레 남단의 동쪽 산악 지역에 거주하는 부족을 지칭.
이곳에서 부는 바람은 동쪽에서 태평양을 향해 분다.

땅의 샘물이 되기 위해, 너 스스로
세상의 광휘에 전념하는 과수, 과수로 변했니?

VII

전에 내게 말했다 똑같은 이 외국 땅들을 전에도
다닌 적 있다. 그 당시 내 조국의 이름은
하늘의 비밀스러운 별처럼 빛났었다.
모든 곳에서 박해받는 자, 앞을 못 보고,
협박과 치욕으로 압박을 받는 사람이
내 손을 만지고 나를 '칠레 사람'이라고 불렀다.
희망에 들뜬 목소리로. 조국이여,
그 당시 네 목소리는 애국가의 메아리를 가졌고,
모래 묻은 네 손은 작았다. 그러나
그 손들은 하나 이상의 상처를 치료했고,
한 번 이상의 황폐한 봄을 구해냈다.
너는 모든 희망을 간직하고 있다.
땅 밑에서, 너의 평화 안에서 억눌려,
모든 인간을 위한 넓은 씨앗,
틀림없는 별의 부활.

VIII

칠레의 목소리 예전에 칠레의 목소리는 낭랑했다.
자유의 목소리, 바람, 은의 목소리.

예전에는 잡초와 반인반수*에 의해

고통 받는 우리 아메리카의 높은 곳에서,

방금 상처가 아문 지구의 높은 곳에서

그 이름이 들렸다.

잠 못 드는 밤, 너의 존경스러운 이파리 합창,

너의 강들의 자유로운 물노래,

너의 명예의 하늘색 장관은

순수한 눈이 있는 곳까지 올라갔다.

어두운 민족, 묶인 민족의 머리 위에

투쟁하는 맑은 별을 부은 사람은

이시도로 에라수리스**였다.

작고 떠들썩한 유성

부대를 이끈 건 빌바오***였다.

비쿠냐 마케나****는

셀 수 없이 왕성하게 퍼지는 나뭇잎을

가져왔다. 그것은 다른 민족들에 의해

배태된 표식과 씨앗, 그러나 그곳에는

이 빛을 차단하는 창문이 있었다.

이 잎들은 이곳으로 와서 밤에 등불을 켰다.

다른 민족들이 고통을 감내하던 시절,

---

* '반인반수'는 centauro. 여기서는 말을 타고 온 스페인의 정복자를 상징한다.

** Isidoro Errázuriz(1835~1898): 칠레의 신문기자 출신으로 여러 신문을 창간했으며, 정치인으로 활동하기도 했다.

*** Francisco Bilbao(1823~1865): 칠레의 작가, 철학가, 정치인. '평등협회(Sociedad de la Igualdad)'를 창설했다.

**** Vicuña Mackenna(1831~1886): 칠레의 역사가, 정치인. 수년간 미국 및 유럽에서 망명생활한 뒤 귀국해 국회의원이 되었다.

그 빛은 눈〔雪〕보다도 훨씬 더 강했다.

IX

거짓말쟁이들   오늘 부르는 그들의 이름은 가하르도,
마누엘 트루코, 에르난 산타 크루스,
엔리케 베르스테인, 헤르만 베르가라.* 이자들은
—미리 돈을 받고—오, 조국이여, 너의
신성한 이름으로 말을 하고, 너를 보호하는
척한다. 실은 너의 사자의 유산을
쓰레기통에 버리면서.
변절자의 약국에 있는 약처럼
반죽된 난쟁이들, 예산의
쥐새끼들, 작은 거짓말이나 하는 놈들,
우리 강점을 훔치는 놈들, 손을
내미는 가엾은 상인들, 중상모략하는
비겁한 혀를 가진 놈들.
저들은 내 조국이 아니다. 이 땅에서
내 말을 듣고 싶은 자들에게 선언한다.
저들은 초석의 위대한 인물이 아니다.

———
* 곤살레스 비델라 정권의 외교관들의 이름. Enrique Gajardo(주
멕시코 대사), Manuel Truco (외교부 차관), Hernán Santa Cruz (미
주기구 대사), Enrique Bernstein (외교부 외교 국장), Germán Ver-
gara (외교부 장관). 이들은 네루다가 곤살레스 비델라 정권을 비판
한 의회 연설이 멕시코에서 유포되는 것에 대해 멕시코 정부에 직
접 유감을 표했다.

저들은 투명한 민족의 소금이 아니다.
저들은 농업의 기념탑을
건설하는 느린 손이 아니다.
저들은 아니다. 존재하지 않는다. 돈을
더 받기 위해 거짓말하고 핑계를 댄다.
존재하지도 않으면서.

X

이름이
거명될 것이다

글을 쓰는 동안 내 왼손이 나를 나무란다.
그들 이름을 왜? 그들이 뭐라고? 무슨 존재라고?
말들이 오줌 싸는 진흙, 겨울날의 이름 없는
그 진흙 속에 그대로 두지 않는가? 라고
내 오른손이 답한다. "문들을 두드리려고,
때리는 손을 움켜쥐려고,
독거미가 자라나는 곳에서 마지막 그림자,
막다른 골목의 그림자에게 불을 밝히려고 태어났다."
그들의 이름은 거명될 것이다. 조국이여, 그대는
그대의 비단향꽃무, 그대의 거품 안에서 내게 그대를
거명할 달콤한 권리를 주지 않았다. 조국이여, 그대를
황금, 꽃가루, 향기의 이름으로만 부르라고, 그대의
멋진 검은 머리에서 떨어지는 이슬방울을
널리 퍼져 보내게 하려고 내게 말〔言〕을 준 것이 아니다.
그대는 내게 우유와 고기로 음절을 주었다.
그 음절은 당신의 자궁을 기어 다니는 창백한 벌레를
부르라고, 당신의 목숨을 강탈하기 위해

당신의 피를 따라 다니는 벌레를 부르라고 주었다.

XI

숲의 벌레들 오래된 숲에서 뭔가가 떨어졌다. 어쩌면
성장과 지층을 정화하느라고 폭풍이 쳤나 보다.
떨어진 줄기에서 버섯이 발효되었다.
민달팽이가 토한 실을 가로지른다.
높은 데서 떨어진 죽은 나뭇가지에는
구멍이 나 있고 끔찍한 애벌레가 가득하다.
조국이여, 여기 네 옆구리가 있다. 너의 상처를
채우는 벌레들의 불행한 정부,
철망을 씹어대는 뚱뚱한 장사꾼,
대통령궁에서부터 금을 가지고 흥정하는 자들,
버스와 어업을 합치는 벌레들,
신나게 삼바를 추는 배신자*의
옷으로 덮인 것을 갉아먹는 자들,
자신의 동료들을 감옥에 보내는 신문기자,
정치를 하는 더러운 고발자,
야간 족**에게서 훔친 금으로
저속한 잡지의 주인이 된 저속한 자,
토마토처럼 바보 같은 제독, 자신의 부하에게
달러가 든 지갑을 뱉어주는 그리스 놈.

———
* 곤살레스 비델라는 삼바 춤을 즐겼다.
** Yagan: 마젤란 해협 남쪽 섬에 거주하는 원주민 부족.

XII

조국이여, 당신을
찢어 나누려 한다

벌레들이 수근댄다. "저놈을 칠레인이라고 부른대."*
이자들은 당신을 내 발밑에서 떼어놓으려 하고,
재수 없는 카드 패처럼 당신을 잘라내려 하고,
당신을 기름 진 고기로 보고 나눠 가지려 한다.
나는 벌레들을 사랑하지 않는다. 그들은 당신이
이미 찢겨 죽었다고 믿고, 자신들의 더러운 계획
모임에서 당신의 주인인 양 행세한다. 나는 그들을
사랑하지 않는다. 그저 내가 당신의 땅, 당신의
국민을 사랑하게 하라. 당신의 바다 국경, 만년설
국경에서 내 꿈을 좇게 해달라. 내가 길에서 들고
다니는 잔 하나에 당신의 고통의 물 모두를 담아라.
그러나 나는 그자들과 함께 있을 수 없다.
당신이 어깨를 흔드는 바람에
그 썩은 자들이 제 새끼들과 함께 땅에 떨어질 때,
그들 역시 당신 자식이라고 내게 믿으라고 하지 마라.
내 민족의 성스러운 나무는 다른 것이다.
                                        내일은
대양과 산의 두 파도 사이에 낀
좁게 꽉 조인 당신의 배** 안에서,
당신이 가장 사랑하는 존재, 빵, 땅, 아들이 된다.
낮에는 해방된 시간의 고귀한 의식(儀式),

———
* 사람들은 네루다를 부를 때, 'chileno'(칠레사람)라고 불렸으며,
당시 칠레 신문에 'Lo llamaban chileno (그를 칠레인이라 부른다.)'
라는 제목의 칼럼이 실리기도 했다.
** 길고 가는 칠레의 국토를 상징한다.

밤에는 하늘에 뜨는 별 같은 존재.

XIII

**그자들이 칠레를
해치라는 명령을
받다**

그러나 그들 뒤에서 뭔가를 찾아야 한다. 배신자와
갉아먹는 쥐들 뒤에 뭔가가 있다.
음식과 탄환으로
식탁을 차리는 제국이 있다.
그리스에서 한 짓을 당신에게도 그대로 하려 한다.
그리스 높은 양반님들은 연회장으로, 산에 있는
민중에게는 탄환을. 그들은 새로운 사모트라케의 니케*
조각상의 날개를 뿌리째 뽑아야 하고, 뉴욕에서
주조된 살인자의 칼을 망가뜨리고,
목을 조이고, 죽이고, 패배시켜야 하는 것이다.
피가 뿌려진 땅에서 태어나기라도 한 듯,
모든 곳으로 다가가는 인간의 긍지를
불로 응징하려 한다.
장(蔣)**과 가장 천박한 비델라를 무장시키고,
그들에게 감옥 비용을 대주어야 하며, 동포들을
포격하도록 날개를 주어야 한다. 딱딱한 빵조각을 주고,
달러 몇 푼을 주면, 나머지는 저희들이 알아서 한다.
그들은 거짓말하고, 썩었고, 시신 위에서 춤을 춘다.

———
* Victoria alada de Samotracia: 기원전 3세기경에 제작된 헬레니즘
미술의 걸작.
** 장제스를 가리킨다.

마누라들은 가장 비싼 '밍크' 모피를 자랑한다.

민중의 고통은 중요하지 않다. 구리 광산

주인 나리들은 순교가 필요하다. 전례가 있다.

추키카마타에서는 장군들이 군대를 미군 훈련관에

맡기고, 자신들은 그들의 조수노릇을 했고,

초석 광산에서 '칠레' 대장은 손에 든 작은 칼 하나로

팜파 평원의 자손들이 월급 인상을

얼마나 요구해야 할지 명령 내리셨다.

윗사람들은 달러가 든 봉투를 들고 그렇게 명령하고,

난쟁이 배신자도 그렇게 명령을 받고,

장군들은 경찰들에게 그렇게 명령을 내리고,

조국의 나무줄기는 그렇게 썩어간다.

XIV

바다를 추억한다   칠레 사람이여, 요즈음 바다에 간 적 있는가?

내 이름으로 가서, 손을 적시고, 그 손을 들어봐라.

나는 이역만리에서 저 무한한 바다에서 너의 얼굴로

떨어지는 그 물방울들을 사모하리라.

내 나라 모든 해안에서 살아봐서, 나는

북쪽 황무지의 거친 바다를 잘 안다. 섬들의

폭풍우 같은 거품의 무게까지도.

바다를 추억한다. 코킴보의 구멍 난

쇠 같은 해안, 트랄카*의 높은 파도,

———
* Tralca: 칠레 발파라이소 지방에 있는 해안.

나를 만들어낸 남쪽의 외로운 파도.

밤에 푸에르토몬트*와 섬에서 해안으로 돌아올 때

승객을 기다리던 배를 기억한다.

우리 발은 불의 흔적을 남겼다.

섬광을 발하는 신의 신비스러운 불꽃을.

발걸음 하나하나가 성냥 자국이었다.

우리는 땅에 별로 글을 썼다.

바다를 지나면서 배는 바다의 불,

반딧불이 가지 하나를 흔들었고,

셀 수 없는 눈들이 만드는 파도, 한번 깨어났다가

심연에서 다시 잠이 드는 눈들을 흔들었다.

XV

용서는 없다 나는 모두를 위해 땅, 불, 빵, 설탕, 밀가루,

바다, 책, 조국을 원한다. 그래서

나는 방랑자가 되었다. 배신자의 판사들은 나를 쫓고,

그들의 하수인들은 훈련된 원숭이들처럼

나에 대한 기억을 수면 아래로 가라앉히려 한다.

나는 '그 인간', 지금 정권을 쥔 자와 함께, 광산의

입구, 잊힌 여명의 사막에 간 적이 있다.

그와 함께 가서 내 가엾은 형제들에게 말했다.

"구멍 난 옷은 간직할 필요가 없을 것이다.

빵이 없는 날은 없을 것이다. 그대들은

———

* Puerto Montt: 칠레 로스라고스 지방의 항구도시.

조국의 아들들로 대접받을 것이다.""이제는
좋은 것을 서로 나누어 가질 것이다. 여인들의
눈은 자식들을 위해 울지 않을 것이다."
그자는 사랑을 나누었어야 할 밤에,
'그자'의 말을 듣고, 그들의 뿌리 깊은
나무의 힘과 다정함을 바친 형제들,
그 형제들에게 배고픔과 순교로 고통을 주었다.
나는 이 소인배 수호자와 함께하지 않고,
대신 이름 없는 사람, 내 민중과 함께했다.
나는 내 조국이 내 민중의 것이기를 원한다.
내 불타는 조국의 머리 위에
빛이 똑같이 쏟아지기를 원한다.
나는 나날의 사랑, 쟁기의 사랑을 원한다.
나는 백성의 빵을 분리하기 위해
증오를 가지고 만들어놓은 선을 지우고 싶다.
조국을 죄수처럼 묶어서 바치느라고
조국의 선을 벗어난 자,
조국에게 상처를 내려고 돈을 지불한 자,
나는 그런 자들을 예찬하지도, 그렇다고 침묵하지도
않겠다. 불명예의 벽에 못을 박아
그의 번호와 그의 이름을 남겨두겠다.

XVI

너는 투쟁할 것이다 동포여, 이 새해는 당신의 것.

시간이 흘러 태어난 것이 아닌 당신의 해로 태어났다.

당신 인생의 가장 좋은 것을 골라, 전투에 바쳐라.

시신이 무덤에 떨어지듯 떨어진 이 해는

사랑으로, 두려움으로 쉴 수 없다.

이 죽은 해는 고발하는 고통의 해.

그 고통의 뿌리가 밤에,

축제의 시간에 무너져 떨어질 때,

그리고 당신의 삶이 조금씩조금씩

채워나갈 이 해의 허공을 향해

새로운 잔이 올라갈 때,

화산과 포도주의 좁은 나라

내 조국, 당신의 조국이 요구하는 존엄을 줘라.

나는 내 나라의 시민이 아니다.* 지금 통치하는

품위 없는 어릿광대가 공화국 법이라는

목록을 만들어 거기 있는 수천 명의 이름과 함께

내 이름을 지웠다고 편지하더군.

내 이름은 내가 존재하지 않게끔 지워졌다.

지하 감옥의 화가 난 독수리가 투표하라고,

정부의 지하실에서 고문하고 구타하는

짐승 같은 책임자들이 투표하라고,

집사장, 십장, 조국을 넘긴 장사꾼의

동료들이 보장 받을 수 있게 투표하라고.

나는 방랑객이다. 감옥, 꽃, 사람들,

내 땅에서 멀리 떨어져 있다는 괴로움을 안고 산다.

그러나 삶을 바꾸기 위해 당신은 투쟁할 것이다.

———
* 곤살레스 비델라 정권은 '민주주의 수호법'에서 공산당을 불법
화하면서 공산당원들의 선거권을 박탈했다.

당신은 지도 위에 똥의 흔적을 지우기 위해
투쟁할 것이다. 의심할 여지없이
이 시대의 수치가 끝나게 하기 위해 투쟁할 것이다.
그리고 민중이 갇힌 감옥의 문을 열고,
배신당한 자가 승리의 날개를 펴도록 하기 위해.

XVII

어둠 속에 잠긴　당신과 모든 인간들, 모든 곳,
조국에 보내는　나의 아라우카 땅에 새해 인사를 드린다.
신년 인사　당신과 내 존재 사이에는 우리를 갈라놓는
　　　이 새로운 밤, 숲, 강, 길이 있다.
　　　그러나 나의 조그만 조국인 당신을 향해
　　　내 마음은 검은색 말을 타고 달려간다.
　　　그리고 조국의 사막 지대로 들어간다.
　　　초록색 계곡을 지나간다. 거기서 포도는
　　　초록색 알코올을 저장하고, 포도송이의 바다를 이룬다.
　　　닫힌 정원이 있는 당신 마을로 들어간다.
　　　당신 창고의 강렬한 냄새 속에서
　　　동백처럼 하얀 정원,
　　　넘칠 듯한 입술로 떨리는 목소리로 노래하는
　　　강물 속으로 살며시 들어가는 목재처럼.

　　　어쩌면 이때, 아니 가을에, 거리에서
　　　황금빛 옥수수들을 지붕에 말리던
　　　기억이 난다.

어릴 적, 가난한 이들의 지붕에 있는 황금을 보면서
얼마나 많이 황홀해했던가.

조국, 당신을 껴안는다. 지금은
내가 숨어 있는 곳으로 돌아가야 한다. 당신을
모르지만 껴안는다. 당신이 누구인지 내게 말해다오.
지금 시작되는 합창에서 내 목소리를 알아보는가?
당신을 에워싼 모든 것들 중에서, 내 목소리를
듣는가? 땅에서 솟아 나오는 자연의 물처럼
내 소리가 당신을 어떻게 에워싸는지 못 느끼는가?

나는 모든 다정한 땅을 껴안는 사람이다.
내 조국의 꽃피는 허리. 기쁨이 꺼지면 우리
서로 말하기 위해, 이 시간을 닫힌 꽃처럼
당신께 드리기 위해 당신을 부른다.
어둠 속에 놓인 내 조국에 새해 인사를.
우리는 함께 간다. 세상은 밀로 왕관을 썼고,
높은 하늘은 미끄러지듯 날아간다,
밤에는 순수한 높은 돌을 부수면서.
이제 일 분만 있으면 새 잔이 채워질 것이고,
우리를 이끄는 시간의 강과 합쳐질 것이다.
이 순간, 이 잔, 이 땅은 당신 것이다. 그것들을
정복하고, 여명이 어떻게 터오는지 들어보아라.

XIV.
위대한
대양*

---

* 태평양의 모습, 그 주변에서 살아가는 조류, 대양을 오가는 배,
태평양의 이스터 섬 등에 대한 단상.

I[*]

위대한 대양   대양, 네가 가진 장점이자 단점, 척도, 과일,
효소 같은 것에서 선택할 권리가 내 손에 있다면
나는 너의 강철 색 선의 머나먼 휴식,
바람과 밤이 수호하는 너의 영토,
네 하얀 언어의 에너지를 택하리라.
그 언어는 자신만의 망가진 순수 속에서
그 줄들을 없애고 무너뜨린다.

해안을 쳐대고, 세상을 에워싸는 모래의 평화를
만드는 것은 소금기 있는 무게를 가진
마지막 파도가 아니다.
그것은 힘이 실린 중추적 핵,
물의 확장력,
생명력으로 가득 찬 정체 상태의 고독.

---

* 대양의 모습, 겉에 드러나는 파도의 움직임, 대양 안에 숨겨진 모든 세계를 형상화함.

어쩌면, 모든 움직임이 결집된
시간, 아니면 모든 운동이 축적된 컵,
죽음이 막지 못하는 순수한 단위,
활활 타는 것 전체의 초록색 내장.

한 방울을 일으키며 솟아오르는 팔에
소금의 입맞춤 외에는 아무것도 없다. 너의
해안에 있는 인간의 몸에서는 젖은 꽃의
축축한 향기가 배어 있다. 너의 에너지는
없어지지 않고 미끄러지는 것 같다.
자신의 휴식으로 돌아가는 것 같다.

네게서 떨어져 나오는 파도,
전형적 아치 모습, 부서진 별 같은 깃털,
네게서 떨어져 나올 때는 단순한 거품,
그러나 너는 사라지지 않고, 태어나기 위해 돌아온다.

너의 모든 힘은 원래 고향으로 돌아간다.
단지 빻아지고 남은 쓰레기,
네 짐에서 떨어져 나온 껍질만을 주고,
풍요로운 네 활동에서 배제된 것,
송이가 되지 못한 모든 것을 전해줄 뿐.

너의 상(像)은 파도 저 멀리까지 일자로 퍼져 있다.

단 하나의 존재와 그 숨길을 간직한
가슴과 외투처럼 살아 있고 정리된 상.

들어 올린 빛 같은 물질 안에서
파도에 의해 올라간 평원은
지구의 벌거벗은 피부를 형성한다.
네 존재 자체를 네 물질로 채운다.
너는 침묵의 곡선으로 차 있다.

소금과 꿀을 지닌 너의 컵,
물의 거대한 구멍이 떨고,
비어진 분화구, 울퉁불퉁한 잔처럼
네게 부족한 것은 아무것도 없다.
그것은 비어진 정상, 상처,
파괴된 공기를 감시하는 표식.

너의 꽃잎들은 세상을 거스르며 숨을 쉬고,
너의 물 밑 알곡들은 떨고,
부드러운 해초는 협박을 하고,
배움의 전당들은 항해하고 번식한다.
단지 죽은 번개 같은 비늘만이
너의 수정 같은 전 대양에서
1밀리미터만 상처받은 채.
어망의 실로 올라간다.

II

탄생   별들이 땅과 광석으로
변화되었을 때, 불이

꺼졌을 때, 여명과 석탄의 잔은
각각의 거처에서 모닥불이 되어
가라앉았다.
바다는 멀리서 주기적으로 불타며
하나의 방울이 되어 떨어졌다.
바다의 파란 불은 둥글게 뭉쳐졌고,
그 바퀴의 공기는 종(鐘)이 되었고,
그 속의 중요한 것은 거품 안에서 떨었으며,
소금의 빛 속에서 거대한 자주(自主)의
꽃이 모습을 드러냈다.

멀리 있던 별들이, 지친 등잔처럼,
자신의 정적인 순수성을 얇게 하며
잠자는 동안,
바다는 그 거대한 표면을 소금과
물린 자국으로 채웠고, 하루 내내
움직임과 불꽃으로 채웠다.
땅을 만들고 거품을 풀었고,
자신이 없는 곳에는 점액 흔적을 남겼다.
자신의 심연을 여러 모습으로 채웠고,
가장자리에는 피를 만들었다.

파도의 별, 바다 어머니,
물질 어머니, 꺾이지 않는 본질,
진흙 속에서 일으킨 떠는 성소(聖所),
네 안에서 생명은 밤의 돌을 손으로 만졌고,
상처에 이르자 손을 거두었고,

594

방패와 띠를 두르고 더 나아갔고,
투명한 이를 내밀었고,
자신의 배 속에 전쟁을 대비했다.
대양, 번개의 차가운 물질에 의해
깨어진 어둠을 형성하고,
네 안에서 살고 있다.

땅은 인간에게 벌을 내렸다.
짐승을 떠나보냈고, 산을 없앴고
죽음의 알을 심었다.

그동안 너의 시대에서
물에 잠긴 시간의 나래가 살아남았고,
창조된 거대한 존재는
비늘로 된 에메랄드를 존속시켰다.
둥글고 파란 입으로
먹어치우는 굶주린 해초,
질식한 눈을 삼키는 해초의 머리칼,
싸우는 별들의 녹석(綠石)이 그대로 남았다.
세타시언 고래의 기름칠 된 힘에서는
어둠이 부딪치며 미끄러진다.
수없는 조수의 타격으로
커다란 성당이 손 없이 지어졌다.
소금은 바늘처럼 가늘어졌고
물을 배양하는 얇은 판이 되었다.
순수한 존재, 방금 태어난 존재들은
회색 장식 해면으로

각각 그룹을 만든 보금자리처럼
벽을 짜면서 재빨리 번식했다.
불가사리*가 미끄러져
황색의 열광을 살았다.
해초의 석회석 꽃은 자라났다.

모든 것은 떨리는 물질, 존재였다.
물어뜯는 육식성 꽃잎,
벌거벗긴 존재의 결합체,
씨를 품은 나무들의 설렘,
젖은 지구의 피 흘림,
존재들의 단단한 한계를
무너뜨리는 하늘색 영원한 바람.
그처럼 움직이지 않는 빛은 입이었고
자줏빛 보석을 물었다.

대양은 좀 덜 단단한 형태였다.
그것은 생명의 반투명한 동굴,
과실 덩어리가 미끄러지는
실존적 대중, 난소의 막,
흩뿌려진 배태의 이빨,
아침나절의 찜찔한 칼,

---

* '불가사리'의 원문은 túnica escarlata(붉은 외투): 신화에 따르면
신(神)이 루비를 바다 속으로 던지자 불가사리로 변해 신을 사랑하
게 되었다. 둘의 사랑은 붉은색이었고, 혼인하게 되자, 그 색깔은
황색으로 변했다. 둘의 사랑의 결실로 붉은 해조류가 태어나게 되
었다. 시인은 붉은색 사랑을 '붉은 외투'로 표현하고 있다.

단단한 연결 기관.

네 안에서 모든 것은 공간과 떨림의

물을 채우며 움직였다.

그처럼 생명의 컵은

격한 향기, 뿌리를 지녔다.

파도는 별이 부서지는 침입.

중요한 것,* 꽉 찬 것은 살아남았다.

파도의 옆, 파도 끝 깃털장식은

거품의 황금색 손님들을 들어 올렸다.

바다의 소리는 해안, 물의 꽃받침,

부수는 허리케인 피부,

별의 소용돌이치는 우유 속에서

영원히 떨었다.

III

물고기와 익사자　순간 그들이 굉장히 많이

모여 사는 동네를 보았다. 요새 같은 마을.

잘린 선 같은 입들,

물속의 은빛 번개,

상복 입은 물고기, 고딕 모양 물고기,

반짝이가 그려진 물고기,

빛나는 무수한 점을 가진 물고기,

———

* '중요한 것'의 원문은 cintura(허리).

오한이 난 것처럼 가로지르는 물고기,
하얀 속도, 선회의
가는 과학, 엄청난 육식성
식욕의 둥근 입.

도망가는 달을 에워싼
손 아니면 허리는 아름다웠다.
바다 주민들이 무리지어 달리는 것을 보았다.
생명들이 젖어 있는 유연한 강,
비늘에 늘어나는 별,
대양의 어두운 침대보에
뿌려진 오팔의 씨앗들.

은색의 돌이 타는 것을 보았다. 돌들은
나부끼는 보석의 깃발을 물어뜯고 있었다.
물에 빠진 이는 그의 피를 심연으로
내려보냈다. 생명을 먹어치우는 심연.
피나는 반지를 가진 존재들은
피나는 이삭처럼
자신의 몸이 분리되고 해체될 때까지
자신의 등에 입술을 대고 있었다.
익사자는 조수의 상징, 자수정은
그의 옷을 걸치고, 수없는 나무에 에워싸인
바다 밑의 상처 난 유산.

IV

인간과 섬   바닷사람들이 깨어난다. 바닷물이
이 돌에서 저 초록색 돌로 가며 섬에서 노래한다.
실 잣는 아가씨들은 비와 불이
서로 엉기어 머리띠와 북을
만들어내는 곳을 건넜다.
                              멜라네시아 달은
단단한 폴립이었다. 유황 냄새 꽃들은
대양에서 왔고, 육지의 딸들은
바람이 야자나무를 제 것으로
만드는 가운데 파도처럼 떨었다.
그리고 거품 속의 생명을 쫓아가던 작살은
물고기 안으로 들어갔다.

황량한 날, 꽃가루 같은 섬에서
밤의 아메리카의 금속 덩어리를
향해 기우뚱대는 카누.
비밀의 샘처럼 향기를 풍기고,
깃털과 산호초가 넘쳐흐르는
이름 없는 작은 별들.
대양의 눈들이 구리광 연안의 어두운 산,
눈 덮인 가파른 탑을 발견하자,
흙으로 만든 인간은
머나먼 대양의 고독
그 재빠른 바람의 아들들과
젖은 깃발이 춤추는 걸 보았다.

잃어버린

오렌지 꽃가지가 왔고, 대양의 목련
바람이 왔고, 엉덩이로는
하늘색의 자극적인 달콤함이 왔다.
광산이 없는 섬의 입맞춤,
정제되지 않은 꿀처럼 순수하고
하늘의 시트 같은 낭랑한 섬들.*

V

라파 누이** 테피토-테-헤누아,*** 거대한 바다의 배꼽,
바다의 공장, 사라진 머리 띠.
너의 용암 재로부터 인간의
이마가 대양 저 위로 솟았고,
갈라진 돌의 눈들은
우주의 시대를 가늠했고,
거대하고 순수한 네 석상에서
일어난 손은 강력했다.
너의 성스러운 바위는
대양의 모든 선을 향해 잘렸고,
비어진 분화구에서

---

* 파란 파도가 섬에 부딪혀 하얗게 떠오르는 모습은 시인에게 하늘
의 시트인 흰 구름을 연상시키며, 파도 소리는 낭랑하게 울린다.
** Rapa Nui: 이스터 섬의 원주민으로 폴리네시아 계열이다.
*** Tepito-te-henúa: 이스터 섬을 가리킨다. 원주민 말로는 '세계의
배꼽'을 뜻한다.

인간의 얼굴은
섬의 내부에서 솟아나왔고,
침묵에 엉킨 다리가 태어났다.

그들은 파수꾼들.
축축한 모든 지대에서 오는
물들의 시대를 막았다.
얼굴들 앞에 있던 바다는
파란 폭풍 나무를 멈추게 했다.
얼굴들만이
원형 왕국에 살았다. 섬의
입을 에워싸는 실은
유성의 입구처럼 침묵했다.

바다 수평선 빛 속에서
돌의 우화는
죽어버린 승리를 거대하게 장식하고,
거품의 영원성을 위해
이 외로운 왕국 전체를
세운 작은 왕들은
보이지 않는 밤이면 바다로 돌아간다.
자신의 소금 석관으로.

모래에서 죽은 개복치만 있을 뿐.

모아이* 족을 물었던 시간만.

모래사장에서
영원을 아는 말들.
닫힌 빛, 죽은 미로,
가라앉은 컵의 열쇠를.

VI

석상 건조자들 나는 석상 건조자. 이름은 없다.
(라파 누이) 얼굴도 없다. 내 얼굴은 미끄러져서 가시덤불
    위로 굴렀고, 돌들에 스며들어 올라갔다.
    돌들은 화석화된 내 얼굴, 내 나라의
    진지한 고독, 태양의 피부를 가졌다.

    돌들은 아무것도 말하려 하지 않는다. 그저
    자신의 모래 전체를 가지고 태어나서
    침묵의 시간에 맡겨진 운명대로 존재할 뿐이다.

    그대는 내게 물을 것이다, 내 손톱, 손, 시커먼 팔이
    이 석상에서 얼마나 많이 닳았는지를,
    석상이 분화구의 한 마디, 용암의 기호로 보존된
    옛 향기를 네게 건네주었는지를.

    그런 일은 없었다. 석상은 우리의 어제, 바로
    우리의 오늘, 파도를 바라보는 우리의 이마,

———
* moai: 이스터 섬의 석상.

602

중단된 적도 있는 우리의 업, 그러나 때때로
우리를 닮은 돌에서 지속되는 업.

다른 이들은 작은 신, 못된 신이었다.
아침 시간을 방해하는 물고기와 새들은
도끼를 숨기면서, 돌이 만들어낸
가장 높은 얼굴의 석상을 망가뜨렸다.

신들 사이에 뒤늦은 추수로 인해 갈등이 생긴다면,
그걸 멈추시기를, 그리고 무도회에서
꽃의 파란 설탕을 드시기를.

신들은 올라가셔서, 밀의 열쇠를 내려보내시기를.
그들이 모든 신혼의 침대보를 젖은 꽃가루로
적시도록. 인간의 붉은 봄 속에서
감지하지 못하게 춤추는 꽃가루.
그러나 그대, 석공, 작은 사람아, 다른 이가 아닌
바로 그대가 이 벽, 이 분화구까지 오기를.

이 고기와 다른 고기가 다 먹혀버릴 것이다.
불임의 여명, 건조한 먼지가 오고, 그 어느 날
죽음이 자랑스러운 이 섬의 허리에 온다면,
꽃마저 사라질지 모른다.
그러면 그대, 석상, 인간이 만든 존재는,
존재하지 않는 불멸의 존재들의 이 손, 저 손이
만든 공허한 눈으로 바라보며 존재할 것이다.

그대는 단단함이 태어날 때까지,
조직에 어둠이 내려올 때까지 흙을 할퀼 것이다,
무한한 시간에 잃어버린 자신의 꿈을
집어삼키는 거대한 벌 위에 내려오듯이.

그대의 손들은 돌을 만져서 형체를 만들 것이다.
그 돌에게 살아남을 만한 고독한 에너지를 주고,
존재하지 않는 이름들을 허비하지도 않고.
이렇게, 한 생명에서 죽음으로,
물결치는 단 하나의 손처럼 시간에 얽매여,
우리는 잠이 든 석회 탑을 쌓아올린다.

우리의 석상 위에서 자라는 석상.

오늘 그들을 보라, 이 물체들을 만져라, 이 입술들은
우리의 죽음 속에서 잠이 든 침묵의 바로 그 언어를
가지고 있고, 이 모래가 박힌 상처는
바다와 시간이 이리처럼 핥아서 생긴 것이다.
이 입술과 상처는 무너지지 않았던 얼굴의 부분,
한 존재의 모습, 잿더미를 디디고 선 과실.

이처럼 그들은 태어났다. 자신의 가혹한 감옥을
만들어낸 인간들, 바위에 자신의 벌통을 만든 인간들.
그의 시선은 시간보다 더 많은 모래를 지니고 있다.
벌통에서의 모든 죽음보다 더 많은 침묵을.

그들은 험난한 운명의 꿈, 이 순간

돌에 미끄러지는 현란한 빛이 한때 머물렀던 운명.

VII

비(라파 누이)   아니, 여왕이 네 얼굴을
모르게 하자. 그게 더 달콤하지.
그래, 내 사랑, 석상은 멀리 있는데
내 손은 네 머리칼 무게를 느낀단다.
네 머리 위에 떨어진 망가레바*나무 꽃,
그 나무를 기억하니? 이 손가락들은
하얀 꽃잎하고는 다르네, 보렴, 뿌리 같아,
돌 가지 같아, 이 위로 도마뱀이 미끄러질 거야.
겁내지 말고, 벌거벗은 채 비가 내리기를 기다리자.
비, 마누 타라** 위에 내리는 비와 똑같은 비를.

그러나 물이 바위에 자신의 흔적을 남기듯,
우리 위에 내리는 비가 다정히 어둠을 향해
우리를 이끄네, 라누 라라쿠*** 구멍보다
더 아래쪽으로. 그러니

------

* Mangareva: 망가레바는 타이티 남쪽에 있는 프랑스령 폴리네시아의 섬으로, 망가레바나무는 그 섬에서 자생하는 나무를 가리킨다.
** Manu Tara: 검은등제비갈매기. 이스터 섬 원주민들은 상어가 득시글거리는 바다를 헤엄쳐 작은 섬에 가서는 그해 검은등제비갈매기가 처음으로 낳은 알을 집어 오는 것을 일종의 종교의식처럼 행했다.
*** Ranu Raraku: 이스터 섬에 있는 화산 분화구.

어부든 흙으로 만든 단지든 너를 보지 못하게 하렴.
타고 있는 너의 두 가슴을 내 입 속에 묻고,
네 머리가 나의 작은 밤이 되어
어둠의 젖은 향기가 나를 덮어주게 하렴.

밤이 되면 나는 너와 내가 두 그루의 나무로
함께 위로 솟아오르고, 뿌리는 엉켜 있는 꿈을 꾼단다.
너는 흙과 비를 내 입만큼이나 잘 알지.
왜냐하면 우리는 흙과 비로 만들어졌으니. 죽으면,
우리는 저 아래에서 잠이 들 거라고 생각할 때도 있어,
석상의 발치 저 깊은 곳에서 사랑을 하고, 석상을
세우라고 우리를 이리로 데려온 대양을 보면서.

너를 알게 되었을 때, 내 손은 강하지 않았어. 다른
바다의 물들이 어망처럼 손들을 훑었지. 지금
물과 돌은 씨앗과 비밀을 가지고 있어.

잠든 나, 벌거벗은 나를 사랑하렴. 해변에서는
너는 섬 같아. 너의 알듯 모를 듯한 사랑, 너의
놀라운 사랑, 꿈의 공간에 숨겨진 사랑은
우리를 에워싸고 있는 바다의 움직임 같아.

너의 사랑 안에서, 내가 벌거벗고 잠들게 되면,
내 손을 네 가슴 사이에 두게 해주렴. 비에 젖은
네 젖꼭지와 함께 맥이 뛰게 말이야.

VIII

바다 사람들   썩은 물범 가죽 외에는 다른 신(神)이 없는,

남극의 채찍을 온몸으로 맞는

야마나* 족,

바다의 영광, 기름과 진흙을 칠하고 사는

알라칼루페** 족,

수정의 벽과 낭떠러지 사이의 작은 카누는

빙산과 비에 대한 날 선 적대감 속에서

물개의 떠돌이 사랑과

마지막 죽음의 바다 위,

불로 지탱되는 숯불을 지나간다.***

여보게, 학살은

눈(雪)이 만든 강에서,

빙산의 빙산 안개 위에서,

굳어진 달에서 내려온 게 아니라네.

그건, 인간에게서 왔다네. 그 인간은

잃어버린 눈(雪)의 본질에서도,

대양의 끝자락 물길에서도

유배된 뼈로 장사를 했고

자네를 모든 것 저편으로까지 밀어냈지.

---

* Yámana: 칠레와 아르헨티나의 남극 접경지에 사는 부족으로 '야간Yagan'이라고 부르기도 한다.

** Alacalufe: 칠레 남극 지방에 사는 유목 부족.

*** 이들 부족이 사는 곳이 티에라델푸에고Tierra del Fuego(불의 땅) 군도임을 상징한다.

오늘 자네의 통나무배는

저 모든 것 너머, 눈 저 너머,

얼음에서 풀린 폭풍우 저 너머,

야생 소금 지대와 완벽히 외로운 지역으로 가서

빵이 숨겨진 곳을 찾을 걸세.

자네는 대양, 바다의 방울, 분노에 찬 파란색 방울.

자네의 지쳐버린 마음이 나를 부르는군,

사위기를 거부하는 기적의 불처럼.

거품 섞인 바람의 울음소리에 맞선

언 나무를 사랑한다.

크레바스 옆, 작은 마을,

조개껍질로 만든 램프에서

불빛이 타오르는 마을,

추위에 흔들리는 물의 마을을 사랑한다.

극지방 여명은 상상 속 창백한

광휘의 성채 속에 있을 뿐.

투명한 손을 가진

여명이 태워버린 나무의

검은 뿌리까지 나는 사랑한다.

그러나 파괴에서 태어난 이 파도가 간다,

바다의 어둠,

극지방 깃털의 아들,

대양의 헐벗은 존재인 너를 향해,

바람 아래서 상처받은 사랑을 안고.

IX

남극 남극, 남쪽의 왕관,

얼어붙은 등불 무리,

땅의 피부에서 떨어져 나온 납골함,

순수가 망가뜨린 성당,

거대한 하얀 성당 위에 열린 중랑,*

부서진 유리의 무덤,

밤, 눈 덮인 벽에서

명멸하는 허리케인,

밀려드는 고독이 흔들어놓은

너의 거대한 가슴을 나에게 다오.

하얀 세상이 가라앉았으며

난파를 알리는 요란한 경고 소리와 함께

가지가지 모양의 하얀색 화관으로 가면을 쓴

무시무시한 바람의 흐름,

아니면 장방형의 순수한 수정처럼

추위마저 순수해지는 평화의 네 가슴,

숨결도 닿지 않은 것, 투명하고

무한한 물질, 열린 공기,

땅도 가난도 없는 고독.

가장 준엄한 정의의 왕국,

속삭이는 얼음의 하프, 부동의 하프,

적대적 별들 근처에서.

———

* '중랑'은 교회 건축에서 좌우 측랑 사이에 낀 중심부.

모든 바다는 너의 둥근 바다.

대양의 모든 저항은
네 안에 그 투명함을 집중시켰다.
소금은 그 성으로 너를 채웠고,
얼음은 수정 바늘 위에
높은 도시를 만들었으며, 바람은
눈〔雪〕에 그을린 호랑이처럼
짭짤한 네 세상, 흥분한 네 세상을 훑고 다녔다.

너의 첨탑들은 설원의 유빙에
위험을 잉태했다.
그리고 너의 등뼈 황무지에 삶이 있다.
바다 아래에 있는 포도원처럼.
소비되지 않은 채 타오르면서,
눈의 봄을 위한 불을 보존하면서.

X

해안의 자식들   바다의 천민들, 매 맞은
남극의 개,
죽은 야간 족, 그들의 뼈 위에서
주인들이 춤을 춘다.
칼로 쳐낸
작지만 고귀한 목 값을 낸 주인들.

건조한 해안 안토파가스타의 창고 족,*

천민, 추위에 떠는 바다 기생충,

라파**의 손자, 앙가로아***의 가난한 자들,

다친 여우원숭이, 호투이티****의 나병환자,

갈라파고스의 노예, 탐욕의 대상이 된

군도의 조난자들,

누더기 입은 이들,

해진 옷, 투쟁의 규모를 보여주는

더러운 누더기 옷,

대기에 의해 염장된 피부, 인간의 용감한

호박(琥珀)색 용모.

바다의 천민에게 배가 왔다.

새끼줄, 낙인, 서류,

지워진 얼굴의 지폐,

병들의 잔해가 해안에 등장했다.

지사, 하원의원이 왔다.

바다의 심장은 접합되었고,

주머니에는 요오드, 고통이 담겼다.

그들이 물건을 팔러 왔을 때에는

아름다운 아침이었다. 그들의 셔츠는

배 안에 있는 눈 같았다.

---

* Chango: 페루와 칠레 접경 지역 부근에 살았던 부족.

** Rapa: 이스터 섬의 원주민.

*** Hanga-Roa: 원문에는 Anga-Roa. 이스터 섬의 수도.

**** Caleta Hotuiti, Caleta Hutuiti: 원문에는 Hotu-Iti. 이스터 섬 남쪽 지역.

천상의 아들들은 흥분했다.

꽃과 모닥불, 달과 춤.*

바다 기생충, 지금 똥을 먹어라,

항해자, 사장의 뚫어진 구두 같은

쓰레기를 잘 봐라,

인분과 생선 냄새를 맡아라.

너희들은 죽지 않으면

헤어 나올 수 없는 원에 들어왔다.

너희들은 물, 달이 있는 바다의 죽음이 아니라

사망 명부가 있는 미친 구멍의 죽음으로 들어왔다.

지금 잊기를 원한다면,

너희들은 이미 졌다.

죽음은 예전에는 자신의 영역,

이주, 시대, 계절을 가졌다.

죽음의 세계에서 장미의 아침 이슬,

아니면 은빛 물고기의 항해에 에워싸여

춤을 추며 올라갈 수 있었다.

그러나 오늘 너희들은 영원히 죽었다,

슬픈 신부의 법령으로 억압당해서.

너희들은 단지 지상의 벌레일 뿐,

고작해야 지옥의 공중사무소 아래에서

꼬리를 꿈틀댈 뿐이다.

이리 와서 해안에서 빨리

———
* '춤'의 원문은 movimiento(움직임).

자리 잡고 살아라.

너희들을 받아들일 여유가 있다.

우리 어부협회가 보장한다면,

언제라도 고기잡이하러 나갈 수 있다.

부두에서 옆구리뼈나 긁으러 가도 된다.

콩* 자루를 지거나,

해안의 쓰레기에서 잠을 잘 수도 있다.

너희들은 정말 하나의 위협이다.

거품이 만든 가난하고 더러운 존재.

신부가 허락한다면,

너희들, 바다 기생충 모두가 다

기다리는 배로 들어가는 것이 훨씬 나을 것이다.

마지막 파도와 불행이 너희들을 물어뜯은 상태에서,

관도 없으니, (아무도 대가를 지불하지 않으면),

그 어느 곳, 죽음으로도 너희들을 데려갈 수 없다.

XI

죽음   해초를 닮은 상어,

벨벳을 닮은 심해의 상어,

갑자기 초승달처럼

자줏빛 날을 세우고 등장한다.

어둠 속에서 기름칠된 지느러미,

애도와 속도, 두려움의 표상.

———
* '콩'의 원문은 garbanzo(병아리콩).

그대들이 현기증 나는 빛으로 저지르는 범죄는,
칼 같은 번개 속에서,
초록색 화톳불 안에서, 소리도 없이
꽃부리처럼 피어오른다.

순수하게 어두운 형태, 사랑처럼,
목구멍을 습격하는 사랑처럼,
포도송이 속에서 빛나는 어두운 밤처럼,
단도(短刀)에 묻은 포도주 표식처럼,
바다의 피부 아래로 미끄러지는 상어들.
위협적 깃발인 양, 잴 수 없는 가죽의 드넓은 그림자.
거대한 팔들, 거대한 입들, 먹잇감을
파도치는 꽃으로 에워싸는 거대한 혀들.

생명의 아주 작은 방울 안에서
아직 봄이 되지 않은 봄이 기다린다.
미동도 없는 봄은
허공으로 떨어지며 떠는 것을 가둘 것이다.
사악한 인(燐)의 허리띠를
푸는 자외선 리본,
패배한 자의 검은 고통 위로 흐르는 띠,
숨 막혀 죽은 자를 덮은 천은
황새치와 칠성장어의 숲으로 뒤덮인다.
먹어치우는 심연에서 직조기처럼
종횡무진하며 떠는 물고기들.

XII

파도   파도는 깊은 곳에서 온다. 하늘의 자손들인
가라앉은 뿌리를 거느리고.
대양의 순수한 힘이
파도의 유연한 침략을 들어 올린다.
파도는 깊은 권좌의 공간을
물로 채우면서 끊임없이 등장한다.
각 존재는 파도를 견뎠고,
눈처럼 차가운 힘이 힘센 가지에서
떨어져 나올 때까지
허리에서는 차가운 불을 내뿜었다.

파도는 목련에 버금가는
결정적 향기를 풍기며
앞을 향해 땅에서 꽃처럼 솟아오른다.
그러나 바다 밑에서 와서 분출된 꽃은
없어져버린 모든 빛, 타지 않은 모든 가지,
하얀 샘물 모두를 가지고 온다.

바다 아래 존재들의 모든 것이
등장하면서 파도의 둥근 눈꺼풀,
거대한 규모, 컵들, 산호는
바다 표면을 부풀려 올라간다.
스스로를 하나로 만든 바다,
일으켜진 바다의 기둥,
탄생과 패배만이 존재하는 곳.

소금 학교가 문을 열었다.

하늘을 두드리며 모든 빛이 날아올랐다.

밤부터 새벽까지

젖은 금속의 누룩이 늘어났고,

환한 모든 것이 화관을 만들었다.

꽃은 돌이 닳을 때까지 늘어났고

거품의 강은 죽음을 향해 올라갔다.

바다 식물이 폭풍처럼 공격하자,

장미 화관이 금속 공간 속으로 쏟아졌다.

두 배로 늘어난 물의 요새,

바다는 수정 탑과 오한을

조금씩 부쉈다, 경계선을 넘지 않은 채.

XIII

항구 아카풀코,* 하늘색 돌처럼 잘린 곳,

잠이 깨면, 바다는 네 문 앞에서 새벽을 맞는다.

소라처럼 수놓은 모습, 무지개 모습이 되어.

바다 광휘를 실은 물고기들은, 요동치는 번개처럼,

네 돌들 사이를 지나간다.

너는 완벽한 빛, 눈꺼풀도 없다.

벌거벗은 날, 한없이 뻗어나간 물과

흙의 등잔으로 불 켜진 높은 곳 사이에서

---

* Acapulco: 멕시코 태평양 연안의 항구도시.

흔들거리는 모래 꽃.

네 옆의 소택지는 내게 더운 오후의
사랑을 주었다. 동물과 숲*도 함께.
가지에 매듭처럼 걸린 둥지에서
백로의 선회는 거품을 솟구치게 하고,
입과 뿌리가 감옥에 갇힌 무리가
선홍빛 물속에서 범죄처럼 끓었다.
토폴로밤포,** 벌거벗은 캘리포니아의 달콤한
바다 연안에 겨우 그려진 곳,
별이 빛나는 마사틀란,*** 밤의 항구,
너의 가난과 너의 별들을
때리는 파도 소리를 듣는다. 너의
정열적인 오르페오의 숨소리,
달의 붉은 망 아래에서
몽유병에 걸린 네 마음이 노래한다.

과야킬,**** 창(槍)의 음절,
적도에 있는 별의 칼날,
여인의 젖은, 땋은 머리처럼 흔들거리는
습기 찬 밤의 열린 자물쇠.

-----

* '숲'의 원문은 manglar. 일종의 홍수림으로 영어로는 '맹그로브
mangrove'.
** Topolobampo: 멕시코 시날로아 주의 캘리포니아 만에 있는 항구
도시.
*** Mazatlan: 멕시코 시날로아 주의 항구도시.
**** Guayaquil: 에콰도르 남부의 항구도시.

고통의 땀으로
망가진 쇠문.
군중을 적시는 땀은
상아 방울을 가지에 떨어뜨려
인간의 입으로 미끄러지게 한다.
인간은 그것을 바다의 산(酸)인 양 씹는다.

모엔도*의 하얀 바위로 올라갔다.
메마른 빛, 상처,
갈라진 대륙의 분화구는
돌 사이에 보물을 가두었다.
대머리 벼랑에 묶인
인간의 한계,
금속 목의 그림자,
죽음의 노란빛 언덕.

피사구아, 고통의 글씨,
고문으로 더럽혀진 곳,
너의 텅 빈 유적에서,
공포의 낭떠러지에서,
돌과 고독으로 된 너의 감옥에서
인간의 나무를 짓밟으려 했다.
죽은 심장에서 양탄자를 만들려 했고,
분노의 상표처럼 재앙을 낮추어
존엄을 파괴하려 했다. 그곳의

---

* Mollendo: 페루 아레키파 지방의 항구도시.

텅 빈 소금기 가득한 골목으로 적막한
유령들이 옷을 흔들었고,
공격당한 벌거벗은 바위 틈새에는
외로운 거품의 공격을 받은
기념비처럼 역사가 숨 쉰다.
피사구아, 너의 공허한 산꼭대기에서,
분노의 고독에서, 배고픈
진실의 힘은 벌거벗은 고귀한
기념비처럼 솟아오른다.

한 사람만이 아니다. 너의 산자락에서
생명을 더럽힌 피는 하나가 아니다.
상처받은 늪, 고문, 상복 입은
아메리카 잡초에 몸을 묶은
모든 사형집행인,
너의 황폐한 가파른 돌들이
사슬처럼 인간들로 채워졌을 때,
깃발 하나만 찢긴 것이 아니었다.
독약을 가진 깡패 하나가 아니었다.
역사에서 이빨로 무는 것을 반복하는
더러운 강에 사는 동물들이
사람 죽이는 칼로
불행한 민중의 심장을 난자했고
그들을 만든 땅을 무력화했고
여명의 모래를 불명예스럽게 했다.

오, 모래가 가득한 항구들, 초석,

비밀의 소금이 넘쳐난 항구들,
소금은 조국에 고통을 남기고
황금을 미지의 신에게 가져간다.
신의 손톱은 우리들의
고통스러운 땅이 잘린 곳을 긁었다.

안토파가스타, 그의 먼 목소리가
밝은 빛으로 흘러들고
포대와 창고에 쌓인다.
그리고 건조한 아침 속에서
배가 있는 방향으로 흩어진다.

이키케, 마른 나무로 만든 장미,
너의 하얀 요새 사이,
사막의 달, 바다의 달이 흠뻑
스며든 소나무 담 옆에서
내 민중의 피가 쏟아졌다.
진실이 살해당했고, 희망은
피 묻은 살로 조각나 버렸다.
모래는 범죄를 덮었고
거리가 멀어 죽어가는 소리조차 안 들렸다.

산 아래, 벌거벗은 몸에 바늘을 가득 꽂은
유령 같은 토코피야는 초석의 마른 눈〔雪〕을
쫓아보낸다. 흙덩이에서 죽음을
흔들어버린 어두운 손의 고통도
자신의 계획의 빛도 끄지 않은 채.

가장 크게 수치를 느끼는 금속처럼
너의 석회질 가장자리에 숨어서,
인간에 대한 사랑으로 숨 막힌 물을 거부하는
버림받은 해안인 너.
묻혔던 사람이 네 항구로 내려왔다.
팔려나간 거리의 불빛을 보기 위해,
무거운 마음을 풀어주기 위해,
모래사장과 불행을 잊기 위해.
네가 지나갈 때, 너는 누구냐, 누가
네 황금빛 눈으로 미끄러지는가,
누가 유리 안에 자리 잡는가?
너는 내려와서 미소 짓고,
나무의 침묵을 사랑한다.
유리에 비친 어두운 달을 만지기만 한다.
사람은 육식동물 그림자와 몽둥이에 의해
감시 받고, 병원에 누워 있다.
먼지가 낀 도로에서 잠을 자면서.

남녘의 항구들, 내 이마에
이파리를 비처럼 떨어뜨린다.
겨울에 고통 받는 코니페라스*나무,
고독이 내 고통 안에 침으로 가득 찬
그 샘물에서 나온 비를 뿌렸다.
사베드라 항구, 임페리알 연안에서**

———
* coníferas: 일종의 소나무.

얼어붙은 항구. 모래로 덮인 하구,
아무도 이파리를 잠들게 하지 않았어도
오렌지 꽃 폭풍처럼 올라오는
갈매기의 얼어붙은 한탄,
나의 사랑을 향해
다정하게 길을 바꾼다.
걷잡을 수 없는 바다가 산산조각 낸
고독에 찌든 갈매기.

그때 나의 길은 눈〔雪〕이었다.
푼타아레나스 해협,
푸에르토나탈레스에서 묵었던 집들,***
울부짖는 파란 대지,
지상의 마지막 밤,
억제하지 못하는 밤, 윙윙대는 밤,
목재는 버텼다.
맹렬한 바람 아래에서 등잔을 켰다.
내 손을 남극의 헐벗은 봄에 담갔고
마지막 꽃의 차가운 먼지에 입 맞췄다.

** 칠레 아라우카니아 지방에 있는 사베드라Saavedra 항구는 임페리
알Imperial 강 연안에 있다.
*** Punta Arenas, Puerto Natales: 칠레 최남단에 있는 항구들.

XIV

선박들   자주색 아침 빛살 속으로
미끄러지는 비단 배들,
넝마 실처럼 닳아버린
붉은 깃발을 세우고 바다의 태양을 가로질렀다.
바이올린처럼 소리 나는
누런 계피 상자들의 매운 냄새,
비벼대는 손들이 폭풍 치는 항구에서
속닥대는 냉혹한 욕심,
환대받는 매끄러운 녹옥(綠玉),
창백한 알곡색 비단
이 모두가 바다에서 산책했다,
바람의 여행인 양, 사라져버린 말미잘의 춤인 양.

날렵하고 빠른 배들이 왔다.
바다의 멋진 장비, 밀로 인해 황금색이 된
천 물고기들, 갈 곳이 정해진 배들.
잿빛 상품이 가득한 배들,
돛 사이로 떨어지면서 불처럼 반짝이는
보석이 넘치는 배들,
소금 고원에서 모은
유황 꽃으로 가득 찬 배들.
어떤 배들은 사람들을 배 밑창
축축한 곳에 실었다.
사슬로 묶인 채,
선박의 두터운 목재를

눈물로 뚫고 있는 포로들의 눈.
방금 상아에서 떨어져 나온 발들,
상처투성이 과수처럼 쌓이는 쓴맛,
가죽이 벗겨지는 사슴의 고통,
여름의 다이아몬드에서 저 아래
더러운 똥통으로 떨어지는 머리들.
평원의 이삭 알곡 위로 바람이 불듯,
파도 위에서 떨고 있는
밀알로 가득 찬 배,
발파라이소 창고를 향해
천천히 움직이는
작살처럼 단단한 마음들이
곤두선 포경선,
고래의 풍성한 수확이
배를 가득 채울 때까지
눈과 기름으로 상처 입고 흔들리는
기름때 묻은 돛.
잘린 손 같은 바다의 파편들이
거품 나는 바다에서 고통 속에 사는
가는 입들을 향해
추억을 떠나보내기 전까지,
자신의 추억, 배의 마지막 넝마에
매달린 뱃사람을 싣고
노한 바다에서 파도를 타넘으며
앞으로 나아가던 낡은 포경선.
길들여지지 않은 돌고래처럼
날쌘하고 활기찬 질산을 실은 배들,

일곱 폭의 영광스러운 돛에

바람을 채우고

손과 손톱처럼 곱고,

깃털과 준마처럼 빠르고,

내 나라 광물을 채굴하는

검은 바다의 항해꾼들.

XV

선수상(船首像)   마젤란 해협 모래사장에서 당신을 구했다.

(엘레지)   아름다운 두 가슴이 젖꼭지 사이로

무수히 갈라놓았던 그 폭풍우 아래에서

이제는 움직이지 않는 지친 항해자.

다시 한 번 남쪽 바다 위에서 당신을 일으켰다.

밤바다에 에워싸여 저 대양에서

그대가 지켰던 밀과 광물처럼

지금 당신은 어둠의 승객, 구석의 승객.

오늘 당신은 나의 것, 거대한 앨버트로스가

날개를 펼쳐 날아가며 스쳤을 나의 여신.

당신의 먼 눈꺼풀, 떠도는 나무 눈꺼풀은

빗속에서 연주되는 음악의 외투.

바다의 장미, 꿈보다 더 순수한 꿀벌,

노래로 꽉 찬 떡갈나무 뿌리로

그대를 만들었고, 둥지를 지탱할
힘을 가진 호두 눈 여인,
빛을 유혹할 정도의 다정함이
최고조인 엉덩이, 폭풍의 입.

그대와 함께 태어난 천사와 여왕들이
이끼가 끼고, 죽은 자들의 영광을 누리며
움직이지 못할 운명에 처해 잠들었을 때,
천사, 여왕, 파도, 세상의 진동인
당신이 배의 좁은 선두로 올라갔다.
설레는 마음으로 사람들이
사과 가슴 달린 당신의 고귀한 겉옷까지 오르는 동안,
당신의 입술은, 아 달콤한 입술, 당신의 야생 입술에
걸맞은 다른 입맞춤으로 젖었다.

이상했던 그 밤, 당신의 허리는
배의 순수한 무게가 파도 속으로 떨어지게 했다.
검은 대양 안에 무너진 불의 길,
인광(燐光)의 꿈의 길을 열어가면서.
바람은 당신의 머리칼에 폭풍 상자를,
쇳소리 같은 신음 소리를 퍼부었다.
그리고 새벽, 햇빛은 당신의 젖은 머리띠에
입을 맞추면서 항구에서 당신을 맞았다.

때때로 바다 위에서 당신은 길을 멈췄고,
흔들리던 배는 한 옆으로 기울었다.
줄기에서 떨어져 나와 낙하하는 커다란 과수 같은

죽은 선원을 거품이 받아 안았다.
이윽고 시간과 배는 자신의 움직임을 지속하고.
두려움에 압도된 모든 얼굴들이
구원받지 못할 고통 속에 잠겨 있을 때,
당신만이 얼굴에 튀기는 소금을 맞고 있었고
눈에는 소금기 있는 짠 눈물이 고였다.
장례 바다의 드넓은 세계를 향해 한 생명 이상의
불쌍한 생명들이 당신의 팔로 미끄러졌다.
죽은 사람, 산 사람과 맞닿으면서
바다 목재로 만든 당신 가슴은 망가졌다.

오늘 우리는 당신 상을 모래에서 건져냈다.
결국 당신은 내 눈에 뜨일 운명이었다.
당신은 어쩌면 잠든 채 잔다. 아니, 죽은 채 죽었다.
당신은 결국 속삭임이라는 것을 잊었고,
떠돌던 광휘는 여정을 끝냈다.
바다의 분노, 하늘의 주먹질은
당신의 치켜든 머리에 균열과 파괴의 왕관을 씌웠고,
소라 같은 당신 얼굴은 쉬고 있다,
균형 잡힌 이마에 상처를 입은 채.

내게 당신의 아름다움은 모든 향수, 모든 신맛,
모든 어두운 밤을 다 지녔다.
등불, 아니면 여신 같은 당신의 봉긋한 가슴,
거대한 탑, 움직이지 않는 사랑, 그 안에 생명이 있다.
내 손에 구해진 당신은 나와 함께 항해하리라,
거품 속으로 나라는 존재를 떨어뜨리는 그날까지.

XVI

배 안의 남자   움직이는 소금 위로 그려지는
아득한 항적(航跡),
꿈들을 가르는 죽은 기름 사이로
피곤에 지친 선원이 잠들어 있고,
보초 서던 누군가가 쇠줄을 끌자,
온 배에
소리가 나고, 바람은 목재 사이에서 이를 간다.
쇠 내장의 심장이 소리 없이 뛰고,
화부는 자신의 얼굴을 거울에 비춘다.
깨어진 유리 조각에서 연기로 그을린
검댕 묻은 얼굴에 보이는 눈.
그 여인이* 사랑했던 눈, 어쩌면, 죽기 전 침상에서
그녀가 사랑했던 이 눈들은 그녀를 보지 못했고,
기름과 불 사이의 하루 일과인 마지막 항해에도
그녀를 데리고 갈 수 없었는지 모른다.
그게 무슨 문제인가, 항해와 선물들 사이를
이어주는 입맞춤이 있었건만, 아무도,
지금은 집에 아무도 없다. 밤바다 속에서 사랑은
모든 잠든 이들의 침대를 어루만지고,
배 저 밑바닥에서 산다, 위를 향해 가지를 밀어 올리는
밤의 해초처럼.

———
* '그 여인'은 원문에는 그라시엘라 구티에레스Graciela Gutiérrez
라는 이름으로 돼 있다.

여행의 밤에 누운 다른 이들이 있다.
바다 없는 텅 빈 곳에서 꿈을 꾸는 이들,
인생처럼, 조각난 높이, 밤의
조각, 꿈의 망가진 망에서
떨어져 나온 돌들처럼.
                            밤의 대지는
파도치는 바다를 침범하고
잠이 든 가엾은 승객의 마음을
먼지의 단 한 음절, 그를
요구하는 한 숟갈의 죽음으로 덮어준다.

모든 대양의 돌은 대양이다. 가늘디가는
메두사의 보랏빛 허리, 온갖 별이
비어 있는 하늘, 달은
자신의 세계에서 바다를 없앴다.
그러나 인간은 눈을 감고, 지나온 어느 궤적을
물어뜯고, 속 좁은 마음을 타박하고,
흐느끼고, 밤을 손톱으로 긁는다,
벌레가 되어서 육지를 찾으면서.

바다가 덮지 못하고 죽이지 못하는 것은 땅이다.

부서지면서, 노래하던 방울들을 흩뿌리면서,
미완의 바느질감을 땅에 묶으면서
항아리 단지에서 죽겠다는 것은 흙의 자존심이다.

바다에서 이런 죽음을 찾지 말라. 흙도 기대하지 말라.

만지지도 않고, 함께 모아 땅에 건네기 위해서라면
먼지 한 움큼조차 간직하지 말라.
노래하는 이 무한한 입술들에게 그 먼지를 주어라,
움직이는 이 합창단과 세상에 먼지를 기증하라.
물의 영원한 모성애 속에서 너 자신을 파괴하라.

XVII

수수께끼   당신들은 갑각류가 누런 발 사이에서 무엇을 짜고 있는
지 제게 묻지요?

제 대답: 바다가 그걸 알지요.

멍게가 투명한 종(鐘) 속에서 뭘 기다리느냐고요? 뭘
기다리느냐고요?

제 대답: 여러분들처럼 시간을 기다리지요.

다시마가 누구를 포옹하는 거냐고 묻나요?

저도 아는 바다에서 일정한 시간에 조사해보세요.

일각고래의 저주받을 송곳니에 대해 물을 텐데,

기다리는 답은 작살 맞은 바다 유니콘의 고통이네요.

어쩌면 제게 남극 밀물의 순수한 원천에서 떨고 있는

팔각 산호에 대해 물으려 할지도 모르겠네요.

폴립의 수정 같은 건축에 대해 묻자고 논의했겠지요.

질문 하나 더, 그럼 내가 그걸 맞혀볼까요?

여러분은 심해 고슴도치의 전기 물질을 알고 싶나요?

돌아다니며 파괴를 일삼는 무장된 종유석?

물속에 있는 실처럼 저 깊은 곳에 펼쳐진 음악인

아귀*의 미끼?

이 모든 것은 바다만 안다고 말씀드리지요. 그 상자
안의 삶은 모래만큼 많고, 순수하고 넓다는 것도.
핏빛 포도 사이로
시간은 해파리의 빛, 단단한 꽃잎 하나 단련시키고,
무수한 자개로 만들어진 풍요의 뿔에서
산호 가지를 뜯어냅니다.

나는 빈 어망일 뿐입니다.
어둠 속에서 죽은 사람들의 눈들, 삼각형에
익숙한 손가락들, 수줍은 오렌지 색깔 반구의**
척도 앞에 있는 빈 어망.

나도 그대들처럼 끝없는 별을
찾아 다녔습니다.
그리고 어망에서, 밤에, 벌거벗은 채 잠이 깨었습니다.
내 어망에 잡힌 것은 바람에 막혀버린 물고기 한 마리.

XVIII

해안의 돌   대양들, 그대들에게는
봄부터 이삭이 맺히는 시기의 대지에서

---

* 원문은 pez pescador(케라티아스과에 속하는 물고기로 일종의 아
귀).
** 역삼각형 형태의 남아메리카를 '수줍은 반구'로 지칭했다.

솟아나오는 존재가 없다.

포도 사이에서 항해하는
대기의 파란 촉감은
대양으로 향하는 고독한 얼굴을 모른다.

부서진 바위들의 얼굴은
꿀벌을 모른다. 단지
파도 농사만을 알 뿐.
영원히 갈라진 틈 속에
전투의 외로운 거품을
받아들인 돌들의 얼굴.

분노에 자신을 바친
까칠까칠한 대리석을 실은 거친 배들,
부동의 이 행성들은
바다 깃발들의 움직임을 멈추게 한다.

허리케인 악천후 속의 왕좌들.

흔들리는 고독한 탑들.

바다의 바위들, 그대들은 시간의
승리의 색깔, 끝없는 움직임으로
닳아진 물질을 가지고 있다.

불은, 바다가 폭탄으로 전율시킨

이 결정체들을, 탄생시켰다.

구리와 소금이 결합한 곳에 생긴
이 주름, 이 주황색 철,
은(銀)과 비둘기의 이 같은 자국은
죽음의 담, 무리를 이룬
심오한 국경.

고독의 돌들, 사랑하는 돌들,
돌들의 단단한 공간에
차가운 미역이 어지러이 매달린다.
달이 장식한 돌들의 가장자리로
연안의 고독이 피어오른다.
모래에 파묻힌 발은
무슨 향기를 잃었는가? 결혼 화환은
어떻게 떨어가며 올라갔는가?

모래 식물들, 살찐 세모꼴,
바위 위에 광휘를 피우러
온 납작한 존재들,
대양의 봄, 돌 위에 우뚝 선
섬세한 잔,
분노에 의해 피어난 언
아마란토의 작은 빛,
별이 부서지는 고원의 모래사장에
도전할 자격을 나에게 달라.

바다의 돌들, 빛의 전투에서 멈춰 선
불꽃들, 녹슬어 누렇게 된
종들, 고통의
날카로운 칼날, 부서진 원형 지붕,
그 상처 안에 대지의
이 빠진 조상이 세워진다.

XIX

공고라풍*
연체동물

캘리포니아에서 가시 달린 소라고둥을 가져왔다.
고둥의 뾰족한 끝의 석영, 안개로 꾸민
가시 달린 언 장미의 우아함,
살짝 어두운 도톰한 화관 같은 입천장은
분홍색으로 끓고 있었다.

다른 고둥은 흠 없는 벨벳 같은 껍질을
폭탄이나 표범이 태워버린
원 모양 반점이 장식하고 있었다.
또 다른 고둥의 컵 같은 매끄러운 등에는
달 속에서 문신한 강줄기가 있었다.

그러나 나선은 공기와 바다로
유지되고, 오,

---

* Luis de Góngora(1561~1627): 공고라는 스페인 황금 세기 문학
의 거장으로 꾸밈이 많은 바로크 스타일의 시를 쓴 시인이다.

계단의 모습을 한 정교한 소라,*
오, 오팔로 빚어낸 반지가
달콤함을 풍기며 휘감는
여명의 연약한 모습.

모래를 헤치다 핏빛 산호색
가시 덮인 조개를 바다에서 꺼냈다.
가시국화조개는 입안으로
보물의 빛을 깊이 감추어 다문다.
붉은 침으로 에워싸인 보석함,
공격적 가시를 가진 눈〔雪〕.

모래에서 우아한 연두대추고둥을 찾아냈다.
젖은 도보여행자, 자주색 발,
젖은 보석, 과일은
고둥의 불꽃을 강하게 했고,
수정은 바다 태생 고둥을 윤기 나게 했으며
비둘기는 고둥의 나신을 둥글게 했다.

트리톤 소라는 소리의 굴 안에서
거리를 유지했다.
꼬인 그의 석회 구조 안에서
바다는 천장을 꽃잎으로 지탱했다.
오, 로스텔라리아 소라,** 바늘 속으로

올라간 기호처럼 침범할 수 없는 꽃,
아주 작은 성당, 분홍빛 창,
빛의 칼, 물의 암꽃술.

그러나 여명의 시간에
달로 만든 빛의 아들 다가오고,
지진을 일으키는 조개낙지***는
재스민 색의 나선형 몸으로
파도 안에서 항해하면서
거품과 떨리는 접촉을 한다.

그러자 밀물에 숨겨진
자줏빛 바다의 흔들리는 입,
보랏빛 타이탄의 입술,
거대한 조개 트리다크나****가 성(城)처럼 문을 닫았다.
거기서 그의 거대한 장미는
그에게 입을 맞추는 하늘색 종자들을 먹었다.
소금의 수도원, 강해진 파도가
가두어버린 부동의 유산.

그러나 오, 앵무조개를 명명해야 한다.
너의 날개 달린 왕조 위로,

** rostellaria: 입 한쪽이 길게 올라간 것이 특징인 소라.
*** argonauta: 낙지의 종류. 암놈은 조개 모양으로 몸을 감싸는
것이 특징이다.
**** tridacna: 약 20센티미터 정도의 조개로 영어로는 maxima clam
이라고 함.

너의 진주 같은 배를 미끄러뜨리며 항해하는
둥근 등식,
너의 나선형 기하학은
바다 시계, 진주, 선의 기초가 된다.
나는 바다를 향해 바람 속에서
너와 함께 가야 한다. 구도(構圖)의 신이여.

XX

학대받은 새들　토코필라 저 위 높은 곳에 질산 평원이 있다.
고원, 소금의 흔적. 나뭇잎 하나,
무당벌레 하나, 이슬비 하나, 그늘 하나
시간조차 없는 사막.

거기 아주 오래전, 외롭고 뜨거운
모래 위에 갈매기가 둥지를 텄다.
그리고 알을 낳았다.
해안에서부터 고독을 향한,
삶의 부드러운 보석으로 양탄자를 깐
아득한 네모꼴 사막을 향한
깃털의 파도 속 비상이 사라졌다.

바다에서 보이는 아름다운 강, 사랑의
야생적 고독, 둥글게 피어오른 목련 속에서
둥글어진 바람의 깃털,
중추적 선회, 날개의 박동,

그 안에서 모든 생명은 자신의 힘을
다시 모인 강에 쌓는다.
그렇게 불임의 소금밭에 생명체가 살게 되었고
깃털의 고원이 완성되었고
새의 비상은 모래사장에서 이루어졌다.

인간이 왔다. 어쩌면, 바다처럼 광야에서
떨고 있던 부리 달린 가지들이
사막에서 길을 잃고 창백해진
인간의 불행을 채웠는지도 모른다.
아니면 탁탁 튀는 하얀 대지가
그를 별처럼 비췄는지도.
어쨌든 다른 이들이 그 사람의 흔적을 따랐다.

그들은 새벽에 왔다. 몽둥이,
바구니를 들고. 그리고 보석을 훔치고,
새들을 때렸고, 깃털의 배를 한 집
한 집 쳐부수었고,
알의 무게를 가늠하고
이미 부화가 되었으면 짓밟아버렸다.

새들을 불빛에 비춰보고 사막에
내동댕이쳤다. 날고 있건,
울고 있건,
원한의 파도에 있건. 새들은
그들의 모든 분노를 침범당한 대기에 노출했고
그들의 깃발로 해를 가렸다.

그러나 인간들은 그들의 보금자리를 파괴했고,
그들에게 몽둥이찜질을 했고, 사막에 있던
그들의 바다 도시를 부서뜨렸다.

후에, 안개와 술꾼의
오후 염전에서
바구니에 바닷새 알, 고원의 야생 열매를
담아 파는 소리가 들렸다.
이제 생명체가 없는 고원에는
세월을 모르는 고독,
짓눌린 원한에 찬 소금만이 있을 뿐.

XXI

레비아탄 거대한 제단, 분노의 평화,
야생적 밤의 미끄러운 지대, 미지의 남극.
너는 어두운 빙원을 옮겨가면서
내 옆으로 지나가지 못할 것이다.
그리한다면 내가 한 순간 너의 벽 사이로 들어가,
바다 속 너의 겨울 갑옷을 일으키리라.

유리된 유성, 너의 검은 불은
남쪽을 향해 탁탁 튀었고,
말없는 네 대지는 무성한 숲의 시대를 흔들어
해초를 춤추게 했다.

그것은 하나의 형체. 세상의 지진으로
유리된 거대한 존재. 그곳에서는
스스로의 힘과 부드러움에
놀라버린 가죽 지존이 움직인다.

검은 눈〔雪〕의 횃불로
타오르는 분노의 제단,
네 눈먼 피가 형성되었을 때
바다의 시대는 정원에서 잠잤고,
달은 그곳에서
인광 자석의 꼬리를 떼어냈다.
생명은 파란 모닥불
메두사 어머니.
수많은 알들이 폭풍처럼 탁탁 튀었고,
모든 성장은 순수 그 자체,
바다 옥돔들이 처대는 요동이었다.

바다에 있던 네 거대한 목재들은
피 흘리는 잉태의 도정을
맞을 준비가 되어 있었다.
너의 힘은 뿌리를 집어삼키며
미끄러지는 순결한 밤에 있었다.
표류와 공포는 고독을 전율시켰고,
네 대륙은 너를 기다리던 섬들 저쪽 멀리로 도망갔다.
그러나 공포는 빙하 달의 둥근 형체들을 지나,
네 속으로 들어갔다.
그리고 너의 무시무시한 꺼진 등불을

보듬던 고독을 공격했다.
밤은 너와 함께 갔고,
너를 감쌌고,
네게 폭풍의 천을 댔다.
너의 격렬한 바람 꼬리는
별들이 잠자던 얼음을 휘돌렸다.

오, 위대한 상처, 작살의 지대에서
완패한 천둥을 휘젓는
뜨거운 샘물,*
피의 바다로 물들여진 샘물,
부서진 반구(半球)의 사이클론처럼
원한과 악취로 가득 찬
기름칠한 검은 배들까지 밀려와
피를 쏟은 채, 곤히 잠든 괴물.

오, 극지방 달의 수정(水晶) 안에서
죽은 거대한 상(像). 공포의
구름처럼 하늘을 덮고, 구름은
피 흘리는 대양을 울며 덮는다.

---

* '샘물'은 남아메리카 대륙 하단의 마젤란 해협을 가리키는 것으
로 보인다.

XXII

가마우지*

섬에서 배설하는 새들,
비상을 향한 한없는 의지,
초록색 거물,
삶을 잉태하는 바람의 무한한 도래,
새 혜성들이 조용한 페루의 비밀스러운 하늘을
모래로 덮으며 활공하면, 일식(日蝕)이 난다.**
오, 느릿한 사랑, 꽉 찬 컵***을
뿌리째 뽑아버리는 야생적 봄,
신성한 물이 철철 흐르는
물 하늘을 건너며
새 떼는 항해한다,
새똥으로 뒤덮인 섬을 향해.

나는 그대들의 날개 속으로 들어가고 싶다.
바들대는 무성한 존재들에 의해 들려서
잠이 든 채 남쪽으로 가고 싶다.
목소리를 잃은 상태로 어두운 강을
화살처럼 지나가고, 떼어낼 수 없는 그대들의
심장박동에서 나는 수없이 많은 존재로 나뉘고 싶다.
그다음, 비처럼 내리는 새들.
석회석 섬들은 그들의 차가운 천국을 열고

---

* Phalacro-Corax: 가마우짓과의 새로 약 40여 종이 있다.
** 새의 무리가 태양을 가리며 일어나는 일시적 현상을 상징한다.
*** '컵'은 생명, 희망을 상징한다.

거기에 깃털의 달이 떨어진다.
죽은 깃털의 폭풍.

인간은 비로소 어미 새들의 자장가 앞에
머리를 숙이고,
눈먼 손으로 계단 하나하나를
들추어가며 새똥을 파낸다.
맑은 똥을 긁고
흩뿌려진 배설물을 모으고
발효하는 섬 한가운데에서
노예처럼 무릎을 꿇고
고귀한 새들이 새로운 왕국을 만든
산성(酸性) 해안을 향해 만세 부르며.

XXIII

앨버트로스뿐만이 그대들은 봄에 고대한 새들이 아니다,
아니다 화환의 목마름 속에서도,
한 올 한 올 줄기와 송이로
서로 짜인
달콤한 거주지에서도.
그대들은 폭풍에서, 암초의
누더기 급류 천장에서,
여명이 구멍을 뚫은 틈새에서
기다려진 존재다, 도전의
초록색 창 위에서,

바다 평원의 무너지는 고독 속에서도.

소금의 연인들, 바다제비들,
그대들은 젖은 바다로 인해
대지의 모든 불순한 향기에 등을 돌렸다.
그대들은 비상의 파란 기하학을
원초적으로 명징한 곳에 낙하시켰다.

신성한 새들. 광풍의 가지에서
사이클론 바람 방울처럼
떠다니는 새,
분노의 경사면에 둥지를 트는 새,
웅크린 하얀 갈매기,
거품 위의 바다오리,
은빛 바닷새.

날개를 매듭처럼 접은
펠리컨이 낙하했을 때,
앨버트로스의 거대한 날개 속에서
희망이 항해했을 때,
페트렐* 새 무리가
늙은 가마우지** 너머 저쪽으로
영원을 향해 움직이며 날아올랐을 때,
내 마음은 잔에 담겼고,

———
* petrel: 바닷새의 한 종류.
** 원문은 cormorán: 가마우지의 한 종류.

새들이 노래하는 하구로 뻗어나갔다.
바다를 향해 깃털을 향해.

폭풍 같은 돌들을 향해 너희들이 가슴에 지니고 가는
얼어붙은 주석을 내게 달라.
물수리의 발톱 안에 간직한
힘을 내게 달라.
모든 성장과 단절,
돌보지 않는 오렌지 꽃의 바람,
가늠할 수 없는 조국의 맛을
견뎌낼 힘을 달라.

XXIV

바다의 밤   바다의 밤, 하얀 상(像), 초록색 상,
그대를 사랑한다. 나와 함께 자자. 나는
온 세상길로 나를 태우며, 죽어가며 돌아다녔다.
내 존재는 나와 함께 성장했다.
나는 재를 정복했고, 땅에
에워싸여 쉴 준비가 되었다.

밤이 눈을 감았다, 너의 눈이
자신의 가없은 휴식을 보지 못하게.
그는 은밀함을 원했고, 존재들과 담들의
보호를 받으며 팔을 벌렸다.
그리고 죽음의 지대를 향해 내려가면서

침묵의 꿈에 떨어졌다. 뿌리까지 함께.
대양의 밤이여, 너의 열린 자태,
알데바란 별이 지키는 너의 영역,
네 노래로 젖은 입을 향해
나는 나를 지탱하는 사랑과 함께 왔다.

바다의 밤, 나는 너를 보았다. 거대한
진주조개가 흔들어 태어난 너.
별들이 실 잣는 걸 보았고
네 허리의 전율,
너의 달콤한 휴식을 삼키면서
성가신 소리를 내는 푸른 움직임도 보았다.

사랑 없이 나를 사랑해다오, 피 흘리는 여인이여.

멀리서 사랑해다오. 너의 숨이 깃든 강에서,
넘쳐흐르는 다이아몬드에서,
더욱더 많이 사랑해다오.
네 얼굴을 쉬지 말고 사랑해다오.
고통 속에서도 잔잔한 네 평정함을 내게 다오.

아름다운 이여, 사랑하는 이여, 아름다운 밤이여.
불안에 떠는 꽃 수술 속에서 잠든 꿀벌처럼
너는 폭풍을 돌본다.
물에 에워싸인 굴곡진 너의 젖가슴에서는
꿈과 꿀이 떨고 있다.

밤의 사랑, 나는 네가 위로 올리는 것을
뒤따라간다, 너의 영원성,
별들을 만지며 떨고 있는 탑,
너의 흔들림,
네 옆구리에서 거품이 만들어내는 마을까지도.
나는 모래사장에 부서지는 네 입술, 네 목을
부여잡고 있다.

너는 누구인가? 바다의 밤이여, 너의 헝클어진
머리칼이 모든 고독을 덮을 수 있는지
말해다오. 이 피의 공간,
평원의 공간은 무한한 것인지 말해다오.
배로 가득 찬 너,
바람이 괴롭히는 달들로 가득 찬 너,
모든 광석의 여왕, 심연의 장미,
벌거벗은 사랑의 풍우에 젖은 장미인 너,
네가 누구인지 말해다오.

대지의 외투, 녹색의 상,
종소리 나는 파도 하나 다오.
화가 난 오렌지 꽃의 파도 하나 다오.
수많은 모닥불, 하늘 한가운데의
배들, 항해할 바다,
수많은 푸른 불빛을 다오, 나는 단지
일 분만을 더 원하고, 그 어떤 꿈보다도
너와 함께 있기를 원한다.
네가 가진 모든 자줏빛,

별의 진지한 생각 체제,
어둠을 방문하는 너의 모든 머리칼,
네가 준비하는 날을 원한다.

동시에 나는 네 이마를 가지고 싶다.
그 이마를 내 안에서 열어 내가 모든
해안에서 태어나고 싶다. 지금
모든 숨 쉬는 비밀과 함께,
피나 깃발처럼 내가 곱게 간직하는
모든 어두운 선과 함께 가고 싶다.
이 비밀의 부분을 매일매일 바다에
가지고 가고, 모든 문에서 잠든 전투
—사랑이든 협박이든—에
가지고 가고 싶다.
                        그러나 그렇게 된다면
너처럼 눈[眼]을 많이 가지고 도시로
가야겠다. 그리고 네가 나를 방문할 때
내가 입었던 옷을 간직해야겠다, 가늠할 수 없는
모든 물까지 볼 수 있도록.
나는 원한다, 모든 죽음에 대항한 순수와 파괴,
줄어들 수 없는 거리, 자는 사람, 깬 사람
모두를 위한 음악을.

XV.

나는[*]

---

* 네루다는 이 연작시에 유년시절부터 현재까지의 삶, 그리고 유언
까지 담았다.

I

국경선
(1904)[*]

내가 세상에서 맨 처음 본 것은 나무들, 야생의
아름다움을 가진 꽃들로 장식된 벼랑,
축축한 땅, 불타는 숲,
그리고 홍수 천지였던 겨울.
내 유년은 젖은 신발, 부러져 땅에 떨어진 밀림의
나무 몸통, 칡과 무당벌레가 먹거나 삼킨 몸통.
오트밀의 행복한 날들,
거대한 철로를 향해 나아가시던
아버지의 금빛 수염.

남극 바다는 우리 집 앞으로 깊은 길을
파냈고, 여름에는 황토색으로 바뀌던
상복 입은 흙[**]이 깔린 늪이 있었다,

----

[*] 네루다는 1904년 7월 12일 칠레 남부 파랄Parral에서 출생했으며
아버지는 화물철도 기사였다.
[**] 검은 색깔의 흙.

그곳으로 임신 9개월 된 밀*을 실은
마차들이 삐걱대며 울고 갔다.
남녘의 빠른 해.
                          수확이 끝난 밭, 붉은 대지에
자욱하게 피어오른 연기, 소용돌이치는
강 연안, 정오의 황금 꿀이 반사되던
우리와 목초지.

먼지의 세계는 술통과 노끈 사이에서
조금씩조금씩 곡물 창고로 들어왔다.
수풀의 모든 꺼풀,
개암의 붉은 정수로 가득 찬 창고.

눌린 고기처럼 바퀴에 붙어버리는
떡갈나무 사이에 솟아난 잊을 수 없는 길,
볼도나무**가 니스 칠을 한 길.
탈곡기로, 오르막길을 오를 때는
폭서(暴暑)의 옷을 입고 올라가는 느낌이었다.

내 유년 시절은 역들을 떠도는 것이었다. 철로
사이에서, 막 잘라낸 목재의 성들,
마을이 없는 집, 형용하기 어려운 향긋한
냄새의 사과나무와 소가 겨우 지켜주던 곳,

---

* 통통하게 잘 익은 밀알을 상징한다.
** boldo: 월계수와 비슷한 상록수로 잎은 향신료나 차로 마시고 녹
색 열매는 통후추처럼 쓰인다.

마른 체격의 소년이었던 내 몸으로
빈 숲, 창고들이 스며들었다.

II

투석병(投石兵)　　사랑, 어쩌면 확신이 없는 사랑, 불안한 사랑,
(1919) *　　　인동덩굴이 입을 한 대 친 것,
　　　　　　　똥은 머리가 검은 모닥불처럼
　　　　　　　내 고독을 향해 올라온 것,
　　　　　　　그 밖에 밤의 강, 하늘의
　　　　　　　표식, 도망가는 축축한 봄,
　　　　　　　미쳐버린 외로운 이마, 밤에
　　　　　　　잔인한 작은 튤립을 일으키려는 욕망.
　　　　　　　나는 별을 뜯었다. 스스로 상처를 입고,
　　　　　　　별을 만지기 위해 손가락을 뾰족하게 했고,
　　　　　　　문이 없는 얼어붙은 성채 하나를
　　　　　　　한 올 한 올 짰다,
　　　　　　　　　　　　　오, 별 같은 사랑
　　　　　　　사랑의 재스민은 그 투명함을 헛되이 멈추고,
　　　　　　　오, 사랑의 날에 질긴 풀들 사이로
　　　　　　　흐느낌처럼 등장하던 구름,
　　　　　　　어둠, 사랑하는 여인의 상처, 길들일 수 없는
　　　　　　　달에 매달린 나신의 고독.

―――
* 네루다가 테루사Terusa로 부르던 첫사랑 테레사Teresa Vázquez를
회상함.

나를 불러, 어쩌면 나는 장미밭에게 그렇게 말했다.

장미밭은 어쩌면, 알 수 없는 미각의 그림자.

땅은 내 발걸음 하나하나를 알고 있었고,

평원의 위대한 나무 상은

가장 구석 숨겨진 곳에서 나를 기다렸다.

교차로의 모든 것은 나를 섬망(譫妄)으로 이끌었고

내 이름이 봄 너머로 불려나갔다.

그러자, 사랑스러운 얼굴, 타버린 수선화,

내 꿈을 꾸며 자지 않았던 너, 야생녀,

그림자가 쫓았던 승리의 표식, 이름 없는 연인,

꽃가루의 모든 조직으로 만든 여인,

순수하지 못한 별들 위에서 불타는 바람이 만든 여인.

오, 사랑, 사라져가는 정돈된 정원,

네 안에서 내 꿈이 일어났고 자랐다.

시커먼 빵의 효모처럼.

III

집*   우리 집, 방금 잘라서 아직 냄새나는

상큼한 나무 벽, 변방에 있는

허름한 집, 걸음마다 소리가

나고, 남극의 전쟁터 바람이 휘파람

소리를 내고, 이윽고 폭풍의 요소로 변하는 집,

이름 모를 새들의 꽁꽁 언 깃털 아래에서

---

* 네루다는 철도 노동자였던 아버지를 따라 여러 지방에서 살았다.

내 노래는 성장했다.

그림자들, 얼굴들을 보았다. 그것들은

내 뿌리 주변에서 식물처럼 자랐다.

나무 그림자에게 노래 불러주고

축축한 말 사이에서 총을 쏘던 식구들.

남성이라는 탑 그늘 속에

숨어버린 여인들,

빛을 때리는 말발굽 소리,

　　　　　　　　　　　　이상야릇한 분노의

밤, 짖는 개들.

대지의 새벽은 아직도 어두운데,

울부짖는 기차를 타신 아버지는

어느 잃어버린 섬들을 향해 미끄러지듯 가셨을까?

세월이 흐른 뒤, 나는 사랑하게 되었다, 연기 속의

석탄 냄새, 기름, 얼어붙은 정밀한 바퀴 축,

자랑스러운 애벌레처럼 대지 위로 펼쳐진

겨울을 가로지르는 육중한 기차를.

갑자기 문들이 떨린다.

　　　　　　　　　　　우리 아버지.

길의 백부장들이 아버지를 감싼다.

젖은 판초를 걸친 철도원들,

수증기, 비가 우리 집에 새 옷을 입히고,

식당은 목이 쉬도록 이야기로

넘치고, 잔은 계속 비워진다.

내게는 허용되지 않은

분리된 장벽 너머 세계가

슬픔에 물들었다.

밀려드는 괴로움, 음울한 상처, 돈 없는 사람들,
가난의 광석 갈고리.

IV

여행 동료
(1921)[*]

얼마 후, 수도(首都)에 갔다. 안개와 비의 냄새를
아련히 풍기면서. 그 거리가 어디였지?
1921년의 옷들은 가스, 커피, 벽돌의
끔찍한 냄새 사이에서 시끄럽게 돌아다녔고,
나는 학생들 사이로 얼떨떨해서 돌아다녔다.
내 안에 벽들을 단단히 쌓고, 저녁이 되면
잃어버린 나뭇가지, 물방울, 달을 찾아
내 가엾은 시 속으로 들어갔다.
저녁마다 내 시의 저 깊숙한 곳에 들어가서
바닷물 속에 몸을 담그고, 감지할 수 없는
자극, 버려진 바다의 갈매기를 붙잡고,
눈을 감고 나 자신의 존재 안에서
항해를 해가면서.
                        그림자였던가? 그냥
땅 밑의 젖은 이파리, 숨겨진 이파리였던가?
죽음이 어떤 상처 난 물질에서 떨어져 나와
내 사지를 만지고, 나의 미소를 인도하고

———
[*] 네루다가 칠레 대학교 사범학부 프랑스어과에 재학할 당시의 삶.
당시 루벤 아소카르Rubén Azócar, 토마스 라고스Tomás Lagos, 앙
헬 크루차가Angel Cruchaga, 디에고 무뇨스Diego Muñoz, 파블로
데 로카Pablo de Rokha와 교류했다.

거리에서 불행의 샘을 파게 했던가?

살기 위해 앞으로 나아갔다. 꾀죄죄한 골목을
다니면서 강인하게 자랐다.
동정도 없이 섬망(譫妄)의 경계에서
노래하면서. 담들은 여러 얼굴로 뒤덮였다.
빛을 보지 않는 눈들, 범죄를 비추는
휘어진 강들, 외로운 자존심의 유산,
찢어진 마음으로 가득 채운 공간.
나는 그들 모두와 함께 지냈다. 내 목소리는
그들의 합창에서만 그 기원이 된
고독한 곳들을 알아냈다.
불꽃 사이에서
노래하면서 인간이 되었다. 술집에서
나와 함께 노래하던 야행성
친구들과 우정을 나누며.
그들은 나에게 사랑 이상을 주었다,
그들의 강인한 손, 유일한 불,
무너지는 빈민가의
진정한 나무에 의해
보호받았던 하나 이상의 봄.

V

여학생(1923)[*]   오, 그대, 달콤함보다 더 달콤하고,
더 지속되는, 그림자 사이의

육체적 사랑의 연인. 그 시절

너는 열락 속에서

넉 잔을 무거운 꽃가루로 가득 채웠다.

격렬했던

밤, 자유분방했던 포도주의 밤,

녹슨 자주색 밤, 나는 상처 난 탑처럼

그대 품에 쓰러졌다.

너는 가엾은 침대보 사이에서 내게 밀착한 채

두근댔고, 너의 별은 하늘을 태웠다.

오! 재스민의 망, 오! 이 새로운 어둠의

양분을 먹은 육체의 불,

허리 중앙을 밀착하며

만지는 어둠, 이삭의 피나는 광풍으로

시간을 때려가면서.

하나의 빈 거품 속에는 사랑밖에

없었다. 죽은 거리에서의 사랑,

사랑, 모든 인생이 죽었을 때,

우리가 구석을 태우게 했던 사랑.

여인을 물었다. 내 몸에서 힘이

---

* 친구였던 루벤스 아소카르Rubén Azócar의 누나 알베르티나 아소
카르Albertina Azócar에 대한 추억. 네루다는 그녀에게 청혼했지만
그녀와의 사랑은 결실을 맺지 못했다. 네루다는 초기 시집 『스무 개
의 사랑의 노래와 한 편의 절망의 노래』『지상의 거처』에서 그녀와
의 사랑을 추억했다.

빠져나가면서 가라앉았다. 송이들*을 땄다.

키스, 그리고 키스가 이어졌다,

애무에 묶여, 차가운 머리칼의

동굴에 매여,

입술이 훑은 이 다리들,

지상의 입술 사이에서 배가 고파

집어 삼켜진 입술로 집어삼키면서.

VI

여행자   바다를 향해 항구로 갔다.

(1927)**   크레인과 귀먹은 해안의

창고 사이에 있는

틈새 세상은 천민들, 거지들,

배 한쪽 옆에 있는

굶주린 유령 회사를 보여주었다.

                                  모래에

누워 있는 비쩍 마른 사람들,

긴 옷, 불붙은 망토들이

황야에서 나오고 있었다. 하얗게 타버린

권력자들의 먼지투성이 망 속에서

전갈처럼 무장하고,

---

* 여인의 젖꼭지를 가리킨다.

** 네루다는 1927년 경제적 이유로 미얀마 주재 명예 영사직을 수락
했다.

원유 구멍을 지키면서.

버마에서 살았다, 강력한
금속 천장과 호랑이가
피나는 황금 반지를 태우는
밀림 사이에서. 인간의
축축함이 넘치는 세계에서부터
달하우지 가에 있는
내 창문까지 올라왔다,
정체 모를 냄새, 탑에 낀 이끼, 향수, 똥, 먼지,
꽃가루가.
                    나를 불렀다,
거리는 샤프란 색 천,
붉은 침들의 수많은 움직임으로.
이라와디 강의 더러운 물결,
진흙에 에워싸인 채
잠이라도 자는 신들이 계신
높은 지대에서 피와 기름이
범벅되어 흐르는 무거운 강물은
싣고 오는 것을 버리면서 내려왔다.

VII

여기서 멀리*   인도, 나는 너의 찢어진 옷, 누더기를 걸친

---

* 네루다는 1929년 인도에서 개최된 범힌두교 총회에 참석했다.

비무장 상태의 민중을 사랑하지 않았다.

경멸의 고갯길을 오르고 싶어 하는 자세로

여러 해를 돌아다녔다.

초록색 초 같은 도시들,

부적들, 탑들.

탑의 피 묻은 케이크 가게는

무시무시한 침(針)을 흩뿌렸다.

자신의 형제의 고통을 디디고 선

불행한 부자를 보았다.

괴로움의 강 같은 거리들,

꽃의 두꺼운 손톱 사이에 있는

짓이겨진 작은 마을들,

세월의 파수병인 인파 속에서

갔다, 노예의 고난인 검게 변한

상처와 거리를 두고.

절에 들어갔다. 회반죽과

보석으로 만든 계단, 더러운 피와 죽음,

끓는 열기에 취한 짐승 같은 사제들은

땅에 떨어진 동전을 놓고 싸운다.

그동안, 오! 작은 인간,

인광의 발을 가진 위대한 우상들은

복수의 혀를 내민다.

붉은 돌의 남근상 위로

찢어진 꽃들이 미끄러진다.

VIII

석고 가면* 사랑하지 않았다⋯⋯ 연민? 구토? 모르겠다
많은 도시들을 헤집고 다녔다. 사이공, 마드라스,
칸디, 아누라다푸라**의 거대한 땅속에 묻힌 돌까지,
고래 같은 싯다르타의 상이 있는
실론***의 바위를 지나 더 나아갔다.
순수한 침묵의 정글,
강 연안에 있는 페낭****
의 먼지,
강렬한 삶의 무리로 가득 찬 곳.
방콕 저 너머 석고 가면을 쓰고
춤추는 무희의 옷들.
악취의 만들은 넘쳐흐르는
보석 박힌 지붕을 들어 올린다.
넓은 강에는 수천의
가난한 이들이 좁은 배 안에서
기거하고, 누런 강 저쪽의
다른 이들은 모두
가없는 땅을 덮고 산다,

---

* 네루다는 1928년 스리랑카 콜롬보, 자바, 싱가포르 등지에서 영
사로 재직하면서 동남아시아 지역을 여행했다.
** Madras: 인도 벵골 만에 있으며, 오늘날의 이름은 첸나이Chen-
nai.
Khandy: 스리랑카 내륙에 위치한 주요 도시.
Anuradhapura: 스리랑카의 고도(古都).
*** Ceylon: 스리랑카의 옛 명칭.
**** Penang: 말레이시아 서북부에 있는 도시.

다친 맹수의 가죽 한 장처럼,

민중의 가죽, 이런저런

주인 나리들에 의해

무시당하는 가죽.

            대장과 왕들은

젖은 목소리로 신음하는 등불 위에

군림했다, 불쌍한 공예가의

생명에서 피를 뽑으며.

채찍과 발톱 사이에서 가장 꼭대기에 있는 건

유럽과 미국의 원유에

양보한 것,

알루미늄 사원을 더 굳세게 하고,

보호받지 못하는 피부 위에 농사를 짓고

새로운 피의 희생 규칙을 세우면서.

IX

무도회 지상의 어둠 사이, 여기 자바의 내륙

(1929) 깊은 곳에, 빛나는 왕궁이 있다.

           벽에 딱 붙은 녹색 아치 사이를

           지난다. 그리고

           왕좌가 있는 방으로 간다. 군주가 계시다.

           뇌졸중에 걸린 돼지, 불순한 거위,

           주렁주렁 끈을 달고, 별을 붙이고,

           두 눈 부릅뜨고 감시하는 장사치

           네덜란드 주인 두 사람 사이에 앉아 있다.

역겨운 곤충 무리, 이들은 어떻게
인간들에게 의식적으로
천한 삽을 던지는가.
                    먼 지방에서 온
추한 보초병들, 그리고 눈먼
포대 같은 군주, 무거운 육체를 끌고
은 세공사의 가난한 나라 위에
가짜 별을 질질 끈다.
                  허나 갑자기
궁궐의 저 먼 끝에서 열 명의
무희가 들어온다. 바다 밑에서 꾸는
꿈처럼 천천히.
              발로는
밤의 꿀을 금붕어처럼 옆으로
밀어 가고, 기름기 짙은 머리 위에는
향긋한 오렌지 꽃 왕관을
얹고, 가면을 썼다.
                그 땅을 다스리는
양반 앞에 자리를 잡자, 음악이 흐른다.
수정의 날개 같은 소리, 꽃처럼
자라나는 순수한 춤, 도망치는
상을 만드는 맑은 손,
파도 혹은 하얀 것이 쳐대는 바람에
발끝에서 매 맞는 외투,
성스러운 금속으로 만들어진
비둘기의 모든 움직임 속에는
섬의 속삭이는 공기,

봄날 혼인한 나무처럼 불길이 인다.

X

전쟁
(1936) *

스페인, 꿈에 휘감겨, 이삭을 가진
머리칼처럼 깨어나는 너,
내가 본 것은 어쩌면 어둠과 민둥산 사이에서
태어나는 너, 경작하는 너,
떡갈나무와 산 사이에서 일어선 너,
그리고 상처를 안고 대기를 가로지르는 너.
그러나 옛날의 도적 떼가 모퉁이 요소마다에서
네게 공격을 가하는 걸 보았다. 그자들은
가면을 쓰고, 뱀으로 만든
십자가를 들고, 죽음의 극지방 늪에
발을 담그고 있었다.
그러자 잡초에서 떨어져 나온
네 몸이
상처 입은 채 모래 위에서 찢겼고,
세상이 무너져 내렸고, 고통은 가중되었다.
오늘까지도 네 바위 사이를 흐르는 물은
감옥 사이로 흐른다. 그리고 너는
아무 말 없이 너의 가시 왕관을 지고 간다.

———
* 네루다는 1934년 바르셀로나 영사, 마드리드 영사를 역임했고
1936년 스페인 내전(1936~1939)을 목격했다. 칠레 정부는 네루다
가 공화파에 비판적 시각을 가졌다는 이유로, 그를 프랑스 파리 영
사로 발령했다.

너의 고통, 너를 쳐다보지도 않고 지나는 얼굴,
둘 중에서 누가 이길지 보자.
나는 총을 든 너의 여명 시대를 함께 보냈다.
다시 민중과 폭탄이 명예롭지 못한
가지들을 흔들어대기를,
그래서 꿈이 떨고, 땅에서 갈라진
과일이 다시 모이기를 기원한다.

XI

사랑*　　스페인, 너는 나에게 굳은 사랑을 선물로 주었다.
내가 바라던 사랑이 내게 왔고,
내 입에 가장 깊은 입맞춤을 한
그 사랑이 내 곁에 있다.
　　　　　　　　　　폭풍우도
내게서 그 사랑을 떼어내지 못했고,
떨어진 거리도 우리가 정복한 사랑의 공간에
땅을 더 붙여놓지 못했다.

불나기 전에, 스페인의 밭 속에서
너의 옷을 보았을 때,
나는 두 개의 개념, 두 가지 빛을 가졌다.**

-----

* 네루다는 스페인에서 두번째 부인이었던 델리아 델 카릴Delia del Carril을 만났으며, 이 시는 그녀에 대한 회상이다.
** '두 개의 개념, 두 가지 빛'은 '나'와 '너'를 합친 존재임을 의미한다.

고통이 너의 얼굴에서 미끄러져
잃어버린 돌 위로 떨어질 때까지.

나는 거대한 고통, 날 선 작살이
난무하는 너의 강에 흘러들었다, 내 사랑,
분노와 죽음 가운데에서 달리는
말처럼, 그리고 갑자기
아침의 사과,
야생의 진동의 폭포가 말을 품었다.
그때부터, 내 사랑, 나의 삶의 방식의
토대가 된 황무지가 너를 알게 된 것이다.
나를 따르는 어두운 태양,
거대한 가을의 밤.

하나의 현신처럼, 모든 별자리를 가지고
내 곁에서 투쟁하는 사랑스러운 당신,
다정한 당신을 보지 못한
사람이 있겠는가? (내가 인간 곡식의
알갱이기 때문에,)
군중 사이에서 나를 찾으러 다닌 사람이라면,
내 뿌리를 붙들고 내 피의 노래 속에서
올라가는 너를 보지 못한 자가 있겠는가?

내 사랑, 내가 내 페이지에 드리운 너의 멋진
그림자에 대해 다시 한 번 쓸 시간이,
쓸 곳이 있는지 모르겠구나, 내 여인아.
이날들은 고통스럽고 빛이 난다.

이날들에서 눈꺼풀과 가시로 빚은
애정을 우리 다시 거두어보자.
언제 네가 시작되는지 기억 못하겠다.
너는 사랑 전에 이미 있었으므로,
                                        너는
운명의 모든 정수를 지니고 왔다.
너를 알기 이전부터 고독은 너의 것,
너의 잠자는 머리칼이었을지도 모른다.
오늘, 내 사랑의 정수, 겨우 네 이름을 부르고,
내 날들의 제목을 부른다, 사랑하는 여인아,
공간에서 너는 우주를 가진 모든 빛나는
날과 같은 위치의 존재.

XII

멕시코
(1940)*

멕시코, 나는 너의 이쪽 바다에서 저쪽 바다까지
섭렵해 살았다. 쇠빛 색깔 땅을 지나,
가시가 꽉 찬 수도원이 있는
산들을 기어올랐고,
                        도시의
독이 든 소음, 우글대는
엉터리 시인의 음흉한 이빨,
불굴의 침묵이 만들어낸
계단과 죽음의 종이 위에,

———
* 네루다는 1940~43년에 멕시코 총영사로 재직했다.

나병 환자 사랑의 토막 난 팔다리처럼,
유적의 젖은 광휘를 지났다.

그러나 매큼한 야영지에서, 수줍은
땀에서, 노란 알곡의 창(槍)에서,
공동체의 농사는
조국의 빵을 나누어주며 불어난다.

어떤 때에는 석회질 산맥이
내 길을 방해했다.
                         구멍 난
설원의 형태가
멕시코 피부의 검은 외피를
산산조각 냈고, 말들은
가부장적인 수목 아래를
폭탄의 입맞춤처럼 가로질러 달렸다.

대지의 경계선을 무지막지하게 지웠던
사람들, 그리고 피로 정복된 땅을
잊어버린 상속자들에게
돌려준 사람들,
남쪽의 뿌리들을 묶었던
고통스러운 그 손들은
작은 가면을 짰고,
대지를 꽃무늬 장난감 가게,
불을 짜는 곳으로 만들었다.

내가 무엇을 더 사랑했는지 몰랐다,
땅에서 파낸 불굴의 돌의
강인함을 간직했던 그 시절 얼굴들,
아니면, 어제 피를 쏟은 손이
만들어낸 최근의 장미.

이곳에서 저곳으로 나는 아메리카의
흙, 나의 상을 만지며 다녔다.
그러자 내 핏줄로 세월 속에
눕혀졌던 망각이 올라왔고
그 어느 날 내 입은 그의 언어로 전율했다.

XIII

멕시코 담에서
(1943)

국가는 강가에 형성된다. 그리고
부드러운 가슴, 지구의 입술을 찾는다.
그러나 멕시코, 너는 가시의
보금자리,
피 흘리는 매의 황량한 고원,*
투쟁적 부대들의 꿈을 건드렸다.

다른 이들은 나이팅게일 새, 연기,

-----

* 전설에 따르면, 아스테카 신은 선인장 위에서 뱀을 먹고 있는 매를 발견하는 장소에 국가를 세우라고 했다. 북쪽에서 내려온 아스테카인들은 현재의 멕시코시티 호수에서 그 장면을 목격했고, 그곳을 정착지로 삼았다.

계곡, 인간의 피부를 닮은 지대를 찾았다.
그러나 멕시코, 너는 손을 땅에 묻었고
야생적 시선의 돌 속에서 성장했다.
네 입에 이슬의 장미가 왔을 때,
하늘의 채찍은 장미를 고통으로 바꿨다.
성난 거품이 이는 두 개의 바다 사이에서
너의 원류는 칼날 같은 바람이었다.

분노의 어느 날, 짙은 양귀비 안에서
너는 눈꺼풀을 떴고,
타오르는 불이 네 안에서 살기 시작한 곳으로
눈[雪]은 자신의 하얀 영역을 넓혀나갔다.

너의 선인장 왕관을 안다.
선인장 뿌리 아래에 너의 지하 조상,
멕시코가 있다는 걸 안다.
그것은 땅의 비밀스러운 강,
광산의 눈먼 금괴로 지어졌다.

오, 대지, 오, 너의
영원하고 강인한 지형의 광휘,
캘리포니아 바다에서 흘러나온 장미,
유카탄이 쏟는 초록색 빛,
시날로아*의 노란색 사랑,
모렐리아**의 분홍 눈꺼풀,

———
* Sinaloa: 멕시코 만과 접한 지역으로 농업이 발달했다.

너의 상에 심장을 묶는
향긋한 용설란의 긴 실.

속삭임과 칼의 장엄한 멕시코,
지상의 밤이 가장 거대했던 날,
너는 옥수수 요람을 인간들에게 주었다.
성스러운 먼지로 가득 찬 손을 들었고
빵과 향기의 새로운 별처럼.
그 손을 네 민족 가운데에 놓았다.
그리고 폭탄의 빛으로 인해
농부는 자신의 사슬 풀린 땅이
생명을 배태하는 죽은 이들 위에서 빛나는 걸 보았다.
모렐로스***를 예찬한다. 그의
구멍 뚫린 광휘가 땅에 떨어졌을 때,
컵이 피로 가득 찰 때까지
작은 피가 땅 밑에서
계속 불렀다. 그 컵은 강이 되고
아메리카의 말없는 모든 연안으로
갔다. 그 연안을 신비한 정수로 축여주면서.

콰우테목****을 예찬한다. 나는 그의

** Morelia: 멕시코 중부 미초아칸 주의 수도. 장미색으로 지어진 대성당이 유명하다.
*** José María Morelos(1765~1815): 이달고의 뒤를 이어 멕시코 독립전쟁을 이끈 인물.
**** Cuauhtémoc(1502~1525): 아스테카 제국의 마지막 황제. 모진 고문에도 아스테카의 보물이 있는 곳을 말하지 않았다.

달빛 가계,

순교당한 신의 멋있는 미소를 어루만진다.

지금 그대는 어디 있는가? 그 옛날의

형제여, 그대의 다정한 강인함을 잃었는가?

그대는 무엇이 되었는가?

그대의 불의 계절은 어디 사는가?

그대는 우리의 검은 손의 피부에 산다.

그대는 잿빛 곡물에 산다.

밤의 어둠 이후, 여명의 층이 하나씩

벗겨질 때, 콰우테목의 눈들은

아득한 빛을 이파리의 초록색 생명

위에 쏟을 것이다.

카르데나스*를 예찬한다. 나는 그곳에 있었다.

카스티야의 폭풍을 몸소 겪었다.

그 시절은 삶의 눈먼 날들이었다.

잔인한 가지 같은 아픈 고통들이

우리의 괴로운 어머니**를 상처내고 있었다.

그 새벽의 조국, 월계관의 조국이 배신당하고,

강탈당하고, 상처를 입자,

담벼락은 침묵했고, 애도는 버려졌다.

———

* Lázaro Cárdenas(1895~1970): 멕시코 대통령으로 재직하면서 (1934~1940) 농지개혁을 실시한 인물로, 당시 멕시코 총영사로 부임한 네루다는 그에게서 스페인에서 느꼈던 절망 대신 희망을 보았다.
** '어머니'는 스페인을 가리킨다.

그러자
러시아의 붉은 별만이 그리고 카르데나스의
눈만이 인간의 밤에 반짝였다.*
아메리카 대통령, 장군, 나는 그대를 위해
스페인에서 붙잡은 불빛을 이 노래에 싣는다.

멕시코, 그대는 방랑자, 상처받은 자,
추방된 자, 영웅에게
문을 열고 손을 열었다.
이것이 다른 형태로 말해질 수 없다는 게 안타깝다.
그리고 내 말들이 다시 한 번
너의 담에 입맞춤으로 남기 바란다.
너는 투쟁의 문을 활짝 열었고
너의 머리칼은 이상한 자식들로 꽉 찼고,
너는 너의 강인한 손으로
세상의 고통이 눈물로 네게 임신시킨
자식의 뺨을 만진다.

멕시코, 여기서 마친다.
여기 이 글을 너의 관자놀이에 둔다.
자유롭고 깊이 있는 너를 사랑하는 자의
이 새로운 연설을
세월이 지워 나가기를.
네게 안녕을 고하지만, 가는 것이 아니다.

———

* 스페인 내전에서 소련과 멕시코가 공화파를 지원했으며, 특히 멕
시코는 인도적 차원에서 스페인 망명자를 받아들였다.

나는 가야 한다, 그러나
안녕이라고 말할 수는 없다.
내 인생에서, 멕시코, 너는 실수로
내 핏줄 속을 도는 한 마리 작은 매로 살고 있고,
내 잠든 군인의 마음 위로
결국 죽음만이 그 날개를 접을 것이다.

XIV

귀향(1944) *　　돌아왔다…… 칠레는 나를 사막의 누런 얼굴로
맞았다.
　　　　　　사암의 분화구에서
메마른 달로 인해 고통을 받으며 순례했고
척박함이 지배하는 대지,
덩굴조차 없는 직사광선, 텅 빈 곧은 길을 보았다.
비어 있다고? 식물도, 발톱도, 똥도 없는
땅은 나에게 벌거벗은 몸을 보여주었지만,
저 멀리 부드러운 몸매의 불타는 가슴과 새가
태어나는 길게 뻗은 차가운 선을 보여주었다.

거기보다 더 먼 곳에서 인간은 경계선을 파고
강한 금속을 모으고 있었다.
어떤 금속은 쓰디쓴 곡식의 가루같이 멀리 퍼졌고

———
 * 1944년 네루다는 안토파가스타, 타라파카 지방 상원의원 선거에
출마하면서 본격적으로 정치에 매진했다.

다른 금속은 불에 그을린 곳처럼 높이 쌓였다.
인간과 달, 그 모두는 나를 그들의 수의로 감쌌고
결국 나는 투명한 꿈의 끈을 잃어버렸다.

나는 사막을 끌어안았다. 광산 구멍의 광재(鑛滓)에서
한 사람이 나왔다. 말없이 무뚝뚝한 그를 통해
내 잃어버린 민족의 고통을 알아챘다.

나는 비로소 거리로, 사람들이 앉아 있는 곳으로 가서
내가 본 것을 말했고, 단단한 단층을 만졌던
아픈 손들을 보여주었다. 기댈 길
없는 가난한 이들의 주택, 보잘것없는
빵과 잊힌 달의 고독도.
맨발의 내 형제와 함께 힘을 합쳐
더러운 돈의 왕국을 바꾸려 했다.

나는 쫓기는 신세, 그러나 우리의 투쟁은 지속된다.

진실은 달보다 더 높이 있다.

광산 사람들은 달을 볼 때,
검은 배에 올라 밤을 바라보듯 쳐다본다.

내 목소리는 어둠 속에서
지상의 가장 고통스러운 종족에게 퍼져나간다.

XV

나무 테   나는 손 없는 눈먼 목수.

바다 밑에서

추위를 먹으며 살았고,
향기로운 상자도 만들지 않았고, 삼나무로
위대함을 자랑하는 거처도 만들지 않았지만
내 노래는 숲 속의 끈
비밀의 실, 예민한 목랍을 찾아다녔고,
나무의 입술로 고독의 향기를
맡으면서 가지를 잘랐다.

모든 물질을 사랑했고, 자줏빛 혹은 금속의
모든 방울, 물과 이삭을 사랑했고,
흔들대는 모래와 공간을 간직한
두터운 층으로 들어갔고
지상의 포도에서처럼, 죽은 자처럼,
부서진 입으로 노래했다.

흙, 진흙, 포도주가 나를 덮었고,
엉덩이들을 쓰다듬으며
정신을 놓았고, 엉덩이 꽃은
내 목 아래에서 불처럼 존재했고,
내 감각기관들은 아문 상처를
건드리면서 돌 속에서 산책했다.

이전의 내 업도 제대로 모르면서,

나의 고통에 운명 지은 광산 일,

아니면

겨울에 말을 타면서
냄새 맡았던 목재 일을
실제로 하지 않으며 얼마나 바꾸었는지?

모든 것이 사랑이었고, 샘물이었고,
나는 밤의 노래에만 쓸모 있는 존재가 되었다.

XVI

투쟁의 친절　그러나 거리에서 친절이 죽은 걸 본 적이 없었다.
나는 거리의 곪은 수로를 거부했고
거리의 오염된 바다를 만지지 않았다.

물어뜯는 눈들 너머의 먼 곳을 파면서
선(善)을 금속처럼 추출해냈고,
칼 속에서 태어난 내 마음은
상처 사이에서 자라났다.
사람들 사이에 흙이나 칼을 풀 때에도
나는 마구잡이로 방출하지 않았다.

상처나

독을 내는 것은 내 업이 아니었다.

나는 얼어붙은 채찍으로 쳐대라고
무방비 상태의 사람을 묶지 않았다.

손에 무엇을 숨기고 감시하면서

적들을 찾아 광장으로 나가지 않았다.

나는 단지 내 뿌리로 자라났고,

내 나무가 자라는 땅이

누워 있는 벌레들을 보고 글을 읽어낸 것이다.

월요일이 나를 물어뜯으러 왔을 때, 월요일에게 종이
몇 장을 주었다.

화요일이 나를 욕하러 왔을 때, 그냥 자버렸다.

수요일이 화가 난 이빨을 드러내며 왔다.

수요일이 뿌리를 심고 지나가게 했다.

목요일이 쐐기풀과 비늘로 만든 독이 든

검은 창을 가지고 왔을 때,

나는 내 시 한가운데에서 목요일을 기다렸고

달빛이 환할 때, 목요일의 무리를 부서뜨렸다.

여기 이 칼에 부딪치려들 오시게나.

내 지배권에서 벗어나게 오시게나.

노란 연대를 형성해서 오시게나,

아니면, 유황의 무리를 지어 오시게나.

그들은 내 노래가 퍼지는 백 리* 안에 있는

---

* 원문은 siete leguas, 즉 7 legua: legua는 길이의 단위로 약 5천572
미터.

종(鐘)들의 그림자와 피를 물어뜯을 것이다.

XVII

철강이 모이다
(1945)[*]

악도, 악인도 보았으나, 그들의 소굴에서는 아니다.

동굴에 사는 악인은 요정 이야기에만 있다.

가난한 사람들은 거지 신세가 되어,

불행한 광산에 떨어진 다음,

그 길을 마녀들로 채웠다.

나는 악이 재판정에 앉아 있는 것을 보았다.

상원에서는 악이 옷을 입고

머리를 빗고, 자신들의 주머니를 향해

생각과 논쟁을 비틀어갔다.

　　　　　　악과 악인은

이제 막 목욕하고 나왔다. 그들은

만족감에 취해 있었고

거짓 장식의 부드러움 속에서는

완벽한 존재들이었다.

　　　　　나는 악을 보았고

고름 집을 제거하려고 다른 사람들과

---

[*] 네루다는 1945년 공산당 출신 상원의원에 당선되었다. 1947년
비델라 정부가 광산노동자 파업을 불법화하자 이에 반대하면서 도
망자 신세로 전락했다.

680

함께 살았다. 더 많은 목숨을 보태고,
비밀 숫자가 되었고, 이름 없는 광물
민중과 먼지의 깨뜨릴 수 없는 통일체가 되었다.

자존심 강한 양반은
자신의 상아 옷장에서 맹렬히 투쟁했고
악은 재빨리 이렇게 말하며
지나갔다. "그의 외로운
올곧음은 존경할 만하다.
내버려둬라."

과격한 자가 자신의 알파벳을 꺼내어
칼에 올려놓은 다음,
사람 드문 거리에서 연설하려고 섰다.
악인이 지나가며 말했다. "용감하군!"
그리고 그 거사에 대해 말하러 클럽으로 갔다.

그러나 내가 돌이고 반죽이었을 때,
탑, 강철, 연결된 음절이었을 때,
내 민중의 손과 악수하고
바다 전체와 투쟁하러 갔을 때,
내 고독을 버리고 내 자존심을
박물관에 두고, 내 허영을 다 부서진
마차의 한구석에 놓았을 때,
다른 이들과 당을 만들고, 순수의
금속을 조직했을 때,
악이 와서 말했다. "저들을 거칠게

다뤄라. 감옥으로 보내, 가서 죽게."

그러나 이미 늦었다. 인간의 운동,
내 당의 운동은
이길 수 없는 봄이다. 미래를 위한
보편적 과실, 희망이었던 때부터
땅속에서 단련된 봄이다.

XVIII

포도주   봄 포도주······ 가을 포도주, 내게
동지들을 달라, 가을 낙엽이
떨어지는 식탁, 거대한 세상의 강,
우리 노래에서 멀리 떨어져
소리 내며 움직이는 약간 창백할 수 있는 강.
                                    나는 훌륭한 동지.

내가 그대의 존재 일부를 떼어내라고
자네가 이 집에 온 것은 아니다. 동지여,
그대 가는 길에 내 것도 약간 가지고 가라,
밤[栗], 장미, 단단한 뿌리
아니면 내가 너와 함께 타려 했던 배도 같이.

나와 함께 노래하라, 잔들이
넘쳐흘러 식탁 위에
자주색 물을 들일 때까지.

이 꿀은 땅에서부터,
그 어두운 송이들로부터 네 입으로 온다.

노래의 그림자가 내게 얼마나 부족한지,
내가 이마를
맞대고 사랑했던 동지들, 고백하지만, 내 인생에서
비교할 수 없는 사내들의 학문을 꺼냈다.
그 우정, 주름투성이 사랑의 나무.

손을 다오, 나와 함께 있자.
내 말에서 아무것도 찾지 말고
벗은 나무의 숨결만 찾아라.

왜 내게 노동자에게 요구하는 것 이상을 요구하는가?
땅에 묻은 철물을 고생고생하며 주조한 걸 너는 안다.
내 언어가 아니라면 말하고 싶지 않다는 걸 너는 안다.
바람이 싫다면 잘난 선생들을 찾아 나가라.

우리들은 이 땅의 시끄러운 포도주와 노래할 것이다.
가을의 잔을 두드릴 것이다.
기타와 침묵은 사랑의 줄을
가져올 것이다, 존재하지 않는 강의 언어,
의미가 없는 사랑하는 시의 연까지도.

지상의 과실 맑은 빛, 머리칼, 단단해진 상아,
익은 이삭의 섬세한 망,
그리고 알알이 흩어지는 황금 왕국을 찾기 위해
대지는 어찌 저리 옥수수를 타고
올라간단 말인가?

양파를 먹고 싶다. 시장에서 하나를
가져오라. 투명한 하얀 눈으로 꽉 찬 공,
발레리나가 공중에서 멈춰 있듯이
세상을 밀랍과 균형으로 바꿔놓은 것.
숲의 이끼 냄새를 풍기는 사냥에서 잡은
메추라기 몇 마리를 달라,
접시 위에서 깊숙이 젖은 것을 여과시키며
왕처럼 옷을 입은 생선이
                          레몬의 수없는 젖꼭지 아래에서
금빛의 창백한 눈을 뜨고 있다.

가자, 밤나무 아래의 모닥불은
숯불 위에 밤의 하얀 보석을 놓을 것이다.
희생제의를 위한 새끼 양은 네 입에서 황색이
될 때까지 자신의 선을 노릇노릇하게 만들 것이다.

지상의 모든 것을 다오. 야생 열매에 취해
방금 떨어진 토르카 비둘기,
죽을 때, 강에 살던 달콤한 뱀장어는

작디작은 진주를 놓아버렸다.
그리고 시큼한 성게는
자신의 바다 오렌지를
상추의 신선한 창공에 줄 것이다.

양념된 산토끼가 야생 맛을
여기저기 풍기며, 점심 공기를
향긋하게 채우기 전에,
찝찔한 광휘의 껍데기 속에 있는
방금 열린 남녘의 굴들,
내 입맞춤은 자신이 사랑하는,
내 피의 모든 길을 따라 달리는
지상의 물질에 젖어 있다.

XX

위대한 기쁨 내가 유심히 살핀 그림자는 더 이상 내 것이 아니다.
돛대가 늘 안겨주는 기쁨,
숲의 유산, 거리의 바람,
지상의 빛 아래에서 결심한 날의 기쁨이 있다.

나는 다른 책들이 나를 가두도록 글을 쓰지 않고,
백합을 열심히 배우는 이들을* 위해 글을 쓰지도 않는다.

———

* 백합과 같이 아름다운 꽃을 노래하는 순수 미(美), 예술을 위한
예술을 추구하는 이들을 의미.

대신 물과 달, 바꿀 수 없는 질서의 요소들,
학교, 빵과 포도주, 기타와 연장이 필요한
소박한 사람들을 위해 쓴다.

민중을 위해 글을 쓴다. 비록 그들이
투박한 눈으로 내 시를 읽지 못한다 해도.

단 한 줄이, 내 인생을 뒤흔든 대기가
그들의 귀에 닿을 순간이 올 것이다.
그러면 농부는 눈을 들 것이고
광부는 돌을 부수면서 미소 지을 것이고,
공장 직공은 이마를 훔칠 것이고,
어부는 파닥대면서 그의 손을 태울
물고기의 반짝임을 더 잘 볼 것이고,
갓 씻어 깨끗해진 정비공은 비누 향기 풍기면서
나의 시를 볼 것이고.
어쩌면 그들은 이렇게 말할 것이다. "그는 동지였다."

이것이면 충분하다. 이것이 내가 원하는 왕관이다.

공장, 광산의 출구에서 내 시가
대지, 대기, 학대받는 인간의 승리와
함께하기를 바란다.
금속으로, 천천히, 내가 만든 고통의 상자,
나는 젊은이가 그것을 열 때, 인생에 얼굴을 맞대기를
기원한다. 그 안에 영혼을 들여보내면서,
폭풍 치는 정상에서 나를 기쁘게 했던

광풍을 만져보기를 원한다.

XXI

죽음 나는 여러 번 여러 번 다시 태어났다, 패배한
별들의 저 깊은 곳에서 내가 내 손으로
만졌던 영원의 실을 재구성하면서,
그리고 이제 나는 죽을 것이다, 흙이 되도록
태어난 내 몸 위에 단지 흙만을 덮고.

나는 사제들이 파는 하늘의 땅을 단 한 뙈기도
사지 않았다. 형이상학자가 근심 걱정 없는
힘센 자들을 위해 만든
어둠도 받아들이지 않았다.

나는 죽은 다음, 죽음을 생각할 시간조차 없었던
가난한 이들의 세계에 그들과 함께 있고 싶다,
그러나 갈라진 하늘, 정리가 끝난 하늘의
주인 양반들은 그들에게 몽둥이찜질을 퍼부었다.

나는 나의 죽음을 대비하고 있다, 마치
나를 기다리는 옷처럼, 내가 좋아하는 색깔로,
헛되이 찾았던 크기로,
내게 필요한 깊이로.

사랑이 자신의 명백한 물질을 소진하고,

투쟁이 함께 힘을 모은 다른 이들의
손에 있는 망치를 벗겨내면,
그때 죽음은 당신의 경계선을 세워오던
표식을 지우려고 온다.

XXII

인생 다른 이들이나 납골함 걱정하라지……

세상은

벌거벗은 사과 색으로 물들고, 강들은
야생의 메달을 물속에서 끌고 가고,
모든 곳에 사랑스러운 로살리아가 살고
그녀의 동지 후안이 산다……

거친 돌들은

성을 만들고, 내 집은 밀짚이나 포도보다
더 부드러운 흙으로 지어졌다.
넓은 대지, 사랑, 천천히 치는 종은
여명을 위해 따로 남겨둔다.
나를 기다렸던 사랑의 머리칼들,
터키석의 잠든 보고(寶庫),
집, 길, 꿈이 쓸어간 동상을
세우는 파도,
새벽의 빵집,
모래에 새긴 시계,
빙글대는 밀의 양귀비,
나 자신의 생명 물질을 빚어낸

검은 손들,
오렌지는 수많은 운명 위에서
삶을 향해 불을 밝힌다.

묘지기들이 흉조의 물질을 파기를,
재의 빛이 없는 조각들을
들어 올리기를,
벌레의 언어로 이야기하기를.
내 앞에는 단지 씨앗,
밝은 성장, 달콤함만 있다.

XXIII

유서(1) 구리, 석탄, 초석 노동자 조합에
이슬라 네그라* 바다 곁에 있는
내 집을 남긴다.
거기서 도끼와 배신자에 의해 유린된
내 조국의 학대받은 자식들이 쉬기를 바란다.
성스러운 피 속에서 산재(散在)된 조국,
화산 같은 누더기를 입고 닳아진 조국.

피곤한 이들이 내 권한 아래 있는
깨끗한 사랑 안에서 쉬기를,
어두운 이들이 내 식탁에 앉고,

———
* Isla Negra: 1945년부터 네루다가 살았던 곳.

상처받은 이들이 내 침대에서 자기를.

형제여, 이것이 내 집이다. 내가
가난 속에서 투쟁하며 일으킨
빛나는 돌, 바다 꽃의 세계로 들어오라.
여기 내 창문에서 소리가 태어났다.
커지는 소라 소리처럼
그리고 나의 무질서한 지형도에
자신들의 자리를 정했다.

그대는 뜨거운 회랑에서 온다,
증오가 물어버린 터널,
유황 섞인 바람의 절벽에서.
여기 내 대양의 물과 공간,
내가 네게 주는 평화가 있다.

XXIV

유서(2)   아메리카 아홉 명의 시인에게
세상의 구석에서 모은
옛 책들을 남긴다. 거대한 글자체로
존경을 받는 책들.
                    그들은 언젠가는
내일의 의미를
중단된 목쉰 직조기에서 짤 것이다.

비틀린 대성당,

미친 알곡, 우리들의 열렬한 평원을

휘감은 가는 실을 치우기 위해

죽은 나무꾼과 광부의 투박한 주먹이

무수한 생명을 배태했을 때

이들이 태어났는지도 모른다.

그들이 지옥을 만지도록, 다이아몬드를

깔아뭉갰던 이 과거, 그리고 순교의

나무에서 태어난 것을,

그 노래의 알곡 세계를 방어하기를.

우리의 배신의 유산과는 거리가 먼

추장들의 뼈 위, 혼자 걷는

민중의 대기가 꽉 찬 곳을

그들은 오랜 고통의 승리의

상으로 가득 채울 것이다.

내가 만리케, 공고라, 가르실라소,

케베도*를 사랑했듯, 그들을 사랑하기를.

그들은

초인적 파수꾼들, 은빛

갑옷, 투명한 눈이었고,

내게 적확성을 가르쳤다.

악취 풍기는 비탄 중에서

———

* 스페인 문학사에서 가장 저명했던 문인들. Jorge Manrique, Luis de Góngora, Garcilaso de la Vega, Francisco Quevedo.

내 로트레아몽* 백작의 케케묵은
비탄을 찾기를.
마야콥스키**에게서는 별이 어떻게 올라갔는지
그들의 빛에서 어떻게 이삭이 태어났는지 보기를.

XXV

양도   동지들, 나를 이슬라 네그라에 묻어주게나,
내가 아는 바다 앞에, 내 잃어버린 눈이
다시 볼 수 없을 파도와 돌이 만든
울퉁불퉁한 지대.

       이곳은 내가 원한 모든 것,
바다의 안개, 터키석 빛깔의 순수한 도래 혹은 확장,***
물의 곧은 선, 내가 내 것으로 만든 공간을
매일매일 내게 안겨주었다.

상복 입은 가마우지가 지나간다, 겨울을
사랑했던 거대한 잿빛 새의 선회.
바닷말 모자반의 무서운 고리,
추위를 흔드는 거대한 파도,

---

* Comte de Lautréamont(1846~1870): 우루과이 태생의 프랑스
시인으로 초현실주의 문인들에게 큰 영향을 주었다.
** Vladimir Mayakovsky(1893~1930): 소련의 전위주의 시인으로
정치, 문학, 미술 모든 면에서 가히 혁명적인 시도를 했다.
*** 파란 바닷물이 해안가에 밀려오는 모습을 상징한다.

또한, 숨어버린 비밀 풀,

소금과 안개의 자식, 신맛의

바람이 좀먹은, 끝 모를 모래밭에 붙어버린

해안의 작은 화환.

바다 속 땅의 젖은 모든 열쇠는

내 기쁨의 상태를 모두 안다.

　　　　　　　　그들은

내가 바다와 육지의

눈꺼풀 사이에서 잠들고 싶어 하는 걸 안다.

　　　　　　　바다의 야생 바람이

투쟁하고 부서뜨리는 비 저 아래쪽으로

이끌려가고 싶다.

그리고 지하 수로에서 다시 태어나는

깊은 봄을 향해 나아가고 싶다.

내 곁에 내가 사랑하는 이의 구멍을 열어라, 그리고

하루는 나를 지상에서 다시 동반하도록 하라.

XXVI

나는 살 것이다　　나는 죽지 않을 것이다. 나는 떠난다,

(1949)　　화산으로 가득 찬 오늘,*

　　　　　대중을 향해, 생명을 향해.

　　　　　여기 이렇게 규정해 두겠다.

——

* '화산'은 전쟁터를 의미한다.

오늘날, 총잡이들이
'서구의 문화'를 품에 안고 돌아다닌다.
스페인에서도 살육했던 손들,
아테네에서 흔들대는 교수대,
칠레를 통치하는 불명예.
더 손꼽지 않겠다.
나는
여기서 다시 나를 기다리고,
빛나는 손으로 내 문을 두드리는
말들, 민중, 길과 함께하겠다.

XXVII

나의 당(黨)에게
그대는 내게 모르는 이를 향한 형제애를 주었다.

그대는 살아 있는 모든 이들의 힘을 내게 보태주었다.

그대는 다시 태어나는 조국을 내게 돌려주었다.

그대는 외로운 사람이 갖지 못한 자유를 주었다.

그대는 친절에 불을 댕기는 법을 가르쳐주었다.

그대는 나무가 필요로 하는 올곧음을 주었다.

그대는 인간의 단결, 인간의 차이를 보게 가르쳐주었다.

그대는 한 인간의 고통이 어떻게 모든 이의 승리 안에
서 죽었는지 보여주었다.

그대는 내 형제들의 딱딱한 침대에서 자는 법을 가르쳐
주었다.

그대는 현실이라는 바위 위에서 건설하도록 했다.

그대는 내가 미친 자들의 벽, 나쁜 사람의 적이 되도록 했다.

그대는 내게 세상의 밝음, 기쁨의 가능성을 보게 해주었다.

내가 그대와 함께한다면 죽지 않으니, 그대는 나를 파괴할 수 없는 존재로 만든 것이다.

XXVIII

여기서 마친다
(1949) *

이 책은 여기서 끝난다. 불이 난
수풀의 지대처럼, 숯불처럼
분노에서 태어났고, 나는
그 분명한 화상(火傷)을 널리 알리는
붉은 나무처럼 이 책이 지속되기 바란다.
그러나 너는 그 가지에서
분노만 본 것이 아니다. 그 뿌리들은
슬픔만 찾은 것이 아니라 힘도 찾았다.
나는 생각하는 돌의 힘,
합쳐진 손의 기쁨이다.

드디어, 존재들 가운데에서 나는 자유롭다.

존재들 가운데에서, 살아 있는 공기처럼
우리에 가둬진 고독에서

---

* 1948년 체포령이 내려진 네루다는 도피 생활을 하다 1949년 2월
24일 안데스 산맥을 넘어 아르헨티나로 피신한다.

나는 투쟁하는 대중을 향해 나아간다.
내 손 안에 네 손이 있고
제어할 수 없는 기쁨을 정복하기 때문에 자유롭다.

내 노래의 영역은 인간의
공통 책, 열린 빵이다.
농부들의 공동체는
어떤 때 그 불을 모아
대지의 배에 다시 한 번
그 불꽃을, 그 잎을 심으리라.

다시 이 말이 태어날 것이다.
어쩌면 다른 시절에는 고통이 없이,
내 노래에 검은 식물을 붙이는
불순한 실도 없이,
다시 한 번 저 높은 곳에서 내 마음은
불타며 별에 부딪치며 타오를 것이다.
이 책은 이렇게 끝난다. 여기
박해 시절에 내 조국의
비밀의 날개 아래에서 노래하고 썼던
나의 모두의 노래를 접는다.
오늘은 1949년 2월 5일,
칠레 '고도마르 데 체나'*에서,
내 나이 45세 되기 몇 달 전.

———
* Godomar de Chena: 네루다가 당국의 추적을 피해 은둔할 때 지
냈던 수도 산티아고 인근의 산타 아나 데 체나를 가리킨다.

696

I. 파블로 네루다의 일생(1904~1973)

1. 유년 시절

철도 기사였던 아버지와 학교 선생님이었던 어머니 사이에서 태어난 네루다는 생후 2개월 만에 어머니를 잃었다. 어머니에 대한 추억이라곤 낡은 사진 한 장뿐이었던 네루다는 '어머니, 어머니께 입맞춤하기에 제가 너무 늦게 왔네요'라고 시를 쓰며 그리워했다. 네루다의 아버지는 재혼했고, 가족은 칠레 남부 파랄Parral의 남쪽에 위치한 테무코Temuco로 이사했다. 테무코는 시인이 유년기와 소년기를 보낸 곳으로, 시인의 시 세계 형성에 많은 영향을 미친 곳이다. 이 지역을 지나는 세 개의 강, 동쪽에 등뼈처럼 솟아 있는 만년설이 덮인 안데스 산맥 줄기, 산맥 인근의 맑은 호수, 숲, 화산, 서쪽의 태평양, 물고기, 해변, 바닷새, 소라, 짧은 여름의 건기를 제외하고 항상 내리는 비, 안개, 이 지역 동식물, 곤충, 포도밭, 밤의 기적 소리 등은 시인의 시에 많이 등장하는 제재이다.

2. 육감적 시어

1918년부터 시를 발표하기 시작한 네루다는 아버지의 바람대로 교사가 되기 위해 1921년 수도 산티아고의 사범대학에 진학한다. 테무코와는 비교도 안 되는 대도시에서 전공 공부보다는 글을 쓰던 친구들과 교류하는 데 적극적이었으며, 해외 문학에 대해서도 관심을 쏟는다. 1923년 19세의 나이에 시집 『황혼의 노래 Crepusculario』를 출판하면서, 자식이 시인이 되는 것을 결사반대했던 부친 때문에 본명인 네프탈리 리카르도 레예스 바소알토 Neftalí Ricardo Reyes Basoalto라는 긴 이름 대신에 파블로 네루다라는 필명을 사용했고, 이 이름으로 일생을 살았다. 1924년에 출판한 『스무 개의 사랑의 시와 한 편의 절망의 노래 Veinte Poemas de Amor y una Canción Desesperada』는 시인의 명성이 스페인어권 전역으로 확산되는 계기가 되었다. 15세에 앓은 테무코에서의 첫사랑, 시인의 산티아고 사범대학 불문과 동기생과의 사랑 등 이루어지지 않은 사랑에 대한 단상을 담은 이 시집은 시인의 감각적, 육감적 시어에 힘입어 현재까지도 세계 각국에서 애송되고 있다. 이로 인해 그의 정적들은 네루다를 에로틱한 목가풍 서정시의 창시자인 그리스 시인 '테오크리토'에 비교하기도 했다(『모두의 노래』, 539쪽).

3. 초현실주의 글쓰기

더 넓은 세상을 보고 싶어 했던 시인은 1927년 현재의 미얀마인 버마의 양곤에 명예영사로 부임하면서 외교관 생활을 시작했다. 그는 스리랑카의 콜롬보, 인도네시아의 바타비아(자카르타의 옛 이름), 싱가포르, 아르헨티나의 부에노스아이레스, 스페인의 바르셀로나, 마드리드, 파리, 멕시코의 영사, 총영사로 재직했으며, 파리 대사를 정점으로 외교관 생활에 마침표를 찍는다. 이 시절, 아는 사람이 아무도 없었던 동남아시아에서의 생활, 전혀 다른 문화권과의 접촉, 현지인과의 불완전한 의사소통, 외교관이었으나 명예영사였으므로 일정한 급여 없이 의식주를 해결하는 데 따르는 경제적 빈곤, 잊을 수 없는 버마 여인 조시 블리스와의 사랑, 인도네시아에서 알게 된 네덜란드 출신 첫 부인과의 만남 같은 개인사 외에, 시인은 강대국의 식민통치로 얼룩진 동남아 민중의 삶을 현장에서 목도했다. 그리고 무너져 내리는 세상에서 무감각하게 하루하루를 살아가는 인간들의 실존에 대해 절망한다. 이러한 분위기를 반영하는 시들은 1933년 『지상의 거처*Residencia en la Tierra*』로 세상의 빛을 본다.

　1934년 네루다는 스페인 바르셀로나 영사로 발령을 받는다. 그리고 이듬해에는 마드리드 영사로 근무했다. 스페인은 네루다에게 개혁적 성향의 시 쓰기를 육화시킬 수 있게 해준 곳이다. 당시 시인이 적극적으로 교류했던 스페인 문단 그룹은 27세대이다. 아방가르드 문학을 적극적으로 옹호하며 개혁적 성향을 가졌던 27세대의 주축 멤버는 네루다가 2년 전에 아르헨티나에서 교분을 튼 문우 페데리코 가르시아 로르카Federico García Lorca, 그리고 라파엘 알베르티Rafael Albertí, 미겔 에르난데스Miguel Hernández, 루이스 세르누다Luis Cernuda, 마누엘 알톨라기레Manuel Altolaguirre 등이었다. 『지상의 거처』 출판으로 27세대를 위시한 스페인 문단은 이미 시인을 주목하고 있었으며, 이로 인해 이들과의 교분은 쉽게 이루어졌다. 네루다는 "1934년 스페인에 돌아왔을 때, 모든 것이 바뀌어 있었다. 내 시집 『지상의 거처』는 대대적인 찬사를 받았다"라고 이 당시를 회고했다. 특히 가르시아 로르카는 시인을 소개하면서 "우리와는 다른 세계, 소수의 사람들만이 감지하는 세계에 익숙

한 귀를 가진 독특한 이 시인에게 귀를 기울여야 한다고 생각한
다. 그는 철학보다는 죽음, 지성보다는 고통, 잉크보다는 피에 근
접한 시인이다"라는 평가를 덧붙였다.

네루다는 자신이 처했던 개인적 상황, 시대적 상황을 초현실주
의적 수수께끼 같은 시어로 표출해냈고 이로 인해 중남미 초현실
주의 운동을 본격화한 것으로 평가받았다. 그러나 그의 난해한 시
어는 무엇을 숨기기 위해 어려워진 것이 아니라 암흑과 같은 외부
현실과 자신의 암울한 상황을 뚫고 들어가려는 시인의 의지, 열
망, 필요성에서 나온 것이었다. 『지상의 거처』 연작시집은 1925년
부터 1931년까지의 I부, 1932년부터 1935년까지의 II부로 나뉘며,
1947년의 III부로 끝을 맺는다.

4. 증언시

스페인은 또 다른 의미에서 네루다에게 큰 영향을 주었다. 즉
마드리드 영사 재임 시에 발발한 스페인 내전(1936~1939)이 그것
이다. 내전은 자유선거로 집권한 공화정이 사회개혁 정책을 추진
하자 기득권 세력인 교회, 지주, 군부가 이에 반발하면서 일어났
으며, 당시 유럽의 파시스트들은 프랑코가 이끄는 기득권 세력의
전위부대인 군대를 전폭적으로 지지했다. 동족이 서로에게 총을
겨누는 내란의 와중에서, 절친한 친구였던 가르시아 로르카가 프
랑코가 이끄는 군부에 의해 살해당하자, 시인은 큰 충격을 받았
다. 그리고 적극적으로 공화파를 옹호했다. 이로 인해 1937년 말
영사직에서 해임당해 귀국하게 되었다. 당시의 내란을 주제로 한
시집이 『마음속의 스페인 *España en el corazón*』(1937)이다. 그의 절망,
분노는 『지상의 거처 III *Tercera Residencia*』(1947)으로 이어지며, 서

정적이었던 네루다의 목소리가 적극적인 현실 참여적 시어로 바뀌는 계기가 된다. 『이슬라 네그라의 추억Memorial de la Isla Negra』(1964)의 「아마 그때부터 바뀌었지Tal vez cambié desde entonces」에서 〈내란이 내 눈 속에 만들어준/ 다른 눈으로 조국에 왔다./ 횃불에서 탄 눈/ 내 눈물과 다른 이의 피가/ 뒤긴 눈/ 그리고 아래, 저 아래를/ 보기 시작했다〉라고 고백했듯이 시인은 이제 스페인 민중을 향했던 시선을 칠레와 중남미의 민중에게 돌렸다. 그리고 가난한 사람, 광부, 농민, 인디오 들의 대변인이 되어 수탈을 일삼는 위정자를 고발하고, 역사의 충실한 증언자로 살아가기로 결심했다. 네루다의 시는 더욱더 서사적으로 변하고, 정치적 색채를 띠게 된다. 1939년 칠레 정부는 네루다를 파리 주재 스페인 이민자 담당 영사로 파견했고, 네루다는 2천200명이 넘는 스페인 망명자들이 칠레로 이주하도록 앞장서서 지원했고 이들과 함께 이민선에 올라 귀국했다. 이것이 그 유명한 '위니페그Winnipeg 호 횡단'이다. 1940년 멕시코 총영사로 부임한 네루다는 멕시코 시인 옥타비오 파스Octavio Paz와 교분을 트며, 쿠바, 과테말라 등지를 여행했다. 1943년 귀국길에 파나마, 콜롬비아를 거쳐 페루에 도착한 네루다는 마추픽추를 방문하고, '마추픽추 산정에서' 연작시를 쓴다. 네루다의 시어는 이제 본격적으로 스페인 식민지 이전부터 중남미에 살아온 이들을 향하고, 노동자 같은 소외계층을 향한다. 이제 중남미에서 시인 네루다를 모르는 노동자, 농민, 어부는 아무도 없게 되었다.

칠레로 귀국한 시인은 정치에 뛰어들어, 1945년 상원의원에 당선되며, 당선 직후 공산당에 입당했다. 1946년 대통령 선거에서는 민주당, 공산당, 급진당 세력이 결성한 민주동맹 소속 곤살레스 비델라González Videla가 대통령에 당선되었다. 그러나 그는 대통령에 당선되자마자 광산 노동자들의 파업을 탄압하는 등, 민주동맹과의 약속을 저버렸다. 그리고 '민주주의 영구 보호법'을 통과시키면서 공산당을 불법화했다. 네루다는 이에 격렬히 맞서 베네수엘라 신문에 '칠레의 민주주의 위기는 중남미 사회 전체에 대한 극적인 경고다'라는 글을 싣기도 했는데 이로 인해 네루다에게 체포령이 내려졌다. 결국 네루다는 1949년 가을 망명길에 올라 아르헨티나를 거쳐 멕시코로 갔다. 이때 멕시코에서 1950년에 출판한 시집이 『모두의 노래Canto General』이다. 시인의 멕시코 생활은 두번째 부인과의 결별로 이어지며, 여기서 세번째 부인을 만나게 되는데, 그녀와의 사랑을 주제로 한 시집이 『대장의 노래Los Versos del Capitán』(1952)이다. 네루다는 부인의 눈을 피해 그녀와 벌인 위험한 사랑의 시작, 이별의 고통, 재회의 기쁨, 사랑과 함께 정치투쟁을 병행하는 데 따르는 고통을 노래한다.

1952년에 망명을 끝내고 귀국한 네루다는 정치와 시에 매진했다. 제2차 세계대전이 끝나면서 동서로 나뉜 세계는 냉전체제에 돌입했다. 공산당에 속했던 네루다가 『포도와 바람Las Uvas y el Viento』(1954)에서 전쟁을 딛고 일어난 유럽과 아시아의 사회주의 국가들이 전쟁의 상흔을 지우면서 동시에 활기찬 미래를 향해 나아가는 모습을 노래한 것은 당연한 결과이다. 특히 냉전체제의 한축이었던 미국이 자신들의 대기업을 보호하고, 국익을 위해 중남미 정치에 노골적으로 간섭하던 시점에, '노동자'와 '농민'이 주인인 나라를 건설하겠다는 소련의 동맹국들인 유럽 사회주의 국가들, 그리고 마오쩌둥의 중국은 네루다에게 하나의 이상사회로 다가왔음에 틀림없다.

5. 서정 세계로의 귀환

그러나 『포도와 바람』 이후, 네루다의 시는 점점 더 서정적이며 소박해지기 시작한다. 『모두의 노래』에서 '나는'이라는 1인칭 시적 자아가 민중을 대변하며 열변을 토하는 투사였다면, 『소박한 것들에 바치는 송가*Odas Elementales*』(1954)에서는 평이한 시어, 단순화된 시 형식을 취했고, 주제 역시 제목 그대로 책, 대양, 민중 시인, 시간, 슬픔, 기쁨, 포도주 등에 대한 예찬이다. 그러나 가난한 민중을 잊은 것은 아니다. 「대양에 바치는 노래」에서 시인은 〈우리 바닷가에 사는 이들은/ 배고프고 춥습니다./ 당신은 우리의 적/, 그리 심하게 쳐대지 말고,/ 그런 식으로 소리치지 마요./ 녹색 상자를 열어/ 당신의 은빛 선물을/ 우리 모두에게 선사해주세요./ 그 선물은 바로 매일의 물고기〉라고 노래한다. 이 '바치는 노래 시리즈'는 「월트 휘트먼에게 바치는 노래」를 수록한 『소박한 것들에 바치는 새로운 송가*Nuevas odas elementales*』(1956), 꿀벌, 숟가락, 별 하나, 사과 등을 기리는 노래가 수록된 『바치는 노래 3집*Tercer libro de las odas*』(1957) 등으로 이어졌다.

한편 네루다는 1956년 스웨덴 스톡홀름에서 『위대한 대양*El gran océano*』을 출판했고, 1958년에는 자신의 동남아시아 근무 지역을 다시 여행한 후 이를 묶어 『에스트라바가리오*Estravagario*』를 출판했다. 이 시집에서 네루다는 신조어를 만들어 풍자한다. 제목 'estravagario' 역시 사전에 없는 단어로 extravagante(화려한, 소모적인)와 명사형 접미사 ─ario를 합성한 것으로 보인다. 이 시집에 수록된 시 「너무 많은 명사(名辭)Demasiados nombres」에서는 〈월요일과 화요일/ 주(週)와 해(年)가 뒤죽박죽된다./ 〔……〕/ 하루의 모든 이름은/ 밤비가 지워버린다. 〔……〕/ 우리 모두는 먼지 아니면 모래/ 우리 모두는 빗속의 비 〔……〕/ 밤에 잠들 때마다,/ 내 이름이 뭐지, 뭐더라?/ 잠이 깨면 난 누구지/ 잘 때의 내가, 내가 아니면?〉이라는 말로 지나치게 많은 걸 기억해야 하는 시적 자아의 지친 모습이 엿보인다. 이 시집의 「도시로 돌아오며Regreso a una ciudad」라는 시에서는 〈이제 와보니 알겠다./ 나는 한 사람이 아니라 여러 존재였다./ 어떻게 다시 살아났는지도 모르면서/ 죽을 때마다,/ 옷이라도 바꿔 입는 양/ 다시 다른 삶을 살았던 거다〉라는 말로 자신의 인생 궤적 자체에 대한 회한을 표출한다. 네루다는 이제 혼자 있는 고독한 존재가 아니라 수많은 존재의 하나임을 발견한다. 「우리는 많다」에서 〈나 아니, 우리 같은 수많은 사람들 중에서/ 아무도 만날 수 없네./ 옷 속으로 숨어버리거나/ 다른 도시로 가버렸네〉라고 말한다.

1959년에 출판된 『백 편의 사랑 소네트Cien Sonetos de Amor』는 세 번째 부인에게 바치는 시집으로 하루를 아침, 오후, 저녁, 밤의 4편으로 나누어 묶었다. 그러나 네루다의 사회 참여적 성향이 없어진 것은 아니었다. 일례로, 같은 해에 출판된 『항해와 귀향Navegaciones y Regresos』에 실린 「배」는 3등칸에서 여행하는 승객이 〈아니, 이미 뱃삯을 냈는데,/ 왜 앉지도 못하고 먹지도 못하게 하는 거요?〉라고 항의를 하며, 〈왜 당신들은 그렇게 특권이 많소?/ 태어나기도 전에 누가 숟가락을 주었소?〉라며 1등칸 승객에게 화풀이를 한다. 그리고 〈바다가 곧 화가 날 텐데/ 그렇다면 피의 비가 내릴 거요〉라며 겁을 준다.

이후에도 네루다의 시 쓰기는 지속되었다. 『칠레의 돌Las piedras de Chile』(1961)의 「극지방 돌들」에서는 〈거기서 모든 것이 끝나지만/ 끝나는 게 아니다./ 거기서 모든 것이 시작된다. 강들은 얼음 속에서 작별을 고하고/ 바람은 눈과 결혼을 했다〉라고 노래한다. 네루다는 인생의 끝이 죽음이 아니라, 다른 세계의 시작을 뜻하듯, 바다의 끝, 지구의 끝인 극지방은 모든 것이 끝나는 곳 같지만, 실은 새로운 출발을 하는 곳임을 말해준다.

1961년의 『의식의 노래*Cantos ceremoniales*』에는 우울과 회환에 젖은 네루다의 모습이 보인다. 남미 해방자였던 시몬 볼리바르Simón Bolívar의 연인 마누엘라 사엔스Manuela Saenz가 자신의 일생을 회상하는 형식을 취한 「파이타에 묻히지 못한 여인La insepulta en Paita」에서 네루다는 연인을 따라 남미 북단의 온갖 곳을 다 다닌 마누엘라의 묘지를 찾아 헤매지만 〈그녀가 어디서 죽었는지,/ 그의 집은 어디였는지,/ 뼛가루가 어디 있는지/ 그 누구도 모른다〉라며 안타까움을 표한다. 그러나 시인으로서의 메시아적 자세는 『전권(全權)*Plenos Poderes*』(1961)에서도 여전히 강하다. 〈가고 오는 것에 지치지 않는다./ 죽음도 돌을 들고 나를 멈추지 않고/ 존재하든, 안 하든 전혀 상관하지 않는다./ 가끔은 내가 어디 출신인지/ 광물처럼 강한 책임감은/ 아버지, 어머니, 산맥 누구에게 받은 건지를.〉

6. 삶의 반추

『이슬라 네그라의 추억』(1964)은 총 5부 '비가 시작되는 곳' '미로의 달' '잔인한 화약' '뿌리 채취자' '비판적 소나타'로 이루어지며, 〈그 시절이었지…… 시가/ 나를 찾아왔어. 몰라, 어디서 왔는지/ 겨울인지, 강인지. 모르겠어〉로 시작하는 「시」가 수록된 시집이다. 이슬라 네그라는 산티아고 인근에 있는 마을 이름이며, 네루다는 이곳에 직접 집을 지었다. 태평양과 맞닿은 이 집을 무척 좋아했으며, 죽은 후에는 그곳에 묻어달라고 할 정도로 애착을 느낀 곳이다. 이 시집은 네루다 자신의 과거, 유년 시절의 추억, 스페인 내전 등에 대한 기억을 모은 것이다. 네루다는 「비가 태어나는 곳」에서 〈겨울에/ 태어난/ 그곳 이름은 파랄〉이고 그곳에 있던 것들 모두는 먼지로 돌아갔으나, 포도, 포도주 같은 것 몇몇은 그래도 남아 있다고 추억한다. 스페인 내전은 다시 네루다의 시에서 '그 전쟁'이라는 말로 살아난다.

네루다의 삶에 대한 성찰은 지속된다. 『하루의 손*Las manos del día*』(1968)에서는 〈내가 가진 이 손이/ 빗자루 하나 만들지 못하는/ 잘못을 저질렀다〉며 이론에 치중해왔던 지난날의 삶에 대한 회한을 고백한다.

네루다에게 '돌'은 특별한 의미를 가진다. 돌은 영원히 변치 않고, 배신하지 않는 순수한 존재의 의미가 있다. 제목에 '돌'이 들어간 또 다른 시집이 『하늘의 돌*Las Piedras del Cielo*』(1970)이다. 여기에 수록된 시 「XXX」에서는 죽음에 대한 단상이 드러난다. 〈그리로 가겠다, 거기로 가겠다, 돌들아, 기다려!/ 언젠가, 어느 때인가, 어느 시간이든가/ 우리는 함께 있거나 하나의 존재가 될 수 있다./ 광휘의 어머니, 단단한 그 거대한 침묵/ 속에서 살고, 죽을 수 있다.〉

1969년 네루다는 칠레 공산당의 대통령 후보로 선출되나 1970년 인민연합의 살바도르 아옌데를 단일 후보로 추천하고 1971년 아옌데 정권의 프랑스 대사를 역임했다. 1971년 노벨문학상을 수상했으며, 전립선암으로 인해 프랑스 대사직을 사임하고 귀국했다. 그리고 1973년 피노체트의 군사쿠데타 치하에서 사망했다. 그의 사후 1974년 자서전 『내 인생을 고백한다*Confieso que he vivido*』가 출판된다.

II. 네루다와『모두의 노래』

네루다는 다양한 면모를 가진 인물이다. 다양한 면모는 문인, 외교관, 정치인이었던 그의 업(業)에서 보이며, 시인으로서도 다양한 시작법으로 다양한 주제에 접근한 데에서도 볼 수 있다. 그의 저작은 시집, 연설집, 오페라 원작 등으로 장르가 다양하다. 그러나 문인으로서의 네루다는 역시 시인으로 빛이 난다. 그의 시세계에서『모두의 노래』가 갖는 의미를 살펴보자.

1. 시집으로서의『모두의 노래』

네루다의 시집 중에서 시적 완성도가 가장 높은 시집을 꼽으라면 많은 평론가들은『지상의 거처』연작시집을 꼽는다. 개혁적인 시작법, 과감한 은유, 해석의 여지가 다양한 이미지로 인해, 이 시집은 문학평론가나 전공자들에게는 무궁무진한 연구 대상의 보고로 자리 잡고 있다. 그러나 초현실적 수수께끼 같은 시어로 인한 난해성은 일반 독자들의 접근을 어렵게 한다. 더욱이 스페인어를 모르는 독자들의 경우, 원어로도 이해하기 힘든 이 시집을 번역본을 통해 이해한다는 것은 거의 불가능하다고 할 수 있다.

반면, 네루다 시집 중에서 일반 대중이 가장 좋아하는 시집을 선택하라면 서슴없이 그의『스무 편의 사랑의 시와 한 편의 절망의 노래』를 꼽을 것이다. 시를 읽는 사람 가운데 스페인어를 모국어로 구사하든 제2외국어로 구사하든 네루다의 이 초기 시집에 나오는 애절한 사랑 시 한 편 읽어보지 않은 독자는 없을 정도로 이 시집의 인기는 시들 줄 모른다. 가슴 에이는 사랑, 이루어지지 못한 사랑을 감각적, 육감적으로 표현해낸 시들은 시대와 장소를 불문하고 공감의 폭이 넓을 수밖에 없다.

　그러나 정작 네루다 자신이 회고록에서 자신의 역작이라고 손꼽은 시집은 『모두의 노래』이다. 1만 5천 행이 넘는 이 방대한 서사시는 네루다가 스페인 주재 영사로서 스페인 내전의 공화파를 공개적으로 지지하다 마드리드 영사직에서 해임되어 귀국한 1938년부터, 다시 파리의 난민 담당 영사를 거쳐 멕시코 총영사로 근무하고 본국 귀환해 정치에 몸을 담고, 1949년 망명한 후까지의 시를 모아 1950년에 펴낸 것이다.

　『스무 편의 사랑의 시와 한 편의 절망의 노래』와 『지상의 거처』에서는 내면세계의 감정, 고뇌, 고독, 갈등을 표출한 반면, 『모두의 노래』는 그를 둘러싼 외부 세계를 다양한 각도에서 그려냈다. 이 방향 전환의 원인은 스페인 영사 시절 목도한 스페인 내전에 있다. 민중의 삶의 질을 좀더 높이기 위해 투쟁하는 이들과 기득권을 보호하려는 세력의 충돌이 서로가 서로를 죽이는 상황으로 치닫는 것을 보면서 네루다는 자신의 역할이 시대의 충실한 증언자라고 판단한 것이다. 네루다는 그 증언 대상을 모국인 칠레로 보았다. 그러나 멕시코 총영사를 마치고 본국으로 귀국하는 길에 들른 페루의 마추픽추에서, 네루다는 칠레와 밀접하게 연결되는 또 다른 공간을 보았다. 이제 그의 외부 세계는 칠레에서 출발해서 남미 전체, 중미, 멕시코, 카리브 해 그리고 미국, 유럽의 그리스, 소련까지 확장된다. 또한 잉카 시대의 유적을 보면서, 현재 시점부터 유적지를 건설한 인물들이 살았던 시대, 그 이전 시대, 아메리카에 인류가 살기 시작했던 시원의 시대까지 거슬러 올라간다. 이렇게 해서 탄생된 것이 대서사시 『모두의 노래』이다. 멕시코에서 출판된 초판에는 멕시코 역사를 벽화로 재현해낸 디에고 리베라와 다비드 알파로 시케이로스가 삽화를 그림으로써, 역사를 문학과 미술의 영역에서 조명했다. 네루다 사후, 칠레 밴드 '로스 하이바스'는 『모두의 노래』의 한 부분인 「마추픽추 정상에서」를 작곡해서 명실상부한 '노래'로 재창조했다.

2. 시인과 '노래'

시인은 근본적으로 자신의 현실에 만족하지 못한다. 시인에게 자신을 둘러싼 외적 현실은 부조리할 수밖에 없고, 이로 인해 자기 자신의 삶과 타인의 삶, 주변 현실을 끊임없이 관찰하고, 감시하고, 반추하며, 이들을 이미지화해서 자신이 보는 관점의 세상을 시로 재창조해낸다. 이런 의미에서 본다면 시인은 시대의 충실한 증언자 역할을 한다고 할 수 있다.

시인이 시대의 증언자인 경우는 세계 문학사에서 종종 발견된다. 트로이 전쟁을 주제로 쓴 고대 그리스 시인 호메로스의 『일리아드』, 중세 시대의 영웅을 기린 무훈시인 독일의 『니벨룽겐의 노래』, 프랑스의 『롤랑의 노래』, 스페인의 『시드의 노래』가 좋은 예다. 네루다가 자신의 시집 제목에 '노래(canto)'를 붙였다는 것은 바로 중세 시대 서사시의 맥을 잇는 의미로 시를 썼기 때문이다. 그리고 '노래'하기 위해 자유시 형식을 빌려, 악곡과 대중가요까지 삽입하며, 역사적 일화를 증언하기 위해서 '이야기하듯' 노래했다. 중남미에서도 아메리카를 주제로 시를 쓴 경우가 있었다. 일례로 '아메리카 시인'으로 불렸던 호세 산토스 초카노(페루)는 '나는 야생의 아메리카 토착시인' '내 피는 스페인, 심장은 잉카'라고 노래하면서 역사적 사건들을 중심으로 시집을 펴냈다. 그러나 역사의 충실한 증언자라는 차원에서 본다면 『모두의 노래』와는 비교가 안 된다.

『모두의 노래』는 성경의 '태초에 말씀이 계시니라', 혹은 '아득히 먼 옛날, 〔……〕 유일하게 있었던 것은 하늘과 바다였다'로 시작하는 마야의 성서『포폴 부』처럼 〈가발과 재킷이 존재하기 전부터/ 강, 핏줄처럼 연결된 강,/ 산맥이 있었다〉라면서 아메리카 역사 대장정을 시작한다. 대부분의 역사서가 아메리카 역사를 언급할 때, 발견 이전의 마야, 아스테카, 잉카 문화를 간략히 언급하고 아메리카 발견 이후부터 상세히 기술한다면, 네루다는 〈그 역사를 말하려고 나 여기 있다〉(아메리카 사랑 1400)라고 선언하면서, 시원의 아메리카부터 시작해서 미처 역사서가 기술하지 못한 1950년대의 현대사까지 '노래'에 포함함으로써 정통 역사관에 도전했다.

3. '노래'와 아메리카의 역사

증언자는 사실에 기초한 증언을 해야만 하며, 증언을 '노래'로 하려면 상상을 접목시켜야 한다. 네루다의 시적 자아는 '노래'하기 위해 당시 사람들과 함께 숨을 쉬고, 다시 현재의 자신의 입장을 돌아본다. 그리고 당시의 시대 상황을 통해 현재의 자신이 속한 시대 상황을 비추어 본다.『모두의 노래』가 싣고 있는 역사를 살펴보자.

신대륙이 유럽인에게 발견되기 전의 아득한 시절, 아메리카 땅에도 사람이 살고 있었다. 그리고 이들과 더불어 평화롭게 살아가던 자연이 있었다. 극지방까지 맞닿는 대륙, 남북으로 길게 뻗어 있는 수많은 광물이 묻힌 산맥, 만년설에서 흘러나오는 강, 울창한 밀림이 끝없이 펼쳐진 지역, 양대 대양을 서식지로 하는 수많은 물고기와 어패류, 그곳에만 자생하는 동식물. 인간의 발전에 유익하면서도 동시에 그 발전을 저해하는 자연환경. 이 자연 속에서 마야, 아스테카, 잉카, 칩차, 아라우카, 과라니, 카리브 같은 문화가 꽃피웠다.

그러나 콜럼버스의 신대륙 발견에 뒤이어 이베리아 반도 해양 강국들이 이 지역에 진출하면서, 나름대로의 질서 속에서 평온하게 살아오던 아메리카 사람들의 삶은 송두리째 무너졌다. 이들은 마야, 나와틀, 케추아, 과라니, 칩차, 마푸체 등의 언어 대신 외지인의 언어인 스페인어, 포르투갈어를 배워야 했고, 태양신, 산신, 케찰코아틀 대신에 유일신 하느님을 섬겨야 했으며, 바다 건너에서 온 야비한 외지인들에게 조상 대대로 경작하던 땅을 빼앗긴 채, 어제까지 주인이었던 자신들의 땅에서 노예처럼 일하며 살아야 했다. 하루아침에 가족과 생이별을 하고 광산으로 끌려가서 황금을 캐거나 에메랄드를 캐느라고 깊은 땅속에서 죽음을 맞은 숫자는 셀 수도 없을 정도다. 인구지표만큼 원주민이 당한 학대를 잘 말해주는 통계는 없을 것이다. 이들의 숫자가 격감했다는 것에 이견을 말하는 학자는 없다. 한 연구는 식민 100년 후, 멕시코 원주민 인구가 450만 명에서 350만 명으로 급격히 감소했고, 300여 년의 식민 시대가 끝났을 때에 그 숫자는 350만에 정체되어 있었다고 발표했다. 인구는 증가하는 것이 자연스러운 현상인데, 식민 말기의 인구가 식민 초기의 인구보다 감소했거나 정체되었다는 것은 이들에게 식민이 무엇이었는지 잘 보여준다.

식민을 끝내기 위해 농장주, 광산주의 독려로 독립전쟁에도 참전해 목숨을 잃기도 했으나, 막상 독립이 되었어도 이들의 삶에는 변화가 없었다. 상전은 여전히 얼굴이 하얀 백인들이었고, 이들에 의한 수탈, 멸시, 그리고 죽음으로 내몰리는 삶도 여전했다.

상류층 백인들의 삶도 크게 변하지 않았다. 식민지 시대에도 경제적으로 여유를 누리던 이들은 독립 후에도 여전히 사회의 상류층으로서 여유 있게 살았고, 독립전쟁에 참전한 덕분에 정치적으로도 권력을 누리게 되었다. 그러나 이들 간의 암투는 그 옛날 정복 시절처럼 처절했다. 동료를 하루아침에 배신하고, 상대방을 제거함으로써 권력을 차지하는 상투적인 수법이 반복되었다. 더욱이 권력쟁탈전에 군대까지 동원하면서 쿠데타가 난무하게 되고, 이 현상은 20세기 중반까지 이 지역의 정치적 특징으로 자리 잡았다. 정치적·경제적 자주권 문제 역시 변하지 않았다. 식민지 시대에는 모든 사항에 대해 스페인 왕실의 허가를 받아야 했다면, 독립 후 불과 50년도 지나기 전부터 자본을 앞세운 유럽 열강들, 특히 미국의 눈치를 살피며 살아야 했기 때문이다. 이들은 자신들의 불법적인 권력을 유지하기 위해 스스로가 미국의 도움, 혹은 보호를 요청하기도 했으며, 국내에서는 반대파를 철저하게 탄압했다. 19세기 말부터 중남미에 대한 미국의 간섭 정책은 노골화된다. 자국 혹은 자국의 기업을 보호하기 위해 정치에 개입하고, 독재자를 보호하고, 때로는 무력행사도 서슴지 않았다.

제2차 세계대전의 종말과 함께 냉전체제가 고착화하면서 미국의 입김은 더욱 강화되었다. 이로 인해 중남미 독재자들 역시 더욱더 강압적인 수단으로 통치하기 시작했으며 그 강압의 주요 대상은 정적, 체제 반대 지식인 및 일반 노동자, 농민이었다. 이로 인해 20세기 초의 러시아 볼셰비키 혁명은 중남미 지식인들에게 신선한 자극제가 되었으며, 중국의 마오쩌둥 역시 찬탄의 대상이 되었다.

『모두의 노래』의 역사는 20세기 중반에 끝난다. 이 역사에 포함되지 않은 아메리카 국가가 없었기 때문에, 이 시집은 아메리카 모든 나라에서 역사, 특히 역사의 이면을 공부하기 위한 필독서가 되었다.

4. 지속되는 '배신'의 세계

그러나 네루다가 극찬했던 스탈린은 이 시집 출판 후인 1953년
에 실각당하며, 그의 무자비한 통치 행태는 실각 후 맹렬한 비판 대
상이 된다. 미국에 대항한 쿠바는 거인 골리앗에게 대항한 다윗으
로 비유되어 중남미 지식인 모두의 갈채를 받았다. 그러나 1959년
의 혁명 주역들이 현재까지도 실권을 쥐고 있다는 것, 국민들의
삶의 질이 향상되었는가에 대한 의문이 문제점으로 등장한다.

『모두의 노래』 출판 50년이 지난 후부터 라틴아메리카의 좌파
세력은 중남미 여러 나라에서 민주적 절차에 의해 권력의 정상에
올랐다. 그러나 이들의 대중 인기영합주의 정책이 빚어낸 국부 유
출, 개인 축재를 도모하기 위해 자행한 부정부패를 네루다가 보았
더라면, 뭐라고 말했을까? 아마도 이들 역시 네루다의 '배신의 모
래' 목록에서 자유로울 수 없을 것이다.

III. 『모두의 노래』 해설

『모두의 노래』는 총 15부, 252편의 대서사시로 구성된다. 시인
은 자신의 모국인 칠레, 이베리아 반도의 식민지라는 공통의 역사
유산을 가진 중남미, 나아가서는 전 세계를 대상으로 이 땅의 기
원부터 20세기 중반까지의 상황에 대해 증언한다. '지상의 등불'
'마추픽추 산정에서' '정복자들' '해방자들' '배신의 모래' '그 땅
이름은 후안이라네' '나무꾼이 잠에서 깨기를'은 객관적·역사적
사실에 기초를 둔 서사시로 볼 수 있다. 그리고 '아메리카, 나는

너의 이름을 헛되이 부르지 않는다''칠레를 위한 모두의 노래'
'도망자''푸니타키의 꽃''노래하는 강들''어둠에 묻힌 조국을
위한 신년의 합창곡''나는'은 시인의 궤적과 밀접한 관련을 가진
다. 그러나『모두의 노래』전체가 증언을 하는 것은 아니다. '위대
한 대양'은 아메리카 대륙의 대양과 관련된 동식물, 조개, 해양도
시, 바다를 터전으로 사는 사람들의 이야기이다.

　『모두의 노래』는 또한 더 나은 삶을 추구하기 위한 긍정적 이데
올로기에 대한 시인의 시각을 보여준다. 그러나 그 시각은 20세기
전반의 상황에서만 유효한 것으로 보아야 할 것이다. '나무꾼이
잠에서 깨기를'에서 20세기 중반 냉전시대에 자본주의와 공산주
의 양 진영을 대표하는 미국과 소련을 비교하고, 스탈린을 노동자
권익 보호에 앞장선 위대한 지도자로 부각시킨 것은 시인이 시를
썼던 당시의 시각임을 염두에 두어야 할 것이다.

I. 지상의 등불

　시인은 시원(始原)의 아메리카에서 〈잉카 흙의 후예인 나,/ 돌
을 만지며 이렇게 말했다. // 누가/ 나를 기다리는가? 내가 잡은
것은/ 한줌의 텅 빈 수정 위에 놓인 손./ 그리하여 나는 사포테카
꽃 사이로 돌아다녔다〉(아메리카 사랑)고 고백한다. 그리고 아메리
카를 찾아 돌아다니고, 〈그 역사를 말하려고 나 여기 있다./ 버펄
로의 평화부터/ 지구 끝, 영겁의 남극 빛 거품 속에서/ 온갖 풍상
을 겪어낸 모래까지〉라는 말로 자신의 역할을 밝힌다. 북미를 상
징하는 '버펄로', 그리고 남미의 끝을 차지하는 '남극'까지 펼쳐
진 공간은 생물적, 지리적, 역사적, 인류학적으로 시인의 관심 지
역이며, 아메리카라는 이름이 지어지기 전부터 이미 존재해왔던

이곳을 〈이름 없던 내 땅, '아메리카'가 없었던 내 땅,/ 적도가 나누는 땅, 자줏빛 창(槍),/ 뿌리에서부터 시작된 그대의 향기는/ 내가 마시던 잔, 내 입에서 아직 노래하지 않은/ 아주 작은 단어로까지 올라왔다〉라고 말하며 증언자로서의 사명을 밝힌다. 시인은 아메리카 대륙의 모든 동식물, 아메리카의 강, 광물을 조명하면서 스페인이 발견하기 전부터 존재해왔던 인간들의 삶을 상상하고, 반추한다. 그리고 어느 순간에 잃어버렸던 그 시절을 노래하는 자신을 만난다.

II. 마추픽추 산정에서

1943년 멕시코 총영사를 마치고 파나마, 에콰도르, 콜롬비아를 거쳐 페루 마추픽추를 방문한 네루다는 이후 정치에 매진한다. 그리고 1945년부터 신비의 도시 마추픽추에 대한 단상을 12편에 걸쳐 발표한다.

마추픽추는 아메리카를 터전으로 삶을 일군 이들이 건설한 남미 문명의 걸작으로, 네루다 스스로가 고백했듯이, "인간은 자신들의 일치된 의지로 무수한 세월을 넘어 존재할 수 있으며, 집단체가 만들어낸 이 건축물은 자연의 무질서, 인간의 무질서한 불행에 감히 도전하고 있었다." 또한 마추픽추를 만든 이들을 멕시코의 고대 문명 건축자들과 연결지어, "아메리카의 옛 스승들은 공중의 영혼, 강한 영혼, 침략과 망각을 지배하는 맹렬한 파도에 도전장을 낸 존재"라고 말했다.

1927년부터 시작한 시인의 해외 여정은 버마, 실론, 인도, 인도네시아, 아르헨티나, 스페인, 프랑스, 멕시코, 과테말라, 쿠바, 파나마, 콜롬비아, 페루 같은 나라들로 이어졌다. 네루다는 이 여정을 시 I에서 〈빈 그물처럼 허공에서 허공으로/ 나는 거리와 대기 사이를 거닐었다. 닿으며 떠나며〉라고 표현한다. 그리고 귀국길에 들른 마추픽추. 거리 악사의 바이올린 선율을 뒤로하고 구불구불한 산길을 거슬러 올라간 곳에 솟은 탑. 네루다는 이 탑의 비밀을 알기 위해 〈지상의 가장 원초적인 곳에/ 격정의 달콤한 손을 담갔다.〉 공중도시의 침묵 앞에서 이 도시를 만든 평범한 백성들에 대해 〈그들은 어떤 존재였는가?〉(II)라고 물으면서, 자신의 현재 모습을 대비시키고, 위대한 유산을 만들었으나 죽음을 맞을 수 없었던 유한한 생명력의 인간 본성을 반추한다. 만년설이 덮인 산의 눈 녹은 물이 장관을 이루는 우루밤바 강을 지나 밀림 사이의 산 위에 우뚝 선 돌 유적지에서 네루다는 흔적조차 남지 않은 유적지 건립자들의 자취를 그리워한다. 네루다는 침묵의 세계, 과거의 세계로 회귀해서 이 돌 유적지의 주인공들을 찾는다. 〈돌 그리고 돌, 인간은 어디에 있단 말인가?/ 공기 그리고 공기, 인간은 어디에 있단 말인가?/ 시간 그리고 시간, 인간은 어디에 있단 말인가?〉(X) 이 주인공들은 그 옛날의 제국 시대에도 하층민에 속했을 〈위라코차 신(神)의 아들 '돌쟁이 후안',/ 초록색 별의 아들, '이슬 먹는 후안',/ 터키석 손자, '맨발의 후안'〉(XI)이었고, 이런저런 이유로 잉카 지배층의 벌을 받아 죽었을 것이니 〈"여기서 나는 벌을 받았다네,/ 보석이 빛나지 않아서,/ 땅이 제때에 돌을, 씨앗을 주지 않아서"라고 말해다오〉(XII)라면서 그들의 삶의 궤적이 시인의 입을 통해 밝혀지도록 〈형제여, 나와 함께 다시 태어나자 형제여!〉(XII)라고 부르짖는다. 시인은 증언자로서의 사명을 되새기면서, 〈나는 그대들의 죽은 입을 대신해서 말하리니〉(XII), 자신에게 〈침묵을, 물을, 희망을 다오.// 투쟁, 쇠, 화산을 다오.// 그대들의 몸을 자석처럼 내게 붙여다오.// 내 핏줄과 내 입에 와다오〉(XII)라며 노래를 마친다.

III. 정복자들

'정복자들'의 시대적 배경은 16세기 초부터 시작된 스페인의 중남미 정복이다. 스페인 군대는 서인도제도의 쿠바를 필두로 아스테카 제국의 멕시코, 중미를 정복한 후, 파나마 서쪽 해안에서 태평양을 만나고, 이윽고 남미 대륙을 유린하기 시작한다. 이들은 콜롬비아를 정복하고, 잉카 제국을 무너뜨리고, 칠레로 진격하고, 남미의 동부를 점령하면서 정복 사업을 완결 짓는다.

네루다는 이들 정복자들을 '백정들'(I)로 부르면서 이들의 출신 자체가 비천했음을 〈스페인에서 버린 자식들,/ 겨울의 추위가 뭔지 알고,/ 여인숙의 이[蝨]가 뭔지 아는 자들〉, 〈불행했던 조국에서 백 개의 영지를 떠돌면서,/ 세월을 잃었던 사람은/ 얼마나 많을까?〉(III)라는 말로 표현하면서 이들은 단지 비옥한 경작지와 자유를 그리면서 정복에 참여했음을 지적한다. 한 지역의 정복이 완결되면 정복자들은 〈배신의 전리품을 나누느라고/ 서로 칼을 휘둘렀다〉(XVII)에서 보이듯, 서로 피비린내 나는 살육을 자행하면서 진격을 했고, 유구한 마야 족의 책들은 우상숭배라는 이유로 한 주교에 의해 태워졌다. 황금에 눈이 먼 정복군 대장들은 사로잡은 잉카 아타우알파에게 황금과 목숨을 바꾸자는 제안을 하나, 자신들의 탐욕을 채운 후, 결국 사형시키고 만다. 정복에 참여한 스페인 군인이 시로 읊었던 칠레 정복은 험난하기 짝이 없었으며, 마젤란해협에서는 정복자 거의 모두가 사망하는 비극을 맞기도 했다. 그러나 〈칼부림에도 불구하고 빛은 계속되었다〉(XXV).

IV. 해방자들

식민지를 해방시키려는 노력은 정복 초기부터 시작되어 독립 때까지 지속된다. 서시를 포함한다면 총 44편의 시가 수록된 4부에는 정복군의 위협에 굴하지 않은 아스테카의 마지막 왕부터 중남미 독립을 위해 투쟁한 이들, 그리고 진정한 의미의 독립을 추구하며 절대 권력에 맞서 20세기까지 투쟁한 이들을 대상으로 한다.

황금이 있는 곳을 끝까지 말하지 않으며 저항한 아스테카의 콰우테목 왕의 죽음에 대해 네루다는 〈죽음을 맞아 맞닿은 그대의 입술,/ 가장 순수하게 땅에 묻힌 침묵〉(I)이라고 했으며, 정치에 매진하던 시인이 〈노동조합의 문을 나서서/ 지친 몸으로 집에 도착할 때,/ 쇠사슬로 묶는 자의/ 가면을 쓴 부활,/ 비열한, 영악한 부활을 생각합니다〉(II)면서 시인처럼 권력자들의 손가락질을 받았을 바르톨로메 데 라스 카사스 신부를 회상한다. 그리고 〈신부님, 오늘 이 집에 저와 함께 들어가십시다./ 제가 우리 국민의 고통, 박해받는 자의/ 고통을, 편지를 보여드리죠./ 해묵은 그 고통을 보여드리죠〉(II)라며 식민지 시대 민중의 고통스러운 삶이 현재 상황에도 지속되고 있음을 고발한다. 칠레에서는 아라우카 대장 카우폴리칸, 그의 뒤를 이어 스페인 정복군대에 대항한 라우타로에게 여러 편의 시를 바친다.

중세 시대의 '노래'는 악기를 들고 동네를 방문해서 롤랑, 시드 등의 무훈을 실제로 노래하면서 읊는 것이었다. 이들은 때로 원래의 '노래'에 자신들의 목소리를 섞어서 부르기도 했다. 이와 같은 '노래'의 전통이 『모두의 노래』에도 등장한다. 식민지 시대의 삶을 다룬 XIV, XV, XVI편은 간주곡으로 처리되었고, XXIV의 칠레 민족 영웅 호세 미겔 카레라를 그리면서 사용한 것은 에피소드와 합창을 번갈아 삽입한 악곡 형식이었으며, 또 다른 칠레 영웅 마누엘 로드리게스를 주제로 한 시는 칠레의 민속 음악인 쿠에카 풍이다. 멕시코의 에밀리아노 사파타에게 바친 XXXVI에서 시인은 멕시코 대중 음악가 타타 나초Tata Nacho의 유명한 「술 취한 아가씨La Borrachita」 노래의 가사를 각 연 이후에 삽입했다.

시인은 스페인어권 중남미의 독립 영웅 외에도 포르투갈 식민지인 브라질, 프랑스 식민지 아이티, 미국의 링컨, 쿠바 독립 영웅을 기렸으며, 20세기 초의 민중의 영웅들인 멕시코의 사파타 그리고 미국의 경제적 수탈에 저항한 니카라과의 산디노, 칠레 광산 노동계 대부로 공산당을 창당한 레카바렌, 브라질의 프레스테스를 조명하고, 다시 독재자들이 등장해도 민중이 기다리는 그날, 〈이삭은 땅에 주어진 하나의 밀알에서 태어나고,/ 수많은 사람들은 밀처럼 뿌리를 모으고,/ 이삭을 모아,/ 고통에서 해방되어/ 세상의 밝은 곳을 향해 올라갈〉(XLIII) 그날을 확신 속에서 기다린다.

V. 배신의 모래

5부는 19세기 초의 독립 이후부터 1948년까지의 아메리카 상황을 고발한 것이다. '배신'은 인류 역사상 가장 빈번히 반복되는 것이나, 시인으로서는 결코 용서할 수 없는 행위였다.

중남미를 구성하는 백인, 메스티소, 인디오, 흑인 모두는 다 같이 힘을 모아 독립을 쟁취한다. 그러나 권력과 경제력을 한 손에 쥐었던 백인 계층은 식민지 지배층이 독점했던 권력의 공백을 재빨리 메우고, 독재자들은 민중을 철저하게 지배하기에 이른다. 'I 사형집행인'에서는 파라과이, 아르헨티나, 에콰도르, 과테말라, 베네수엘라, 쿠바, 볼리비아, 엘살바도르, 도미니카공화국, 온두라스를 위시한 거의 모든 중남미에서 미국 정부와 미국 기업의 지원을 받는 독재자들을 고발한다. 중남미 제국이 독립투쟁으로 어수선하던 1823년, 미국은 구세계는 신세계의 일에 간섭하지 말라는 먼로 독트린을 선언하면서 중남미에 대한 간섭 정책을 구체화한다. 특히 산업혁명으로 인해 시장이 필요했던 미국의 입장에서 중남미는 원자재를 공급하고, 미국의 상품을 소비하는 시장으로서 완벽한 조건을 구비한 곳이었다. 미국 기업은 중미의 니카라과, 엘살바도르, 과테말라 등지의 열대과일에 눈독을 들이며, 자신들의 독점권을 보장받기 위해 독재 정부를 지원하기 시작한다. 중남미 독재자들은 〈"서구 문화는 확실히 보장되었다./ 서구의 기독교, /훌륭한 사업,/ 바나나 양허권, / 세관 통제 모두 다"〉(마르티네스)라며 미국 대사에게 답을 보낼 정도로 자신들의 이익만을 추구하는 '탐욕스러운 하이에나들'이며, 미국 기업가들과 결탁한 '총독들/ 장사꾼들'이었다. 이에 대한 반대급부로 미국의 유수 대학들은 명예 박사학위를 수여했고 당시 대통령 트루먼은 훈장을 수여한다(폭군들).

'II 과두정부들'은 이들 독재자들의 통치 수단, 권력층에 기생하는 지식인 그룹에 대한 고발이다. 독재자들은 '방금 씨를 뿌린 땅에서' 태동된 계층으로, 〈방패, 경찰, 감옥을 갖춘/ 새로운 부자 그룹〉을 형성하고 중남미에서 하나의 세력을 구축한다. 〈"여기 우리 편들은 멕시코의/ 포르피리오 추종자들, 칠레의/ '신사들', 부에노스아이레스/ 자키 클럽의 높으신 회원님들,/ 술독에 빠진 우루과이/ 해적들, 에콰도르의/ 상류층, 중남미 전 지역의/ 성직자 흉내 내는 샌님들."〉 그리고 지배당할 대상은 〈"저기 너희 편은 칠레 촌놈, 페루 촌놈,/ 멕시코 촌놈, 아르헨티나 가우초,/ 돼지우리에 모여 사는 놈들,/ 기댈 곳 없는 것들, 누더기를 걸친 것들,/ 이가 득시글대는 것들, 쓰레기들, 천한 것들,/ 방탕한 것들, 궁핍한 것들,/ 지저분한 것들, 게으른 것들, 민중이라는 것들"〉(과두정부들)이다. 이들은 바로 이 민중들이 독립전쟁을 실질적으로 수행했다는 사실을 잊고 산다. 민중들은 〈전쟁에서 돌아와/ 광산에, 가축우리/ 저 어두운 곳에 처박히고,/ 돌 많은 계곡에 떨어지고,/ 기름칠한 공장을 가동하고,/ 다른 불행한 이들과 함께/ 식구들로 빼곡한 달동네/ 방 안에서 자식을 낳았다〉(크림). 권력자들은 자신들에게는 유리하고 반대편에는 엄격히 적용하는 '깔때기 법' 유의 법들을 양산하며, 〈한 사람은 우유를 독점했고,/ 다른 이는 전선줄로 사기를 치고,/ 다른 이는 설탕을 훔치고,/모두들 큰 소리로 서로를/ 애국자라고 부르면서. 깔때기 법에서도/ 언급된 애국심의 독점〉(깔때기법 제정)에서 보듯이 자신들만이 국가를 위해 봉사하는 존재인 양 행세한다. 독재 권력 구성원들은 합법적 민주주의의 너울을 충족시키기 위해 선거라는 제도를 이용해서, 헐벗은 민중을 마차에 싣고 와서 투표가 끝난 후 돈을 제공하고, 이들이 〈동물처럼/ 천박해지고 잊어버릴 때까지/ 와인과 고기를〉(침바롱고 선거, 1947) 주면서, 자신들은 〈그리스도교 애국자들,/ 〔……〕 질서의 수호자들,/ 〔……〕 성신의 아들들〉(침바롱고 선거, 1947)이라며 목소리를 드높인다. 종교계 역시 독재자의 편이다. 〈대주교가 〔……〕 세례를 주었고/ 이 계급의 벽을/ 인정하지 않는 반란자에게는/ 화형에 처하는 저주를 공고히 했다〉(과두정부들). 네루다는 이러한 현실을 외면하고 예술을 위한 예술만을 추구하는 모데르니스모 문인들 역시 비판의 대상으로 삼는다. 권력자 주변에 모여드는 아첨꾼들은 '착취자들' '멋쟁이들' '총신들' '달러의 변호사들'이다. 이들은 '사창가'의 고객들이며, 종교 행렬은 위선의 행렬이다. 다국적 기업인 정유 회사, 광산 회사, 과일 수입 회사는 이들의 비호를 받으며 승승장구하고, 가난한 민중은 구걸하며 살아간다. 민중이 기댈 수 있는 최후의 보루인 사법기관의 판사 역시 민중의 반대편에 있다.

자신들의 이익에 반하는 모든 집회는 유혈 진압의 대상이다. III은 광산 회사의 부당한 처사에 항의하던 칠레 광부들의 데모를 유혈로 진압한 사건에 대한 기록이다. 광부들의 삶을 직접 목도한 네루다는 여섯 명의 희생자 이름을 불러가며 이들의 원혼을 달랜다. 보잘것없는 존재들의 죽음은 〈아무도 안 죽은 양, 아무것도 안 죽은 양,/ 돌 위에 떨어지는 돌,/ 물 위에 떨어지는 물인 양〉(학살) 늘 그래왔다. 시인이 찾은 광산에서 만난 광부는 〈"어디를 가든지/ 이 고통에 대해 말하세요./ 형님, 저 아래 지옥에서/ 사는 동생 이야기를 좀 해줘요"〉(질산염의 사람들)라며 애원한다. 네루다는 학살당한 6명의 이름을 하나하나 부르고, 그들의 이름이 영원히 남을 것을 기원한다.

'IV. 1948년 상황(아메리카)'은 1948년 당시 세계, 특히 아메리카의 상황에 대한 것이다. 미국의 지원을 받으며 좌파를 탄압하던 파라과이, 브라질, 쿠바, 중미, 푸에르토리코, 칠레의 독재자에 대한 고발로, 특히 네루다에게 물리적인 탄압이 시작되고 있음을 알리고 있으며, 네루다의 정적이었던 당시 대통령 곤살레스 비델라에 대해서는 V편에서 다루고 있다.

VI. 아메리카, 나는 너의 이름을 헛되이 부르지 않는다

6부에는 역사적 인물 혹은 사실이 결여되어 있다. 대신에 아메리카를 대상으로 해서, 지리적 상황, 경치, 그곳에 사는 사람들의 이야기를 그려낸다. 시인은 마지막 시에서 자신은 결국 아메리카의 후예로 살아갈 수밖에 없음을 이렇게 표현한다. 〈마음에 칼을 매달고/ 영혼에 떨어지는 방울을 참고,/ 창문으로 새로운 너의 날이 내게 밀려올 때,/ 나는 존재한다./ 나는 나를 만들어낸 빛 속에

있고/ 나를 규정하는 그림자 안에서 산다./ 〔……〕 너의 본질적
여명 속에서 자고 깬다.〉

VII. 칠레를 위한 모두의 노래

시인의 조국 사랑은 특별하다. 7부에는 칠레의 자연, 도시들,
동식물, 공예품점, 홍수나 지진 같은 자연재해, 친구들, 강, 식물
등에 대한 총 17편의 시가 담겨 있으며, 칠레의 모든 것을 그리워
하고 사랑하는 네루다의 마음을 담고 있다.

VIII. 그 땅 이름은 후안이라네

스페인어권에서 가장 흔한 남자 이름 중 하나가 '후안'이다. 한
국에서 흔히 '요한'이라 부르는 이름이 바로 '후안'으로, 『모두의
노래』 2부 '마추픽추 산정에서' XI번째 시에서도 등장하고, 15부
'나는'의 XXI번째 시에서도 등장한다. 시인에게 '후안'은 가장 소
박하고 보잘것없는 존재의 이름이다.

총 17편의 시에 등장하는 인물들은 삽쟁이, 농민운동가, 노동
자, 구두수선공, 선원, 민중시인, 어부, 광부 등으로, 이들의 공통
점은 조국을 위해, 정의를 위해 정당한 권리를 주장했으나, 공권
력의 박해를 받아 감옥에 갇히고, 죽어간다는 것이다. 이들 모두
가 '후안'이다. 그 후안은 〈목공소에서, 젖은 광산에서/ 일하고,
물고기를 잡고, 투쟁했다〉(그 땅 이름은 후안이라네). 그의 후예들 역
시 후안이며, 〈영원한 식물처럼 다시 태어났다.〉 시인은 당시 공
산당이 지배하는 소련을 이상향으로 바라본다. 그리고 소련의 '후

안'들은 '강철로 보호받고' 있으니, 〈쓰러진 모든 손으로 깃발을 들고,/ 모여든 모든 손으로 그것을 방어하고,/ 그대의 무적의 얼굴들이/ 별을 향해 마지막 투쟁에 나서게 하자〉라는 말로 시를 끝낸다.

IX. 나무꾼이 잠에서 깨기를

나무꾼은 여기서 미국의 평범한 국민을 지칭한다. 네루다는 아름다운 미국의 자연을 예찬하고, 시를 쓰던 시기가 제2차 세계대전이 막 종료된 시점임을 〈거의 모든 소년들이 돌아왔다.〉 이들은 〈프랑스에서, 오키나와에서, 레이테/ 환초에서 (노만 메일러가 그렇게 썼다.)/ 화가 난 대기와 파도에서〉라는 말로 알려주고 있다. 이들 젊은이들은 〈싸우느라고 황폐해진 마음,/ 지친 마음〉(I)을 가지고 돌아오나, 고국에서는 색다른 현실이 이들을 기다렸다. 즉 인종차별주의, 위선, 자본주의의 탐욕이 그것이다. 또 다른 전승국 소련에서는 새로운 국가 건설이 움트고 있어서 〈건설된 조국에 대한 사랑〉으로 〈그들의 동맥도 '조국'을 말하고,/ 그들의 피가 소련을 노래〉(III)하는 반면, 미국에서는 〈늙고 낡은 낙지 한 마리처럼,/ 예기치 못한 손님,/ 거대한, 주변을 에워싸는 손님〉인 냉전체제 고착 세력이 '둥지를 틀었다'(II). 이들은 〈흑인들 집 앞에/ 활활 타는 십자가를〉(II) 꽂거나, 또 다른 전쟁을 독려하고, 자신들의 의견에 반하는 문화예술인들을 재판에 회부했다. 네루다는 월트 휘트먼을 찾는다. 그리고 그의 입을 통해 변모하는 소련, 공장과 들판에서의 변모를 예찬하고, 지도자를 예찬한 후, 미국을 향해 〈그대는/ 바로 지금의 나, 어제의 나이며, 우리가 보호해야/ 하는 것은 순수한 아메리카의/ 형제 같은 땅속, 거리와 길에서 보는/ 소박한 사람들이니라./ 내 형제 후안은 그대의 형제 존처럼/ 구두를 판다./ 내 누나 후아나는 그대의 사촌 제인처럼 /감자를 까고〉(III)라면서 사회의 약자를 보호하는 데 앞장서라고, 잠에서 깨어나라고 독려한다. IV에서 네루다의 목소리는 한층 고조된다. 만일 미국이 자신들의 '야전군을 무장시킨다면' 중남미인들은 분연히 일어설 것이라고 경고한다. 그리고 다른 나라의 내정에 간섭하지도 군대를 주둔시키지도 말라고 주문한다. 네루다는 V에서 평범하고 선량한 미국인들이 잠에서 깨어나 불의에 대항하기를 기원한다. VI은 칠레에 대한 애정, 애국심을 여지없이 보여준다. 비록 공권력이 힘없는 이들을 감옥에 가두는 곳이지만, 네루다는 〈나의 작은 추운 나라의/ 뿌리까지도 사랑한다./ 죽어야 한다면, 천 번이라도/ 고국에서 죽고 싶다./ 다시 태어난다면, 천 번이라도/ 고국에서 태어나고 싶다〉고 고백한다.

X. 도망자

'도망자'에서 네루다는 자신에 관한 이야기를 한다. 1948년 비델라 정권이 공산당을 불법화하면서 도망자 신세가 된 네루다는 안데스 산맥을 넘어 아르헨티나로 가기 전까지 국내의 여러 도시 이곳저곳에서 숨어 지낸다. 그를 숨겨주던 사람들은 〈형제애를 보여주었고〉(I) 그를 환대한다. 〈모든 문이 나의 문이었고,/ 모두들 이렇게 말했다. "내 형제여./ 이 누추한 집으로 그분을 모셔오게"〉(X). 시인은 포도재배업자(II), 별거 중이지만 시인을 맞기 위해 함께 시내 한복판의 집에서 기다리던 젊은 부부(IV), 선박을 이용해서 해외로 나가기 위해 찾은 발파라이소의 어부의 집(VIX)을 회상하고, 정적 비델라에게 〈몹쓸 인간 네 옆에는/ 에스카니야,

쿠에바스,/ 펠루촌네아욱스와 포블레테〉만 있으나, 자신은 〈나는 내 민중이 제공한 층계를 통해,/ 내 민중이 숨겨주는 동굴에서,/ 내 조국과 비둘기 날개 위에서/ 잠을 자고, 꿈을 꾸고, 네 국경을 쳐부순다〉(XI). 시인은 혼자 있어도 외롭지 않다. 〈지상의 어둠에서/ 밤에 나 혼자 있는 것 같지 않다./ 나는 민초, 셀 수도 없는 민초이다./ 내 노래는 침묵을 통과할/ 순수한 힘을 가졌고/ 어둠 속에서도 배태된다〉(XIII).

XI. 푸니타키의 꽃

1943년부터 정치에 몸을 담은 네루다는 1945년 칠레 북부 타라파카 안토파가스타의 상원의원으로 선출된다. '푸니타키의 꽃'은 칠레 북부 지방에서의 추억, 가뭄으로 고통 받는 북쪽 농촌 마을 주민들의 애환, 이들의 수탈자들, 칠레 중북부에 있는 푸니타키 광산, 자신의 과거의 삶, 광산촌의 열악한 환경, 파업, 데모 등을 담고 있다.

XII. 노래하는 강들

정의로운 사회를 건설하기 위해 투쟁하거나 투쟁했던 네루다의 절친, 문우였던 베네수엘라 시인, 스페인 시인, 아르헨티나 시인, 죽은 멕시코 음악가, 죽은 스페인 시인을 기리는 노래들이다.

XIII. 어둠에 묻힌 조국을 위한 신년의 합창곡

네루다는 국내에서 투쟁하는 이들, 투쟁하다 죽은 이들을 기리고, 곤살레스 비델라 독재자와, 벌레 같은 정권 하수인들을 그려내면서 이들에 대항하는 동지들의 투쟁을 독려하고, 이들을 절대로 용서해서는 안 된다는 굳은 다짐을 보여준다.

XIV. 위대한 대양

남미의 대양, 대양 한가운데에 자리 잡은 부활절 섬의 유적, 섬 원주민 후예들의 삶, 기타 남극에 가까운 지역 바다를 생의 터전으로 삼고 사는 원주민 부족들, 남극의 모습, 바다 동물들의 삶, 파도, 캘리포니아에서 태평양 연안을 따라 형성된 해안 도시들, 대양을 오가는 선박들, 뱃머리 선수상에 대한 단상, 선원, 해안가 돌, 모래사장에서 찾아낸 소라고둥, 바닷새 등에 대한 단상이다. 네루다는 실제로 소라고둥, 뱃머리 선수상을 수집하는 취미를 가졌다.

XV. 나는

시인의 일생을 시대별로 풀어 쓴 시 모음이다. 소년 시절, 집, 산티아고, 사랑, 외교관으로 살았던 동남아시아, 시인이 목도한 스페인 내전, 멕시코, 귀향에 대한 단상이 14편의 시로 연도별로 제시된다. 그리고 1945년부터 정치에 매진하면서 맺게 된 노동자, 특히 광부들과의 인연을 XV와 XVI, XVII에서 제시한다. XXIII,

XXIV, XXV는 자신의 죽음 이후에 대비한 시이며, XXVI는 그러나 자신은 죽지 않을 것이고, XXVII은 당원 동지들에게 보내는 당부이다. 그리고 '모두의 노래' 대단원은 XXVIII에서 막을 내린다. 그날은 1949년 2월 5일로 시인이 '45세 되기 몇 달 전'이다.

작가 연보

1904	7월 12일 칠레의 파랄Parral에서 태어남. 본명은 네프탈리 리카르도 레예스 바소알토Neftali Ricardo Reyes Basoalto.
1918	『질주와 비상Corre-Vuela』지에 최초로 「나의 눈Mis ojos」이라는 시를 발표.
1920	체코슬로바키아의 시인 얀 네루다Jan Neruda의 이름을 따서 파블로 네루다라는 필명을 사용하기 시작.
1921	산티아고의 사범대학에 입학.
1923	첫 시집 『황혼의 노래Crepusculario』 출간.
1924	시집 『스무 편의 사랑의 시와 한 편의 절망의 노래Veinte poemas de amor y una cancion desesperada』 출간.
1925	소설 『무한한 인간의 시도Tentativa del hombre infinito』 발표.
1926	소설 『거주자와 그의 희망El habitante y su esperanza』과 산문집 『반지Anillos』 출간.
1927	버마 랑군(오늘날의 미얀마 양곤) 주재 명예 영사로 부임.
1928	실론(오늘날의 스리랑카) 콜롬보 주재 영사로 부임.
1930	인도네시아 바타비아(오늘날의 자카르타) 주재 영사로 부임. 네덜란드 출신의 마리아 안토니아 하게나르Maria Antonia Hagennar와 결혼.
1933	시집 『열광적인 투석꾼El hondero entusiasta』 『지상의 거처 I

Residencia en la tierra I』(1925~31) 초판 출간. 부에노스아이레스 주재 영사로 부임. 가르시아 로르카와 만남.

1934   바르셀로나 주재 영사로 부임.

1935   마드리드 주재 영사로 부임. 『지상의 거처』 증보판이 두 권으로 출간.

1936   스페인 내전과 관련한 정치적 개입으로 영사직에서 파면당함. 마리아 안토니아와 이혼.

1937   페루 시인 세사르 바예호와 함께 '중남미의 스페인 지원단' 결성. 칠레 귀국. 시집 『가슴속의 스페인*Espana en el corazon*』 발표.

1938   부친과 양어머니 사망.

1939   파리 주재 스페인 이민단 영사로 부임. 2천 명이 넘는 스페인 난민들이 칠레로 이주하도록 적극적으로 지원.

1940   멕시코 주재 총영사로 부임.

1942   쿠바 여행.

1943   두번째 부인 델리아 델 카릴Delia del Carril과 정식으로 결혼. 칠레 귀국길에 페루 등지 여행.

1945   칠레 북부 타라파카, 안토파가스타 지방 상원의원에 당선. 국가문학상 수상. 칠레 공산당에 입당. 「마추픽추 산정에서」를 완성한다.

1947   시집 『지상의 거처 III』 출간.

1948   「나는 고발한다Yo acuso」라는 제목의 상원 연설로 의원직을 박탈당하고 체포령이 내려짐. 도피 생활을 하며 『우리 모두의 노래*Canto general*』를 쓴다.

1949   안데스 산맥을 넘어 아르헨티나로 탈출. 소련 및 동유럽 방문.

1950	멕시코에서 시집『우리 모두의 노래』출간. 연작시 「나무꾼이여 깨어나라Que despierte el lenador」로 세계평화상 수상.
1951	이탈리아 순회. 유럽과 중국을 여행.
1952	이탈리아에 거주. 시집『대장의 노래Los versos del capitan』가 나폴리에서 익명으로 출간됨. 체포령 철회로 귀국하여 이슬라 네그라에 정착.
1953	스탈린평화상 수상.
1954	시집『소박한 것들에 바치는 송가Odas elementales』와『포도와 바람Las uvas y el viento』출간.
1955	두번째 이혼. 마틸데 우루티아Matilde Urrutia와 결혼.
1956	시집『소박한 것들에 바치는 새로운 송가Nuevas odas elementales』출간.
1957	아르헨티나의 로사다 출판사에서 그의 전집 초판 발행. 시집『세번째 송가Tercer libro de las odas』발간.
1958	시집『에스트라바가리오Estravagario』출간.
1959	시집『항해 그리고 귀향Navegaciones y regresos』과 마틸데에게 바치는『백 편의 사랑 소네트Cien sonetos de amor』출간.
1960	쿠바 혁명 찬가인『무훈의 노래Cancion de gesta』를 아바나에서 출간.
1961	시집『칠레의 돌Las piedras de Chile』과『의식(儀式)의 노래Cantos ceremoniales』출간.
1962	유럽 여행. 시집『충만한 힘Plenos poderes』출간.
1964	시집『이슬라 네그라의 추억Memorial de Isla Negra』출간. 셰익스피어의『로미오와 줄리엣』스페인어로 번역, 출판. 대통령 선거 캠페인단의 일원으로 전국을 순회.
1966	시집『새들의 재주Arte de pajaros』와 산문집『모래 위에

지은 집*Una casa enla arena*』 출간.

1967 시집 『뱃노래*La barcarola*』와 극 형식 칸타타인 『호아킨 무리에타의 영광과 죽음*Fulgor y muerte de Joaquin Murieta*』 초연. 이탈리아의 국제 비아레지오상 수상.

1968 부에노스아이레스에서 작품 전집 3판 발행. 시집 『하루의 손*Las manos del dia*』 출간.

1969 시집 『세상의 끝*Fin de mundo*』과 『아직도*Aun*』 출간. 칠레 공산당에 의해 대통령 후보로 지명됨. 그러나 살바도르 아옌데가 인민연합의 대통령 단일 후보에 지명되도록 입후보 사퇴.

1970 시집 『불타는 칼*La espada encendida*』과 『하늘의 돌*Las piedras del cielo*』 출간. 파리 주재 대사로 임명됨.

1971 노벨문학상 수상.

1972 대사직 사임하고 귀국. 시집 『쓸모없는 지리학*Geografia infructuosa*』과 『갈라진 장미*La rosa separada*』 출간.

1973 시집 『닉슨 죽이기 격려와 칠레 혁명 찬양*Incitacion al nixonicidio y alabanzas de la revolucion chilena*』 출간. 전집 4판 발행. 9월 11일, 피노체트의 군사 쿠데타로 아옌데의 좌익 정권 무너짐. 9월 23일 산티아고의 한 병원에서 69세를 일기로 사망. 『바다와 종*El mar y las campanas*』 출간.

1974 자서전 『내 인생을 고백한다*Confieso que he vivido*』와 『노란 심장*El corazon amarillo*』 『질문의 책*Libro de las preguntas*』 『엘레지*Elegia*』 『몇몇 결점들*Defectos escogidos*』 『겨울 정원*Jardin de invierno*』 『2000년*2000*』 등의 유고 시집 출간.

1978 산문집 『난 태어나기 위해 태어났다*Para nacer he nacido*』 출간.